특허받은

무당왕

특허받은 무당왕

가프 장편소설

4

前生房

도서출판 청어람

목차

신의 한 수

지화를 접었다.

소삭소삭!

낮은 소리가 귀를 간질인다.

마음을 정화시키는 소리. 평상심을 지키는 데는 지화 접기만 한 일도 없었다. 방금 받은 전화를 생각했다. 느닷없이 걸려온 전화의 주인공은 정대협 시장의 부인이었다.

─저녁 식사에 좀 초대하고 싶어서요.

외식이 아니었다. 절에서 장국수 만드는 걸 배워 왔는데 같이 먹자는 거였다. 예정에 없던 일이지만 예약 손님 점사도 일찍 끝났겠다, 딱히 거절하기도 뭣해 받아들였다.

통화가 끝나기 무섭게 연주가 친구와 함께 인사를 왔다. 색귀가 붙었던 그 여자였다. 그녀가 내민 건 연꽃차였다.

"법사님 고마움에 보답이 될 리는 없지만……."

그녀가 얼굴을 붉혔다. 색귀에 씌어 온갖 남자의 물건을 탐했던 여

자. 그러나 지금은 그저 조신이 줄줄 흐르는 평범한 여자로 보였다.

"얘 내숭 좀 보세요. 남자라면 환장을 하더니……."

연주가 바로 돌직구를 날렸다.

"얘는… 그 얘기는 그만하라니까."

"뭐가 그만이야? 너 때문에 내가 속이 얼마나 문드러진 줄 알아?"

"안다고……."

"아무튼 넌 우리 스승님을 평생 은인으로 받들어야 해, 알아?"

"네에!"

친구가 고개를 숙였다.

"그 일 때문에 일부러 온 거야?"

미류가 물었다.

"아뇨. 실은 신어머니께서 스승님 시간 있는지 좀 물어봐 달라고……."

"왜?"

"손님이 오셨는데 문제가 생긴 거 같아요."

"연주는 모르는 일이고?"

"그게……."

연주가 슬쩍 친구를 돌아보았다.

"화장실 좀 다녀올게."

눈치 빠른 친구가 알아서 자리를 비켜주었다. 연주와 미류는 신당 안으로 들어갔다.

"손님이 한 분 오셨는데 묏자리에 엄청난 일이 일어났대요."

"묏자리?"

"들은 대로 말씀드리면… 묏자리에 도로가 나게 되어 10년 넘은 양친의 유골을 화장하려고 봉분을 열었는데 선친이 산 사람으로 나왔대요."

'산 사람?'

미류가 발딱 고개를 들었다.

"물론 숨이 붙은 건 절대 아니지만 느낌이 그랬다네요. 묻을 때 모습 거의 그대로여서 가족들이 전부 기절해 병원에 실려 갔다고……."

"계속해 봐."

"게다가 모친의 관이 땅속에서 움직여 선친의 관과 맞닿은 채 썩어 있었다고……."

묘지 속에서 움직인 관. 그리하여 남편의 관과 맞닿은 관. 가족들이 질겁하는 것도 당연했다.

"그 모친도 거의 썩지 않았겠지?"

"어머!"

놀란 연주가 고개를 들었다.

"목렴(木廉)이야!"

"목렴요?"

"대주인지 기주인지… 후손들이 시름시름 앓고 있다지 않아? 혹은 원인 모를 두통이 심하고?"

"어머!"

"나 바쁘다고 하고 연주가 가서 해결해."

"제가 어떻게?"

"마침 나도 그런 일을 겪고 왔는데… 그건 풍수학적인 문제야. 과학적으로 말하자면 땅의 지각운동이 원인이지. 땅속 세상은 세월이 가는 동안 서서히 변화가 일어나지만 어떤 부분에서는 강력한 힘의 작용에 의해 확 밀리기도 하거든."

"예……."

"혼령들 달래주고 화장하면 문제없을 거야. 어쩌면 그분들… 자기

혼을 바쳐 후손들을 도운 걸 수도 있고."

"후손을 도왔다고요?"

"세속적으로 말하면 묏자리에 도로가 나니까 땅값도 오르고 보상금도 많이 나왔을 거 아니야? 그런 식으로 좋게 말씀드려."

"네에……."

"과학적인 설명 자료가 필요하면 이거 가져가고."

미류가 자료를 내놓았다. 가출한 시신 일로 궁금한 것을 찾아 모은 자료집이었다.

"스승님……."

"부적도 하나 건네 드려. 그럴 때 쓰려고 연습한 거 아니야?"

"그럼 스승님의 공을 제가 가로채는 거 같아서……."

"연주 씨도 그만한 실력 있어. 쥐뿔 능력도 없으면서 나대는 것도 꼴불견이지만 자기 자신을 한없이 낮추는 것도 좋은 일은 아니야. 연주 씨는 잘하고 있으니까 가서 이번 기회에 신뢰 좀 쌓아봐."

"고맙습니다."

연주는 인사를 남기고 거실로 나갔다.

나눈다는 건 참 뿌듯한 일이었다. 전과 다른 미류. 예전에는 뭐라도 하나 알게 되면 대단한 비방인 것처럼 감추고 또 감췄다. 공수가 맞아떨어지면 그 신빨을 과시하고 자랑하기에 바빴다. 하지만 지금은 달랐다.

그런데…….

친구는 연주를 따라가지 않았다.

"얘가 스승님과 상의할 게 있다네요."

거실에 있던 친구의 등을 살짝 민 연주가 미류에게 말했다.

"연주하고 무덤 얘기 하셨죠?"

신당에 들어선 친구가 조심스레 말을 시작했다.

"그렇습니다만."

"거실에서 법사님 이야기를 듣고 제 이모에게 전화를 했어요."

'이모?'

"우리 이모도 무덤 때문에 골치가 아프다고 하셔서……."

"무슨 문제가 생겼나요?"

"손주 때문이래요."

"그럼 그 무덤이 손주 묘인가요?"

"아뇨, 이모의 아들… 그러니까 손주의 아빠 무덤이에요."

"……."

"법사님."

"예?"

"우리 이모님 좀 만나주실래요? 택시 타면 10분 안에 오실 텐데……."

"……!"

미류는 선뜻 대답하지 못하고 시계를 보았다. 시장 부인과 약속한 시간이 다가오고 있었다. 어쩌면 20분 남짓한 여유 시간. 잘하면 될 것도 같아 일단 수락을 했다.

10분!

이모라는 여자는 그 시간을 지켰다. 아마 미리 대비를 하고 있었던 모양이다. 다만 혼자가 아니었다. 네 살 난 남자 아이를 대동한 것이다.

"시간을 내주셔서 감사합니다."

백발의 이모가 미류에게 고개를 숙였다. 겉보기에 그리 늙은 편은 아니지만 머리가 하얗게 센 모습이었다.

"고민이 있다고 하시기에……."

미류 또한 합장으로 그녀를 맞았다. 연주 친구는 아이를 데리고 자리를 비켰다. 아이는 제 가슴팍을 비비며 나갔다. 미류는 그 이유를 알았다. 늑골에 맺힌 작은 사기(邪氣) 때문이었다. 그러나 그리 심각하지는 않았다.

"우리 조카가 일부 말을 했다죠?"

"예."

"이 늙은이가 북망산천을 앞두고 요망한 잡귀에 씌었어요. 그래서 어디 용한 무당이라도 있으면 찾아가고 싶었는데 서울 살다 보니 찾기가 쉬워야 말이죠. 그런데 우리 은실이가 진짜 용한 법사님이 계시다기에……."

은실이… 그게 연주 친구의 이름인 모양이었다.

"왜 그런 생각이 드셨나요?"

"늙으면 생각이 바로 서야 하는데 못된 생각이 들지 않습니까? 그러니 잡귀가 씌인 거지요."

"예……."

잡귀라는 말과 동시에 미류의 시선이 할머니의 운명창을 뒤지기 시작했다.

[재물운 上中 76%]

재물창이 먼저 튀어나왔다. 재물운이 좋은 여자였다. 다만 혈육이 없었다. 가정창 안에 서린 남편과 아들의 목숨은 이미 지워진 후였다.

"부군과 아드님은 유명을 달리하셨군요?"

"아이고, 척 보면 아시는군요?"

"눈과 코에 사기가 있는 것으로 보아 백내장 아니면 녹내장 같은 질환이 있겠습니다만 몸에 영가의 흔적은 보이지 않습니다."

"귀신 붙은 흔적이 없다는 말씀인가요?"

"예!"

"그래요? 길바닥 점 보는 이는 귀신이 온몸에 주렁주렁 붙었다고 부적을 권하던데……."

"부적은 얼마라고 하던가요?"

"3만 원짜리는 귀신이 가까이 오지 못하게 하고 5만 원짜리는 귀신을 도망가게 하고, 10만 원짜리는 귀신을 아예 없애 버린다고……."

"사셨나요?"

"예… 밑져야 본전이라는 생각에……."

"효과를 못 보셨군요?"

"그러네요. 늙은이의 심란함 때문인지……."

"왜 귀신이라고 생각하시는 거죠?"

"그게……."

할머니가 거실 쪽을 돌아보았다.

"조카분이 마음에 걸리십니까?"

"그게 아니라 우리 손주……."

"손주요?"

"실은 제 귀신이 바로 우리 손주입니다."

"……!"

"아이고, 이런 말하면 손주하고 며늘아기에게 죄를 받을 일이라……."

"말씀하세요. 마음에 담아두고 병이 되는 것보다 말을 하는 편이 낫습니다. 제게 하는 게 아니라 전생신께 고백한다고 생각하시고……."

"그럼… 염치 불고하고 늙은이 노망 한번 부려보겠습니다."

"예, 얼마든지요."

"그러니까 우리 윤홍이… 저 손주 녀석 말입니다. 하나뿐인 자식의 하나뿐인 아들입니다. 얼마나 힘들게 얻었는지 제게는 이 세상을 다 주어도 안 바꿀 보석과 같지요. 아들이 결혼한 지 4년 만에 얻은 녀석이거든요."

"……."

"애비가 저 녀석의 첫돌 즈음에 비명에 갔어요. 내가 물려준 조그만 기획사 직원들하고 수련회를 다녀오다 건너편 차가 중앙선을 넘어 충돌하는 바람에 같은 차에 타고 있던 네 명이 다 죽었거든요."

"저런!"

"다들 사이가 좋고… 가해자 측이 마침 공원묘지를 하는 분이라 부지를 내주어 네 명이 나란히 묻히게 되었지요. 저는 물론 마땅치 않았지만……."

"……."

"그 후로 에미가 회사를 맡게 되어 내가 손주를 돌보게 되었어요. 우리 에미가 회사 일에 집중하고 싶다고 부탁하기에……."

할머니가 손수건을 꺼내 눈물을 훔쳤다. 미류는 그냥 바라만 보았다.

"어느 화창한 봄날, 공원에 있자니 갑자기 아들이 보고 싶지 뭐에요? 그래서 손주를 데리고 묘지를 찾아갔지요. 그런데……."

그날, 묘지 차도에선 벚꽃이 환상처럼 떨어지고 있었다. 할머니는 그게 눈인 줄 알았다. 차갑지 않은 눈. 향이 나는 눈. 그 아름다운 꽃 눈이 하필이면 눈에 떨어졌다. 부드러운 꽃잎이지만 눈의 입장에서는 이물질. 떼어내고 보니 꽃잎에 선홍빛이 선명했다.

"할머니, 이 꽃나무 꽃은 무지 빨개."

손주가 나무를 가리켰다.

"어쩌면 이렇게 예쁠까?"

할머니가 물었다.

"피를 먹어서 그래."

"……?"

그 말에 놀랐다.

피라니?

피를 먹은 벚나무? 아이가 어떻게 그런 생각을 할 수 있을까? 얼마 전에 읽은 책을 아이도 봤을까? 아니지, 아이는 글을 몰라. 할머니는 고개를 저었다.

책 내용을 짚어보았다.

살인마가 있었다. 하나둘 사람을 죽이고는 벚나무 아래 묻었다. 흥건하게 흘러나온 피가 뿌리로 스며들었다. 그 벚나무는 매년 기가 막힌 꽃을 피웠다. 사람들이 몰려왔다. 너무 많은 사람들이 몰리다 보니 뿌리가 조금씩 드러나게 되었다. 어느 날 꼬마 하나가 뿌리에 걸려 넘어졌다. 부모가 달려와 보니 뿌리가 아니라 사람의 뼈였다.

"꺄악!"

비명이 울렸다. 환상 속에 들어갔던 할머니가 고개를 들었다.

"꺄악!"

소리는 여전했다. 고개를 드니 까마귀였다. 실체를 알게 되자, 소리는 이내 정상적으로 들렸다.

"까악!"

이번 소리는 손주의 목소리였다. 까마귀 울음을 흉내 낸 것이다.

"그런 거 따라 하면 못 써."

손주 손을 잡고 걸었다. 처음에는 그렇게 예쁘던 벚꽃 눈. 이상한 생각이 든 이후로 성가셨다. 할머니는 꽃잎이 얼굴에 닿지 못하도록 손을 휘저었다. 손주 머리와 어깨에만 꽃잎이 쌓여갔다. 걸어도 떨어지지 않았다.

"다 왔다."

다섯 번째 묘역 앞에서 할머니가 걸음을 멈췄다. 원래는 살짝 숨이 차던 코스. 벚꽃 때문에 상기된 덕분인지 숨도 차지 않았다.

"윤홍!"

할머니가 손주를 불렀다.

"네!"

아이가 달려와 할머니 앞에 섰다. 꽃잎이 우수수 떨어졌다. 아이는 여전히 제 가슴을 비볐다.

"가슴 아파?"

"조금… 이젠 괜찮아."

"아빠 묘야. 장례식 때 와보고 처음인데 찾을 수 있겠어?"

그건 맞는 말이었다. 두어 번 기일이 돌아왔지만 손주는 오지 못했다. 한 번은 감기가 대단했고 또 한 번은 열이 심해 병원에 있었기 때문이었다.

"응!"

아이는, 당차게 고개를 끄덕였다.

"그럼 어디 한번 볼까? 우리 윤홍이가 아빠 찾을 수 있는지?"

할머니는 손주에게 국화 한 송이를 쥐어주었다. 아이가 달려갔다. 그리고 꽃을 놓았다.

"윤홍, 틀렸어."

보고 있던 할머니가 고개를 저었다. 하지만 아이의 반응은 달랐다.

"아니야, 여기가 맞아."

딴에는 확신에 찬 표정이었다.

"흐음, 아니라니까. 다시 찾아봐."

"아빠 맞아. 우리 아빠 맹지훈!"

"맹지훈?"

"응, 맹지훈!"

아이는 이름의 한 자 한 자를 또렷하게 발음했다.

"그건 누구 이름이야? 네 아빠 이름은 이광명이잖아?"

"아니, 우리 아빠 이름은 맹지훈! 맹지훈!"

아이는 할머니에게 다가와 귀에 대고 소리쳤다.

"……!"

순간 할머니는 엉덩방아를 찧고 말았다. 아이가 강조하는 이름 맹지훈. 그건 아들 옆에 묻힌 직원의 이름이었다. 그러나 아이가 알 수 없는 이름이었다. 묘비의 이름은 한문으로 쓰였기 때문이었다.

한문!

윤홍이는 배운 적이 없었다. 한글도 이제 겨우 기역 니은 디귿을 배우는 수준이었다.

'내가 꽃잎의 요술에 홀렸나?'

그날은 그냥 넘겼다. 며느리에게 말도 하지 않았다.

하지만 그건 우연이 아니었다. 시간이 지난 후, 할머니는 다시 한 번 묘지 앞에서 윤홍의 등을 밀었다. 이번에도 윤홍의 선택은 맹지훈이었다. 그 앞에 꽃을 놓고 넙죽 절까지 했다. 아이가 한 말은 이번에도 같았다.

"우리 아빠야!"

"늙은 퇴물 생각에는 벚나무에서 귀신에 씐 게……."

할머니가 미류를 바라보았다.

"그건 아닙니다."

미류가 고개를 저었다.

"아닙니다. 아무래도 그 나무가 이상했어요. 사람 혼을 빼는 것도 같았고요. 혼 빼는 벚나무… 나 어릴 때도 본 적이 있거든요."

"어디서요?"

"내가 자란 작은 마을… 우리 사촌 언니 하나가 벚나무에 목을 매 달아 죽었어요. 벚나무가 부른 거예요. 나한테 잘해준 언니였는데… 그래서 내 생각에는 그 언니가 귀신이 되어……."

"그분은 귀신이 되지 않았습니다. 좋은 데로 갔어요."

"그럼 역시 내가 노망이?"

"며느리에게는 말했나요?"

"아뇨, 그러잖아도 애비 대신 회사 맡아서 정신없는 아이에게 무슨 당치도 않은 말을……."

"아이 이름이 윤홍이라고요?"

"예. 이윤홍……."

"혹시 아드님과 함께 사고를 당한 사람들의 사진을 구할 수 있나요?"

"그건 인터넷에 있을 거예요. 사망자 발표 때 사진이 나왔거든요."

"그럼 아이를 좀 불러주시겠습니까?"

"우리 윤홍이를요?"

"아이를 보면 답이 나올지도 몰라서요."

"그럼 우리 윤홍이에게 벚꽃 귀신이?"

"아닙니다. 다른 방법이 있으니 불러주세요."

"예… 얘, 윤홍아, 내 새끼야!"

할머니가 돌아보자 신당의 문이 열렸다. 봉평댁이 아이를 안으로 들였다. 아이는 얌전하게 다가와 할머니 옆에 앉았다.

"안녕!"

미류가 웃었다.

"안녕하세요? 아저씨!"

아이가 화답했다.

"이리 조금만 다가앉을래?"

미류가 청하자 할머니가 아이의 등을 밀었다.

"눈싸움해 본 적 있니?"

"아뇨."

아이가 고개를 저었다.

"아주 쉬운 건데… 눈만 꼭 감으면 돼. 먼저 뜨는 사람이 지는 거야."

"이렇게요?"

"옳지, 아저씨랑 내기야. 누가 오래 감고 있나……."

"네!"

아이의 눈자위가 확 구겨졌다. 뜨지 않으려고 바짝 힘을 준 것이다. 그사이에 아이의 전생류을 불러냈다. 하르르 맑은 빛이 머리 위에 떴다. 아이의 전생령은 모두 다섯이었다. 미류 손이 반원을 그리자 그 빛무리를 따라 현생과 관련된 전생령이 걸어 나왔다.

대갓집 부엌이 나왔다. 가마솥이 끓고 있었다. 아이의 전생이 등장했다. 찬모였다. 그러나 기품이 서려 있었다. 신분은 몰락한 양반의 아내였다. 서방 복이 없다 보니 그 서방이 벼슬을 하지 못했다. 벼슬은커녕 폐병까지 들어 오늘내일하는 중환자였다. 그렇기에 호구지책으로 찬모로 나선 것이다. 체통을 중시하는 조선 시대에 양반의 아내가 찬모가 되는 게 가능한 일일까?

그건 별문제가 없었다. 이때의 사회는 남녀칠세부동석이었으니 찬모가 상을 차려 마루에 두면 대갓집 며느리가 안방으로 들이기 때문에 양반 남정네와 얼굴 마주칠 일이 없었던 것이다.

그녀는 서툴렀다. 하지만 늙은 찬모의 도움을 받으며 차근차근 일을 익혀갔다. 그녀가 부엌에 들어서면 부엌이 환해졌다. 이목구비가 뚜렷하고 백옥의 피부를 가졌던 것이다.

꽃이 이쯤 되면 손을 대려는 인간이 있는 법. 대감의 측근인 집사가 언감생심 그녀의 미색을 노리고 있었다.

"……!"

미류는 집사의 얼굴을 주목했다. 아이 엄마와 닮은 느낌 때문이었다.

장대비가 쏟아지는 날, 양반의 아내는 찬거리를 가지러 광으로 들어갔다. 그걸 본 집사가 그 뒤를 따라가 광문을 안으로 잠갔다. 광의 구조를 잘 아는 집사. 살금살금 다가가 양반 아내의 입을 막고 손을 저고리 안으로 집어넣었다.

비극이 일어났다. 양반이라지만 몰락한 거지꼴. 집사는 다른 찬모 다루듯 욕심을 채웠다.

"거 궁둥짝 한번 실팍하네. 거시기도 그렇게 촉촉하면서 어떻게 참았어?"

일을 끝낸 집사가 그녀의 엉덩짝을 두드렸다. 집사의 누런 이빨에서는 고약한 냄새가 났다. 그녀는 입술을 물고 옷을 추슬렀다. 집사는 모처럼 잡은 기회를 한 번으로 끝내지 않았다.

"이건 쌀말이랑 남편 약이나 사고… 아이고, 요 예쁜 거… 다음에 또 보자고."

엽전 몇 냥을 찔러준 집사는 엉덩이를 한 번 더 치고서야 수염을 쓸며 광을 나갔다.

촤아아!

빗발은 더욱 거세졌다. 지옥 같은 광을 나왔지만 밖은 더 지옥 같았다. 광은 어둑해 사람들의 눈이 없었지만 밖으로 사람들의 시선을 의식하게 된 것이다. 그들은 아무 말도 하지 않았지만 그녀는 다르게 생각했다. 마치 모두가 자신의 수치를 알고 있는 것만 같았다.

요부!

화냥년!

얌전한 고양이가 부뚜막에 올라간다더니…….

'아악!'

그녀는 귀를 막았다. 비를 가로질러 무작정 뛰었다.

'나쁜 놈…….'

그녀는 결국 부모님 묘가 가까운 계곡에서 투신해 생을 마감했다. 바위에 부딪치며 늑골이 부러졌다. 그게 심장을 찔러 즉사한 것이다. 피가 냇물처럼 많이 나왔다. 그 피는 흐르고 흘러 산 벚나무 앞에서 멈췄다. 그 위로 벚꽃 잎이 내려앉았다.

―벚꽃이 피를 먹어서 그래.

윤홍이 한 말의 유래였다.

시신은 병자인 남편을 대신해 늙은 찬모가 성심껏 수습했다. 늙은 찬모는 그녀의 죽음이 누구 때문인지 알고 있었다. 집사의 행실을 알고 있었던 것이다. 찬모 또한 처음 그 집에 갔을 때 몇 번인가 지분거림을 받았었다.

늙은 찬모는 대감에게 고할 기회를 노렸지만 그 자신이 급성 질환에 감염되고 말았다. 결국 찬모는 애달픔을 지닌 채 삶을 마감했다.

'세 사람…….'

미류는 파득 눈을 떴다. 아이의 전생에서 따라온 인과는 세 사람에 걸쳐 있었다.

"어, 아저씨 눈 떴네?"

잠시 후에 실눈을 뜬 아이가 소리쳤다.

"그래, 네가 이겼다."

"와아!"

아이는 금메달이라도 딴 양 펄쩍 뛰며 좋아했다.

"혹시 며느님 사진이 있으신가요?"

미류가 할머니에게 물었다.

"엄마 사진 여기 있어요!"

아이가 먼저 대답했다. 사진은 아이의 목걸이 안에 있었다. 아이와 함께 다정하게 찍은 모습이었다.

'푸헐!'

그걸 보는 순간 한숨이 터져 나왔다. 미류가 짐작한 세 사람의 인과는 틀림이 없었다.

'아이는 양반의 아내, 엄마는 그녀를 겁탈한 집사. 그리고… 늙은 찬모는 죽은 아빠의 동료······.'

결론은!

아이는 엄마를 파멸시키기 위해 태어난 생명이었다. 어떻게든 병든 지아비를 돌보며 살려고 찬모까지 자청한 그녀를 욕보인 집사. 그 집사가 전생인 엄마를······.

미류는 얽힌 인과를 하나씩 풀어냈다. 집사와 양반 아내의 인과는 이 생에서 엄마와 아들로 이어졌다. 그러나 엄마는 아이를 낳기 어려운 몸. 그렇기에 결혼 4년간 아이가 없었던 것이다. 만약 그 상태로 할머니의 아들이 사고로 죽었다면 할머니의 모든 재산은 윤홍의 엄마에게 돌아갔을 일. 그때 홀연 등장한 것이 함께 죽은 맹지훈이었다.

윤홍에게는 조금도 서리지 않는 할머니 아들의 영기. 이 아이는 맹지훈의 아들이 맞았다. 맹지훈은 늙은 찬모의 현생이었다. 한을 품고 죽어간 양반의 아내를 그렇게 도운 것이다. 그렇게 씨를 뿌려 집사의 후생인 윤홍 엄마에게 파멸의 단초를 제공했다.

아빠!

그 한마디였다. 할머니의 아들이 아니라 맹지훈의 묘를 찾아가는 윤홍의 피. 그리하여 이 생에서도 호가호위하려던 집사의 삶을 어둠의 나락으로 밀어 넣은 것이다.

그러나!

미류 역시 커다란 난관에 부딪치고 말았다. 꼬인 인과 때문이었다.

인과를 밝혀내면 가장 타격을 입을 사람은 어린 윤홍이었다. 할머니가 며느리의 부정을 문제 삼아 내친다면 윤홍이 또한 비련의 신세가 될 수 있었다. 아버지가 맹지훈이라면 윤홍이는 할머니의 피가 한 방울도 섞이지 않은 것이다. 그런 손주를 할머니가 품을지 미지수였다.

그렇게 되면 모두가 불행할 일이었다. 며느리부터 어린 윤홍, 그리고 할머니까지도. 이 사실이 알려지는 순간, 며느리 자격은 물론 할머니의 모든 재산권 행사에서 밀려날 윤홍의 엄마. 며느리, 손주와 더불어 큰 대과 없이 노후를 보내던 할머니 역시 혈혈단신이 될 가능성이 높았다.

─인과냐?

─긁어 부스럼이냐?

─과거 정리냐?

─현실 유지냐?

복잡해졌다.

전생으로 하여금 오히려 일이 더 꼬인 것이다. 미류는 그 자리에서 할머니의 전생륜을 띄웠다. 할머니는 무슨 인과를 지녔기에 이런 기

막힌 상황에 처하게 된 걸까? 그 또한 우연은 아닐 것 같았다.

"……!"

전생륜을 불러낸 미류가 소스라쳤다. 할머니의 전생륜은 희미하게 두 겹이었다. 이미 하나의 자아를 완성하고 새로운 자아를 위한 미션으로 태어난 할머니…….

'몸주님!'

난해한 상황에 전생신을 돌아보았다. 그는 대답이 없었다. 대신 벽에 붙은 시계가 눈에 들어왔다. 딱 20분으로 끝내려던 점사는 어느새 30분을 훌쩍 지나고 있었다.

'허얼!'

부담 하나가 더 따라붙었다. 지금 나가지 않으면 정 시장의 초대에 늦을 판이었다. 하지만 미류는 신제자, 이런 판을 벌여놓고 장국수를 택할 수는 없었다.

"잠깐만 실례하겠습니다."

미류는 양해를 구하고 전화를 들었다.

―일찍 오시면 좋지만 늦어도 괜찮아요. 천천히 오세요.

시장 부인이 대답했다. 여의치 않으면 다음으로 미루려던 미류. 그 속내를 안 건지 그녀가 먼저 선수를 쳐버렸다. 아무튼 시간은 벌었다. 이제 조바심은 내려놓아도 될 것 같았다.

"기주님!"

미류가 할머니를 바라보았다.

"예."

"귀신은 손주에게 쓴 것 같습니다."

미류, 본격 공수를 시작했다.

"아이코나! 우리 손주, 이따금 가슴팍이 아프다더니 그게?"

미류 말을 들은 할머니가 자지러졌다.

"이걸 속 시원히 해결하려면 며느님이 필요합니다. 지금 좀 부를 수 있을까요? 힘들면 다음에 날을 잡아드리겠습니다."

"아닙니다. 손주에게 귀신이 붙었으면 한시라도 빨리 떼어야죠. 저도 전화 좀 쓰겠습니다."

할머니는 그 길로 며느리를 호출했다.

며느리 한초희도 득달같이 날아왔다. 할머니의 위상을 엿볼 수 있는 일이었다. 돈 없고 가난한 할머니의 명이라면 며느리가 추상처럼 지킬 리가 없었다.

할머니가 손주를 데리고 나가자 며느리는 명함 한 장을 꺼내놓았다. 서울지검의 검사 명함이었다.

"뭐죠?"

미류가 물었다.

"제 동창이에요."

대답하는 한초희의 목소리에서 뾰족한 각이 느껴졌다.

"그래서요?"

"우리 어머니가 여길 왜 온 거죠? 나는 또 왜 부른 거고요?"

한초희의 목소리는 낮으면서도 차가웠다. 거실의 할머니가 듣지 못하도록 볼륨을 조절하는 것이다.

"점사는 비밀 보장이 원칙입니다만……."

"말해주세요."

이번에는 현금이 나왔다. 봉투도 없이 1만 원권 한 뭉치, 딱 100만 원이었다.

"제 공수는 돈으로 열리지 않습니다만……."

미류가 돈뭉치를 밀었다.

"오기 전에 검색하고 왔어요. 꽤 유명하시더군요. 혹시 세금은 잘 내세요?"

"예?"

"긴말하지 않을게요. 어머니도 밖에 계신데 험한 소리 내고 싶지 않아요. 우리 어머니 왜 오셨는지만!"

돈뭉치 위에 한 뭉치가 더 올라갔다. 이제 현금은 200만 원이 되었다. 한초희는 수완가였다. 딜을 하는 폼만 봐도 견적이 나왔다. 하지만 상대를 잘못 골랐다. 미류의 특허권은 돈 200—300에 왔다 갔다 할 수준이 아니었다.

"천기를 원하는 것치고는 약하군요."

미류가 웃었다.

"여기가 끝이에요. 바른 대로 보고하지 않으면 검찰 수사관들이 올 겁니다."

한초희는 돈뭉치 두 개를 더 올려놓았다.

"푸훗!"

미류는 참았던 냉소를 터뜨리고 말았다.

"웃어?"

한초희의 인상이 팍 일그러졌다.

"검색하고 왔다면서요? 혹시 내가 제대로 복채를 받으면 얼마인지는 안 나와 있던가요?"

"베팅액이 적다?"

"한번 봅시다. 당신 배짱은 어디까지인지."

미류가 팔짱을 꼈다.

"당신, 진짜 뜨거운 맛 좀 보려고 이래요?"

한초희가 핸드폰을 뽑았다. 순간, 미류의 신방울이 동시에 울렸다.

절경!

절경절경절경절경, 쩔껑!

미친 듯이 울리던 신방울이 거친 음을 내며 멈췄다. 인간적인 고민에 빠졌던 미류가 그 고민에서 발을 뺐다는 신호였다.

"이봐요!"

퍽!

눈을 부라리는 한초희의 얼굴로 돈뭉치가 날아갔다.

퍽퍽퍽!

네 개 전부였다. 지폐들은 발아래로 어지럽게 흩어졌다. 그걸 본한초희는 경악했다. 지폐가 그린 네 글자 때문이었다.

(넌 끝났어!)

글자를 본 한초희가 폭발하고 말았다.

"이 인간이 무슨 수작을 부리는 거야!"

한초희가 발끈하자 미류의 입에서 천둥소리가 울렸다.

"감히!"

단 한마디였다. 그 말은 한초희의 모든 혈과 맥을 눌러 버렸다. 오들거리는 한초희의 오감에 미류의 위엄이 작렬하기 시작했다.

"등활지옥 팔한지옥을 지나도 모자라 발설지옥에서 혀를 빼고 철상지옥의 달아오른 철판에 구워 거해지옥에서 톱으로 잘라 독사지옥에 던진 후에 한빙지옥의 얼음 땅에 묻힐 인간 같으니!"

미류의 눈에서 한기가 뿜어져 나왔다. 압도당한 한초희는 들고 있던 핸드폰을 떨어뜨리고 말았다. 동시에 신당의 불이 꺼졌다. 어둠속에서 활활 타오르는 건 미류의 두 눈뿐이었다.

"네 정녕 구린 곳이 많으니 감히 내 신당에 들어와 몸주를 능멸하는구나. 전생에 죄가 많아 이 생에서는 참회하고 공덕을 쌓아야 하나 그 못된 인과를 버리지 못하고 다시 이욕(利慾)으로 치달으니, 가련한 아이를 생각해 덮어두려던 네 죄가 만천하에 드러날지어다! 감히 뉘 앞이라고 겁박을 하는 것이냐!"

미류가 손을 흔들자 새파란 빛이 피어났다.

"으으……."

놀란 한초희가 뒷걸음질을 쳤다.

"맹가 성의 직원과 지은 죄는 네가 알겠지?"

"그… 그건……."

"그 또한 너의 인과였다."

"인과?"

"눈을 똑바로 뜨거라. 네 전생의 죄를 보여주마."

미류의 손이 큰 궤적을 그렸다. 그러자 한초희의 전생이 어둠 속에 피어났다. 집사령이었다. 대감의 권세를 등에 업은 집사. 지은 죄를 헤아리기 어려웠다. 애당초 집사가 된 과정도 그랬다. 빈틈없는 늙은 집사의 밑에서 일을 배우다 그를 죽이고 자리를 차지했다.

집사가 된 후로는 쪼잔한 악행을 쉴 새 없이 일삼았다. 머슴과 하인, 하녀들이 주로 타깃이었다. 반반한 하녀는 제가 먼저 건드리고 머슴들의 고혈을 짜고 또 짰다. 마름도 마찬가지였다. 바치는 게 없으면 어떤 핑계를 대서라도 갈아치웠으니 대감보다 무서운 게 집사였던 것이다.

호가호위!

그 표본이었다.

전생은 마침내 양반의 아내를 겁탈하는 장면, 광에 이르렀다. 양반의 아내가 몸부림을 치자 바위 같은 주먹이 그녀의 배를 내질렀다.

그녀의 입으로 구토물이 올라왔지만 집사는 욕정의 궁극을 위해 폭주할 뿐이었다.

헐떡헐떡!

개가 따로 없었다.

헐떡헐떡!

무릎까지 내려간 바지저고리에 반쯤 뒤집힌 게슴츠레한 눈매에서 전생이 멈췄다. 치욕과 애원이 교차되는 양반 아내의 모습도 잠시 강조되었다. 그녀가 계곡에 몸을 날린 날, 집사는 다른 마름의 딸을 탐하고 있었다. 이제 막 열여섯이 되어 혼담이 오가던 착하디착한 딸이었다.

개 같은 놈!

개만도 못한 놈!

여기저기서 메아리가 밀려왔다. 현실의 한초희도 그 메아리를 들었다.

개 같은 년!

개만도 못한 년!

한초희는 결국 버티던 두 다리가 풀리며 바닥에 무너졌다.

"……!"

그녀가 눈을 떴을 때는 다시 방 안이 환해진 후였다. 그 앞에 미류가 태산처럼 버티고 있었다. 그 뒤로 엿보이는 전생신의 무신도. 그림에서 살광이 쏟아져 나왔다. 살갗이 터질 것 같은 위엄이었다.

"맹지훈과는 어떻게 관계를 맺었나?"

미류의 목소리가 추상처럼 튀어나왔다.

"……."

"고하지 못할까?"

"술에 취해 나도 모르게……."

한초희의 비밀이 열렸다. 술이 발단이었다.

어느 날 할머니의 아들이 집에서 회식을 벌였다. 정원이 제법 넓었던 것이다. 기획사는 작지만 알찼고, 분기별 수입도 기록적으로 올라갔다. 좋은 기분 탓에 술이 과했다. 그러다 사고가 났다. 맹지훈이 술에 취하자 남편이 안방으로 옮겨놓은 것이다.

술판은 그 뒤로도 이어졌다. 갈 데까지 가보자. 그날의 분위기였다. 윤홍의 엄마까지 취해 아무 데서나 잠이 들었다. 이른 새벽, 잠이 깬 한초희는 그 남자가 남편이 아님을 알았다. 술이 불러온 초대형 사고였다. 남편은 거실에 있었다. 옷을 추스른 윤홍 엄마는 남편 옆으로 가서 누웠다. 남편의 코 고는 소리를 들으며 다시 잠이 들었다. 윤홍이는 그렇게 생겨난 아이였다.

"이 남자는 아마, 당신 정부겠지!"

사태를 파악한 미류가 한초희 앞에 명함을 던져놓았다. 아까 그녀가 협박용으로 내놓은 그 명함이었다.

"법사님……."

"할머니를 불러 맹지훈과의 일, 윤홍이가 이광명의 아들이 아니라는 걸 실토하면 정부에 관한 건 관여하지 않겠다."

"……."

"피하면 더 큰 액살을 맞을 것이다. 내 몸주의 이름을 걸고 약속하마!"

"……."

"이모!"

기다리던 미류가 봉평댁을 불렀다. 그러자 한초희가 기겁을 하며 입을 열었다.

"제가 말할게요. 시키시는 대로……."

"부르셨어요?"

봉평댁이 신당 문을 열었다.

"할머니 들이세요."

미류가 말했다. 할머니가 들어섰다. 며느리 한초희의 어깨가 푹 내려갔다. 그녀는 아까 들어올 때의 한초희가 아니었다.

"어머니……."

할머니 앞에 고개를 떨군 한초희가 모든 것을 털어놓았다. 시작은 술, 그러나 그건 하늘이 정교하게 세팅한 한초희의 숙명. 그녀의 악행에 대한 인과가 맹지훈을 불렀고, 그로 하여 아들을 낳게 만들었다. 그리고… 그 아들로 하여금 한초희의 운명에 파국이 온 것이다.

사실 한초희에게는 인과를 벗어날 기회가 있었다. 그 처음은 묘지 결정이었다. 할머니는 합동 묘지를 탐탁지 않게 생각했었다. 그걸 선택한 건 한초희였다. 당시만 해도 맹지훈을 좋아했던 그녀. 이웃한 묘를 쓰면 남편과 그를 같이 볼 수 있었던 것이다.

두 번째는 윤홍의 양육이었다. 남편을 대신해 기획사 대표에 오른 그녀, 베이비시터를 두라는 할머니 말을 듣지 않았다. 아직 재산 상속이 되지 않은 상황이다 보니 아들을 할머니 곁에 붙여두어 마음을 홀리려는 계산이었다.

마지막은 방금 전 미류의 신당에서였다. 미류는 윤홍을 생각해 현실을 참작한 공수를 내줄 생각이었다. 하지만 그녀의 오만방자함이 모든 걸 그르쳐 놓았다. 그야말로 자업자득, 인과응보였다.

'이제 결정권은 할머니…….'

미류는 할머니의 결정을 주목했다.

쫘악!

할머니의 첫 행동은 싸대기 갈기기였다. 시원했다.

쫘악, 쫘악!

싸대기 작렬은 몇 번이고 더 이어졌다. 마침내 한초희의 코와 입술에서 피가 터져 나왔다.

"아이는 내가 친양자로 입양하겠다. 어차피 네게는 하나의 수단에 불과한 아이라 내가 쭉 키워왔으니 불만은 없겠지. 변호사로 하여금 서류를 보낼 테니 인감 찍고 사라지거라."

"어머니……."

"그리 부르지 말거라. 나는 사실 네가 처음부터 싫었다."

"……!"

"몰랐느냐? 그래서 네가 사온 자석 목걸이며 진주 반지, 신경통 팔찌, 그 무엇도 몸에 걸치지 않았는데?"

"……."

"윤홍이에게도 내색하지 말고 조용히 떠나거라. 그게 좋겠다."

할머니가 문을 가리키자 한초희는 간신히 걸어 나갔다.

"법사님, 참으로 고맙습니다!"

할머니가 합장을 해왔다. 미류도 그저 합장으로 인사를 받았다. 뭐라 할 말이 없었다.

"할머니, 엄마 갔어!"

거실로 나오자 윤홍이 할머니 품에 안겼다. 아이는 그저 덤덤해 보였다.

"응? 우리 윤홍이 이제 가슴 안 쓰러?"

할머니가 물었다.

"응, 갑자기 가슴이 시원하네?"

"그랬어? 할머니도 시원한데?"

할머니는 두 팔을 벌려 아이를 품었다. 연주 친구까지 합쳐 세 사람은 나란히 인사를 남기고 돌아갔다. 신당의 미류는 넋을 놓고 무신도를 바라보았다. 참 난해한 점사였다. 동시에 아직도 할머니의 마지막 선택에 의문이 있었다. 기른 정이 낳은 정보다 앞선다지만 그래도 피 한 방울 섞이지 않은 아이. 그럼에도 불구하고 할머니의 눈에는 친손주 이상의 애정이 깃들어 있었다.

그 비밀의 공수가 전생신에게서 나왔다.

―막혔느냐?

그가 영음(靈音)으로 물었다.

"예……."

―뚫어주랴?

"예……."

―전생령에 답이 있었다.

"한 자아를 완성하고 새로 시작되는 두 번째 전생륜이라 아무것도 보지 못했습니다."

―눈으로 보지 못하면 마음으로 보면 될 것이다.

"마음이라고요?"

―그래. 두 눈보다 심안이 더 깊고 넓지 않느냐?

"……."

―아직 심안이 열리지 않았다?

"예……."

―만약 열렸다면 그 할머니의 전생령은 무엇이었을 것 같으냐?

"제 생각에는……."

―나하고 한번 맞춰보겠느냐? 내 특허를 받았으니 이심전심이 되는지 안 되는지…….

"그러죠."

—이 신령한 안개를 보거라. 이게 내 답을 그릴 것이다. 그동안 너는 네 답을 괴항지에 쓰거라.

전생신의 말과 함께 신당 안에 숭고한 안개가 드리워졌다. 미류는 숨을 죽였다. 할머니의 전생령. 그게 무엇이기에 손주를 기꺼이 껴안을 수 있을까? 안개가 움직이기 시작했다. 미류도 괴항지로 붓을 가져갔다.

"······!"

붓이 멈췄을 때 안개도 어김없이 글자를 그려놓았다.

아아아!

소리도 없는 신음이 폭풍처럼 밀려 나왔다. 전생신이 예지한 글자와 미류의 글자는 다름이 없었다. 미류는 정신이 아뜩해지는 걸 느꼈다. 그야말로 절묘한 신의 한 수였다. 누구든 알 수 있는 인물이었다. 그 인물이 할머니의 전생이었다. 그래서 할머니⋯ 피 한 방울 섞이지 않은 아이가 그토록 살가웠던 것이다.

콜록!

폐를 뒤집는 깊은 기침이 나왔다. '그가 내뱉었을 법한 기침⋯ 이런 인과라니? 그렇게 엮인 인과였다니⋯ 전생의 신묘함에 넋을 잃고 휘둘릴 때 봉평댁의 목소리가 들려왔다.

"법사님, 저녁 약속 있다고 하지 않았어?"

"늦어서 죄송합니다."

시장 관사에 도착한 미류, 몸소 나와 반기는 부인에게 사과를 전했다.

"아니에요. 식사는 이제부터인걸요?"

"아, 네⋯⋯."

"실은 우리 그이가 할 말이 있다기에 조금 이른 시간을 말씀드렸던 거예요."

"시장님요?"

"저기 나오시네?"

부인이 고개를 돌렸다. 잔디 정원에 깔린 돌 받침을 밟으며 나오는 정 시장이 보였다. 주변에는 육중한 세단들이 가득 들어찬 상태. 아무래도 미류만 온 것 같지는 않았다.

"이어, 법사님!"

시장이 손을 들어보였다.

"늦었습니다."

"아닙니다. 와준 것만 해도 고마운 일이지요."

"이해해 주시니 감사합니다. 부득 끝을 맺어야 할 점사가 있어서……."

"흐음… 그래서 영험함은 탈진이십니까?"

"그런 건 아닙니다만……."

"잠깐 볼까요?"

시장이 미류를 끌었다. 부인은 준비를 위해 주방으로 돌아갔다.

"실은 손님들이 와 있어요."

"예……."

"다들 한가락씩 하는 양반들인데 이 사람에게 힘이 되어줄 사람들입니다."

"……."

"뭐 그렇다고 부담 가지실 필요는 없고요, 국수 드시면서 저하고 상극인 사람이 있나 좀 부탁드립니다. 찾으셔서 액막이해 주시면 더 고맙고요."

"알겠습니다."

"이건 복채입니다. 성의로 알고 넣어두시죠."

"아닙니다. 식사에 초대받았으니 그걸로 갈음해 주십시오."

"이 사람에게 중요한 일이라 공짜 점사는 내키지 않습니다."

"하지만……."

"법사님, 우리 사업소의 자투리 땅 불하를 원하신다고요?"

"예?"

놀란 미류가 고개를 들었다. 정대협은 서울시장. 서울시 관리사업소의 일이니 알 수도 있었다. 하지만 본청의 일도 아니었다. 그런데 어떻게 귀에 들어간 걸까?

"놀라시기는… 법사님이 거기 계시기에 내가 비서실을 통해 물어봤습니다. 무슨 용무로 오신 건지… 그랬더니 담당 과장이 전해주더군요."

"예……."

"사업소의 자투리 업무까지 관여할 생각은 없지만 방해를 놓을 수는 있지요."

"……."

"받으시겠습니까? 땅 불하, 포기하시겠습니까?"

아흔아홉 귀신이 꿈꾼 명혼식(冥婚式)

미류를 배려하는 베팅이었다. 봉투를 챙기는 수밖에 없었다.

"꽤 여러 분인데 한둘은 좀 까다롭기도 할 겁니다. 혹시 무속을 비하하더라도 이 사람 얼굴을 봐서 해량해 주기 바랍니다."

"그렇게 하겠습니다만 앞으로는 말씀을 낮추시지요."

"어이쿠, 영험한 신제자님이신데……."

"시장님!"

"알았네, 이젠 초면도 아니니……."

시장이 웃었다.

"……!"

접대실로 들어선 미류의 시선이 멈췄다. 선일주가 보였다. 안에 있는 귀빈들은 그를 포함해 무려 여덟 명이었다. 다들 신문이나 방송, 인터넷에서 심심찮게 본 사람들. 한마디로 거물들의 집합이었으니 정 시장의 대권 행보 중의 하나로 보였다.

"여러분, 여길 좀 보십시오!"

시장이 귀빈들의 주의를 환기시켰다.

"미류 법사님을 소개합니다. 요즘 핫하게 뜨고 있는 무속인이시죠. 저기 선 장관님도 인연이 깊으시고 이 사람도 큰 도움을 받았기에 모셨습니다."

시장이 미류를 소개했다. 미류는 인사를 하고 말석에 앉았다. 앞쪽의 선일주가 손을 들어 알은체를 해왔다. 고립된 섬을 이어주는 신호였다.

장국수가 나왔다. 멸치로 육수를 낸 국수였다. 감칠맛이 나면서도 맛이 깊었다.

"법사님, 많이 드세요!"

부인이 다가와 미류를 챙겼다.

"어이쿠, 법사님이 젊어서 그런가 인기 짱이시군. 이거 시샘이 납니다그려!"

60줄의 머리 희끗한 거물이 농담을 던졌다.

"젊어서 그런 게 아니고 저 양반이 우리 마누라님 소원을 풀어주셨답니다. 그래서 나보다 더 좋아하는 눈치입니다. 이러다 남편 자리도 뺏기는 거 아닌지 모르겠습니다."

시장도 농담으로 분위기를 띄웠다.

"이야, 그럼 나도 계룡산 들어가서 무속 좀 배워야겠는데요? 그래야 시든 정치 인기를 좀 살리든지 말든지……."

"오 의원은 원래 손금 좀 보지 않소? 아예 이참에 젊은 법사님을 스승으로 모시지 그래요."

"말 나온 김에 금배지 떼고 무속에 입문해 볼까요? 지역 주민보다 더 무서운 마누라 점수 좀 따려면……."

"아하핫!"

거물들은 농담을 나누며 분위기를 달구기 시작했다. 하지만 단 한 사람, 선일주 앞쪽의 거물만은 굳은 얼굴로 국수 국물을 마시고 있었다. 눈매가 싸했다. 시장이 의식하는 사람인 것 같았다.

─상극을 골라주세요.

시장의 오더…….

미류의 관심이 자연스레 그에게 쏠렸다.

"미류 법사!"

선일주가 다가왔다.

"방송국 양국조 사장 아시나?"

"예……."

미류가 고개를 들었다. 마침내 양국조가 작업에 들어간 것인가?

"포럼에서 우연히 만났는데 법사 얘기를 하더군. 아니, 우연이라기엔 어폐가 좀 있지. 그 양반 인간성으로 보아 의도적이었을 테니……."

"예."

"눈치를 보아하니 정 시장 쪽으로 옮겨 타고 싶은 것 같던데 내가 일침을 놓았네. 사람이 한 우물을 파야 하지 않겠냐고."

"뭐라시던가요?"

"법사를 팔더군. 자기도 많은 도움을 받았다나? 딴에는 유대감을 찾고 싶은 거였겠지만 나는 상대하지 않았네."

"부적격인가요?"

"그렇다네. 그 친구는 정치 철새야. 좋게 보면 변신의 귀재지만 나쁘게 보면 기회주의자지. 검찰 쪽 보고를 듣자니 갑질로 많이 해먹고 여기저기 바치는 모양인데 정 시장에게 그런 인물은 필요 없네. 곧 검찰에서 내사에 착수할 것 같으니 그때 걸러질 수도……."

Out!

판결이 내려졌다. 양 사장의 관운이 막히는 소리였다.

"여러분, 여기 법사님은 젊은 나이지만 도력이 굉장합니다. 여러분도 죄지은 거 있으면 자수하세요. 우리 법사님 공수에 걸리면 한칼에 날아갑니다."

대화를 마친 선일주가 슬쩍 미류를 추켜세웠다. 그러자, 국물을 마시던 거물이 그릇을 거칠게 놓으며 짜증 섞인 반응을 보였다.

텅!

소리를 따라 다른 거물들이 시선을 돌렸다.

"다들 여기 점 보러 오셨습니까?"

단 한마디.

그 한마디에 실내는 침묵 모드로 들어갔다.

"아, 우리 염 의원님은 미신 같은 거 싫어하시지. 그냥 웃자고 한 말이니 너무 심각하지 맙시다. 모름지기 정치인이라면 삼라만상을 다 품어야 하지 않습니까?"

누군가가 나서서 상황을 수습했다.

"싫고 좋고가 아닙니다. 혹시라도 정 시장이 대권상이다, 대권운이 있다… 이런 식으로 때울 거라면 저는 먼저 가보겠습니다."

염길태 의원. 알고 보니 국회 보건 복지 위원장이었다. 복지가 대두되면서 알짜 중의 알짜로 꼽히는 보건 복지 위원장. 그의 위상을 대변하는 감투였다.

미류는 여전히 그를 주목했다. 이번에는 손목이었다. 재미난 시계를 차고 있었다. 시침도 분침도 없는 시계였다.

"염 의원. 아, 솔직히 우리가 살면서 재미로 토정비결도 보고 집안 대소사에 길일도 잡으러 가고 그러지 않습니까? 나는 이사 갈 때마다 손 없는 날도 짚어보는데 그게 다 생활의 활력으로 하자는 거지

미신을 신봉하자는 건 아닙니다."

다시 나선 건 선일주였다.

"누가 뭐랍니까? 내 말은 우리가 정책 비전으로 나가야 한다는 겁니다. 저쪽 진영에서 이런 모습을 보면 어떻게 생각하겠습니까?"

염길태 역시 주장을 굽히지 않았다.

"이런 모습이 어때서요? 웬만한 정치인들치고 무속인이나 관상가 안 찾는 사람 있습니까?"

"그래서요? 거기서 국정 동력이 나오기라도 한다는 겁니까?"

"그게 아니라 마음의 위로 아닙니까?"

"우리에게 필요한 건 위로가 아니라 정책과 세력입니다. 우리 시장님, 현재까지는 밀리고 있어요."

"그러니 여유를 갖자고 법사님 모신 거 아닙니까? 많은 정치인들이 선거를 앞두고 이런 위로로 분위기를 띄우곤 했는데 뭐가 문제입니까? 법사님 나이가 어려서요?"

"그건……."

"염 의원님은 다 좋은데 미신 이야기만 나오면 쌍심지를 켜시는 게 단점입니다. 우리는 미신, 미신하지만 국민들에게는 그 미신이 정서로 자리 잡은 것도 많습니다."

"아이고, 왜들 이리 깊이 가십니까? 자리 옮겨 차나 한잔들 하십시다."

시장이 논쟁의 허리를 자르고 들어왔다. 그래도 염길태의 굳은 얼굴은 풀리지 않았다.

차는 정원에서 마셨다. 몇몇 거물들이 다가와 소소한 궁금증을 물었다. 그러다 결국 우려하던 질문이 나오고 말았다.

"그래서 말인데, 우리 정 시장이 대권운이 있기는 한 겁니까? 아, 막말로 없으면 차 갈아타야지!"

농담 반, 진담 반. 그 질문자는 허팽수 의원이었다.

앗, 뜨거!

미류, 머릿속에 용암이 들어온 느낌이 들었다. 도란거리던 거물들의 이목이 미류에게 쏠렸다. 어쩌면 그들이 미류에게 가장 기대하는 말일 수도 있는 대권운. 그러나 미류는 말할 수 없는 그 대권운. 미류는 시장을 향해 눈을 돌렸다. 허 의원의 시선이 미류의 그것을 따라왔다.

말해!

그의 눈빛이 재촉을 했다.

농담을 빙자한 최상의 압박. 거물들의 시선은 부드러웠지만 날 선 창칼보다 사납게 미류를 윽박지르고 있었다.

시장을 보았다.

말해!

그의 눈이 말했다.

선일주를 보았다.

말해!

그의 눈도 다르지 않았다. 장국수 모임이라지만 본질은 세를 과시하기 위해 모인 거물들. 앞으로 전개될 대선에서 전방위로 활약할 알짜 멤버들이었다. 그들에게 필요한 건 무엇일까?

'확신……'

미류는 생각했다. 정 시장은 정치인이었다. 왜 시장이 되었을까? 당연히 거대 서울특별시의 시정을 거쳐 국정 역량을 쌓았다는 스펙으로 삼기 위해서다. 왜 미류를 초대했을까? 도움을 위해서다. 무슨 도움? 멤버들에 대한 확신 주입이었다. 말하지 않아도 통하는 이심전심, 시장은 그걸 바라고 있지 않을까?

지금까지는 좋은 이미지로 만나고 있는 미류와 정 시장. 곰곰이 생각해 보니 오늘 이 자리의 처신에 따라 끝장이 날 수도 있었다. 아니, 괘씸죄에 걸리면 사업소 땅 불하도 물 건너갈 수 있는 일이었다. 정 시장이 편협해서가 아니라, 일의 추이가 그렇게 되고 있었다.

　"정치는 저보다 여러분들이 더 잘 아실 것 같습니다만……."

　미류가 슬쩍 한 발을 뺐다.

　"그게 대권은 하늘이 내린다니까 하는 말 아닙니까? 거 용한 무당들은 하늘의 뜻을 읽기도 하시고……."

　기왕에 내지른 일, 허 의원은 끝장을 볼 태세였다.

　"천기는 함부로 누설하면 부정을 탑니다. 게다가 너나없이 대권상을 논하다 보면 오히려 혼란을 자초할 뿐이지요."

　계속 감질나게 만드는 미류.

　"아이고, 그럼 암시라도 주시오. 말 꺼낸 사람 입 부끄러울 판이오."

　허 의원도 고래심줄처럼 끈질겼다.

　암시!

　그 말에 미류가 웃었다. 직격타는 비껴난 것이다. 어차피 정 시장의 대권운을 알고 있는 미류, 암시 정도의 서비스까지 마다할 생각은 없었다.

　척!

　미류가 펼친 것은 깃발이었다. 우담할망이 넘겨준 신기. 그것으로 암시를 줄 생각이었다.

　"이건 행운이나 길운을 점치는 신기점 깃발입니다. 모두 다섯 색이죠."

　미류는 깃발을 하나하나 보여준 후에 뒷말을 이었다.

　"시장님까지 다섯 분이 한번 뽑아보시겠습니까? 시장님이 마지막에 뽑으시면 암시가 될 것 같군요."

미류가 깃대를 내밀었다. 잠시 주춤거리던 거물들이 깃대를 잡았다.

"뽑아보시죠, 참고로 일반적인 길운을 빌 때는 붉은색을 길한 것으로 보지만 대권에 관해서는 황제의 색인 노란색이 길한 색입니다."

설명과 함께 거물들이 일제히 깃대를 당겼다.

"아!"

네 거물은 자신들의 깃발 색을 보고 자지러졌다. 미류가 말한 황색 깃대는 시장의 손에 있었다. 암시 치고는 기가 막힌 일이었다.

짝짝짝!

선일주의 손에서 시작된 박수가 거물들에게 이어졌다. 박수의 마지막은 정 시장과 부인이었다. 시장 부부는 흐뭇한 미소를 감추지 못했다.

하지만!

이번에도 염길태의 빈정은 빠지지 않았다.

"거참, 애들 장난도 아니고……."

냉소를 뿜으며 돌아서는 그에게 미류가 따라붙었다. 시장의 당부 때문이 아니었다. 대체 그는 왜 그렇게 무속을 못마땅해하는 것일까? 정작 자신은 뒤통수에 영가(靈駕)를 매단 주제에.

영가(靈駕)!

미류는 처음부터 그걸 보았다. 접대실에 들어서면서 거물들을 투영했던 것이다. 정 시장의 말대로 상극을 찾기 위해서였다.

게다가 거물들!

그런 사람을 만난다는 건 미류에게도 기회가 될 수 있었다. 잠재고객을 늘릴 수 있는 것이다. 잘하면 요양원 후원자로도 삼을 수 있었다.

특별한 상극은 없었다. 하지만 살짝 까칠한 느낌의 거물은 있었다. 미류는 차분하게 영안(靈眼)을 움직였다. 레이더에 걸린 거물은 셋이었다. 그들에게서 영가가 보였다. 크고 작은 우환이 있을 게 틀림없는 사람들. 그중에 가장 강한 기세가 바로 염길태. 까칠한 느낌의 그 사람이었다.

"뭐요?"

정원목 앞에 멈춘 염길태가 미류를 쏘아보았다. 가까이 온 것조차 마땅치 않은 표정이었다.

"죄송하지만 뒤통수에 근심을 달고 계셔서……."

"나하고 장난을 하시자는 건가?"

염길태의 목소리에 힘이 들어갔다. 상대는 거물 국회의원. 미류와 이해관계가 없으니 무속인 정도는 우습게 보는 것도 당연했다.

"따님이 한 분 계시군요. 따님 우환인 듯한데……."

"……?"

간보기 공수에 염길태가 반응을 보였다.

"미력하지만 이렇게 뵌 것도 인연이니 기회를 주시면 제가 도와드리겠습니다."

"건방진!"

염길태는 미류의 호의를 위세로 후려쳤다.

"의원님!"

"이봐, 법사인지 뭔지 다른 사람은 모르지만 나한테는 안 통해. 미신 따위에 관심 없으니 다른 데 가서 알짱거리라고."

'알짱?'

"나참, 나라 위해 큰일하겠다는 사람들이 무속인이나 부르고……."

염길태의 냉소가 이어졌다. 이번에는 다른 거물 전부를 겨냥한 냉소였다.

"기분이 상했다면 죄송하게 생각합니다. 큰일을 하자면 집안부터 화목해야 하기에 드렸던 말씀입니다."

"뭐라?"

"깊은 우환인데 아쉽군요. 의원님 얼굴에 딸바보라고 쓰여 있어서 더 도와드리고 싶었을 뿐입니다."

"……!"

"그럼……."

미류가 돌아섰다. 말이란 길면 손해였다. 특히 주도권을 잡고 싶다면 무조건 말수를 줄여야 했다.

"이봐!"

염길태가 미류를 불렀다. 미류는 못 들은 척 계속 걸었다.

"이봐!"

소리가 한 번 더 이어졌다. 그제야 미류가 느긋하게 돌아보았다.

"누가 그러던가? 우리 딸에게 우환이 들었다고?"

"제 몸주께서요."

"몸주?"

"도와드리라는 공수였는데……."

"뭘로? 당신이 의사라도 돼? 지금이 굿하고 성황당에서 방울 흔들며 복숭아 나뭇가지로 사람 패면 낫는 18세기인 줄 알아?"

"21세기에도 귀신은 있습니다만."

"푸헐!"

"못 믿으시는군요? 그건 상관없습니다만 그렇다면 의원님 따님은 왜 못 고친 겁니까? 저 빛나는 21세기의 의학으로."

"……?"

"안타깝군요. 정말로 딸을 아끼신다면 지푸라기라도 잡아봐야 하는 거 아닙니까?"

"의사도 못 고치는 병을 무당에게?"

쩔겅!

그 말을 들은 미류가 신방울을 묵직하게 울렸다. 그런 다음 염길태의 정수리에 부적 하나를 붙여주었다.

"머리, 어떻습니까?"

"……?"

"찌근거리는 두통 말입니다. 아마 느껴지지 않을 겁니다."

"지, 지금 무슨……."

"지금은 어떤가요?"

미류는 붙였던 부적을 떼어냈다.

"……?"

염길태, 대답하지 못했다. 미류의 말대로였기 때문이다.

"육체의 병과 영(靈)에 든 병은 다릅니다. 다른 건 몰라도 영이나 신이 실려 든 병은 무당이 의사입니다. 오천 년 역사 이래 줄곧!"

미류는 염길태를 겨눈 시선을 거두지 않았다.

"당신……."

"마지막 기회를 드리죠. 따님을 사랑하시면 제게 보여주십시오. 그 빛이 점점 시들고 있으니 나중에는 기회조차 없을 겁니다."

"……."

"거절입니까?"

"좋아. 대신 못 하면 어쩔 텐가?"

"뭘 원하십니까?"

"더는 정 시장 곁에 알짱거리지 말고 조용히 살도록."

"우환을 해결해드리면요?"

"그렇다면 나도 기꺼이 법사 신도가 되어주지. 우리 재은이가 건강해진다면야……."

염길태가 폭주했다.

"그 말 잊지 마십시오!"

미류는 낮고 묵직하게 응수했다. 복채를 받았으니 시장을 위해 뭔가를 해야 했던 미류였다. 게다가 이 사람, 무속을 발톱의 때로 생각하고 있지 않은가?

"다음 주일세. 잊지 않았지?"

헤어지기 전 선일주가 약속을 환기시켰다.

"염려하지 마십시오."

"그나저나 염 의원하고 무슨 말씀하셨어?"

"별일 아닙니다. 무속에 대해 꼬인 게 있으신 것 같아서……."

"좀 유별난 사람이긴 하네. 장애인들 챙기는 거 보면 다른 분야도 잘 챙길 것 같은데… 법사님이 이해하시게."

"예!"

인사로 선일주를 보냈다. 다른 거물들도 떠났다. 마지막으로 시장과 부인에게 인사를 했다.

"아유, 바쁘다 보니 법사님 좋은 말씀도 따로 못 듣고 보내네."

부인은 영 아쉬운 표정이었다.

"시간 나시면 언제든 불러주세요."

"아니에요. 바쁘시니 제가 신당으로 가죠 뭐."

그 말을 끝으로 차에 올랐다. 관사를 나오니 염길태의 차량이 보였다. 미리 약속했던 일이었다.

'무속이라면 치를 떠는 국회의원님……'

보여 드리죠.

무속이 그렇게 백해무익한 게 아니라는 사실!

미류는 염길태의 세단을 뒤따르기 시작했다.

차는 한양대학교 방향으로 돌았다. 하천이 가까운 곳에 염 의원의 자택이 있었다. 아주 한산한 곳이었다. 차에서 내리고 보니 멀리 서울시 관리사업소의 불빛이 보였다.

휘잉!

바람이 불어왔다. 바람이 안고 온 하천 냄새에는 도시의 모든 것이 실려 있었다. 욕망과 번민, 절망과 좌절, 심지어는 배설과 찌꺼기의 냄새들까지.

"아이 사진이오."

차에서 내린 염 의원이 핸드폰을 보여주었다. 낮은 화소의 화면 속에서 여중생이 웃고 있었다. 아주 총명해 보였다.

"……?"

미류는 고개를 갸웃거렸다. 총기가 운명창에서 읽은 느낌과 달랐던 것이다.

"중학교 때 사진이오. 올해 스물한 살인데 그때는 제 학교를 휩쓸고 다녔지."

'중학교……'

"우리 딸의 병은 우울증이라오. 아주 심하지. 밤에는 수면제 없이 잠 못 들고, 혹 수면제를 안 먹은 날은 하천을 돌아다니기 일쑤고……."

"……."

"게다가 여기 기억도 별로 안 좋은데 집만 벗어나면 아이가 눈에 띄게 날뛴다오. 그래서 부득……."

"……."

"때로는 낯선 사람을 보면 물어뜯으려고 하오. 농담이 아니니 겁이 나면 그냥 가도 좋아요. 오면서 생각하니 법사도 다 먹고 살자고 하는 짓일 텐데 내가 너무 각을 세운 건가 싶기도 하고……."

"따님 일이 새나갈까 걱정되시는군요?"

"그런 점도 있지만 그건 괜찮소. 정 시장이 허튼소리나 하는 사람을 자기 집으로 부를 리는 없으니까. 또… 그 양반이 그런 부류라면 내가 일찌감치 손을 떼는 것도 좋고……."

"……."

"아무튼 그렇소. 당신이 자초한 일이고, 당신 신이 영험해 내 시름을 없앨 것처럼 얘기했으니 더 이상의 언급은 자제하겠소. 나머지는 알아서 대처하시오."

"그러죠."

"들어갑시다."

염 의원이 대문을 가리켰다. 미류는 보좌관이 열어준 문을 따라 마당에 들어섰다. 정원은 아담했다. 첫발을 디디다 돌아보았다.

"……?"

좋지 않았다. 영가의 흔적이었다. 그것도 아주 많았다.

'대체…….'

어림잡아도 100여 명 언저리? 다행히 위태롭지는 않았다. 치열한 원한 같은 게 느껴지지 않는 것이다.

'이상하군.'

고개를 저었다. 보통 영가는 두 종류로 나뉜다. 애절한 마음을 전하려는 영가와, 흔하게 보듯 원한을 품은 영가. 그런데 이 집에서 감지된 영가는 둘 다 아닌 것 같았다.

절렁!

신방울을 울렸다. 영가들은 조용히 숨을 죽였다.

똑똑!

2층으로 올라간 염 의원의 사모님이 딸의 방문을 노크했다.

"재은아, 엄마야!"

안에서는 소리가 나지 않았다. 사모님이 염 의원을 돌아보았다. 염 의원이 다시 턱짓을 했다. 계속하라는 뜻이었다.

"엄마라니까. 안 자면 좀 들어갈게."

사모님이 조심스레 문을 열었다. 그런 다음 미류를 바라보았다. 미류가 다가섰다. 딸은 창가에 있었다. 뼈쩍 말라 해골 표본에 가까운 실루엣이었다. 그녀 귀에 꽂힌 이어폰이 보였다.

"재은아, 너 도와주시려고 사람이 왔는데……."

엄마가 다가서지만 딸은 돌아보지 않았다. 미류는 딸의 영가를 체크했다. 보였다. 그녀의 심장에 나른하게 매달린 영가…….

쩔겅!

미류가 신호를 보냈다. 방울 소리를 들었을까? 딸이 비로소 돌아보았다. 그녀의 얼굴은 해골에 가죽 한 장을 붙인 것 같았다. 정말이지 처참할 정도로 말라 있었다. 화면에서 본 귀엽고 총명한 얼굴은 흔적조차 없는 것이다.

"캬!"

미류를 본 딸이 물어뜯을 듯 기세를 올렸다.

절겅!

미류가 방울 소리로 받았다. 딸이 공세를 멈췄다. 급격하게 들이대던 탓에 이어폰이 빠진 게 보였다. 낡은 MP3에서 노래가 흘러나왔다. 일본 가요인 '나인티나인'이었다.

"카륵!"

딸은 콧등을 우묵하게 구기며 다가왔다. 사모님이 당황하자 미류가 안심시켰다.

"죄송하지만……."

딸을 바라보며 두 사람에게 뒷말을 이었다.

"좀 나가 계시겠습니까?"

"뭐라고요?"

사모님이 물었다.

"나가 계셔야 합니다."

"여보!"

사모님이 의원을 돌아보았다. 염 의원은 미류를 바라본 후에 아내를 데리고 나갔다.

"카학!"

부모가 퇴장하자 딸이 더 기승을 부렸다.

"옴소마니 소마니 훔……."

가볍게 항마진언부터 외웠다. 딸이 주춤 물러섰다. 짐작대로 악독한 영가가 붙은 건 아닌 모양이었다. 그렇다고 안심할 일도 아니었다. 악독하지는 않지만 집착이 강한 영가였다.

가방에서 부적을 꺼냈다. 겁을 먹은 딸이 창 쪽으로 뒷걸음질 쳤다. 다가서던 미류, 창밖의 영기가 강해지는 걸 느꼈다.

'뭐지?'

딸을 놔두고 마당을 주목했다. 그곳에 영기를 퍼붓자 영가들이 줄을 이룬 띠가 희끗희끗 드러나기 시작했다. 이어지고 또 이어지는 격자 형태였다. 사모님이 내준 차 한 잔을 마시는 동안에 시간이 흐른 것이다. 밤이 깊어진 것이다.

'맙소사!'

미류의 입이 쩌억 벌어졌다. 영가 때문이었다. 마당에서 느껴지던 영가의 숫자. 그 또한 빗나가지 않았다. 다시 봐도 100에 가까웠다.

'뭐야……'

등뼈를 타고 식은땀이 흘러내렸다. 이미 죽은 지 오래된 영가들… 대다수는 물에 빠져 죽은 귀신들이었다. 앞은 청계천과 중랑천이 합쳐지는 지류. 과거 이 근처에는 무허가 판잣집들이 즐비했었다. 지금도 장마 통이면 상류 쪽에서 심심찮게 익사 사고가 나곤 했으니 영가의 존재는 당연할 일이었다. 문제는 왜 귀신들이 이 집에 꼬여드는가 하는 거였다.

왜!

더 난해한 건 악의가 없다는 것. 영가들은 서로 공감대를 형성한 듯 흔적으로 연결되고 있었다. 미류는 고개를 저었다. 이런 귀신이라면 쉽게 퇴치하기 어려웠다.

일단 집중했다.

꽃이라고 다 꽃이 아니듯 귀신이라고 다 귀신은 아니었다. 미류는 원인이 될 만한 영가를 탐색했다. 그러다 무리의 뒤편에서 시선이 멈췄다. 염원이 강력한 영가가 감지되었다. 대문 밖이었다.

파앗!

미류는 방문을 박차고 뛰었다.

"이봐!"

놀란 염 의원이 거실에서 소리쳤다. 돌아보지도 않고 밖으로 나왔다. 의원 보좌관 둘도 따라 나왔다.

쩔겅!

신방울을 흔들어 영가의 자취를 찾았다. 물 쪽이었다. 미류는 그 자취를 따라 달렸다. 얼마나 뛰었을까? 영가가 감쪽같이 사라진 곳에서 멈췄다. 바로 살곶이 다리 위였다.

"무슨 일입니까?"

뒤를 따라온 보좌관 하나가 숨을 고르며 물었다. 다른 보좌관은 보이지 않았다.

"여기……"

미류가 다리를 가리켰다. 오래된 돌 상판이었다.

"여기서 무슨 일이 있었죠?"

미류가 물었다.

"그, 그건……"

"여기 사는 귀신이 있습니다, 말하세요."

"……"

"말해요. 의원님 딸 살리고 싶으면. 지금 그 집 마당에 귀신들이 바글거린다고요!"

"귀신?"

절겅!

미류가 대답대신 신방울을 흔들었다.

"아휴!"

놀란 보좌관, 다리가 풀리며 그 자리에 주저앉았다.

"귀신 숫자가 너무 많아요. 그대로 두면 의원님 딸은 반드시 죽습니다. 어서요."

"그게 나도 들은 말입니다만……"

보좌관은 넋두리처럼 사연을 고백했다.

"재은이… 중학교 때 무척 좋아하던 남자애가 있었는데… 여름 장마 때 밤에 학원 다녀오다가… 그 남자 아이가 바래다준다고 이 다리를 함께 건너다 남자애가 미끄러져서 그만……."

"그만 뭐요?"

"익사를 했답니다."

"익사?"

"법사님이 서 있는 바로 그 자리… 그 남학생이 미끄러진……."

"……!"

"보좌관 말이 맞소."

거실의 염 의원이 인정을 했다. 딸에게 맺힌 사연은 그랬다.

"남학생 이름이 뭐죠?"

"……."

"의원님!"

"박민규!"

이름을 확인한 미류가 마당으로 나왔다. 온몸에 몸주의 힘을 실었다. 그리고 그 힘을 신방울 소리로 옮겨놓았다.

절겅절겅절겅!

방울이 흔들리자 영가들이 보였다. 현관 계단, 담장, 잔디 위, 정원수 사이, 어디에도 있었다. 미류는 그중 가장 최근의 영가를 잡아 세워 물었다. 장마 때 물에 휩쓸려 죽은 노인 영가였다.

"너희 숫자가 몇이냐?"

"아흔여섯."

"왜 그리 많은 것이냐?"

"부탁을 받았지. 그래서 모이고 있어."

"모이고 있다면 아직도 부족하다는 것이냐?"

"그래."

"얼마나 더 모일 것이냐?"

"둘."

"왜 모이는 것이냐?"

"어린 친구의 소원을 위해……."

"소원?"

"명혼식(冥婚式) 올리려고."

명혼식이라면 죽은 사람들끼리 혼인을 맺는 의식…….

아흔여섯!

미류의 생각이 미친 듯이 뻗어나갔다. 딸을 합치면 아흔일곱… 모자라는 건 둘. 팽팽 돌아가는 뇌리에 MP3의 곡이 스쳐 지나갔다.

(나인티나인, 더 이상 참기 힘들어…….)

나인티나인… 숫자로 99… 숫자로 감을 잡은 미류가 2층 계단으로 뛰었다.

"법사!"

의원의 외침은 듣지 않았다. 딸의 방에 들어가 이어폰을 잡아 뺐다. 아직도 그 노래가 나오고 있었다.

—나인티나인…….

—우리는 단단히 맺어져 있어.

나인티나인… 미류는 MP3를 집어 들었다. 딸은 적개심을 드러냈지만 달려들지는 않았다.

"이 노래… 아는 대로 말해주세요."

계단을 내려온 미류가 의원 부부에게 물었다.

"민규와 우리 재은이가 함께 듣던 노래래요."

사모님이 대답했다.

벽의 시계는 자정 직전, 텔레비전의 화면에서는 심야 뉴스가 방송되고 있었다.

"속보입니다. 경찰은 오늘 저녁 중랑천 변에서 일어난 모녀 살인 사건의 범인을 긴급 체포했다고 밝혔습니다. 범인은 딸과 교제 중이던 남성으로, 직업이 없다는 이유로 무시를 당하자 홧김에 모녀를 중랑천 변으로 불러내 흉기로 살해하고 그 사체를 유기한……."

─나인티나인…….

뉴스와 노래가 겹쳤다.

모녀 살인…….

─나인티나인…….

현재의 영가 97명…….

─나인티나인…….

박민규의 귀신이 원하는 건 명혼식.

─나인티나인…….

'젠장!'

낭패감을 느낀 미류가 주먹으로 허공을 후려쳤다.

"법사!"

보다 못한 염 의원이 외쳤다.

"나오세요!"

당황한 미류가 염 의원을 잡아끌었다. 거칠었다. 마당으로 나온 미류는 바로 의원의 한 손을 잡았다.

"눈 감아요. 시간 없습니다."

미류가 폭풍처럼 다그쳤다.

"대체……."

"감으라고요. 지금 이유를 알고 싶은 거잖습니까?"

"……!"

"당장!"

미류의 목에 정맥이 불끈거렸다. 기세에 밀린 의원이 눈을 감았다. 미류는 자신에게 맺힌 영력(靈力)을 의원에게 나누어주었다.

"눈 떠요. 마음 단단히 먹으시고요!"

미류가 외치자 의원의 눈꺼풀이 올라갔다.

"으헉!"

의원은 장풍이라도 맞은 듯 휘청거렸다. 미류가 손을 잡고 있는 까닭에 넘어지지는 않았다. 하지만 기세를 올리던 그 몸은 사시나무보다 위태롭게 떨었다. 영가들 때문이었다. 마당을 서성이는 수십 영가가 그의 눈에 들어온 것이다.

"보이죠?"

미류가 물었다. 의원은 이빨을 위아래로 부딪치며 간신히 고개를 끄덕였다.

"객귀와 잡귀, 영산까지 다 모여들었습니다. 화살영산, 수살영산, 자살영산, 여자영산, 남자영산, 젊은 영산, 늙은 영산, 이 근처에서 죽은 귀신이란 귀신은 다 모인 겁니다."

"왜……?"

"죽은 남자아이… 따님을 원하고 있어요. 혼자 힘으로는 부족하니까 귀신들의 힘을 빌리는 겁니다. 이들이 아흔아홉에 이르면 따님의 목숨은 박민규 옆으로 갑니다. 그 숫자에 실린 박민규의 비원이 이편과 저편에 다 통했어요. 따님과 귀신들 말입니다."

"……."

"귀신도 뭉치면 귀혼력(鬼魂力)이 나옵니다. 게다가 한둘도 아니고

이렇게 뭉친 귀신들은 퇴치하는 데 시간도 많이 걸립니다. 퇴치가 안
될 수도 있고요."

"······!"

"뉴스 보셨죠? 저 위 중랑천 변에서 발견되었다는 모녀 피살체."

"······."

"자정이 넘으면 그 귀신들이 올 겁니다. 그럼 딱 아흔아홉이 됩니다."

나인타나인!

미류의 뇌리에서는 아직도 그 노래가 돌아가고 있었다.

"······."

"서둘러야 합니다. 아니면 따님은 죽어요!"

"법사······."

의원의 얼굴은 하얗게 질려 있었다. 영가 하나가 다가와 그의 얼굴
에 썩은 팔을 내민 것이다.

쩔겅!

미류는 신방울을 울려 영가를 밀어냈다.

"어··· 어떻게 하면 되는 것이오?"

의원이 물었다.

"박민규 사진 있죠?"

"있을 거요. 딸이 매일 들여다보니까."

"따님하고 박민규의 사주와 사진, 따님이 입고 있는 속옷 한 벌을
가져오세요."

"박민규 사주까지?"

"모르면 그쪽 부모에게 전화해서 알아내요. 시간 없어요, 어서!"

"아, 알았소."

2층으로 달려간 의원 부부가 미류가 원하는 걸 가져왔다.

"두 분은 따님 방에서 꼭 붙어 계세요. 어떤 일이 있어도 따님을 밖으로 나오게 하면 안 됩니다."

"아, 알았소."

"크게 대답하세요. 대충하면 따님은 죽어요!"

"아, 알았다고……."

"거기 보좌관님!"

"예!"

"집안 문은 다 닫고 대문을 활짝 여세요. 그리고 하천 물에 띄울 만한 것 좀 찾아오고요."

미류는 부적 한 장을 현관문 위에 붙였다. 귀신 퇴치부였다. 그런 다음 살곶이 다리로 뛰었다. 시계를 보았다. 자정은 고작 6분을 남겨두고 있었다.

'미류… 침착해라… 침착해……'

다리가 보이자 마음을 달랬다. 서둘러서 될 일은 아무것도 없었다. 미류는 그 자리에 멈췄다. 그런 다음 두 보좌관에게 당부를 내렸다.

"다리 양편에서 오가는 사람을 막아주세요. 내가 신호할 때까지 누구도 다리를 밟게 해서는 안 됩니다."

미류의 말이 떨어지기 무섭게 보좌관들이 다리 끝을 향해 뛰었다.

자정 2분전!

미류는 다리 아래로 뛰어내렸다. 물은 허벅지까지 올라왔다. 야밤의 하천. 밤의 힘을 머금은 음기가 태산처럼 일어났다. 까딱하면 미류도 무너질 판이었다.

쩔겅!

신방울을 울린 미류, 다리에 힘을 주고 의원 딸과 박민규의 사주를 꺼냈다.

사진도 꺼냈다. 그걸 속옷을 넣은 종이 상자 아래에 찔러 넣었다. 그릇 한가운데 촛불을 밝히고 속옷에 불을 댕겼다.

'됐어.'

준비를 마친 미류가 하천을 바라보았다. 심연처럼 펼쳐진 하천은 기괴함마저 자아내고 있었다. 미류는 그 중심을 향해 벽력같은 공수를 뿜었다.

"박민규!"

외침과 함께 MP3를 틀었다. 노래가 나왔다. 나인티나인이었다.

"이리 오거라. 명혼식을 원한다면서?"

공수와 함께 잡고 있던 것을 놓았다. 불길이 살랑이며 둘의 사진과 사주, 속옷이 떠내려가기 시작했다.

우우우!

물결을 따라 기묘한 울음이 들려왔다. 영가들이 다가왔다. 박민규와 아흔다섯 영가의 등장이었다. 미류의 모든 털은 이내 바늘처럼 곤두서 버렸다.

─염재은!

─염재은!

─여자가 왔어!

─여자가 왔어!

─명혼식이야!

외침이 다가왔다. 영가들이 바람처럼 다가왔다. 미류는 보았다. 저만치 멀어지는 두 사람의 사주를 실은 배. 그 배를 따라 떠내려가는 수많은 영가들. 그 꼬리를 물고 의원 집에서도 딸의 비명이 천둥처럼 터져 나왔다.

"으아악!"

"까아악!"

산 자의 비명과 죽은 자들의 합창. 두 개의 세계가 동시에 미류 귀 안에서 섞였다.

"천지정명 예기분산… 팔방위신 사아자연……."

미류는 자정의 하천에 서서 옥추경을 외웠다. 낡고 늙은 영가들의 흔적도 보이지 않을 때까지 외웠다. 그리고… 마침내 영가들의 흔적이 더는 느껴지지 않을 때 두 개의 새파란 영가가 새로 감지되었다.

'맙소사!'

초저녁에 죽은 모녀의 영이었다. 예상대로 박민규의 혼령이 둘까지 부른 모양이었다. 그 둘을 합치면 99영가. 나인티나인. 그야말로 간발의 차이였다.

'후우!'

가슴팍에 걸린 한숨이 밀려 나왔다. 저택의 비명은 더 이상 들리지 않았다.

후룩!

거실에서 차를 마셨다. 한 잔을 금세 마셨다. 염 의원과 사모님은 그저 지켜만 보았다. 부부 사이에는 딸이 있었다. 그들이 포기했던 재은이였다.

"잘 마셨습니다."

차를 마신 미류가 잔을 놓았다.

"고맙소."

염 의원이 미류의 손을 잡았다. 미류는 대답 없이 재은이를 바라보았다.

"고마워요."

딸도 띄엄띄엄 감사를 전해왔다. 그녀의 가슴에 더 이상 영가의 흔적은 없었다. 사악한 기운도 없었다. 벌써 몇 해던가? 길고 긴 첫사랑의 한이 이제야 가신 것이다.

"이 은혜를 어떻게 갚아야 할지······."

사모님은 줄줄이 흐르는 눈물을 훔치기 바빴다. 습기는 미류에게도 있었다. 앞뒤 가리지 않고 몸을 던졌던 하천의 물기가 아직도 아랫도리에 흥건하기 때문이었다.

"의원님!"

미류가 염길태를 바라보았다.

"말하시오."

"따님에게 부적을 써도 되겠습니까?"

"그럼요, 얼마든지 쓰시오."

처음과 달리, 의원은 기꺼이 받아들였다.

대한민국 거물 정치인의 한 사람. 딸의 심각한 우울증을 고치기 위해 모든 방법을 동원했던 그였다. 유명한 정신과 의사가 있으면 달려가길 마다하지 않았고 신경과 역시 그랬다.

세상을 다 가질 듯 명랑하고 지혜로웠던 딸. 서울대냐 하버드냐를 놓고 저울질할 정도로 공부도 잘했었다. 그러나 그날, 장마 통에 불어난 하천의 물. 그 탁한 물이 맑은 미래를 앗아가 버렸다. 그렇기에 염길태는 늘 껍질뿐이었다. 사랑하는 딸의 붕괴와 절망을 바라볼 수밖에 없는 아버지의 좌절이었다.

이제는 다 포기했던 딸. 그저 고통 없이 살다 죽기만을 바라던 그 딸이 부활을 했다. 염길태는 미류에게 간이라도 빼주고 싶었다. 진심이었다.

미류가 가방을 열었다. 부적을 꺼내 불을 댕겼다. 재은이에게 들었던 깊은 한. 사랑하는 남자 친구를 눈앞에서 잃은 충격. 둘은 사랑했다. 어린 마음에 결혼도 약속했을 것이다.

―너는 내 거야.

―오직 너만 사랑할게.

어린 재은은 남자 친구를 구하지 못한 죄책감에 시달렸고 그 헐렁한 마음속으로 박민규의 비원이 들어왔다.

―기다릴게.

―너만 기다릴게.

그 바람은 결국 품지 말아야 할 마음을 품게 되었다.

―빨리 와!

그리하여 일어나서는 안 될 일을 자행했다. 가까운 곳에서 죽은 혼령들. 아직도 떠도는 모든 혼령을 호출한 것이다.

나인티나인.

아흔아홉의 혼을 모아 명혼식을 꿈꾸었다. 그 숫자는 둘만의 암호. 어린 연인들의 슬픈 약속. 99에는 그 의미가 모두 담겨 있었다.

말한 대로 이루어지리라는 뜻의 '아멘'도 99에 닿아 있다. 아멘을 그리스어로 표현하고 그 알파벳에 해당되는 숫자를 다 더하면 99가 되는 것이다. 뿐만 아니라 서양에서 숫자 99는 Forever, 즉 영원을 뜻하고 프로그램에서도 99는 종료를 뜻한다.

부적은 소리 없이 타올랐다. 익숙한 향이 미류에게 위로가 되었다.

"마시게 하세요. 혹시 모를 영가의 찌꺼기들을 씻어낼 겁니다."

미류가 부적의 재를 탄 물을 의원에게 주었다. 의원은 공손히 받아 딸에게 건넸다. 재은이 그 물을 마셨다.

꿀꺽!

목 넘김 소리가 들리고 얼마 지나지 않아 잿빛 얼굴에 살짝 생기가 도는 게 보였다.

"기분은 어때?"

미류가 재은에게 물었다.

"좋아요."

"몸은?"

"가벼워요."

"됐어, 이제 올라가서 자."

"수면제는……."

사모님이 미류를 바라보았다.

"이젠 안 먹어서도 될 겁니다. 보름 정도 영양 보충이나 해주시고 그 후에 병원에 가서 검사를 받아보세요."

"알았어요."

사모님은 가뜬한 마음으로 재은을 데리고 일어섰다.

"고맙습니다, 법사님!"

재은은 다시 한 번 인사를 해왔다.

"법사……."

모녀가 사라지자 염길태가 입을 열었다.

"말씀하세요."

"면목이 없소."

"별말씀을……."

"아니오. 내가 무릎이라도 꿇어야 할 판이라오."

"이젠 무속에 대한 느낌이 다르신가요?"

"물론이오. 내가 진작 법사 같은 분을 만났어야 하는 건데……."

"세상에는 조금 늦는 일도 많은 법입니다."

"아무튼 아까의 무례는 두고두고 갚겠소."

"그 시계……."

미류의 눈이 염길태의 손목시계에 머물렀다.

"시계요?"

"독특하군요."

"아, 이건 시각장애인용 시계입니다. 타임피스라고 부르죠."

"특별히 그 시계를 차는 이유가 있나요?"

"장애인에 대한 애정의 상징으로……."

"의원님의 관심사가 장애인들이군요. 소외받고 어려운 사회적 약 자들……."

"맞습니다. 그래서 보건 복지 위원장을 맡고 있는 거고요."

"실은 무속인들도 이제 사회적 약자입니다!"

"……?"

"제 말이 틀렸습니까? 오천 년 역사 속에서 중생들과 함께했지만 도도한 세계사의 흐름에 밀려나면서 원시종교에, 미신으로까지 추락 했습니다. 사회적 천대와 외면… 그게 사회적 약자가 아니면 무엇이 겠습니까?"

"……."

"오늘이 제게는 길일이로군요."

"……."

"염 의원님처럼 무속에 대해 반감이 깊은 분에게 무속이 그렇게 허 접한 것만은 아니라는 걸 알려드려서… 그리고 보면 정 시장님 덕분 일까요? 그분으로 하여금 기회가 온 것이니?"

"……."

"다시 뵐 때는 무속에도 애정 어린 시선을 가지셨기를 기대합니다. 의원님 손목에 찬 시계처럼요."

"법사……."

"말씀하시죠."

"듣자니 법사께서 전생으로 현생을 비추는 데 대가라고 들었소. 맞습니까?"

"대가까지는 아니지만 작은 재주를 부리는 건 맞습니다."

"그럼… 기왕에 이렇게 된 거 내 전생을 좀 보여주십시오. 이렇게 되고 보니 정 시장과 특별한 전생연이라도 있는지 궁금해지는군요."

"……!"

미류는 염 의원을 바라보았다. 무속에 대해 배타적이던 염 의원. 미류의 주특기를 원하고 있었다.

"눈을 감으시지요. 미력하나마 전생을 보여 드리겠습니다."

미류가 답하자 염길태의 눈이 감겼다. 그의 전생륜에서 전생령 하나가 걸어 나왔다. 부유한 유태인이었다. 그러나 혼자 돼지처럼 잘 먹고 잘살지는 않았다. 그는 성실하게 신의 계명에 따르고 이웃을 도왔다. 이익금의 일부를 떼어 가난한 어린이들을 지원했고, 병자들에게 약을 사서 보냈다.

13세기의 모로코였다. 멀리 초라한 게토가 보였다. 유태인들이 보였다. 회교도에 의해 강제 격리되는 중이었다. 그러나 반발하는 유태인도 많았다. 그들은 감옥으로 보내졌다. 본보기로 가혹한 대우를 받았다. 그들 안에 염 의원의 전생이 있었다.

날마다 감방이 넓어졌다. 일부는 끌려 나가 돌아오지 않았고 일부는 굶어 죽었다. 그들은 어차피 죽을 목숨들이었다.

처음에는 1,000여 명이었던 감옥의 유태인들. 하나둘 굶어 죽거나 병들어 죽고 몇 사람만 남았다. 염 의원의 전생도 한 감방 안에서 혼자 살아남았다. 대다수가 죽어나가도 살아남은 비결. 그 비결이 그의 앞에 툭 떨어졌다.

감자였다.

한쪽이 상한 감자. 그걸 던져준 사람은 간수였다. 늘 그랬다. 그는 조금 상한 감자가 나오면 염 의원의 전생에게 던져주었다. 철창 속의 유태인에게는 보석보다 귀한 선물이었다.

그렇게 반년이 지난 후에 유태인은 석방되었다. 살아서 감옥을 나온 사람은 고작 다섯 명이었다. 감자를 준 간수가 나와 배웅을 했다. 얼굴을 주목했다. 정 시장의 전생이었다.

"혹시 감자 좋아하시나요?"

감응 준비를 마친 미류가 물었다.

"좋아하오."

"감응에 들어갑니다."

미류가 말했다. 염 의원은 담담하게 전생을 보았다.

"감자……."

전생이 끝나자 염 의원의 입에서 단어 하나가 튀어나왔다.

"내가 감자를 좋아한 이유가 있었군."

"……."

"정 시장도… 그리 마땅치 않으면서도 도와야겠다는 마음이 들기에 아이러니하다 싶었는데……."

"……."

"전생이었군. 정 시장이 내 전생에 은혜를 베풀었기에 그게 은연중에 남아서……."

"……."

"그러고 보니 그때도 적이었군. 사실 그 양반 캠프에 합류하기 전에는 정치적으로 동지는 아니었는데……."

"……."

"감자값을 갚아야 하는 거요?"

염 의원이 웃었다.

"그건 의원님이 결정할 문제입니다."

"기가 막히는군요. 이거야 원. 정 시장과 내가 그런 인연이라니……."

"밤이 깊었으니 저는 이만……."

감응을 끝낸 미류가 일어섰다.

"잠깐, 이걸 받아주시오."

염길태가 작은 덩어리를 내밀었다. 제법 묵직했다.

"뭐죠?"

"복채요. 딸의 첫돌 때 들어온 것을 녹여서 만든 것이라오."

"그걸 왜 저에게?"

"그걸 만들 때 생각했었소. 언젠가 딸의 미래에 가장 중요할 때 팔아서 쓰기로. 그러니 딸이 다시 태어난 오늘보다 더 중요한 때가 어디 있겠소?"

"……."

"법사의 말대로 하겠소. 아니, 나는 이미 법사의 신도요. 내 딸을 살렸으니 당신이 사이비 교주라고 해도 나는 믿을 것이오. 그러니 그 증표로라도 받아가시오."

"의원님!"

"복채라니까요. 내가 복채를 낸다는 것은 곧 무속을 인정한다는 뜻도 되지 않겠소? 물론 법사처럼 인증이 되는 무속만 그럴 겁니다만."

"좋습니다."

미류는 기꺼이 금덩이를 받았다.

"그리고 이것!"

염길태가 봉투 하나를 더 올려놓았다.

"의원님!"

"그건 내 복채요. 정 시장댁에서 복채를 말하지 않았습니까?"

"하지만 복채는 하나면……."

"아니지요. 법사는 두 명의 점사를 보았습니다. 딸 몫은 받고 내 것은 안 받으면 말이 되지 않습니다."

"……."

"고맙습니다."

의원은 인사로써 미류의 입을 막아버렸다.

부릉!

고단한 몸으로 시동을 걸었다. 염 의원의 집이 멀어지자 차에서 내렸다. 저만치 살곶이 다리가 보였다. 미류는 다시 다리 가운데에 섰다. 무속이 느껴졌다. 장구 소리, 북소리… 재비(국악에서 악기를 연주하거나 노래를 부르거나 춤을 추는 기능자를 이르는 말)들이 펼치는 날렵한 그 소리… 펄펄 뛰는 무당의 칼춤과 작두날, 그리고 춤사위들.

살곶이 다리는 64개의 튼튼한 돌기둥으로 만들어졌다. 다리의 기원은 무려 세종 대로 거슬러 올라간다. 살곶이라는 이름은 태조로부터 유래했다. 아들 태종과 갈등을 빚던 그는 함흥으로 떠났다. 다시 한양으로 돌아오면서 이곳으로 마중 나온 태종에게 활을 겨누었다. 하지만 활은 태종을 빗나가 땅에 떨어지고 말았다. 그것을 천명으로 받아들인 태조가 이곳을 살곶이로 부르게 되었다고 전한다. 화살이 꽂힌 곳이란 의미의 살곶이가 된 것이다. 다리가 만들어진 이후로 여기서 얼마나 많은 무속이 행해졌을까?

태조의 화살처럼 박민규의 허튼 소망도 재은을 피해갔다. 그 이후

로 태종의 세상이 되었으니 재은 역시 그녀의 남은 꿈을 불꽃처럼
펼칠 일이었다.

'무속도 화살을 피해……'

꽃이 피었으면.

활짝 피었으면.

미류는 아련한 장구 소리를 뒤로하고 차에 올랐다. 어느새 첫새벽
이었다.

"오상준이 오늘 내림굿을 합니다!"

신청울림이 터져 나왔다. 굿판이 벌어졌다. 산신을 모시는 상산맞
이, 무속의 으뜸신을 청하는 일월성신맞이, 용왕님을 불러 새 무당의
앞날을 점치는 물베바치기로 이어졌다. 미류는 춤을 추었다. 여러 만
신들이 시키는 대로 추었다.

물베바치기의 핵심은 삼베 끝을 적시는 일이다. 끝을 적셔 그 위로
물방울이 많이 솟으면 큰 무당이 되는 것이다. 물방울은 아예 콸콸
흘러내리고 있었다.

높아지는 북소리를 따라 내림굿거리에 들어섰다. 대들보에서 대문
앞의 나무까지 이어진 흰 무명천의 일월다리가 흔들렸다. 일월성신
이 내려오는 길이었다.

"고갤 들어라!"

만신들 틈에서 호령이 나왔다. 그중에서도 경관 만신이었다. 굿을
주재하는 최고의 만신이었다.

"너는 어떤 무당이 될 터이냐?"

호령이 이어졌다.

"사람의 마음을 안아주는 무당이 될 겁니다."

"그럼 이걸 안거라!"

경관 만신이 덩어리 하나를 던졌다. 문둥병자의 시신이었다.

"……"

"네 진정 사람의 마음을 안아주는 무당이 되길 원한다면 거기 입을 맞춰보거라."

경관 만신의 다그침이 높아졌다. 미류는 시신에 입을 맞췄다. 시신이 연꽃으로 변했다. 무명천을 타고 내려온 일월성신은 전생신으로 변했다.

"이제 그만 일어나야지."

경관 만신은 표승이었다.

"선생님……"

웅얼웅얼, 메아리 같은 소리를 내며 미류가 눈을 떴다.

"법사님!"

"……?"

미류는 흐린 초점을 맞췄다.

"오빠!"

하라 목소리 덕분에 조금 더 빨리 시선이 돌아왔다. 신당의 미류 방이었다.

"일어나셔야지? 오늘 방송국 가는 날 아니야?"

봉평댁이 말했다.

"방송국?"

"그래. 화요 언니도 와 있어."

하라의 목소리에 남은 잠이 왈딱 달아났다. 신몽대감과 궁천도인의 은인 프로그램 공개 녹화일이었다.

"법사님!"

화요는 거실에 있었다. 욕실이 거실에 있었기에 미류는 부스스한 채로 그녀를 보고 말았다. 화요는 우아한 흰색 니트 원피스에 회색 카디건을 걸치고 있었다.

"밤새 검사 보시고 오셨다면서요?"

화요가 물었다.

"한잠만 자고 일어난다는 게⋯⋯."

"어쩌죠? 채 피디님께 말해서 녹화 조금 늦춰달라고 떼써 볼까요?"

"안 돼요. 우리가 출연하는 것도 아닌데⋯⋯."

"그래도 법사님이⋯⋯."

"지방 갔다더니 언제 왔어요?"

"지금 온 거예요."

"하라는?"

미류가 하라를 바라보았다. 채 피디는 미류와 화요는 물론이고 하라도 초대했다.

"준비 완료!"

하라가 대답했다.

"이모는요?"

"나도!"

대답하는 봉평댁의 볼이 아이처럼 붉어졌다. 방송국 나들이가 설레는 눈치였다.

"아흠, 그럼 나만 서두르면 되겠네. 10분만 주세요."

10분!

외출하는 여자에게 10분은 찰나일지 몰라도, 남자의 10분은 그리 짧은 게 아니었다. 재빨리 세수하고 양치를 마친 미류는 봉평댁이 준비해 둔 무복으로 갈아입었다. 연주에게 전화도 걸었다.

"디카 좀 부탁해!"

할 거 다 하고도 10분 안쪽이었다.

"오빠 혼자 가요. 나는 법사님 차로 갈 테니까."

화요가 매니저에게 외쳤다. 그녀의 선택은 랜드로버의 조수석이었다. 하라의 입술이 살짝 삐뚤어졌지만 그뿐이었다.

부릉!

시동이 걸리기 무섭게 궁천에게 전화가 들어왔다.

"저희 지금 출발합니다. 혹시 떨리면 우황청심환이라도 하나 물고 준비하세요!"

유경험자답게 조언까지 날렸다. 남은 건 방송국까지 날아가는 일뿐이었다.

치명적 영(靈)빨

'응?'

여의도가 가까워질 무렵, 미류가 돌아보았다. 어쩐지 하라가 얌전했다. 화요에게 질투심을 가지고 있는 하라. 이제 보니 화요의 말에 친절하게 답까지 하고 있다. 어떻게 된 일일까?

차가 방송국에 도착했다. 매니저가 조금 먼저 도착했다.

"웃차!"

하라가 깡총 뛰어내렸다.

"조금만 기다려요. 저는 잠깐 자연의 부름으로 실례……"

생리 현상이 온 건지 화요가 건물 안으로 들어갔다.

"하라!"

미류가 슬쩍 간을 보기에 들어갔다.

"응?"

"오늘은 화요 언니하고 친하네?"

"내가 언제는 안 친했어?"

하라가 새침하게 대답했다. 허얼, 소리 없는 한숨이 나왔다. 언제는 화요가 어쩌고, 클 때까지 기다리고 저쩌고 앙큼을 떨더니 이제는 눈빛 하나 변하지 않는 하라. 어려도 여자는 여자였다.

"그 말 진심? 진짜?"

"응."

"그럼 나, 화요 언니하고 친하게 지내도 돼?"

"그건 안 돼!"

여유로운 척하던 하라의 미간이 과격하게 구겨졌다.

"친하다며?"

"그건 언니가 귀인일지 몰라서 그렇지."

"귀인?"

답이 나왔다. 어쩐지…….

"오빠 잘 때 쌀점 봤거든. 그런데 오늘 귀인이 온대."

"나한테?"

"아니, 하라한테!"

"그게 화요 언니야?"

"그건 몰라. 하지만 화요 언니일지도 모르잖아?"

"오빠 거는?"

"악, 내 거만 봤는데……."

제 발 저린 하라가 두 손으로 제 입을 막았다.

"저년이 그렇지 뭐. 저 좋다니까 법사님도 홀랑 배신하고……."

봉평댁의 핀잔이 날아왔다.

"엄마, 여기서는 욕하면 안 돼. 방송국이라 몰래카메라에 다 걸려."

하라가 손가락을 입술로 가져갔다.

"진짜?"

순박한 봉평댁의 눈이 두 배로 벌어졌다.

"그렇지, 오빠?"

미류에게 인증을 원하는 하라. 어느 편을 들까 난감할 때 화요가 돌아왔다.

"가요, 법사님!"

화요가 미류를 끌었다.

"반갑습니다!"

녹화실에 들어서자 여러 사람이 인사를 전해왔다. 행정 직원도 그랬고 작가들도 그랬다. 물론 그중에서 미류를 가장 반긴 건 채 피디였다.

"두 분이 와주시니 스튜디오가 꽉 차는군요. 오늘 녹화, 감이 좋습니다."

채 피디가 웃었다.

"신몽 만신님과 궁천도인님은?"

미류가 세트장을 바라보았다. 아직은 누구도 보이지 않았다.

"아, 다른 세트장에서 촬영을 하고 있습니다. 두 분이 따로 찍어야 할 게 있어서요."

"저처럼 말이군요?"

"예, 두 분 능력도 굉장하더라고요. 새삼 무속의 진가를 깨닫게 되었습니다."

"별문제는 없었죠?"

"당연히 없죠. 양 사장님도 팍팍 지원하고 계신걸요."

"사장님요?"

옆에 있던 화요가 끼어들었다.

"무슨 변덕인지 국장님을 내세워 온갖 걸 다 챙겨주네요. 다 미류 법사님 신통력 덕분이죠 뭐."

"제가 무슨……."

"아닙니다. 법사님 오시면 한번 내려온다고 했는데 괜찮으시겠습니까? 싫으시면 제가 오시면 안 된다고 자르겠습니다."

"상관없습니다. 피할 이유도 없고요."

"그럼 사장실에 전화합니다?"

한 번 더 확인한 피디가 전화를 걸었다.

"법사님 최고!"

옆의 화요가 엄지를 세웠다. 그러자 그 뒤에서 수많은 섬섬옥수들이 엄지 척에 동참했다. 수나와 친구들이었다. 늘씬한 장두리와 그녀의 동료들도 보였다.

"법사님!"

뒤를 이어 연예인들이 일제히 손을 내밀었다. 자그마치 여섯 명이 한꺼번에 악수를 청한 것이다.

"또 여자 꼬이네."

하라의 입술이 철 지난 매미 입처럼 격하게 삐뚤어졌다.

"화요야, 나 법사님에게 할 말이 좀 있는데……."

선수를 친 건 장두리였다. 그녀는 누가 보든 말든 미류를 끌어당겼다.

"무슨 말씀이신지……."

복도로 끌려 나온 미류가 머쓱하게 물었다.

"아유, 어쩜 그렇게 인기가 좋아요? 애들 눈초리가 내 피부에 꽂힌 것 좀 봐."

장두리는 창이라도 맞은 듯 손목을 쓸어내렸다.

"……"

"게다가 방송국 양 사장님도 확 잡았다면서요?"

"……."

"아, 이런 능력자라니… 어디 산호초 바다의 해변 테라스 같은 데서 법사님하고 단둘이 시원한 얼음 주스 앞에 놓고 인생 상담이나 하면 좋을 텐데……."

"……."

"그럼 화요가 내 머리털 다 뽑아버릴까요?"

"두리 씨……."

"알았어요. 그냥 희망 사항이잖아요? 녹화는 곧 시작될 테고……."

"……."

"저기 보세요."

장두리가 창밖을 가리켰다. 거기 로드 매니저가 보였다. 장두리가 손을 흔들자 그도 손을 들어보였다.

"우리, 만나고 있어요."

뜸을 들인 장두리가 긴 머리를 쓸어 넘겼다. 귀밑에서 부서진 향수가 미류 후각을 후려쳤다. 장두리 또한 볼수록 미녀였다.

"그래요?"

"뭐 아직은 탐색전이고요, 이 남자가 걸 그룹 기획사를 준비 중이라네요. 원래 저랑 일하기 전에도 기획사에 있었는데 이번에 한번 저질러 보겠다고……."

"잘할 겁니다."

"알아요. 법사님이 바람 넣으셨다면서요?"

"바람까지는……."

"법사님!"

"예?"

"아직 진지한 사이는 아니지만 만약 잘되면 주례 서주셔야 해요."

"······."

"돼요, 안 돼요?"

"서드리죠."

"녹음했어요!"

장두리가 핸드폰을 흔들었다. 그때 녹화장에서 화요가 나왔다.

"언니, 법사님 전세 냈어?"

"어, 그게 아니고······."

"법사님, 피디님이 스태프 대기실로 좀 오시래요."

화요가 손짓을 했다. 아마 양 사장이 내려온 모양이었다.

"채 피디는 왜 또 방해하고 난리래? 난 물어볼 게 너무 많은데······."

장두리가 볼멘소리를 냈다.

"언니!"

"알았다. 어디 너 해외 로케 간 다음에 보자. 내가 아주 법사님 신당에 보따리 싸들고 가서 눌러살 테니까."

"흥, 그러면 내가 법사님 데리고 가는 수가 있어요."

화요의 응수에 장두리의 말문이 막혔다. 화요의 압승이었다.

"이어, 미류 법사님!"

양 사장은 스태프실에 내려와 있었다. 그는 친한 척 미류의 팔뚝을 잡고 흔들었다. 아무도 없는 곳임에도 태도가 공손했다.

"혈색이 좋으시구만."

"예······."

미류는 의례적으로 대꾸했다.

"우리 채 피디에게 얘기는 들었겠지요? 은인 무속 편은 잘되고 있답니다."

"예······."

"무속 다큐멘터리도 국장에게 따로 지시를 했습니다. 녹화 끝나면 만나보세요. 나, 약속은 지키는 사람입니다."

"그러지요."

"할 말이 있거나 요청 사항 있으면 다 말해두세요. 무속에 관련된 사찰이나 굿당, 그리고 무속의 히스토리, 용한 무속인 등에 대한 정보 같은 것… 다 반영하라고 지시했습니다."

"제가 주제넘게 나설 자리는 아닌 것 같지만 아는 데까지 의견을 드리겠습니다."

"다 끝내면 내 방에서 잠깐 차나 한잔합시다."

양 사장은 그 말을 남기고 물러갔다.

"사장님… 법사님 만나고 가시는 거예요?"

복도 앞에서 로드 매니저와 이야기를 나누던 장두리가 입을 쩌억 벌렸다.

"무속 다큐 일로……."

"우와, 이제 보니 법사님이 꼭 교주 같아요. 지구를 아우르는 교주……."

장두리가 엄지를 세워 보였다.

잠시 후에 녹화실에 방청객 입장이 이어졌다. 아줌마 부대가 선봉으로 들어섰다. 궁천을 응원하는 무적의 아줌마 부대였다. 그간 가난한 사람들에게 위로의 공수를 뿌린 궁천. 그 결실의 시작이 방청객으로 피어난 것이다.

찰칵찰칵!

연주는 디카로 사진을 찍느라 바빴다.

그 뒤로 무속인들도 여럿 들어섰다. 그들은 신몽이 초대한 사람들이었다.

찰칵!

그들도 가지런히 찍혔다.

"녹화 들어가기 전에… 하라!"

피디가 하라를 지명하며 말을 이었다.

"우리 재수 좋으라고 팔선채 공수 한번 내려주면 안 될까?"

피디 말을 들은 하라가 미류를 바라보았다.

"그래. 하라, 나가서 분위기 좀 띄워봐."

미류가 하라를 살짝 밀었다. 하라는 기다렸다는 듯이 무대 위로 올라갔다.

"호이짜!"

제자리에서 팽이처럼 돈 하라가 창을 바탕으로 한 축가를 쏟아냈다.

"우리 신몽 할아버지, 궁천 아저씨 출연하는 프로그램 대박 대박 왕대박 날 터이니 잡귀는 물러가고 행운만땅 강림하시라. 호이호이호 이짜~!"

노래를 마친 하라가 귀여운 동작과 함께 마무리를 했다.

찰칵!

이번에도 연주의 디카 작렬.

하라의 인기는 최고였다. 방청석에서는 박수가 그치지 않았고 스태프들 역시 흡족한 표정을 지었다.

그런데… 그중에서도 가장 진지한 표정을 짓는 사람이 있었다. 스태프들 뒤쪽에 선 장두리의 로드 매니저였다. 그의 시선은 하라에게 꽂혀 떨어질 줄을 몰랐다.

"촬영 들어갑니다. 각자 위치 사수하세요!"

채 피디가 진두를 지휘하기 시작했다. 프로그램 로고 송과 함께 두 대물이 등장했다. 신몽과 궁천이었다.

짝짝짝!

박수가 녹화장을 울렸다. 미류 역시 오랫동안 박수를 쳤다. 신몽과 궁천은 범접하기 어려운 포스를 뿜어냈다. 한 사람만으로도 대한민국에서 손꼽힐 신통력의 소유자. 그런 둘이 한자리에 서니 잡귀 잡신은 범접도 못할 분위기였다.

서전은 궁천이 장식했다. 생과 사의 경계를 적확하게 나누는 미션. 궁천은 산 자와 죽은 자가 사용했던 물건을 눈을 감은 채 구분해 냈다. 한 치의 틀림도 없었다.

"우!"

검증을 위해 나온 사람들 마저 몸서리를 쳤다. 채 피디가 섞어둔 물건은 20여 개. 그걸 보란 듯이 구분해 낸 것이다.

―오, 그래?

―당신이 능력 있단 말이지?

바로 난이도가 높아졌다.

이번에는 악행을 저지른 자들의 소지품이 섞여 나왔다. 물론, 궁천은 알 리 없는 미션이었다. 진행 보조들이 펼쳐놓은 물건은 다양했다. 지갑도 있고 손수건도 있고, 형광펜, 머리빗, 볼펜, 칫솔 등도 보였다.

그러나 궁천에게는 별 애로가 없는 미션이었다. 궁천의 몸주는 제대신장. 악을 징치하는 신이었으니 악이 깃든 물건을 단숨에 골라낸 것이다.

그런데…….

거기서 문제가 생겼다.

"……!"

마지막 차례인 형광펜이 놓인 판을 뒤집었을 때였다. 그 아래 정답이 붙어 있었다. 판의 출처는 교도소였다. 하지만 궁천은 선한 사람의 물건으로 분류한 것. 생과 사의 미션까지 합쳐 50여 개 만에 첫 실수가 나왔다. 장내가 웅성거리기 시작했다.

"어떻게 된 거야?"

피디가 진행 보조를 불렀다.

"형광펜은 사형수의 것인데요?"

보조 진행자가 속삭였다.

사형수!

그냥 악당도 아니고 사형수였다. 이상한 낌새를 차린 건지 궁천이 손을 들었다.

"문제가 생겼죠?"

"예?"

"생겼을 겁니다."

궁천은 단정적으로 말했다. 이미 알고 있다는 눈치였다.

"선생님, 잠깐만요."

피디가 나섰다. 50여 개 미션 중에서 딱 하나만 틀린 상황. 과학도 아니고 신의 세계를 넘나드는 사람에게 흠으로 삼기에는 무리가 있었다.

"넘어가지?"

피디의 선택이었다. 큰 문제가 될 일이 아니었다. 편집이라는 묘수는 괜히 있는 게 아니었다. 그때 궁천이 다시 손을 들었다.

"그 답이 틀리게 나온 거 때문에 그러는 거죠?"

"아, 예… 그렇기는 한데……."

"그거 틀린 거 아닙니다."

궁천이 묵직하게 말했다.

"틀리지 않았다고요?"

"그 물건이 죄를 지은 사람의 것이었나요?"

궁천이 진행 보조를 바라보았다. 그는 차마 대답하지 못했다.

"그게… 사형수의……."

피디가 대신 나섰다.

"뭐든 상관없습니다. 그 사람은 죄가 없어요."

"예?"

"죄가 없다고요. 분명합니다."

"선생님!"

"제 명예를 걸고 확신합니다. 확인해 보세요."

"……!"

피디는 궁천의 눈빛에 압도되고 말았다. 편집으로 넘어갈 수도 있는 상황. 하지만 궁천의 태도는 너무나도 확신에 차 있었다. 별수 없이 교도소로 전화를 걸었다.

"……!"

통화하던 진행 보조의 눈빛이 출렁 흔들렸다.

"뭐야?"

피디가 물었다.

"그 물건… 사형수의 것은 맞답니다. 다만 그 사형수는 자기가 무죄라고 주장하는 사람이라네요."

"……."

이번에는 피디가 놀라고 말았다. 사형수. 그러나 무죄를 주장하는 사형수. 그의 결백을 당장 확인할 수는 없지만 그것만으로도 혀를 내두르게 하는 공수가 아닐 수 없었다.

"와우우!"

방청석의 아줌마 부대가 덩실덩실 법석을 떨었다. 광신도가 따로 없었다.

짝짝짝!

스태프들도 죄다 기립 박수를 보냈다. 경이로운 공수에 대한 존경의 표시였다.

"후와, 정말 대단한 분이네요."

미류 옆의 화요도 혀를 내둘렀다.

"그럼 저 사람이 무죄라는 건가?"

사람들이 술렁거렸다. 보지 않고도 결백을 주장하는 사형수의 물건을 관통해 버린 궁천. 단숨에 신통력이 부각되었다.

이후 놀라움의 서막은 신몽이 이어갔다. 이번에는 수술한 사람의 수술 부위 맞추기였다. 모두 열 명이 나와 무대에 도열했다. 신몽은 제자리에서 공수를 내렸다. 맹장 수술을 한 배, 백내장 수술을 한 눈, 아킬레스건 수술을 한 발뒤꿈치, 고관절 수술을 한 엉덩이까지. 그리고… 마지막은 한 사람의 이마에 머물렀다.

"주름살 제거술로 칼을 댔습니다!"

신몽은 최후의 쐐기를 박았다. 출연자들의 수술 기록이 공개되자 장내는 다시 박수로 가득 찼다.

녹화의 백미는 쌍 작두타기였다. 진행 보조가 나와 종이를 올려놓았다. 종이는 작둣날 위에서 소리도 없이 베어졌다. 버린 날의 증명이었다.

"워잇!"

신몽이 올라섰다. 그러자 궁천도 뒤를 이었다.

"어머!"

화요가 놀라 움츠렸다. 미류 역시 긴장하기는 다르지 않았다. 한 사람도 아니고 두 사람. 신몽과 궁천은 마치 싱크로나이즈드 스위밍을 하듯 작두 위에서 놀았다. 스승과 제자만이 할 수 있는 절정의 호흡이었다. 작두에서 내려온 둘은 공수 시험을 받았다. 마지막 미션이었다.

"방청객 중에 이번 주에 결혼한 분이 한 분, 2주 전에 출산한 분이 한 분, 나흘 전에 개업한 분이 한 분, 한 달 전에 아버지를 여읜 분이 한 분 있습니다. 찾을 수 있을까요?"

방청객은 무려 200여 명. 사회자의 말이 끝나기 무섭게 둘의 손이 방청석 의자를 가리켰다.

"첫 번째 줄 가운데 분이 출산한 분입니다. 딸을 낳았네요."

당사자가 아기 사진을 흔들어 인증을 했다.

"세 번째 줄 왼쪽 두 번째 분 결혼했습니다. 신랑은 먼 데서 오신 분이네요."

그 공수는 궁천이 내렸다. 방청석의 시선이 여자에게 향했다. 여자 나이가 족히 오십에 가깝기 때문이었다.

"맞아요. 제가 만혼인데 국제결혼이라 파키스탄 사업가랑 했어요."

그녀 또한 결혼식 사진을 꺼내보았다.

"우!"

신묘한 공수에 깊은 감탄이 나왔다. 나머지 두 미션에도 거침없는 공수가 나왔다. 물론, 빗나가지 않았다.

짝짝짝!

다시 박수가 터졌다. 박수를 치지 않고는 배길 수 없는 영험함이었다.

"신통력 인증!"

사회자의 공인 멘트가 나오자 둘은 한목소리로 마지막 공수를 뿜었다.

"34!"

"무슨 뜻입니까?"

사회자가 물었다. 그러자 이번에도 둘은 한목소리로 대답했다.

"본방 시청률!"

성미 급한 분들을 위해 미리 공개하자면 무속 '은인' 편의 본방은 33.8%의 시청률을 찍었다. 미류외 회요 편보다 4%정도 적었지만 다른 인물들보다는 높았다. 녹화를 마친 신몽과 궁천, 방청석으로 내려와 미류 손을 잡았다.

"고맙네!"

그 또한 한목소리였다.

미류는 소품 하나를 챙겼다. 형광펜이었다. 별다를 것도 없는 형광펜. 그냥 미류의 마음을 끌었다.

"저기… 법사님!"

녹화가 끝난 후, 장두리의 로드 매니저 배은균이 다가왔다.

"예……."

"부탁이 있습니다만……."

"제게요?"

"저기… 하라 말입니다. 제가 오디션 좀 보면 안 될까요?"

"오디션?"

미류가 고개를 들었다.

"아직 기획사 같은 데랑 계약한 거 없죠?"

"물론입니다만……."

"그럼 제게 한번 기회를 주시겠습니까? 제가 보기엔 대박 가수감인데……."

배은균의 시선이 하라에게 향했다. 하라는 멀뚱 미류를 바라보았다. 봉평댁 역시 멀뚱하기는 하라와 다르지 않았다.

배은균!

미류가 점지한 천리마를 보는 눈을 가진 사람. 그가 마침내 발동을 걸고 있었다.

"진심인가요?"

미류가 확인에 들어갔다.

"예, 솔직히 아직 시작 단계라 꺼려질 수도 있겠지만 제가 열정 하나는 누구에게도 뒤지지 않습니다. 게다가 법사님도 독립을 권유하셨고……."

"은균 씨. 지금 무슨 소리야? 자리도 안 잡고서……."

장두리가 우려를 보내왔다.

"법사님!"

배은균의 태도는 완강했다. 물러서지 않겠다는 뜻이었다.

"좋아요. 오디션 언제 볼 건데요?"

"뭐 언제든 상관없습니다. 지금 당장도……."

"지금은 보시다시피 방송국 사장님 호출도 있고 선배님들도 계시고… 며칠 후에 했으면 좋겠네요. 하라도 준비 좀 하고요."

"그러십시오. 저는 무조건 오케이입니다."

배은균은 미류의 제의를 쿨하게 접수했다.

"오빠, 나 오디션 봐?"

하라가 미류를 바라보았다.

"그래. 귀인 만난다더니 이분이 귀인이신가보다."

미류는 하라의 머리를 쓰다듬어 주었다.

"자자, 여러분, 미류 법사님과 사진 찍을 분은 여기로 오세요."

수나가 나서서 바람을 잡았다. 연예인들이 우르르 몰려 나와 미류

옆에 섰다. 화요는 미류 옆을 비집고 들어가 로열 포지션에 자리를
잡았다.

"잠깐!"

그 사이를 하라가 헤치고 들어왔다.

찰칵!

연주의 카메라가 한 장면을 박아냈다.

저벅저벅!

복도 멀리서 발소리가 들려왔다. 나란히 걷는 사람은 미류와 신몽
이었다.

"무속 다큐멘터리?"

신몽이 물었다.

"예. 그러니 만신님이 적합한 무속인과 무속에 대한 고견을 주시면
좋겠습니다."

"그거 미류 법사에게 들어온 요청 아니야?"

"예?"

"그렇지?"

"그게 아니고……."

"겸손하긴… 보아하니 나 대우하려는 마음으로 그러는 거 같은데
장단은 맞춰주지."

"만신님!"

"법사는 그럴 자격 있어. 원래 뜻한 바대로 밀어봐. 솔직히 광고로
뜬 인간들이 나오거나 돈이나 밝히는 사람들이 만신입네 나와서 판
깨버리면 어쩔 거야?"

"……."

"신념대로 밀고 가. 뒤는 내가 받쳐줄게. 누구든 미류 법사에게 태클 걸면 내가 방패가 되어줄 테니 걱정 말고. 이건 궁천도 같은 생각이야."

"만신님……."

미류의 콧날이 시큰해졌다. 내 편이 있다는 것. 그건 무속에서도 뿌듯해지는 일이었다.

"자, 빨리 끝내고 가서 막걸리 한잔하자고. 없는 실력 들통날까 봐 무리했더니 목이 다 칼칼하네."

신몽이 앞서 걸었다. 미류는 따르는 수밖에 없었다.

사장이 기름을 친 덕분인지 국장과의 미팅 분위기는 너무 좋았다. 담당 피디와 작가도 전격 지원 소식에 고무되어 있었다. 신몽이 추천한 무속인은 표승과 물레보살, 천둥할미, 선녀공주, 합궁신녀 등이었다. 거기에 미류가 꽃신선녀와 칠갑보살을 끼워 넣었다.

하나하나 꼽다 보니 걸출한 무속인이 많았다. 그래서 씁쓸했다. 이 걸출한 무속인들이 중심이 되어 건설적으로 사회에 봉사하고 참여했더라면 하는 마음 때문이었다.

해외 촬영도 약속되었다. 무속을 말할 때마다 거론되는 몽고가 주요 촬영지로 정해졌고, 기타 미얀마와 캄보디아 등의 토속 신앙도 함께 검토하기로 했다.

'양 사장…….'

그를 떠올렸다. 일대 반전 또한 그의 공이었다. 꿩 잡는 놈이 매라고, 그가 딴죽을 걸고 나왔기에 이런 일을 도출하게 된 것이다. 하지만 아무것도 하지 않으면 아무 일도 일어나지 않는다. 지난한 파도를 넘어왔기에 무속 다큐멘터리라는 성과를 얻게 된 미류였다.

그러나!

양 사장에게 후한 점수를 줄 생각은 없었다. 선일주에게서도 확인된 그의 됨됨이. 이제 챙길 만큼 챙겼으니 정리할 때가 된 것이다.

주차장으로 나와 쫑파티에 가는 사람들을 먼저 보냈다.

"빨리 끝내고 오세요!"

화요가 차 앞에서 말했다. 미류가 올 때까지 기다리겠다는 의미였다. 순간, 미류 옆으로 50줄의 신사가 스쳐 갔다. 그가 멈춘 곳에 한 아가씨가 있었다.

"성공?"

아가씨가 물었다. 당돌한 목소리가 미류 귀에 들렸다.

"취임 2주년까지 챙겨준다고 좋아하시던데? 하긴 누가 놓아준 다린데?"

신사가 웃었다.

"해주신다지?"

"알아보시겠다더군."

"그럼 됐어. 내가 어제 저녁 내내 아빠 꼬셨거든. 자기 회사 이름은 이번 보도에서 빠질 거야."

"고마워."

"알았으면 나 맛있는 거 사줘."

아가씨는 한껏 재롱을 떨었다. 그 미소가 누군가와 닮아보였다.

'양 사장…….'

미류는 알았다. 아가씨의 계산 섞인 미소. 그녀는 양 사장의 딸이었다. 자기 나이의 두 배쯤 되는 연상남을 만나는 아가씨. 그렇다면 저 신사가 바로 그녀의 남자인 셈이었다.

찰칵!

핸드폰으로 사진 한 장을 박았다. 환생 전에 쓰던 스마트폰에 비하면 원시적이지만 그래도 100만 화소는 넘는 화질이었다.

"또 튕겨?"

양 사장실 앞에 도착하자 안에서 얄팍한 목소리가 새어 나왔다. 문이 조금 덜 닫힌 탓이었다.

"아, 그 자식들 정말 비싸게 구네? 아, 저희들은 언제부터 그렇게 독야청청 외길 정치했대? 이건 보자보자 하니까 무당 놈의 자식부터 하나같이 속을 썩이네? 뭐? 무당은 또 누구냐고? 아, 그 미류 법사인가 머루 법사인가 하는 놈 있어."

머루 법사?

"휘둘리긴 누가 그까짓 무당 놈에게 휘둘려. 그놈이 정 시장하고 안면이 있는 것 같아서 혹시나 나쁜 말할까 봐 돌다리 두드려 보고 있는 거지. 언젠가는 다 손봐줄 놈들이라고."

양 사장 목소리였다. 어이 상실. 미류가 헛웃음을 지을 때 여비서가 복도 화장실에서 나왔다.

"미류 법사님!"

그녀가 미류를 반겼다. 이미 사장의 지시를 받은 모양이었다. 여비서가 들어가 양 사장에게 미류의 도착을 알렸다. 통화 소리는 이내 중단되었다.

"앉으시오!"

양 사장이 미류를 맞았다. 조금 전, 미류를 무시하던 분위기는 간 곳없고 서비스 미소로 바뀌어 있었다.

"예……"

일단 소파에 앉았다.

"그래, 다큐 얘기는 잘되셨소?"

"덕분에……"

"얼마 전에 정 시장 저녁 모임에 참석하셨다지요?"

"……."

"그 양반… 내가 밥 한 끼 산다고 해도 인색하면서……."

양 사장이 말을 돌렸다. 그날의 분위기를 알고 싶은 눈치였다. 미류는 그 기대에 부응해 주었다.

"초대받고 싶으셨습니까?"

"뭐 그 자리가 좋아서가 아니라 내가 워낙 마당발이다 보니……."

"거미줄 인맥이라고 들었습니다."

"인맥이야 다다익선 아니오? 무속에 대한 편견을 버리면서 사람에 대한 편견도 다 버렸다오."

호오!

사장의 연기는 여전히 일품이었다.

"그래서 사장실을 개방하신 건가요?"

"개방?"

"영가가 묻어 들어온 것 같아서요."

미류가 고개를 들었다. 시선의 방향은 책상 위였다. 두툼한 방송 전문 원서가 보였다. 거기서 영가의 흔적이 느껴졌다. 살(殺)을 부르는 영가였다.

"영가?"

"그런 거 같습니다."

"하핫, 좀 피곤한 거 아니오? 저건 내 딸 선배라는 사업가가 미국에서 구해온 귀한 방송학 원서입니다."

"좀 살펴봐도 될까요?"

"그건 곤란하오."

거절하는 양 사장의 이마에 땀방울이 맺혔다. 정색을 하는 건 뭔가 구린 구석이 있다는 것. 미류는 바로 양 사장의 운명창을 확인했다.

[官]

벼슬 관 자에 금이 가 있었다. 아래쪽 균열은 아주 심각했다. 장관이 될 가능성을 절반 정도 가지고 있던 양 사장. 그 절반의 관운에 치명타가 가해지고 있었다. 그 치명타의 원인은 아마도 방송 원서에 깃든 영가 때문인 것으로 보였다.

"사장님!"

"……?"

"사실 처음에는 사장님의 편견 때문에 좋은 마음이 아니었지만 이후로 공정성의 문을 열어주셨기에 과격한 흉살은 막아드리고 싶은 마음입니다."

"……"

"하지만 신이 먼저 사장님의 길을 예비하신 거 같습니다."

미류 목소리에 힘이 들어갔다. 작심한 것이다.

"법사!"

"따님이 보낸 선배 사업가에 대해 아는 게 있습니까?"

"피해 보상 재단을 대표하는 견실한 사람이오. 인사성도 밝고……."

"그 인사성이 과도한 선물 같은 건 아니겠지요?"

"무슨 뜻이오?"

"그 재단 대표가 따님의 선배인 것은 맞지만 그 이전에 따님의 연인입니다."

"뭐라?"

"연인 말입니다!"

"법사!"

사장의 목소리 끝이 올라갔다.

"이걸 보시죠."

미류가 핸드폰을 열어 보여줬다. 화면에 주차장의 사진이 떴다. 재단 대표에게 애교를 부리는 딸의 모습이었다. 그걸 본 사장의 얼굴이 누렇게 뜨고 말았다.

"……!"

"이래도 아닐까요?"

"이, 이……."

"마음에 들지 않지요?"

"……."

"하지만 이미 늦은 것 같습니다. 사장님이 출세에 눈이 멀어 폭주할 때 따님도 그 남자와 폭주하게 되었습니다. 나름 사랑에 눈이 먼 거죠."

"말도 안 돼……."

"비정상인가요?"

"그야… 어느 딸 가진 부모가 내 나이 비슷한 놈과 사귀는 걸……."

"그보다 더 비정상적인 게 있습니다."

"……?"

"저기… 사장님 책상의 원서… 그 안에 무엇이 들었는지 모르겠지만, 아주 비정상적입니다. 사람을 망치는 영가가 붙어온 걸 보니… 어쩌면 그 사업가가 어디선가 강탈해 오고… 그걸 내준 사람이 목숨을 끊었는지도……."

"이봐!"

부들거리던 양 사장이 목청을 높였다. 그 순간, 미류는 보았다. 운명창에 비친 官, 금이 가던 아래쪽이 끝내 흘러내리고 마는 걸.

'살이 가까이 왔다.'

백호살 정도는 아니지만 센 살이었다. 천기를 읽은 미류가 자리를 털고 일어섰다. 천기가 인간을 후려칠 때는 옆에 있으면 파편을 맞을 수 있었다.

"그래도 인연이라 약간의 도움은 드리고 싶었는데 원치 않으시는 데다… 천기가 지척에 다가오니 저로서도 어쩔 수 없군요."

"무슨 뜻이오?"

"곧 알게 될 겁니다. 그럼 저는 녹화팀과 뒤풀이가 있어서……."

미류는 가벼운 인사를 두고 문을 열고 나왔다.

"미친……."

안에서 양 사장의 혼잣말이 따라 나왔다. 신경 쓰지 않았다.

혼자 남은 양 사장은 전화번호를 눌렀다. 딸의 번호였다. 받지 않았다. 받을 수 없었다. 그 시간, 딸은 모텔에 있었다. 연상의 남자와 술을 한잔 마시고 쾌락의 방으로 직행한 것이다.

'아니겠지.'

양 사장은 노트북 화면을 꺼버렸다. 그런 다음 책상으로 향했다. 거기서 방송학 원서를 커버에서 꺼냈다. 그 안에 든 건 책이 아니었다. 빛나는 황금 두꺼비였다. 적어도 30돈은 되어 보였다. 표면적인 이유는 취임 2주년 축하. 그 이면에 깔린 건 최근 여러 재단에서 일어난 불미스러운 사고를 파헤친 방송에서 자기 재단 이름을 빼달라는 거였다.

취임 2주년…….

1주년과 또 달랐다. 1주년 때만 해도 차 트렁크가 모자랄 정도였던 선물이 절반의 절반으로 줄어든 것이다. 그래도 그 재단의 대표는 달랐다. 금 두꺼비의 크기가 달라지지 않은 것이다.

양 사장은 서재로 돌아섰다. 거기서 또 다른 두툼한 책들을 꺼냈다. 커버를 열자 다른 금덩이들이 나왔다. 책의 내용물을 비우고 대신 선물로 들어온 금을 넣어두었던 것.

'젠장……'

책상에 펼친 금덩이들. 그걸 보자 기분이 꿀꿀해졌다. 그가 원래 줄을 섰던 여자 대통령 후보, 거기에 더불어 미류가 점지한 새로운 후보. 양쪽에 선을 대려는 실탄으로는 부족했다. 그렇다고 자기 돈을 쓸 양 사장은 아니었다.

'이놈이 이제 보니 내 딸을 노리고……'

금 두꺼비에 재단 대표의 얼굴이 서렸다.

'나를 잘못 봤지.'

명함 하나를 골라냈다. 재단 대표의 것이었다.

―전화가 꺼져 있어…….

짜증스러운 멘트가 반복되었다. 오기가 받친 양 사장은 계속 재발신을 눌러댔다. 그때 여비서가 웬 남자 둘과 함께 사장실 문을 열었다. 놀란 양 사장이 발딱 고개를 들었다. 책상에 금덩이가 널려 있던 것이다.

남자 둘이 다가왔다. 양 사장은 급한 마음에 금덩이를 가렸다. 한 남자가 양 사장이 미처 가리지 못한 금덩이 하나를 집어 들었다. 재단 대표가 뇌물로 주고 간 그 금덩이였다.

"당신들 뭐야?"

양 사장이 물었다.

"검찰에서 나오셨다고 몇 번을 말해도 사장님이 도통 대답을 않으셔서……"

여비서의 목소리는 한없이 기어들고 있었다.

"검찰이 왜?"

"최근 사장님 관련 투서가 많아 예우 차원에서 먼저 입장을 들을 까 싶어 방문했는데… 듣지 않아도 될 것 같습니다."

금 두꺼비를 든 남자가 잘라 말했다. 뒷골이 뻐근해진 양 사장은 그 자리에서 주저앉고 말았다.

금덩이…….

재단 대표가 가져온 금 두꺼비. 치명적인 흉살이었다. 미류의 말이 적중하면서 또 하나의 신점이 되었다. 신몽과 궁천 콤비가 쏟아낸 신묘한 공수. 거기에 더불어 미류가 작렬시킨 흉살의 공수…….

'법사 말을 들었더라면…….'

양 사장의 안면근육이 속절없이 부들거렸다.

늘 그렇지만, 후회란 언제 해도 늦는 것. 양 사장의 경우도 예외는 아니었다.

"와하하핫!"

뒤풀이는 미치도록 화기애애했다. 대한민국을 흔드는 미녀 스타들과 대한민국을 쌈 싸 먹고도 남는다는 아줌마 부대. 얼핏 보기에는 불협화음 같지만 전혀 그렇지 않았다. 바로 미류와 궁천 때문이었다. 양대 세력들은 미류와 궁천을 신뢰하고 있었으니 경쟁적으로 분위기를 달구었다.

"아유, 직접 보니 더 예쁘네."

"그러게 말이야. 우리 아들이 '사' 자 돌림만 되어도 며느리 삼자고 하겠는데…….'

아줌마 부대가 스타들을 향해 운을 띄우면…….

"예쁘긴요? 이거 다 화장발이에요."

"연예인이라고 별거 없어요. 사람만 착하고 여자 아끼면 오케이거든요."

연예인들도 소박하게 말을 받았다.

"말 나온 김에 궁천 도인, 궁합 좀 봐줘. 우리 아들 사주 써줄까?"

이제는 아예 즉석 혼담이 오갈 판이었다.

"아이고, 이 장면 하나 찍어서 넣을걸. 아주 분위기가 자연스럽고 죽입니다요."

여자들에게 밀려 구석에 자리한 채 피디도 흐뭇함을 감추지 않았다. 그때 채 피디의 전화가 울렸다.

"나왔어?"

채 피디가 물었다. 연예인들의 시선이 피디에게 집중되었다. 그녀들은 그게 무슨 통화인지 아는 눈치였다.

"으억, 족집게 위의 신(神)집게……."

피디는 벌린 입을 다물지 못하고 통화를 끝냈다.

"시청률 나왔죠?"

작가가 물었다.

"34%, 두 분 공수가 그대로 맞았어."

"와아!"

피디의 말에 실내가 흔들렸다.

"피디님, 또 전화요."

박수를 치던 작가가 채 피디 전화를 가리켰다. 그가 다시 전화를 받았다.

"……!"

이번에는 반전이 나왔다. 조금 전과 달리 채 피디의 얼굴이 창백해진 것이다.

"알았습니다."

피디는 심각하게 전화를 끊었다.

"뭐예요? 설마 방금 전에 들은 시청률이 잘못됐다는 급보는 아니죠?"

장두리가 목을 빼고 나섰다.

"아니, 그 문제는 아니고……."

피디의 시선이 미류에게 건너왔다. 미류는 모른 척 막걸리를 마셨다. 그러자 이번에는 연예인들 핸드폰이 울리기 시작했다.

"정말?"

"어머!"

"으악!"

미녀들의 반응은 다양하게 나왔다. 전화의 내용은 양 사장의 검찰 연행이었다. 영장이 나온 건 아니지만 금품 수수 증거를 들킨 양 사장. 금덩이의 출처를 설명하지 못하는 바람에 결국 임의동행식으로 검찰에 끌려간 모양이었다.

"와아아!"

스태프들이 환호를 했다. 양 사장에게 찍혀 프로그램에서 하차할 뻔했던 채수혁 피디였다. 그렇기에 은인 프로그램 스태프들은 누구도 양 사장을 좋아하지 않았다.

"피디님, 우리 오늘 갈 데까지 가야 하는 거 아니에요?"

작가가 팔을 걷으며 말했다.

"좋지."

채 피디는 상기된 표정으로 말을 이었다.

"아무래도 우리 은인 프로그램이 무속 편에서 대박 행운을 얻는 거 같습니다. 지난번에는 미류 법사님이 저 잘릴 거 구제해 주시더니 오늘은 두 분 만신님들이 방송국의 장애물인 양 사장님을 제거해 주신 것 같으니……."

"미류 법사!"

피디의 말을 들은 신몽이 미류를 바라보았다. 양 사장과 독대를 하고 마지막으로 합류한 미류였다. 그렇기에 뭔가 알고 있다고 판단한 것이다.

"아, 저는 모르는 일입니다. 그러니 계속들 달리시죠."

미류는 시치미를 떼고 술잔을 들었다.

"건배!"

아줌마들이 폭주했다. 이미 사생결단을 한 아줌마들이었다. 미녀들도 그 뒤를 이었다. 신몽의 말은 여장부들의 음주 가무에 묻혀 버렸다.

"마셔요!"

화요가 미류를 향해 잔을 들었다. 그녀는 이제 입도 벙긋하지 않았다. 지난번에 한 미류의 당부를 잊지 않고 있으니 고마울 따름이었다.

술잔이 어느 정도 돌자 신몽과 궁천에게 점사 요청이 쏟아졌다. 오늘의 주인공은 그들이었으므로 미류는 슬쩍 밖으로 빠졌다.

"법사님!"

찬바람을 쏘일 때 화요가 다가왔다.

"화요 씨도 두 분께 점사 좀 받으시지……."

"피잇, 난 법사님 공수면 충분해요."

"말은 고맙지만 두 분 다 굉장한 분이거든요."

"그래도 마찬가지예요."

"아, 해외 로케는 언제 가는 거죠?"

"흐음, 그래도 기억은 해주시네?"

"그럼요."

"같이 가실래요?"

화요가 팔짱을 끼며 물었다. 사랑이 가득 묻은 얼굴이었다.

"예?"

"놀라시긴… 그냥 장난이었어요."

"……"

"모레 가요. 원래는 나흘 후라서 법사님하고 데이트 한 번 진하게 하고 갈까 했는데 촬영 스케줄이 바뀌었다네요."

"아, 네……."

모레…….

하필이면 선 장관과 선약이 된 날이었다.

"며칠 후에 법사님 후원의 밤 행사한다고 했었죠?"

"예……."

"거기 참석하고 싶었는데 제가 외국에 있는 동안 하면 어떻게 될지 모르겠네요."

"그러게요."

"아무튼 그 데이트 오늘 밤에 하면 안 될까요? 내일은 투자자들의 환송식이 있어서……."

화요가 미류를 바라보았다. 그러고 보니 '오늘만' 날이었다.

"좋아요. 내가 2차 살게요."

미류가 흔쾌히 수락했다.

"정말이죠?"

"그럼요."

"흐흠, 그럼 여기서 절주하고 거기 가서 마셔야겠네."

"먼 여정 떠나려면 술은 적당히 마시는 게……."

"괜찮아요. 피곤하면 비행기에서 자면 되거든요."

"고마워요."

"뭐가요?"

"이 모든 거… 어쩌면 화요 씨가 가져다준 행운 같아서……."

"제가 할 말이에요. 법사님이 아니었으면 저, 폐인이 되었을지도 모르거든요."

화요가 웃었다. 그때 장두리가 나와 빼액 소리를 질렀다.

"두 사람 뭐해? 1차 쫑낼 모양인데 빨리 들어와."

딸깍!

화요의 방문을 연 미류는 그 자리에서 멈춰 버렸다. 테이블 때문이었다. 창가 테이블에 기가 막힌 디저트가 있었다. 마치 프랑스 요리 사진을 보는 것 같았다.

"안 들어갈 거예요?"

뒤에 서 있던 화요가 말로 미류를 밀었다. 바닥에 붙었던 미류의 발이 그제야 떨어졌다.

"수나 언니 작품이에요."

소파에 가방을 던진 화요가 말했다.

수나…….

1차가 끝날 때 들었던 수나의 말이 떠올랐다.

"맛있게 드세요!"

그때는 그게 무슨 말인지 몰랐었다. 그런데… 이런 수고를 해준 것이다.

"원래는 수나 언니 집에서 법사님 모시고 파티 한번 하려고 했는데 스케줄들이 생기는 바람에……. 수나 언니가 충무로에서도 거듭 러브 콜을 받았대요."

"충무로면 영화요?"

미류가 물었다.

"중국과 합작하는 건데 굉장한 작품이래요. 주연급 조연이라고 다들 부러워 죽을 눈치예요."

"화요 씨는?"

"저도 주연 물망에 올랐는데 이번 작품하고 겹쳐요. 그래서 부득 고사를……."

"듣기 좋은 소식이네요."

"그래서 수나 언니가 다 법사님 덕분이라며… 저 로케 잘 다녀오라는 인사를 겸해 필생의 요리를……."

필생의 요리.

말만 들어도 고마운 마음이 느껴졌다.

"문자라도 보내줘야겠네요."

미류가 전화를 들어 수나에게 문자를 넣었다. 바로 즉답이 왔다. 먹어만 줘도 고맙겠다는 인사였다.

"2차는 이거예요. 어때요?"

화요가 들어 보인 건 아이스 와인이었다.

"코 삐뚤어지게 마신다면서요?"

"농담이었어요. 법사님도 맑은 정신이어야 공수를 잘 전할 거 아니에요? 저도 내일 투자자들과 만나려면 뽀송한 피부 유지해야 하고……."

"역시 프로답군요."

"따주세요."

그녀가 맑은 와인병을 넘겼다.

꼴꼴꼴!

소리가 좋았다. 좋은 술이라서 그럴까? 아니면 좋은 분위기라서 그럴까? 와인 흐르는 소리가 침묵을 밀어내며 심장에 아지랑이를 띄우고 있었다.

"건배!"

화요가 잔을 들었다. 서로 컵 귀퉁이를 맞대고 한 모금을 넘겼다. 싸하면서도 단맛이 좋았다. 디저트는 화요가 직접 입에 넣어주었다. 황송한 대접 탓에 미류 볼이 화끈거렸다.

"요리 괜찮죠?"

"그러네요."

"수나 언니의 요리 솜씨는 점점 발전하는 거 같아요. 저번에는 자기 스태프들 데려다 한턱 쐈는데 다들 뒤집어졌다고 하더라고요. 다음에 요리 드라마 나오면 수나 언니가 캐스팅 영순위라는 말이 나올 정도예요."

"굉장한 요리를 했나 보네요?"

"아뇨. 그저 떡볶이였대요."

"떡볶이?"

"언니는 아무 재료로나 맛을 만들어내요. 역시 전생에 요리사였어서 그런지 남들과는 다른가 봐요."

"화요 씨는 요리 못해요?"

"뭐 저도 잘하는 거 있기는 해요."

"어떤……?"

"라면!"

"풋!"

듣고 있던 미류가 웃음을 터뜨렸다.

"어머, 그거 비웃음이죠?"

"아, 아뇨. 절대……."

"아닌 거 같은데요?"

"비웃은 거 아닙니다. 그냥 화요 씨가 라면 끓이는 모습이 상상되어서……."

"뭐 어떤데요?"

"글쎄요… 진지할까요? 아니면 막 끓어 넘쳐서 엉망이 될까요?"

"안 되겠네. 말 나온 김에 우리 라면 끓여 먹어요. 어때요?"

"좋죠."

"알았어요. 잠깐 기다리세요. 법사님 상상하고 같은지 아닌지 감상하시면서."

화요가 일어섰다. 그녀는 주방에서 냄비를 꺼내 들었다. 냄비가 두 개였다.

'각자 먹을 걸 아예 따로 끓이나?'

…싶었지만 그게 아니었다. 한쪽에서는 면을 끓여 기름기를 빼내고, 또 한쪽에는 물을 끓여 스프를 투하했다. 대충이 아니라 전문가급이었다.

"드세요!"

라면이 나왔다. 정갈한 김치를 곁들인 비주얼은 라면 전문점의 모습과 유사해 보였다.

"라면 학원 다녔어요?"

놀란 미류가 물었다.

"아뇨. 실은 수나 언니에게 배웠어요."

"아……."

"어때요?"

"좋네요. 간도 딱 맞고……."

"말로만요?"

"예?"

고개를 들자 웃는 화요 모습이 가까이 있었다. 비스듬히 내민 볼. 무얼 뜻하는 건지 알아챈 미류가 서툰 키스를 날렸다.

"어휴, 너무 의례적이잖아요. 기왕이면 좀 제대로 해보세요."

핀잔을 듣고서야 미류의 키스가 조금 진해졌다.

"진작 그럴 것이지."

후룩!

라면을 먹기 시작했다. 술자리와 디저트에 이어지는 칼칼한 라면… 이거야말로 진정한 디저트 종결자였다. 게다가 화요, 톱스타면서도 라면을 즐기다니. 소탈한 모습도 보기 좋았다.

"법사님!"

라면 타임이 끝나자 화요가 미류를 바라보았다.

"예?"

"오세요. 피로 푸셔야죠."

"피로?"

"어서요."

화요가 미류를 끌었다. 욕실이었다. 욕조에는 따끈한 물이 가득 차 있었다. 청주 냄새도 났다.

"저 없는 동안 건강하시라고 준비했어요. 청주로 목욕하면 감기도 안 걸린대요."

"화요 씨……."

"저는 수나 언니처럼 요리도 못 해드리고… 그러니 사양하지 말아 주세요."

"……."

주저하는 미류를 화요가 당겼다. 그리고 한 겹 한 겹 옷을 벗겨주었다. 그런 다음 미류의 넓은 등을 욕조로 밀었다.

'아!'

욕조에 앉자 피로가 밀려 나갔다. 화요도 안으로 들어섰다. 그녀는 찰랑찰랑 물소리를 내며 미류의 등을 밀어주었다.

"법사님."

"예?"

"이런 것도 공덕에 들어갈까요?"

"다른 사람에게 하면 공덕이지만 나 같은 사람은……."

"법사님이 어때서요?"

"……."

"개운해요?"

"예……."

참방참방…….

등에 물 끼얹는 소리가 미류의 심장을 알큰하게 만들었다.

"이제 교대예요."

화요의 주문에 미류가 돌아앉아 그녀의 손짓을 따라 했다. 세상이 멈춘 것 같은 화요의 등. 그 등이 대리석처럼 미류의 가슴에 박혀왔다.

톡!

불이 꺼졌다. 화요는 미류 옆에 있었다. 그녀의 뽀송한 피부가 느껴졌다. 그게 어색해 움직이면, 이번에는 다른 부위에 닿았다. 미류가 움찔거리자 화요가 그만큼 다가왔다. 엉덩이가 침대 라인에 닿았다. 더 물러서면 추락이었다.

후우!

화요의 숨결이 아지랑이처럼 밀려들었다.

봄이었다. 만물을 녹이고 생동하게 하는 봄. 그녀의 여성은 그 봄처럼 미류의 마음을 녹였다. 엉거주춤 화요의 어깨를 잡고 있던 미류의 손에 힘이 들어갔다. 봄이 품속으로 들어왔다.

화요는 말하지 않았다. 그저 몸으로 화답했을 뿐이다. 끌어안으려는 미류와 파고드는 화요가 다르지 않았다. 남녀 인체의 요철이 일치되었다. 그녀의 나온 부분이 미류에게 닿아 하나가 되고, 미류의 나온 부분이 화요에게 닿아 또 하나가 되었다.

맛나게 먹은 식사와 맛나게 즐긴 디저트. 그보다 더 맛난 시간이 거기 있었다. 미류와 화요의 음양의 결합. 말없이도 통한 두 사람의 육체. 둘의 화합이 만든 밤의 향기가 꽃을 피우고 있었다. 밤하늘의 별보다 더 아름다운 꽃을.

수형자의 전생

교도소.

옛날 사람들은 가막소라고도 불렀다.

거기서는 콩밥을 먹었다. 이것이 하나의 관용어로 변했다.

─콩밥 좀 먹어볼래?

물론 다 옛날 얘기다. 요즘 교도소는 역사 속으로 사라진 서대문 형무소 같은 분위기가 아니다. 면회실 같은 곳에 들어서면 놀라게 된다. 호텔이 따로 없기 때문이다. 감옥 안에서도 배를 곯지 않는다. 영치금만 있다면 최소한 군인보다 나은 식생활(?)을 누릴 수 있다. 돈만 있다면 감옥에서도 우대받는 '범털'이 되는 것이다.

부적을 챙겼다.

'사형수……'

선일주의 말이 스쳐 갔다. 사형수라면 대개 살인범들이다. 사람으로 태어나 사람을 죽였다. 일부는 전생 인과로 인해 피치 못할 길을 갔을 터이고, 또 일부는 물욕이나 현생 인과로 사고를 쳤을 일이다.

아침 시간, 숭덕 스님과 통화를 했다. 스님은 과거에 전국의 교도소를 돌며 범죄 교화와 갱생에 많은 시간을 바쳤다. 사형수들로부터 많은 감사도 받았다. 그랬기에 숭덕의 경험과 느낌을 전해 들었다.

'다녀오겠습니다.'

어찌 보면 이 또한 몸주께서 예고했을 일. 신당에 예를 갖추고 물러났다. 거실로 나오자 일반 전화기가 울렸다. 봉평댁이 받았다.

"법사님 찾는데?"

봉평댁이 전화기를 건네주었다.

"여보세요."

미류가 받자 여자 목소리가 흘러나왔다.

—법사님!

목소리의 주인공은 논산 아줌마였다.

"웬일이세요?"

—웬일은요? 좋은 일이 생겨서 전화드렸지요.

'좋은 일이라면?'

아줌마의 말이 나오기도 전에 파뜩 그녀의 아들이 스쳐 갔다. 판사에 임용되기도 전에 살인자가 되어 구속되었던 착한 아들……

—우리 아들, 무죄 판결 나왔어요!

"예?"

—무죄 판결 나왔다고요. 장 변호사님이 승소하셨어요. 죽은 그 인간이 칼 든 아들 손을 당겨 자기 심장을 찌른 게 증명이 되었다고요.

"아주머니……"

—법사님 덕분이에요. 우리 아들 풀려나면 제일 먼저 인사드리러 갈게요.

"그건 상관없고요, 진심으로 축하드립니다."

―아니에요. 제가 드릴 말이죠. 법사님이 저하고 우리 아들의 평생 은인이세요.

"정말 좋은 소식이군요. 아드님에게도 축하한다고 전해주세요."

미류는 전화를 끊었다. 머릿속에 환한 빛이 들어온 기분이었다. 그 동안 수많은 점사를 봐온 미류. 그 일들 역시 보람이 가득했지만 이 일은 특별했다. 자신으로부터 발단된 일이기 때문이었다.

'몸주님!'

다시 신당으로 들어섰다. 말이 필요 없기에 합장 인사부터 올렸다. 미류의 마음 깊이 남았던 부담이 사라진 것이다.

'느낌 좋은데?'

미류는 가뜬하게 신당을 나왔다.

"잘 다녀오세요."

오늘 일을 아는 연주가 신간대 아래에서 손을 흔들었다. 옆에 선 하라의 손도 하얗게 팔랑거렸다. 점집 골목은 전보다 붐비고 있었다. 방송 때문이었다. 미류에 이어 신몽과 궁천의 신기까지 방송을 타자 분위기가 달라졌다.

'이럴 때 더 잘해야 할 텐데……'

미류는 천천히 도로에 진입했다.

끼익!

차가 교도소 주차장에 멈췄다. 높은 담장 하나를 두고 남녀 교도 소가 나란히 붙은 곳이었다.

'여기로군?'

차에서 나온 미류가 교도소를 바라보았다. 새로 지은 건물이라 그 런지 감옥 티는 엿보이지 않았다. 마중 나온 교도관을 따라 걸으며 문자를 확인했다. 여기저기서 폭탄으로 문자가 쏟아져 들어와 있었다. 물론 가장 많이 보낸 이는 화요였다.

─공항으로 가는 중이에요. 잡귀들로부터 서울 잘 지켜주세요.

─씩씩하게 잘 다녀와요. 한국 대표 스타답게 거기서도 인기 많이 누리고······.

답 문자를 보내고 전화를 껐다.

이제부터는, 집중할 시간이었다.

"어서 오시게, 미류 법사!"

선일주는 교도소장 방에 있었다. 그는 기꺼이 미류를 맞아주었다.

"제가 늦었군요. 죄송합니다."

"아니야. 내가 일찍 온 거지. 차가 이상하게 쭉쭉 빠지더라고."

"예······."

"그럼 잠시 말씀 나누십시오. 저는 상황 체크 좀 하고 오겠습니다."

소장은 보안과장과 함께 복도로 나갔다.

"어때? 교도소 처음이지?"

선일주가 물었다.

"예······."

"실은 나도 이번이 처음이라네. 그래서 첫날은 좀 쫄았어."

"별말씀을······."

"아무튼 긴장할 거 없네. 몇 군데 돌아보니 죄수들도 사연이 많더라고."

"예······."

"기독교 원로, 불교 원로, 천주교 원로분들··· 다들 많은 힘이 되었네. 일부에서는 억울하다는 죄수의 재수사도 결정되었고."

"······."

"아, 그리고··· 그거 아나? 방송국 양 사장 말이야."

"……?"

"그 친구 아마 사퇴하게 될 걸세."

"사퇴라고요?"

"엊그제 검찰 수사관들이 사전 조사차 방문했다는데… 뇌물로 받은 금덩이를 챙기는 현장을 보게 된 모양이야. 검찰 보고에서 봤던 일인데 형편없는 인간이더군. 내가 사실을 적시해 청와대에 보고하라고 지시했는데… 수석 비서관 말이 사표 내는 선에서 정리했으면 하는 게 VIP의 생각이라고……."

"예……."

"철새의 얼굴이 드러난 거지. 한자리 차지하면 그 자리에서 갑질해서 뇌물 챙기고, 그 실탄을 발판으로 윗선에 뇌물 바쳐서 다른 자리로 옮겨 가고……."

"그게 장관님 작품이었군요."

"법사도 아셨나?"

"그날 녹화장에 초대를 받았지 않습니까? 양 사장님이 차나 한잔하자기에 사장실에 들렀는데… 액운이 가득하더군요."

"허헛, 저런. 그 인간 귀인을 앞에 두고도 몰라뵀군."

"그보다 진짜 좋은 소식이 있습니다."

"그래? 뭔가?"

"일전에 소개해 주신 후배 변호사 말입니다. 장한울이라고……."

"장 변? 장 변이 왜?"

"그때 억울한 분의 변론을 부탁드렸는데 오늘 승소를 따내주셨답니다."

"오!"

"실은 그 일이 제 마음의 작은 짐이었는데 장관님 덕분에 홀가분해

졌습니다. 이런 자리에서나마 고마움을 전합니다."

"어이쿠, 이거 오늘 일진이 좋을 모양이구먼. 나는 양 사장 같은 인간의 비리가 밝혀져서 기분이 좋고, 법사께서는 묵은 체증이 내려가 기분 좋고……."

"그렇군요."

"자, 오늘이 내 교도소 순회 일정의 마무리인데 한번 잘해 봅시다."

선일주가 손을 내밀었다. 미류가 그 손을 잡았다. 묵직하게 흔드는 선일주의 아귀힘이 좋았다.

"여기 있습니다."

잠시 후 돌아온 교도소장이 파일을 내놓았다. 오늘 이 교도소에서 장관과의 만남을 희망하는 죄수들이었다.

"수형 태도가 우수한 죄수들 중에서 추렸습니다. 대부분이 사형수들입니다. 장관님 지시대로 일부 골칫덩이 수감자들도 가감 없이 포함시켰습니다만……."

소장이 뒷말을 흐렸다. 걸리는 게 있는 눈치였다.

"계속해 봐요."

"장관님 마음은 이해하지만 탄원서로 저희와 법무부까지 골치 아프게 하는 수감자도 있습니다. 그런 친구는 그냥 제외하시는 게……."

"여기 명시가 되었소?"

"아닙니다. 지시대로 그건 랜덤으로……."

"그럼 운에 맡깁시다."

"장관님!"

"법사 의견은 어떠신가?"

선 장관이 교도소장을 외면하고 미류의 의견을 물었다.

"선택은 장관님 몫인 것 같습니다."

미류가 대답했다.

지구의 삼라만상!

모든 일에는 인과라는 것이 있다. 바람과 나비가 괜히 만나는 것이 아니다. 비록 죄수들이라지만 그들 또한 인간. 흉악한 죄를 지었다면 비난받아 마땅하지만 지금은 인간 선일주와 또 다른 인간이 만나는 현장이었다. 어쩌면 전생으로부터 연결된 인과일 수도 있고, 내생을 위해 현생에서 얽히는 인과일 수도 있었다. 그러니 선택은 장관의 일이었다.

"이렇게 세 사람으로 하겠소."

선 장관이 세 명의 사진을 짚었다.

"알겠습니다."

소장이 파일을 거두려는 순간.

"잠깐!"

선 장관이 파일을 잡았다.

"마지막 이 친구보다… 이 사람으로 하겠소."

장관의 선택이 바뀌었다. 그러자 교도소장과 보안과장의 얼굴이 파랗게 변했다.

"문제가 있소?"

장관이 물었다.

"장관님, 그 사람은……."

"문제가 있는 수감자로군?"

"그런 정도가 아니라… 저희가 알아서 빼려 했지만……."

"아, 알겠소. 하지만 기왕 정한 일이니 진행합시다."

장관이 쐐기를 박았다. 짧은 시간에 바뀐 면담자. 그 또한 인과였다. 우연이지만 따지고 보면 미리 정해진 운명의 변경…….

"자리는 어떻게 준비할까요?"

이번에는 보안과장이 물었다.

"상담실에 여기 미류 법사님과 단둘이 들어갈 거요."

"장관님, 그건 안전에 문제가 있을 수 있습니다."

뒤편에 서 있던 장관 수행원들이 이견을 개진했다.

"괜찮아. 그렇다고 무장한 교도대나 교도관들을 장벽으로 세우고 면담을 할 수도 없지 않나?"

"하지만 다른 교도소와는 달리 이들은 주로 살인범……."

"서 국장, 나 소싯적에 유도한 거 모르나? 태권도도 했고……."

"……."

"투명 유리로 된 곳이라고 들었으니 밖에서 표시 나지 않게 지켜보시게. 상황이 좋지 않다고 판단되면 신호를 보낼 테니."

"장관님!"

"그렇게 해요."

선 장관이 자리를 털고 일어섰다. 단호한 정리였다.

"기분 어떠신가?"

상담실에 자리를 잡은 선일주가 물었다. 여전히 그는 미류와 둘이었다.

"조금은 긴장이 되는군요."

"그렇지?"

"정말 무술을 하셨습니까?"

"했지."

"……?"

"군대에서 말일세. 초단은 땄는데 법사께서도 군대 다녀왔으면 초단 안 땄나?"

"장관님, 그 초단은……."

개나 소나 따는 단이잖습니까?

미류의 말줄임표에 남은 말이었다.

"걱정 없네. 교도소 돌아보니 수형자들도 인간이더군. 인간답게 대하면 별문제 없어. 그렇지 않나?"

"옳은 말씀입니다."

미류는 고개를 끄덕였다. 장관이 괜찮다면야, 미류는 문제가 없었다.

똑똑!

대화하는 사이에 발소리들이 다가왔다. 곧 노크와 함께 문이 열렸다. 첫 면담자는 70대 후반의 사형수였다. 얼굴에 흉터가 많았고 손에는 수건이 감겨 있었다. 수갑을 가린 것이다.

"풀어주시게."

선 장관이 교도관들에게 말했다.

"장관님! 이 사람은……."

교도관을 지휘하던 보안과장이 난색을 표했다.

"풀어주시게!"

장관이 한 번 더 강조했다. 교도관들은 따르는 수밖에 없었다.

딸깍!

문이 닫혔다.

사형수!

사람을 죽인 살인마였다. 하지만 보안과장이 우려를 표명한 데는 다른 이유가 있었다. 그가 바로 이 교도소에서 최악의 진상 수감자기 때문이었다.

그는 흉포한 살인마였다. 30대 초반에 한자리에서 무려 네 사람을 죽였다. 노름판에서였다. 건설 현장에서 목수 일을 하던 그는 임금이 지불되는 날이면 밤을 새워 도박판을 벌였다. 그날도 그랬다. 그러다 새벽녘에 돌연, 도박판에 있던 세 남자와 함바집 여주인을 찔러 죽였다. 잔혹했다. 돈을 잃은 것도 아니었다. 시비가 붙은 것도 아니었다.

처음에 경찰은 마약 중독을 의심했었다. 희생자 한 사람이 대마초를 소지하고 있었고 이 사형수도 대마를 한 것으로 나왔다. 그러나 사형수는 마약 중독이 아니었다. 그날 처음으로 접한 경우였다.

느닷없이 살인광으로 변한 범인은 피살자들의 엄지를 잘랐다. 넷 모두에게 예외가 없었다. 거기서 나온 피가 바닥에 깔린 깔판을 적시고도 남았다. 그는 그 엄지를 모아 주머니에 넣은 채 검거가 되었다.

대마 환각 살인!

경찰은 그렇게 결론을 내렸다. 처음으로 접한 대마에 취해 맛이 갔다고 본 것이다.

현장이 이루 말할 수 없을 정도로 참혹했으니 범행은 두고두고 회자될 정도였다.

하지만 세월에 닳은 덕분인지 살광 따위는 느껴지지 않았다. 그저 한 사람의 늙은 개체로, 허무가 깃든 얼굴일 뿐. 그리고 이따금 미류와 장관의 엄지를 바라볼 뿐.

"애로 사항이 있으면 말씀하시죠."

장관이 포문을 열었다.

"물론 있지요."

"말씀해 보세요."

"사형 집행을 부탁합니다."

"⋯⋯?"

귀를 기울이던 장관이 고개를 들었다. 사형수들은 의당 사형을 당하지 않으려는 본능이 강했다. 그런데 이 사람, 사형을 집행해 달라니?

"천천히 이야기하시죠."

장관은 안으로 숨을 골랐다. 이제야 교도소장의 난색을 이해하게 된 것이다. 죽여달라는 탄원서를 라면 박스 두 개 분량으로 보낸 기괴한 수감자. 장관의 면담자 선택 교체로 낙점된 수감자가 그였던 것이다.

"아시겠지만 교도소에 들어온 지 30년이 넘었습니다. 그 30년 중에서 매년 자살을 시도하지 않은 적이 없습니다."

"……?"

"나하고 비슷한 때 들어온 놈들 중에서 셋은 형 집행을 당했지요. 1997년 12월이었으니 9년 전쯤 되었을 겁니다. 마침내 내 차례가 왔는데 사형 집행이 중지되었어요. 그래서… 탄원도 수없이 넣었습니다. 나까지만이라도 사형을 집행해 달라고……."

"죄는 밉지만 목숨은 소중한 겁니다. 굳이 형 집행을 원하는 이유가 뭐죠?"

"내가 가야 할 길입니다."

"이봐요."

"일종의 본능 같은 거라고나 할까요? 저쪽에서 나를 부릅니다. 이제 끝났으니 돌아오라고……."

저쪽!

그 말에 힘이 들어갔다. 죄인의 고집은 신념에 가까웠다. 장관의 시선이 미류에게 건너왔다. 미류가 나설 타이밍이었다.

"저는 전생점을 보는 사람입니다."

"전생?"

죄인이 고개를 들었다.

"잠깐만 눈을 감아보시겠습니까?"

"전생 같은 건……."

"잠깐이면 됩니다."

미류가 재촉하자 죄수가 눈을 감았다. 가까이서 보니 흉터가 더 도드라졌다. 얼굴이 아니라 흉터가 그려진 도화지 같았다. 매년 자살을 시도했다는 말은 괜한 게 아니었다. 이마와 목, 손목 등에는 자해를 한 흔적이 또렷하게 남아 있었다.

'어디 보자……'

미류는 죄수의 전생륜을 띄웠다. 현생과 이어지는 전생령도 튀어나왔다.

'읏!'

전생령 대신에 연기가 보였다. 놀란 미류가 전생의 현장을 가다듬었다. 연기가 밀려나자 이번에는 함성이 쏟아졌다.

"우와아아앗!"

살기, 절망, 광기, 폭주, 도륙…….

사나운 단어들이 형상으로 보이고 있었다. 근세의 콜롬비아였다. 부족 전쟁의 한가운데 죄수가 있었다. 그는 동생과 나란히 포박된 신세였다.

툭!

그 앞에 단창이 던져졌다. 죄수가 지니고 있던 쌍단창이었다.

"스물!"

부족장이 뱉은 말은 단 한마디였다. 죄수의 시선이 구석으로 향했다. 통나무 감옥 안에 다섯 사람이 보였다. 어머니, 아버지, 출산이 임박한 아내와 어린 쌍둥이 딸… 죄수의 부족은 경쟁 부족과의 전투에서 패했다. 죄수는 패한 부족의 희망으로 불리던 전사. 그러나 중

과부적으로 포로가 되고 말았다.

스물!

그 말은 또 다른 부족을 겨눈 말이었다. 승리한 부족은 아직 적이 많았다. 그중에서 가장 강력한 부족 전사 스물을 죽이면 가족을 풀어주겠다는 의미였다.

선택의 여지가 없었다. 죄수는 단창을 받았다. 피로를 풀어주는 약물도 받았다. 대마에서 뽑은 가루였다. 이 지역의 부족들은 전투에 나서기 전에 대마를 즐겼다. 공포를 없애려는 의도였다.

깊은 밤, 죄수는 동생과 함께 길을 떠났다. 몸에 지닌 건 증거를 담아올 가죽 주머니와 쌍단창뿐이었다. 걸음마다 부모님, 쌍둥이 딸과 만삭의 아내가 밟혔다.

퍽!

적진에 닿기 전에 동생부터 해결했다. 동생은 전사가 아니었다. 그렇기에 뒤통수를 쳐서 기절시킨 것이다. 동생을 나무에 묶은 그가 소리 없는 폭주를 시작했다.

열아홉!

첫 엄지를 손에 넣었다. 열아홉은 남은 엄지의 숫자였다. 그 밤, 죄수는 슬픈 야수였다. 가족을 위해 어쩔 수 없는 살육자가 되었다.

열다섯!

차곡차곡 엄지를 획득할 때였다. 적 전사의 아내가 비명을 지르며 튀었다. 실수였다. 여자도 죽여야 했지만 그녀 또한 만삭이었다. 때문에 망설였던 게 화근이 되었다. 죄수는 적에게 포위되고 말았다. 이제 남은 건 다섯. 포기할 수 없었기에 숨어 있던 움막에 불을 놓았다. 그런 다음 뒷문으로 나가 적의 후미를 들이쳤다. 달아날 길은 열려 있었지만 엄지 다섯 개가 부족했다.

퍼억!

한 전사의 심장을 찍는 순간, 죄수도 가슴이 뜨끔해 오는 걸 느꼈다. 화살이었다.

퍼퍼벅!

몸을 돌리기 무섭게 화살이 날아와 배를 꿰뚫었다. 죄수의 몸이 기울었다. 적의 전사들이 다가왔다. 부족장이 나서 창을 겨누었다. 죄수는 단창을 날렸지만 부족장에게 닿지 않았다.

슛!

창이 날아왔다. 이번에는 가슴팍이었다. 휘청 몸이 기운 죄수가 넘어갔다. 필사적으로 사지를 움직이자 조금 전에 해치운 전사의 손이 몸에 닿았다. 죄수는 안간힘을 다해 그 엄지를 잘랐다.

'열여섯······.'

남은 건 넷··· 네 개만 더하면 가족을 구할 수 있었다. 쌍둥이 딸과 배 속의 아기를 구할 수 있었다. 마침 선두로 다가오는 전사도 넷이었다.

'열일곱 번째 손가락······.'

죄수는 창이 꽂힌 채 전사들을 향해 기었다. 어떻게든, 어떻게든 엄지를 손에 넣어야 했다. 몸에서 나온 피가 뱀의 흔적처럼 죄수를 따라왔다. 겨우 전사들 앞에 닿은 순간, 부족장이 칼을 들어 올렸다.

엄지······.

죄수는 엄지를 보았다. 너무도 간절한 엄지였다. 그 엄지를 향해 손을 뻗는 동시에 눈앞에 섬광이 일었다.

슝!

소리와 함께 죄수는 모든 것이 헐거워지는 걸 느꼈다. 부모님이, 아내가, 두 딸이 허공을 부유하고 있었다. 애써 모은 열여섯 엄지도 함께 떠올랐다. 그리고 멀어졌다. 부족장이 멀어지고, 전장이 멀어지고, 그가 나고 자란 땅이 멀어졌다.

영원히…….

영원히!

네 피살자… 그리고 잘려 나간 엄지… 피살자 중의 한 명이 피운 대마초… 개고기를 써느라 함바 여주인이 가져온 큼지막한 식칼…….

'하아!'

감응을 끝낸 미류의 고개가 푹 떨어졌다. 그의 본성 안에 잠자던 인과였다. 애절하고 애달픈 인과가 거기서 깨어난 것이다. 하필이면 그 순간에 핀트가 딱 맞아떨어지면서 인과의 간절함이 폭풍 각성을 한 것이다.

남은 네 개의 엄지.

결국 그는 숫자를 채우고 말았다. 현생까지 이어진 업보. 그걸 이루었기에 이제 쉬고 싶은 것이다.

임무 완료!

바로 그것이었다.

하지만!

그는 쉴 수 없는 이유가 있었다. 그의 인과는 하나가 아니기 때문이었다. 미류는 그 두 번째 인과를 보기 위해 다른 전생령을 뽑아냈다.

죄수는 아기였다. 노예 부부 사이에서 태어났다. 노예 부부는 아기에게 희망을 열어주고 싶었다. 그들은 관리인에게 뇌물을 안기고 탈출을 감행했다. 마침 파도가 험해 바다 감시가 소홀한 날이었다. 그러나 그들의 배는 멀리 가지 못했다. 파도는 잔혹한 영주보다 더 가혹한 감시자였던 것이다. 결국 부부의 배는 침몰하고 말았다.

—우리 아기…….

─제발 이 아기만은······.

─제 수명을 다 누리게 하소서······.

부부는 죽기 전 기를 써서 아기를 나무판자 위에 올려놓았다.

"응애!"

아기가 울었다. 그 위로 무심한 파도가 덮치고 있었다.

응애!

울음소리는 파도에 쓸려 갔다. 태어난 지 100여 일, 아기는 그렇게 생을 마감했다. 부모의 간절한 비원만을 간직한 채.

그렇게 저문 두 개의 전생이 이 생에서 일치가 되었다. 그렇기에 죄수는 본의 아닌 살인에 휘말렸고, 그럼에도 천수를 누려야 할 상황이었다.

미류의 선택은 아기령이었다. 그걸 죄수에게 감응시켜 주었다. 패를 다 아는 것은 때로 잔혹한 친절이 될 수 있었다.

"······!"

아기령을 체험한 죄수가 눈을 떴다. 긴 시간도 아니었다.

"방금 그것?"

죄수가 미류를 바라보았다.

"당신의 전생입니다."

"내 전생······."

"지난 생, 당신은 태어나자마자 죽었어요. 하지만 당신 부모님들은 빌고 또 빌었죠. 당신이 오래오래 잘 살기를······."

"부모님······."

"기억나요? 위태로운 파도 속에서도 당신만을 생각하던······."

"전생의 부모님······."

"그 비원이 인과로 따라왔습니다. 그래서 당신은··· 이 생에서 천수를 누려야 합니다."

"그, 그런……."

"그래서 당신의 형 집행이 빗나갔던 겁니다. 사형 제도가 유명무실해지고… 자살 시도… 두 번은 거의 성공이었군요. 목을 매단 일과 바닥을 파서 스스로 매장된 일……."

"……?"

"그런 말 아시죠? 삼세판……."

"삼세판?"

"기회는 세 번이라는 말 말입니다. 당신은 그 세 번을 다 비껴갔습니다. 사형수가 되어 죽을 수 있었던 기회, 목을 매달았을 때, 그리고 자가 매장되었을 때."

"……."

"그러나 다 실패했지요. 당신 전생의 부모님들의 비원 때문입니다. 그러니 죽음이 올 때까지 스스로 목숨을 끊을 생각은 버리십시오."

"내 마음대로 죽을 수 없다?"

"죽을 각오로 전생의 부모님을 생각하세요. 그분들의 간절함과 애달픔… 고작 100일밖에 못 살았던 당신의 어린 아기령……."

"……."

"남은 시간, 당신에게 희생된 네 사람을 위해 속죄하고 공덕을 쌓으세요. 그렇게 되면 당신은 다음 생에서 그리운 사람들과 좋은 관계로 만날 수 있을 겁니다."

"그리운 사람들?"

"예를 들면 당신을 살리려고 기를 쓰던 부모님 같은……."

"그러고 보니 느낌이 이상하군요. 내 친부모는 그렇게 애달프지 않는데 그분들은……."

"다시 만나고 싶지 않나요?"

"보고 싶습니다. 어쩐지……."

"그럼 제가 말한 대로 하세요. 속죄하고 공덕을 쌓고……."

"그렇군요. 내게 그런 업보가 있었군요."

죄수의 목소리가 흔들렸다. 미류의 말이 살갑게 닿은 모양이었다.

"고맙습니다. 갑자기 죽어야겠다는 생각이 사라졌어요. 그런 전생이 있었다면… 자살이나 집행 탄원서 같은 거 집어치우고 전생의 부모님 바람대로 살아야죠. 어차피 남은 시간이 그리 길지도 않을 테니……."

죄수가 자리를 털고 일어섰다.

"아, 잠깐요……."

미류가 죄수를 세웠다.

"……?"

"이거 말입니다."

미류가 내민 건 엄지였다.

"엄지……."

"이상하게 엄지 집착이 있지요?"

"……."

죄수의 얼굴이 하얗게 변했다. 엄지 집착. 왜 없을까? 어릴 때부터 유난히 엄지와 관련된 사고를 친 죄수였다. 또래들과 싸울 때도 엄지를 깨물던 그였다.

미류는 죄수에게서 전사령을 뽑아냈다. 이제는 완성된 고단한 전생의 굴레. 그렇다면 여기서 없애주어도 그의 자아 완성에 문제가 될 일은 아니었다.

바스락!

전사령을 부적에 감싼 후 불을 붙였다. 부적은 죄수 앞에서 재가 되어 떨어졌다.

"이제 어때요?"

미류가 엄지를 내밀었다. 이번에는 죄수의 코앞이었다.

"이상하군요. 누가 엄지를 내밀면 물어뜯고 싶었는데… 지금은 아무 느낌도……."

"그 또한 전생에서 묻어온 액이라 제가 소멸시켰습니다. 이제 누구의 엄지를 봐도 괜찮을 겁니다."

"법사님……."

"그럼 남은 수형 생활 잘하시길……."

미류가 두 손을 모았다. 죄수 역시 홀린 듯 두 손을 모았다.

"전생 처방이신가?"

죄수가 나가자 장관이 물었다.

"예, 다시는 형 집행 탄원 같은 거 내지 않을 겁니다."

"허어, 법사의 점사가 기가 막히군."

"운이 좋았을 뿐입니다."

"아니야. 법무부에서도 골치를 썩던 사람이라고 들었는데… 진짜 대단해."

장관이 엄지를 세웠다. 우뚝 솟은 엄지가 의미심장하게 보이는 순간이었다.

두 번째!

여자였다. 그건 미리 알 수 있었다. 여자 수감자가 남자 교도소에 들어서자 휘파람 소리가 진동을 한 것이다. 늙은 여자지만, 그래도 남자 수감자들에게 여자는 하나의 로망일 수 있었다.

하지만 그녀는 어마 무시한 진상이었다. 온갖 것에 대해 불평불만으로 가득 차 있었다. 생리대를 시작으로 식사와 화장실, 교도소 내의 자잘한 문제까지 인권을 들먹이며 목소리를 높였다.

"당신들이 이따위로 하니까 대한민국이 발전을 못 하는 거야."

어이 상실.

그녀의 기세는 꺾일 줄을 몰랐다.

사실 그녀는 존속을 살해한 용서받지 못할 여자였다. 부모를 독살해 재산을 독차지하려는 범행이었다. 그 현장을 여동생에게 들키자 여동생과 어린 딸까지 독살한 패륜녀였다.

미류는 그녀의 전생륜을 체크했다.

'허얼!'

이 인간의 살인은 전생 인과도 아니었다.

하지만 그녀는 자책감도 죄책감도 없었다. 사형수로서 온갖 권리(?)를 누려 혈색도 좋아 보였다. 일이 이쯤 되니 선 장관도 난감할 뿐이었다.

―죄는 미워하되 인간은 미워하지 말라!

그 말을 곱씹던 미류가 일어섰다. 인간을 미워할 생각은 없었다. 하지만 미운 건 사실이었다.

'빙고!'

전생륜을 본 미류가 반색을 했다.

딱 맞춤한 전생령이 있었다. 전생이고 나발이고 인권이나 보장해 달라는 생떼를 무시하고 전생령을 뽑았다. 그건 병자령이었다. 그녀의 세 번째 생이었던 병자령. 그는 선천성 대사 이상 질환으로 태어났고 첫돌이 되면서 질환이 드러나기 시작했다. 부모는 부자였지만 그 치료에 재산을 탕진했다. 그러고도 그는 열다섯의 봄까지 살았다. 남은 건 가죽과 고통뿐이었다. 결국 그는 표본실의 해골 같은 몰골로 목숨을 다했다.

그때의 그 고통⋯⋯.

그때의 그 두려움⋯⋯.

그때의 그 절망⋯⋯.

그 병자령을 가만히 정수리에 밀어 넣었다.

"⋯⋯?"

한순간, 진상의 눈이 미친 듯이 뒤룩거렸다.

"니기미, 무슨 짓을 한⋯⋯?"

구시렁거리던 그녀의 미간이 확 일그러졌다.

"어어어어!"

진상은 손을 떨며 의자에서 넘어갔다. 그것으로 끝이었다. 교도관
들에 의해 일어선 그녀는 눈매가 무너져 있었다. 교활하고 능청을 떨
던 진상의 기세가 꺾인 것이다.

"이 인간 웬일이래?"

"그러게. 철이라도 들었나?"

진상을 끌고 나가던 여자 교도관들이 고개를 갸웃거렸다.

"이번엔 또 어떻게 하신 건가?"

장관은 이번에도 궁금한 눈치였다.

"별건 아니고⋯ 그냥 양심 좀 건드려 주었습니다. 패륜 살인을 저
지른 사람치고 너무 당당한 거 같아서요."

미류가 둘러댔다.

"아이고, 이거 법사님 일 처리를 보면 내 속이 다 후련해지는군. 인권
도 좋지만 교정 공무원들 사기 문제도 있었는데 체면이 서게 생겼어."

"아직 끝난 게 아닌데요?"

미류가 웃었다.

다음 수감자가 들어왔다. 순애라는 이름을 가진 여자였다. 한쪽 다리를 저는 장애인이었다.

"장관님을 다 만나고… 영광이네요."

수감자가 조용히 웃었다. 그녀는 도란도란 사연을 전해왔다. 한마디로 억척스러운 또순이였다. 결혼하자마자 남편이 병이 들어 혼자 살림을 꾸려야 했다. 그녀는 작은 식당을 인수해 밤낮으로 일했다.

그러다 보니 남자 손님들과 대면하는 일이 잦았다. 그걸 트집으로 남편의 폭행이 시작되었다. 괴로웠지만 참았다. 다리 저는 자신을 받아준 남편이었다. 병환 때문에 자괴감이 생겨 그러는 거겠지 생각했다. 하지만 착각이었다. 남편의 폭행은 수위가 높아졌고 온갖 생트집이 폭행의 이유로 등장했다.

삶이 슬펐다. 그러다 물건을 대주는 행상 트럭 노총각과 눈이 맞았다. 그녀도 사람인지라 따뜻하게 대해주는 남자를 마다할 수 없었다.

하지만 착한 그녀, 양심에 찔렸다.

"그만 만나야겠어요."

낡은 여인숙에서 노총각에게 결별을 선언했다.

"순애, 왜 그래?"

"아무래도 양심에 걸려요."

"양심은 무슨… 그놈은 인간도 아니야. 언제까지 순애 인생을 망치고 살 건데……."

"게다가 당신은 아직 미혼이고……."

"난 상관없어. 순애가 그렇게 맞고 사는 거 못 본다고. 엊그제는 식칼까지 들고 설쳤다며?"

"당신 마음은 잊지 않을게요. 아무튼 그만 만나요."

순애는 아픈 마음으로 남자를 정리했다.

이후에도 남편의 손찌검은 계속되었다. 병든 몸임에도 불구하고 술을 원했고, 거절하면 빈 병과 온갖 욕설이 함께 날아왔다. 하루는 술병이 이마에 맞고 깨져 피를 많이 쏟았다. 충격 때문에 며칠 친정으로 피했다. 그때 채소 행상 노총각에게 전화가 왔다.

"마지막으로 한 번만 만나줘."

그 말이 순애의 마음을 흔들었다. 그는 순애가 좋아하는 단 한 사람. 괜히 미안한 마음도 들고 해서 한 번 만나기로 했다.

그런데…….

노총각의 집에 들어선 순애는 기절하고 말았다. 노총각이 보여준 '것' 때문이었다. 커다란 트렁크 안에 든 것. 그건 바로 순애 남편의 시신이었다.

"내가 해치웠어. 이놈만 없으면 순애가 행복해질 수 있으니까."

노총각이 그녀에게 시신을 확인시킬 때 경찰이 들이닥쳤다. 순애는 노총각과 함께 현장에서 체포되었다.

수사는 혹독했다. 두 피의자는 다 가난하고 못 배운 사람들. 게다가 둘은 사회적 관점에서 보면 불륜 사이였다. 경찰은 공명심에 순애까지 공범으로 몰았다. 정황이 그랬다. 착한 순애는 죄책감을 못 이겨 반 자백을 하고 말았다.

"그래요. 내가 죽였어요!"

그건 자책이었다. 남편의 죽음에 대한 깊은 자책…….

그 자책은 노총각 쪽에서 극단적으로 나타났다. 사랑하는 여자의 인생을 망쳤다는 자책감에 화장실에서 목을 매달고 죽어버린 것이다.

ㅡ시신이 있는 현장에서 잡힌 불륜 남녀.

그중 남자는 죽어 버렸다. 남은 건 이제 순애뿐이었다.

"나 때문이에요. 나를 처벌해 주세요. 다 내가 죽였다고요!"

절반쯤 넋이 나간 순애가 한 말이었다. 그 말은 경찰의 입맛에도 맞아떨어졌다. 경찰은 그녀를 주범으로 송치했다. 체념한 그녀에게 판사도 구세주는 아니었다. 그저 일사천리로 '사형'이 구형되고 '사형'이 선고되었다.

사형!

그리고 사형수…….

미류는 주머니를 뒤져 펜 하나를 꺼내놓았다. 형광펜이었다.

"당신 거죠?"

미류가 물었다.

"어머!"

순애가 흠칫 흔들렸다.

뭔가?

장관이 눈으로 물었다.

"지난번 은인 무속 스승 편에서 제가 아시는 분들이 무속 검증으로 사용했던 펜입니다. 어쩐지 당기는 게 있어 제가 지니고 있었는데 이분 거라는 생각이 들어서……."

"허어, 기연이군."

장관도 공감을 했다.

기연!

둘 다 그랬다. 궁천의 신묘함도 그랬고 이렇게 만난 순애도 그랬다. 사형수의 물건이지만 죄가 없다던 궁천. 그의 신통력을 다시 한 번 절감하는 미류였다.

"다시 재판받기를 원하시나요?"

사연을 들은 장관이 물었다.

"아뇨. 전에는 그랬는데… 이제는 그냥… 내 이야기를 귀담아들어주실 분이 필요했을 뿐이에요. 재판이 아니라 진심으로… 법에 관련된 분이… 내가 사람을 죽인 건 아니라는 걸 들어줄 사람……."

"……."

"그리고… 법사님?"

순애의 눈이 미류에게 향했다.

"예……."

"전생점이 영험하시다고요?"

그녀가 고요하게 웃었다.

"조금……."

"저 그거나 한번 봐주실 수 있어요? 우리 남편… 나하고 전생에 어떤 관계였는지… 석근 씨는 또 어떤 관계였는지……."

석근 씨는 야채 행상 노총각의 이름이었다.

"그러죠."

미류는 기꺼이 답했다.

감응을 해보니 남편은 전생에 그녀의 며느리였다. 그 생에서 순애는 며느리에게 가혹하고 못된 시어머니였다. 어쩌나 시집살이를 시키는지 결혼한 후에도 외아들을 끼고 잤고, 식사도 제대로 먹지 못하게 했다. 며느리는 임신을 한 채 엄동설한에 우물가에서 빨래를 하다 하혈을 하며 죽었다. 그 인과가 폭행 남편으로 이어졌다.

행상 노총각 석근 씨는 전생과 별 상관이 없었다. 그는 그저 남편에게 시달리는 순애가 측은해 사랑에 빠진 것뿐이었다.

"고마워요."

감응이 끝나자 순애가 말했다.

"달리 원하시는 건?"

미류가 물었다.

"없어요. 언젠가 여기 교도소에 여자 변호사가 죄수로 들어왔을 때 들었는데 제 사건은 시간이 오래되고, 주범이랄 수 있는 석근 씨가 죽어서 뒤집을 수 없다고 하더라고요. 나중에 생각하니… 어쨌든 저 때문에 두 사람이 죽은 건 확실하고… 진짜 억울한 건 그 사람들이겠지요."

"이 건은 구제 방안이 없는지 적극 재검토를 지시해 보겠습니다."

듣고 있던 장관이 약속을 했다.

"말씀만이라도 고마워요."

순애는 담담한 대답을 남기고 상담실을 나갔다. 너무 담담해서 더 안타까운, 너무 억울할 사연임에도 스스로의 가책으로 인정해 버리는 바람에 더 돕고 싶은 수감자였다.

"외람되지만 저분은, 가능하다면 장관님이 구제해 주시면 고맙겠습니다."

미류도 응원의 마음을 밝혔다.

"알았네. 법사께서 북 치고 장구 치고 다 했으니 나는 캐스터네츠라도 쳐야 하지 않겠나?"

선 장관이 웃었다. 어쩐지 잘될 것 같은 예감을 주는 미소였다.

"수고 많으셨습니다."

면담이 끝나고 주차장으로 향하는 길, 교도소장과 보안과장 등의 간부들이 나와 장관을 배웅했다.

"법사님도 수고 많으셨습니다. 면담한 수감자들이 한결같이 영험하다고……"

치사는 미류에게도 돌아왔다.

"별말씀을……"

"죄송하지만 저희 교도소에 가끔 와주시면 안 될까요? 교정에 큰 도움이 될 것 같아서요."

교도소 측에서 공식 제의를 해왔다.

"시간이 맞으면 찾아뵙도록 하죠."

미류는 긍정적으로 답했다. 숭덕 스님 같은 분도 마다하지 않던 일이었다.

"자, 그럼……."

장관이 막 차에 타려 할 때였다. 저만치에서 거센 고함이 들려왔다. 남자 교도소 쪽이었다.

"저기요, 장관님, 장관님!"

수감자 한 사람이 발악하는 모습이 보였다. 젊은 그를 막아선 건 교도관들이었다.

"그냥 가시죠. 별일 아닙니다."

소장이 장관에게 말했다. 하지만 수감자의 목소리는 절박하게 찢어지고 있었다.

"소원입니다. 잠깐이면 된다고요!"

"뭐하나?"

소장이 보안과장에게 눈짓을 보냈다.

"잠깐!"

장관이 소장을 제지했다.

"장관님!"

"한 명쯤 더 만난다고 문제될 건 없어요. 그렇지? 미류 법사?"

장관의 시선이 미류에게 건너왔다. 미류 역시 같은 마음이었다.

즉석에서 수감자가 불려왔다. 플라스틱 의자 세 개를 놓고 젊은 수감자와 마주 앉았다. 미류와 장관, 그리고 수감자였다. 다른 사람들은 모두 저만치로 물러나 있었다.

수감자의 죄목은 살인 미수.

느닷없이 등장한 수감자의 첫마디도 느닷없었다.

"제 황금을 찾게 해주세요!"

황금?

무슨 황금?

"황금?"

장관은 귀를 의심하는 눈빛이었다.

"장관님 옆의 분… 전생점의 대가라면서요?"

수감자의 시선이 미류에게 넘어갔다.

"차근차근 말해보세요."

미류가 그 말을 받았다.

"저 미친놈 아닙니다. 다들 저를 똘아이 취급하는데 그게 아니라고요."

수감자는 절박해 보였다. 하지만 생 쇼일 수도 있었다. 다는 아니겠지만 일부 범죄자들은 연기의 달인이기도 했다. 감옥을 벗어나는 일, 그건 군대를 벗어나고 싶은 징집병의 간절함보다도 한 수 위이기 때문이었다.

"저 살인 미수로 들어와 있습니다. 하지만 아닙니다. 이건 탁경철이 잘 압니다."

"탁경철?"

장관의 시선이 보안과장에게 향했다. 과장이 다가와 수감자의 범죄 이력을 설명해 주었다.

"이창술, 당년 33세. 작년에 살인 미수로 법정 최고형이라 할 수 있는 9년형을 받고 들어왔습니다. 심야에 고급 한우 갈비 전문점에 가택 침입을 한 후 그 집 노인을 해치고 금품을 강탈하려다 미수에 그친 혐의입니다."

"가택 침입 아닙니다. 그 집은 내 집이에요!"

이창술이 항변했다.

"약간의 정신 질환이 의심되어 진료를 받았는데 큰 이상은 없다는 소견이……."

"다 조작이에요. 거긴 내 집입니다. 주인 탁경철도 그걸 인정했어요."

"이봐!"

"법사님, 저 좀 도와주십시오. 그렇지 않으면 우리 가족들 다 죽습니다."

이창술의 표정은 애걸에 가까웠다.

"됐습니다. 이제 제가 들어보지요."

보안과장을 물린 미류가 차분하게 말을 이었다.

"천천히 말해보세요. 왜 그 집이 당신 집인지… 주인 탁경철은 무엇을 안다는 건지……."

"처음에는 몰랐습니다. 이게 무슨 상황인지……."

"……."

"그런데 이제는 알 것 같습니다. 제 전생 기억입니다. 작년, 문득 제 전생 기억이 떠오른 겁니다."

"전생?"

"예, 전생!"

이창술이 고개를 끄덕거렸다.

"계속하세요."

"그러니까 작년 봄이었습니다. 아이는 희귀병으로 병원에서 시름거리고 아내 역시 암에 걸려 비영비영한 상황이었습니다. 사정이 그렇다 보니 회사도 제대로 다닐 수가 없었어요."

"……."

"퇴직금으로 몇 달 버티고 나니 막막했습니다. 전세금이라도 저당 잡혀 돈을 빌려야 할 판이 되었습니다."

"……."

"내 팔자가 왜 이럴까? 나름 착하고 열심히 살았는데, 하고 높은 담장에 기대 고개를 드는데 팔랑팔랑 복숭아꽃잎이 떨어져 내렸어요. 그러다 그 한 잎이 눈을 가리는 순간, 머리가 시원해지는가 싶더니 문득 이상한 기억이 떠오르는 거예요."

문득!

이창술은 그 단어를 강조했다.

"……."

"그 집… 갈비집으로 꽤 오래된 고옥인데… 갑자기 내 집처럼 느껴졌어요. 그래서 나도 몰래 안으로 들어갔지요."

"……."

"정원이 넓었어요. 시설들도 죄다 100여 년은 되어 보였고요. 이상하리만치 익숙한 구조였어요. 마치 내가 살기라도 한 듯. 돌절구와 맷돌, 혹은 소 여물통 같은 가재도구들도……."

이창술의 목소리가 빨라지기 시작했다.

"돈은 없었지만 음식점이라 쫓아내지는 않더군요. 아마 다른 손님과 함께 온 일행으로 보았겠지요."

"……."

"그러다 기와 담장을 따라 후원으로 갔는데……."

이창술이 시선을 미류와 맞추었다. 중요한 말이 나올 눈치였다.

"거기 100년은 됐음직한 정자가 있었어요. 정자……."

"……."

"복숭아 꽃잎은 거기서 휘날렸더군요. 담장에 두 그루의 복숭아나무가 보였어요. 그 꽃잎이 하르르 하르르 휘날리는데… 갑자기 아련한 생각이 드는 거예요. 그 뭐라고 하죠? 데자뷔? 아, 맞아요. 데자뷔……."

"……."

"그 자리가 처음이 아니었어요. 돌아보니 여러 기억들이 보였어요. 옛날 옷을 입은 사람들과 옛날 장면들……."

"……."

"그중 한 사람이 현재 그 음식점의 1대 창업자라고 하는 탁경철이었어요. 아주 젊은 모습이었어요. 그리고… 거기 내가 있는데… 탁경철의 주인이에요. 그런데 나는 일본 사람이었어요."

"……."

"기억이 마구마구 겹쳐왔어요. 하지만 한 가지만은 너무나 또렷했어요."

"그게 황금인가요?"

미류가 물었다.

"맞아요. 황금. 나는 그걸 아무도 몰래 감췄어요. 그 장소가 머리에 떠오른 거예요."

"……."

"누구에게 말해봤자 미친놈 소리나 들을 테고… 그래서 다음 날, 정원의 돌절구 뒤에 숨어 있다가 가게 문을 닫은 다음에 움직였어요. 황금 생각이 맞는지 확인하려 했지요. 그러다 정자 밑으로 기어 들어갔는데… 그만 주인에게 들키고 말았어요."

"주인이라면……."

"탁경철요. 100살이 다 된 그 집 주인."

"그런데 왜 살인 미수가 되었죠?"

"그게… 그 사람이 단창을 들고 있었어요. 갑자기 등장하는 통에 놀라서 단창을 빼앗아 들고 소리를 치고 말았지요. 이상한 소리……."

"이상한 소리요?"

"'탁경철, 나 아카키야. 네 주인 아카키. 네가 또 내게 칼을 겨눠?' 그렇게 소리쳤어요. 그건 지금도 기억해요."

"아카키?"

"나를 모르겠느냐? 라는 말도 했어요."

"왜 그랬죠?"

"나도 몰라요. 왜 그런 말을 했는지. 그런데 그 말을 들은 탁경철이 기절을 해버렸어요. 놀라 어쩔 줄을 모르는데 그 사람이 떨어뜨린 단창이 눈에 들어왔어요. 집어 들었죠. 단창 또한 낯설지 않았거든요. 그때 사람들이 뛰어나왔는데 단창이 내 손에 들려 있는 바람에……."

"단창은 어떤 칼입니까?"

"경찰에서 들었는데 오래된 일본의 표창이라네요."

"그게 전부인가요?"

"네. 탁경철은 곧 정신이 들었지만 제가 반쯤 넋이 나가 있었어요. 곧 경찰이 들이닥쳤고, 탁경철은 백을 동원해 제게 살인 미수를 덮어씌웠습니다. 그 단창으로 자기를 찌르려고 했다고 허위 증언을 한 거죠. 목격자가 없는 데다 저는 직업도 없는 상태였으니 제 주장은 받아들여지지 않았어요."

"그러니까 당신 말은… 그 집이 전생의 당신 집이라는 거로군요. 현재의 주인 노인은 당신이 부리던 일꾼이나 하인쯤……."

"에!"

"황금을 감추어두었고요?"

"예, 저는 이렇게 되었지만 그걸 찾고 싶습니다. 아내와 딸⋯ 전세 보증금을 담보로 대출을 받았지만 오래 버티지 못합니다. 우리 딸은 올해 안에 수술 못 받으면 죽습니다."

"⋯⋯."

"도와주세요. 법사님이 아니면, 판사도 변호사도 도와줄 수가 없는 일입니다."

이창술의 눈가에 눈물이 고였다.

교도소 밖에 아픈 아내와 어린 딸을 두고 온 범죄자. 그가 기댈 곳은 아무도 믿지 않는 전생의 이야기⋯⋯.

그는 운명의 문을 두드렸다. 운이 닿아 미류의 걸음을 세웠다. 그렇다면 이제는, 미류가 화답할 차례였다.

"잠시 실례하겠습니다."

장관의 허락을 구한 미류가 의자에서 일어섰다. 눈빛으로 보아서는 거짓이 아닌 것 같았지만 확인이 필요한 일이었다.

어느 날 문득 전생 기억이 떠오른 이 남자.

그리하여 전생에 숨겨둔 황금을 찾으려다 살인 미수 범죄자가 된 사람.

진실일까? 아니면 정신이 오락가락하는 사람의 헛소리일까? 미류의 두 손이 조용한 궤적을 그렸다. 그 궤적을 따라 전생륜이 피어올랐다. 이창술의 전생령은 단 하나였다. 그가 말한 대로 일본인이었다. 미류는 그 전생령을 천천히 들여다보았다.

일제강점기가 나왔다. 커다란 기와집과 정자가 보였다. 높은 담장에 가지런한 기와 담, 그 기와를 따라 담장 안쪽에 늘어선 복숭아나무들⋯⋯.

"아카키!"

총독부 관리가 그의 이름을 불렀다. 정자에서 복숭아꽃 지는 걸 바라보던 아카키가 고개를 돌렸다.

"무역에 바쁜 사람이 또 그 꽃 감상인가?"

관리가 정자에 올라서며 핀잔을 주었다.

"나는 이게 사쿠라보다 좋다네."

아카키가 웃었다.

"하긴 조선의 복숭아꽃이 매력적이긴 하지."

"암, 조선은 매력적인 나라라니까."

"그건 그렇고 물건은 어떻게 되고 있나?"

"조금만 기다리시게. 아직 필요한 분량을 채우지 못했네."

"자넨 그놈의 양심이 문제야. 어리병병한 조선인들을 그리 대우하며 부리니 능률이 안 오르지."

"그럼 이거라도 휘두르며 협박을 할까?"

아카키가 손의 단창을 꺼내 보였다. 그가 조선으로 올 때 부친께서 준 선물이었다.

"아무튼 현황 보고라도 하시게. 우리 국장께서 몸이 달으셨으니……."

"그러지. 거기 탁 씨 있는가?"

아카키가 부르자 탁경철이 달려왔다. 때는 1930년대 말. 탁경철은 스무 살쯤 되어 보였다.

관리가 돌아갔다. 아카키는 탁경철을 데리고 창고로 갔다. 거기서 물건을 검수하고 탁경철에게 돈 봉투를 주었다.

"김 씨 아내가 아이를 낳았다지. 미역이라도 끓여주고… 권 씨 어머니는 병이 들었다고 들었는데 약재라도 지어서 가져다주어라."

아카키는 자신이 부리는 조선인들에게 인색하지 않았다. 함부로 대하지도 않았다. 특히 탁경철에게 그랬다. 열다섯에 머슴으로 데려온 탁경철. 아카키는 성실한 탁경철을 신뢰했다. 그가 장가를 들 때는 작은 집까지도 마련해 준 아카키였다.

사업도 마찬가지였다. 조선인이라고 속이지 않았고 겁박해서 헐값에 사지도 않았다. 돈이란 정직하게 벌어야 하는 것. 그건 아카키 가문의 오랜 전통이었다.

시간이 흘러갔다. 복숭아꽃잎과 함께 흘러갔다. 그리고 지는 꽃잎처럼 일본 패망의 날이 왔다. 그래도 아카키는 다른 사업가들처럼 약삭빠르게 짐을 싸지 않았다. 되는 대로 재산을 정리하니 금이 많이 나왔다. 그걸 들고 가면 어떻게 될지 몰라 일단 숨겨두기로 했다.

어디가 안전할까?

처음에는 복숭아나무를 생각했다. 하지만 이내 고개를 저었다. 조선의 복숭아나무는 수명이 오래가지 못했다. 그는 궁리 끝에 정자를 택했다. 정자는 튼튼하기 그지없으니 100년 후에도 끄떡없을 일이었다.

어느 달밤, 아무도 없는 틈을 타서 정자 밑을 팠다. 거기 작은 항아리를 묻고 금괴를 넣었다. 그 위에 흙을 덮고 다시 기와 조각을 올리니 감쪽같았다. 설령 정자가 불에 탄다고 해도 안심할 일이었다.

황금!

사실이었다.

탁경철!

그 사람과의 전생 인과도 있었다.

이창술!

결론적으로 그의 말은 사실이었다.

'아아!'

미류는 잠시 몸을 떨었다. 마지막 장면 때문이었다. 차마 말하기 어려운 장면이었다. 그는 심호흡을 하며 장면을 삭여냈다.

"장관님!"

마음을 달랜 미류가 장관을 바라보았다.

"말씀하시게."

미류는 장관 귀에 대고 나지막이 설명했다.

"이 사람의 말이 사실인 것 같다고?"

장관의 얼굴에 격한 긴장이 스쳐 갔다.

"예······."

"그런······."

"전생으로 확인했습니다. 이 사람의 전생은 일본인 아카키입니다. 그리고 탁경철이라는 사람은 당시 아카키가 데리고 있던 일꾼이었습니다."

"인과로군?"

"예······."

"어쩌면 좋겠나?"

"가슴 아픈 인과지만 현생의 죄는 어쩔 수가 없겠죠. 하지만 저 사람이 말하는 황금을 찾게 하셔서서 가족이라도 살게 하시면······."

"황금?"

"허언은 아닌 것 같습니다."

"난감하군. 혹시라도 거짓말이면 수형자에게 놀아났다는 비난이 쏟아질 텐데······."

"자격이 된다면 제가 보증을 서겠습니다."

"확신하시나?"

"황금을 찾을 수 있을지는 모르지만 직전 생에 그런 일이 있었던 건 확실합니다."

미류가 말했다. 이미 오랜 시간이 흐른 상황. 그러니 황금이 그 자리에 있다는 것은 보장할 수 없는 일이었다.

"법사께서 그렇다면 나도 보증인으로 나서는 수밖에."

"장관님……."

"이봐요, 교도소장!"

장관이 소장을 불렀다. 그런 다음 주저 없이 다음 말을 이었다.

"이 사람 귀휴 형식으로 외출을 좀 할 수 있을까요?"

"특별 귀휴를 말씀하시는 겁니까?"

"안 됩니까?"

"아닙니다. 나름 교정 성적이 우수한 편이니 장관님이 원하시면……."

"그럼 지금 바로 조치해 주시오."

지금 바로!

그야말로 전격적이었다.

내가 네 주인이다

귀휴!

미류는 잘 몰랐지만 그런 제도가 있었다. 말하자면 수형자들의 휴가였다. 최소 복역 기간이 6개월 이상 지나고 교정 성적이 우수한 자는 일 년 중 5일 이내의 특별 귀휴나, 20일 이내의 일반 귀휴를 얻을 수 있었다.

그 사유도 다양해 가족 또는 배우자의 직계 존속이 위독할 때, 질병이나 사고 등으로 외부 의료 기관에 입원이 필요시, 천재지변 등으로 배우자의 직계 존속 또는 수형자 본인에게 회복할 수 없는 중대한 재산상의 손해가 발생하였거나 발생할 우려가 있는 때, 기타 교화 또는 건전한 사회 복귀를 위하여 법무부령으로 정하는 사유가 있는 때 등이었다.

"바쁘실 텐데……."

뒷좌석의 미류가 미안한 마음을 드러냈다. 미류는 장관 차에 타고 있었다. 미류의 차는 수행원들이 끌고 오고 있었다.

"아닐세. 사실은 내 일을 법사께서 돕는 거지. 법이라는 게 억울한 사람 없애자고 만든 건데 알고 보면 법 때문에 더 억울해지는 사람도 많다네."

―그건 그래요.

미류는 속으로 말했다.

유전무죄 무전유죄!

삼척동자도 아는 그 말이 괜히 나온 건 아니었다. 만인 앞에 평등해야 한다는 법은 구석구석에서 온갖 비리를 양산하고 있었다. 그 칼날은 힘없고 백 없는 사람을 노렸다. 큰 사건을 보면 더욱 그렇다. 권력 앞에서는 꼬리를 사리는 법. 정말 말도 안 되는 판결이 어디 한둘이었던가?

"그나저나 법사의 신통력은 정말 변화무쌍하군. 마치 손오공의 도술을 보는 것 같아."

"제천대성 손오공은 도교의 신입니다. 사령과 악령 퇴치의 신이죠. 저하고 비할 바가 아닙니다."

"아니야. 제천대성은 내가 볼 수 없지만 법사는 내 곁에 있지 않나?"

"그렇긴 하군요."

"전생 말일세… 이렇게도 가능한 건가? 누군가 전생에 남겨둔 유형 무형의 유산이나 사람과도 직접 연결이 되는……."

"드물지만 그렇습니다."

"그러고 보면 전생이야말로 우리가 꼭 알아야 할 일일지도 모르겠네. 자신의 인과가 수백수천 년 후까지 미친다고 생각하면……."

장관의 말과 함께 앞서가던 차량이 멈췄다. 이창술은 앞 차에 타고 있었다. 장관의 차가 멈추자 교도소의 차량도 멈췄다. 그 차에는 보안과장과 교도관 세 명이 타고 있었다. 혹시 모를 경우를 위한 대비책이었다.

"여깁니다!"

이창술이 대형 갈비집을 가리켰다. 커다란 전통 한옥이었다. 돌담은 정겹게 쌓여 있었고 세월을 입은 기와지붕들이 날렵하게 이어졌다. 대문은 현대식 기법으로 개조가 되었지만 한옥의 원형이 비교적 잘 남은 집… 미류가 이창술의 전생에서 본 그 집이 분명했다.

"어떻게 하려나?"

장관이 물었다.

"인과입니다. 우선은 이창술과 탁경철에게 맡겨두는 것이 옳을 것 같습니다."

"그러시면 법사 뜻대로 하시게. 우린 손님으로 들어가 있을 테니."

"그러시죠."

인사를 한 미류가 이창술을 바라보았다. 이창술은 끄덕 목 인사를 하고 성큼 안으로 들어섰다.

'영기……'

정원에 들어서자 영기가 느껴졌다. 느낌이 낯익었다. 그건 바로 이창술의 전생이 남긴 영기였다. 고기 냄새에 섞여 희미하지만 알 수 있었다.

이창술이 앞서 걸었다. 미류는 그 뒤를 따랐다. 걸음이 멈춘 곳은 정자 앞이었다. 갈비를 구워 먹는 손님들이 보였고 정자 옆으로 복숭아나무 두 그루가 있었다. 이창술 전생의 그 나무는 아니었다. 나무 또한 이창술의 생처럼 대를 건너온 것이다. 미류는 나무 아래로 다가섰다. 돌담의 모퉁이가 보였다. 모퉁이… 거기 희미한 영기가 있었다.

"화장실 찾으시면……"

육십 줄의 여주인이 다가와 친절을 베풀었다. 돌아보니 탁경철의 느낌이 왔다. 그의 딸인 모양이었다.

"시작하시죠."

미류가 이창술에게 신호를 보냈다. 마음이 급한 이창술은 팔을 걷고 나섰다.

"마당보다 마음을 먼저 파야 합니다."

미류가 제지하고 나섰다.

"마음이라면?"

"따라오세요."

미류가 앞서 걸었다. 탁경철을 만나는 게 순리였다. 다짜고짜 정자 밑을 팔 수야 없지 않은가?

"저… 탁 선생님 저기 계신가요?"

숯불 피우는 남자 앞에서 미류가 물었다. 미류의 손은 사랑채처럼 독립된 건물을 가리키고 있었다. 탁경철 일가가 생활하는 별채였다.

"사장님은 카운터에 계신데?"

"원조 사장님 말입니다. 탁경철……."

"아… 그분은 저기 계십니다."

남자는 숯불을 들고 식당 안으로 사라졌다.

"계세요!"

별채 앞에 선 미류가 기척을 냈다. 안에서는 대꾸가 나오지 않았다.

"탁경철 씨!"

"……."

"아카키가 왔습니다."

그 말이 신호였을까? 안에서 해묵은 기침 소리가 쿨럭 새어 나왔다.

"아카키가 왔다고요."

한 번 더 강조하자 문이 열렸다. 퀭한 눈에 백발이 성성한 탁경철이었다.

"너… 너는?"

이창술을 확인한 탁경철의 눈에 지진이 일었다.

"교도소에 있어야 할 네가 어떻게?"

탁경철이 치를 떨었다.

"들어가서 얘기해도 되겠습니까?"

미류가 응수했다.

"안 돼. 정 씨, 어디 있어? 사장님 불러와. 어서!"

탁경철이 소리쳤다. 이내 숯불 피우던 남자가 달려왔다.

"드릴 말씀이 있습니다."

미류의 목소리에 힘이 들어가기 시작했다.

"닥쳐, 경찰도 불러, 어서!"

"칼!"

미류의 단말마 같은 외침이 터져 나갔다.

"……?"

"복숭아나무 쪽 담장 모퉁이!"

"……."

"거기 있는 칼!"

"……."

"그 칼이 무슨 칼인지 당신 딸이 알아도 좋다면 부르도록!"

절겅!

미류 손의 신방울이 울었다.

"당, 당신 뭐야?"

혼비백산한 탁경철이 뒷걸음질을 쳤다.

"잘 먹고 잘사서서 노망도 아닌 것 같은데 잊으셨나? 그 칼⋯ 무명으로 세 겹을 말아 당신이 직접 묻은 그 칼!"

"⋯⋯!"

"당장 담장 밑을 파헤쳐 줄까?"

"들, 들어오시오!"

하얗게 질린 탁경철의 입이 열렸다.

"당신 누구요?"

안에 들어서자 그가 또 물었다.

"아카키의 전생 수호자!"

"전생?"

그때 탁경철의 딸이 달려왔다. 숯불 피우던 남자가 보고를 한 모양이었다.

"당신? 당신들 뭐예요?"

이창술을 본 딸이 기세를 올렸다. 백억 대 재산가가 된 딸이었다. 단골손님 중에는 변호사부터 판검사까지 즐비하니 겁날 것도 없는 사람이었다.

"대신 설명하시죠?"

미류가 탁경철을 바라보았다.

"가서 일 보거라."

탁경철이 말했다.

"아버지!"

"내 손님이야. 그러니⋯⋯."

"정말이죠?"

"그래⋯⋯."

"무슨 일 생기면 바로 말씀하세요."

딸은 기염을 토하고 돌아섰다.

"야박하시군. 은인이자, 목숨까지 내준 전 주인이 왔는데 차 대접도 않으시다니."

미류가 슬쩍 경종을 울렸다.

"차 한 잔 가져오거라."

탁경철이 마지못해 말했다.

"아직 나올 때가 아닐 텐데?"

잠시 후 따끈한 찻잔을 밀어주는 탁경철의 목소리는 여전히 인색했다.

"오늘은 임시 외출이지만 아주 나오도록 도와주셔야겠습니다."

미류가 대답했다.

"외출……."

"아카키 아시죠?"

"……."

"아십니까? 모르십니까?"

"나는 늙어 기억이 희미하오. 게다가 60년도 더 지난 일……."

"그 일은 60년이 아니라 600년이 지나도 당신이 못 잊을 일이죠."

"……!"

"내 말을 믿지 않는 눈치시군요."

"무슨 수작을 부리려는지 몰라도……."

"그 수작 한번 제대로 구경하시렵니까?"

"……?"

"어르신 말대로 기억력이 떨어진 것 같으니 보고 난 다음에 말씀하시죠."

"뭘 어쩌려고?"

"눈을 감고 내 손을 잡으세요. 잠깐이면 됩니다."

"……?"

"여긴 당신 집입니다. 죽이러 온 것은 아니니 잡으세요."

미류가 재촉하자 탁경철이 겨우 손을 내밀었다. 미류는 3자 감응을 시도했다. 백문이 불여일견. 그 말이 딱 어울릴 순간이었다.

이창술과 탁경철의 손을 가운데서 맞잡은 미류, 이창술의 전생 감응에 들어갔다.

복숭아꽃…….

시야에 복숭아꽃잎이 흩날리기 시작했다.

전생이 보였고 꽃잎을 감상하는 사람이 보였다. 아카키였다. 일본인이지만 조선인들을 정당하게 대우한 사람. 탁경철도 나왔다. 아카키가 가장 신뢰하고 대우하던 탁경철… 아카키가 걸어가면 탁경철은 고개를 숙였다. 그는 탁경철의 주인이었다. 자신을 좌지우지하는 주인.

해방이 되었다. 세상이 뒤집혔다. 여기저기서 일본인들이 맞아 죽었다. 어떤 일본인은 부하 직원의 칼에 찔려 죽기도 했다. 아카키는 그간의 선행으로 무사했지만 보장된 것은 아니었다.

일단 일본으로 피해야 했다. 다시 돌아올 생각으로 집은 탁경철 이름으로 돌려놓았다. 아들처럼 믿었던 것이다.

그러나… 그 황금… 정자 아래 숨긴 황금… 그걸 숨긴 얼마 후에 아카키는 탁경철의 본성을 보았다. 그가 아는 착한 탁경철이 아니었다.

"아카키……."

깊은 밤, 조용히 방문을 열고 들어온 탁경철의 손에는 칼이 들려 있었다. 입에서는 술 냄새가 확 끼쳐왔다.

탁경철…….

현실의 탁경철도 반응하고 있었다. 잡은 손이 격하게 꿈틀거린 것이다.

"긴장을 푸세요. 다 아는 일입니다."

주의를 환기시킨 미류가 감응을 계속했다. 전생이 계속 이어졌다.

"……."

위기의 순간, 아카키는 입을 열지 않았다. 변한 탁경철의 눈에서 상황을 읽었던 것이다.

"금고의 금을 정리했더군. 어디로 빼돌렸어?"

"……."

"말해, 이 쪽바리 새끼야!"

"……."

아카키는 귀를 의심했다. 충복 중의 충복이었던 탁경철. 그가 못할 말을 입에 담은 것이다.

"말하라고. 그 돈은 우리 조선의 돈이야. 내가 가져야 한다고!"

칼이 목에 닿았다. 어찌나 날카로운지 핏물이 흘러내렸다.

"이, 이보게. 탁경철이, 자네 취했나?"

"탁경철? 이 쪽바리 새끼가 누구 이름을 부르고 지랄이야?"

퍽!

그의 발이 아카키의 안면을 내질렀다. 아카키는 코피를 뿜으며 넘어갔다.

"금괴… 어디로 빼돌렸어? 빨리 말해!"

"이보게. 말로… 말로 하세."

"이 새끼가 아직도 상황 파악 못 하네? 쪽바리 새끼들 세상은 끝난 거 몰라?"

그 말과 함께 아카키의 속이 뜨끈하게 변했다. 탁경철의 칼이 기어이 몸 안으로 들어온 것이다.

"탁경철……."

"이런 씨발 놈, 탁경철이 네 친구 이름이냐? 엉?"

선홍의 칼날이 아카키의 시야에서 춤을 추었다. 처음에는 겁만 주려던 탁경철. 하지만 아카키의 목숨은 이미 잘린 후였다. 붉은 복숭아꽃, 꽃잎의 가운데 성성한 그 붉은빛처럼 피를 쏟으며…….

젊은이 둘이 들어섰다. 둘은 아카키의 시체를 들고 나갔다. 아카키의 시신은 다음 날 발견되었다. 시장통 뒷골목이었다. 주변에는 돈가방이 흩어져 있었다. 해방 직후의 혼란한 사회, 여기저기서 시신으로 발견되는 일본인이 많은 터라 그대로 묻혀 버렸다. 흔한 일의 하나가 된 것이다.

"감응을 끝냅니다."

미류는 한마디와 함께 손을 놓았다.

쿵!

두 사람이 약속이나 한 듯 양편에서 넘어갔다. 이창술은 자신이 탁경철에게 살해당한 것에 놀랐고, 탁경철은 그게 들통난 것에 놀랐던 것이다.

"너 이 새끼!"

격분한 이창술이 몸을 날렸다.

퍼억!

주먹이 늙은 탁경철에게 떨어졌다. 미류가 매달려 그를 떼어냈다.

"참아요. 주먹 한 방 날리려고 온 게 아닙니다."

미류가 소리쳤다.

"하지만……."

"내 말을 듣지 않으면 당신을 돕지 않을 겁니다. 내가 빠지면 당신은 바로 교도소행이에요. 몰라요?"

"……!"

"얌전히 물러나세요!"

미류의 사자후는 그대로 통했다. 이창술에게 필요한 건 욱하는 분노의 표출이 아니었다. 아내와 딸이 죽어가고 있었다.

"후우!"

이창술이 물러섰다. 탁경철은 고개를 들지 못했다. 주인의 귀환이었다. 그 옛날 자신을 성심껏 대우해 준 주인. 그러나 그 은혜를 원수로 갚았던 탁경철⋯⋯.

"그 칼⋯ 어디에 묻었는지 나는 압니다."

미류의 눈이 탁경철을 겨누었다.

"아, 아니야⋯⋯."

"그 칼은⋯⋯."

미류가 다가가 귀엣말을 건네주었다. 탁경철은 한 번 더 무너지고 말았다.

"아카키는 당신을 신뢰하고 대우해 주었습니다. 조선인이라고 착취하거나 무시하지도 않았지요. 인정합니까?"

"⋯⋯."

"그런데 당신은 그런 아카키를 두 번 죽였어요. 일본은 우리나라에 씻을 수 없는 죄를 지었지만 아카키는 별 죄인이 아니었습니다. 당신 칼에 죽을 이유가 없었어요."

"⋯⋯."

"그런데⋯ 충분한 보상을 해준 그를⋯ 당신 이름으로 옮겨놓은 이 집을 차지하고⋯ 그의 모든 것까지 차지하기 위해 당신은⋯⋯."

"⋯⋯."

"그것으로도 모자라 당신은 현생의 아카키, 이창술 씨를 살인 미수로 만들었죠. 주인이 왔다고는 생각지 못했겠지만 혹시라도 당신의 과거 만행이 지인들이나 자식들에게 드러날까 두려워서……."

"……."

"아닙니까?"

"으으……."

"아니냐고요!"

"맞, 맞소. 다 맞소."

겁에 질린 탁경철이 납작 엎드려 흐느꼈다.

"그때는 내가 눈이 뒤집혔소. 주인께서 이 저택을 내 이름으로 돌려놓았다는 말을 들은 후부터… 친구 놈들도 한몫 잡으라고 나를 부추겼고……."

"아무리 그렇기로."

"내가 미쳤소. 미쳤었다고……."

"이제 어쩌시렵니까?"

"내가 죄인이오. 그러잖아도 요즘 주인이 꿈에 자주 보여 괴롭던 참이었소."

"어쩔 거냐고 물었습니다."

"뭐든 하고 싶지만… 주인은 이미 죽은 사람… 게다가 일본의 후손도 알지 못해서……."

"왜 멀리서 찾습니까? 여기 아카키의 현생이 있는 것을."

"……."

"내가 공수를 내릴까요?"

"그, 그래 주시면……."

"우선 아카키는 자신의 물건을 찾아갈 겁니다. 이 집의 진짜 주인으로서 말입니다. 그러니 방해하지 마세요."

"……."

"그리고 현생에 일어난 사건을 바로잡아주세요. 살인 미수가 아니었다고 말입니다."

"……."

"당신이 꾸민 일이니 당신이 양심 고백을 하면 가능할 겁니다."

"……."

"이 집도 아카키가 맡긴 것이니 돌려받는 게 마땅하지만 그 정도면 이창술 씨도 만족할 것으로 봅니다."

"그렇게 하겠습니다."

탁경철의 대답이 나왔다.

정자에서의 작업은 조용히 이루어졌다. 손님들은 내실로 옮겨졌다. 이창술의 손에는 삽이 쥐어졌다. 그는 어디를 파야 할지 알았다. 흙을 조금 걷어내자 기와 조각들이 나왔다. 그는 그걸 치우고 파 내려갔다. 오래지 않아 작은 항아리가 나왔다. 작은 수박 하나가 들어갈 크기의 옹기였다. 내용물을 확인한 이창술이 미류를 향해 신호를 보냈다.

오케이였다.

미류는 선 장관에게 결과를 설명했다. 탁경철도 옆에서 동의 의사를 밝혔다.

"조속히 재심을 청구해야겠군."

"나머지는 장관님께서……."

"당연히 그래야지. 이제부터는 내가 맡겠네."

"이창술은 그냥 교도소로 보내실 겁니까?"

"그러면 법사께서 나를 피도 눈물도 없는 냉혈한으로 보겠지?"

"그럼?"

"그래. 가족을 만나고 들어가도록 조치하겠네. 원래 특별 귀휴는 5일이라네. 당장은 그 정도면 되겠지?"

"고맙습니다. 장관님!"

이창술을 대신해 미류가 고마움을 전했다.

"이창술 씨!"

미류가 이창술에게 달려갔다. 이창술은 복숭아나무를 바라보고 있었다.

"이제 다 잘될 겁니다."

"이 은혜 잊지 않겠습니다."

"마음에 여유가 생기면 좋은 일도 많이 하세요. 당신의 전생처럼."

"제 전생요?"

"네, 그 생에서 당신은 비록 일본인이었지만 조선인들에게 공덕을 쌓았지요. 그 덕분에 오늘이 온 것입니다."

"그렇군요."

"그 금은 여기 넣어서 다른 사람에게는 비밀로 하고 아내에게 맡기십시오. 거금이 나온 게 밝혀지면 소유권 분쟁이 있을 수도 있으니."

미류가 가방을 건네주었다. 항아리를 안고 다니게 할 수는 없기 때문이었다.

"그렇게 하겠습니다."

이창술은 미류 말을 잘 따랐다.

"가시죠. 장관님이 아내와 따님의 면회는 물론 며칠 같이 있도록 허락하실 모양입니다."

"정말요?"

"교도소에서 나오신 분들이 집에 데려다줄 겁니다. 다음에 기회 되면 또 봐요."

미류가 작별의 악수를 청했다. 이창술은 한 손에 가방을 안은 채 미류의 손을 잡았다.

팔랑!

복숭아꽃잎이 지고 있었다. 팔랑, 이창술을 축하하는 꽃의 향연이었다.

하늘을 보았다. 비행기가 날고 있었다. 시계를 보았다. 그러고 보니 화요가 떠날 시간이었다.

'잘 다녀와요.'

미류는 하늘에다 문자를 찍었다.

선 장관의 교도소 기행은 엄청난 호평을 받았다. 간만에 일 제대로 하는 장관이 들어왔다는 찬사도 나왔다. 그중에서 가장 부각된 것이 이창술 사건이었다. 탁경철이 증언을 번복한 것이다. 사건이 일어난 시간은 늦은 밤, 늙어서 착각을 한 것 같다는 말이 받아들여졌다. 이창술의 죄목은 단순 가택 침입죄로 변경되었고, 아픈 딸과 아내를 위해 가석방까지 결정되었다.

전생!

미류의 전생점이 얻어낸 쾌거였다. 선 장관은 직접 전화를 걸어 자신이 보고를 받은 과정을 설명해 주었다. 고맙다는 말도 잊지 않은 그였다. 덕분에 정 시장의 전화도 받고 염 의원의 전화도 받았다. 미류는 숟가락을 얹은 것뿐이었지만 그들은 그 반대로 생각하고 있었다.

꿀 빨게 해주마!

전생신의 약속처럼 또 한 번 꿀을 빤 기분이었다.

기도를 마치고 지화를 접었다. 신제자가 할 일은 기도가 으뜸이었다. 다음은 손님들의 복덕을 빌어주는 일이다. 그건 숭고하고 지고지순한 일에 속했다.

접은 지화를 챙길 때 지화에 남창수 얼굴이 서렸다.

'남 사장님이 오실 모양이군.'

"이모!"

미류가 거실을 향해 소리쳤다.

"예, 법사님!"

"남 사장님이 오실 겁니다."

"예."

봉평댁이 대답했다.

그 말이 오가고 한 시간쯤 후에 남창수가 들어섰다.

"아이고, 우리 법사님, 귀신 뺨친다니까."

봉평댁의 목소리가 자지러졌다.

"이어, 미류 법사님!"

남창수가 두 팔을 벌려 미류를 감싸 안았다. 그의 인사법은 좀 과장된 측면이 있었다. 그래도 반가웠다. 요양원의 땅을 갖게 해준 사람이기 때문이었다.

"나, 오실 줄 알고 계셨습니까?"

신당에 앉은 남창수가 물었다.

"이심전심이었나요?"

"하핫, 우리 마누라하고도 그렇게 알콩달콩 살면 참 좋은데."

"그렇게 사시면 되잖습니까?"

"아이고, 그런 말씀 마세요. 살갑기를 하나 예쁜 구석이 있나? 이건 허구한 날 갱년기 타령하며 남편이나 볶을 줄 알지. 누군 갱년기 아닌 줄 아나……."

"옛날에는 예뻤겠지요?"

"그야 그때는 예쁘니까 꼬셨지요. 그게 화장발에 내숭인 줄 알았다면 대시하지 않았겠지만······."

"그럼 지금도 화장하시게 하면······."

"말 말아요. 이놈의 여편네가 푹 퍼져 가지고······. 이건 숫제 여자
가 아니에요. 식구지, 식구!"

"그래도 사모님 없으면 옆구리가 허전하실걸요?"

"뭐 그건 그래요. 내 친구 놈들 중에 돌싱된 놈들이 많은데 하마 같
은 마누라지만 있는 거 하고 없는 거 하고는 차원이 다르다더군요."

"그럼요."

"그건 그렇고, 건축업자 수배되었습니다."

"네······."

"이 친구인데······."

남창수가 지역 신문을 꺼내 놓았다. 거기 광고란에 건설사 사장
얼굴이 보였다. 사진에서부터 장인의 뚝심이 엿보였다.

"기도환이라고 내 친구의 친구인데 작은 건설사지만 건물 하나는
기똥차게 짓지요. 생긴 거 하고 달리 대충대충이 없어 작년 가을에
는 기둥이 몇 밀리 기울었다고 짓던 건물을 부수고 새로 지은 인간
이에요. 여러모로 보아 법사님 요양원에 딱 맞는 업자입니다."

"예······."

"다만 신용이 좋다 보니 일감이 밀려 앞으로 5년 동안은 일이 들
어와도 맡을 수 없는 지경이랍니다."

"그럼?"

안 되잖습니까?

미류의 눈이 그렇게 물었다.

"그렇죠. 이 친구 신용으로 먹고 사는 사람이라 대통령이 찾아와
도 새치기는 허용 안 합니다."

'점점······.'

"그런데 왜 적임자라는 거냐?"

"예."

"그 친구 아들이 하나 있는데 개망나니라 아예 내놓았거든요. 고등학생인데 주먹에, 여자에, 술에··· 심지어는 제 아버지 민증 번호 따서 인터넷 도박······."

남창수는 잠시 주저하다 뒷말을 이어놓았다.

"···으로 돈을 긁어오고······."

"날린 게 아니고요?"

"긁었대요. 그것도 한두 번도 아니고······."

"물건이군요. 아무튼 자식 구제책으로 기회를 얻자?"

"바로 그겁니다. 듣자니 자식 포기했다고 하던데 자식 이기는 부모 있습니까? 법사님이 전생점으로 앞길을 시원하게 터주면······."

"그건 그 아이를 직접 봐야만 알 수 있습니다. 첫 생이라 전생 인과가 없을 수도 있으니까요."

"제가 그놈을 당장 데려오겠습니다."

"지금요?"

"안 됩니까?"

"그게 아니라··· 나는 곧 예약 손님도 받아야 하고······."

"제 차에 있는 데도요?"

"······?"

아뜩해하는 사이에 학생이 들어섰다. 콧수염이 제법 거무룩하게 난 고등학생이었다.

"동길아, 인사드려라. 지구에서 제일 잘나가시는 법사님이시다."

남창수가 기동길을 바라보았다.

"이분이 제 소원을 들어준다고요?"

동길의 목소리는 심드렁했다. 신당을 둘러보며, '이게 다 뭐야?' 하는 눈빛도 역력했다.

"그래. 그러니까 일단 앉고……."

남창수가 어깨를 눌렀지만 동길은 끄떡도 하지 않았다.

"도박 귀신 붙은 놈이네. 앉아라."

미류가 선공을 날리자 동길의 눈매가 움찔 흔들렸다. 정곡을 찔린 모양이었다.

"싫으냐?"

"나한테 이래라저래라 하지 마세요. 나이 먹은 인간들은 다 병맛밥맛이거든요."

"나는 인간이 아니야!"

절겅!

미류가 방울을 울렸다.

"풋!"

동길은 냉소로 받아쳤다.

"다 병맛인 건 아니야. 네가 하고 싶은 걸 나는 알거든."

"푸훗!"

"그놈, 성깔하고는… 사장님은 잠시 나가주시겠습니까?"

미류가 남창수를 내보냈다. 그러자 동길도 그 뒤를 따라 나가려 했다.

"넌 잠깐만!"

"싫거든요."

"글자 한 번만 보고 가면 돼."

"글자?"

"하라야, 거기 있니?"

미류가 부르자 하라가 들어섰다.

"이 오빠한테 쌀점 한 번만 부탁해."

"알았어!"

야무지게 대답한 하라가 부채를 펼쳤다. 두어 바퀴를 돈 하라가 신당 위로 쌀알을 뿌렸다.

"호이짜!"

하라가 춤사위를 멈췄다. 그러자 동길의 발 옆으로 후두둑 쌀알이 떨어졌다.

"……!"

쌀 글자를 본 동길의 눈알이 뒤룩거리는 게 보였다. 쌀알이 만든 미문은 다섯 글자였다.

〈카지노학과〉

"네 생각하고 틀렸으면 가봐. 난 미련 같은 거 없으니까."

절겅!

신방울과 함께 미류가 말했다.

"이거 사기죠?"

동길이 물었다.

"하라야. 쌀 남은 거 있으면 그 오빠 손에 쥐어 줘라."

"응!"

하라는 바로 미류의 지시에 따랐다.

"네 손으로 뿌려봐."

미류가 느긋하게 말했다.

'내 손?'

동길은 손에 쥔 쌀알을 바라보았다. 그러고는 꿀꺽 마른침을 넘긴 후에 무성의하게 휙 허공에 날렸다. 쌀알이 떨어졌다.

"……!"

동길의 눈이 어지럽게 굴렀다. 이번에는 다른 글자가 나온 것이다. 그걸 본 하라가 혀를 차며 말했다.

"이 오빠는 심보가 꼬였네. 미문이 거꾸로 나왔잖아?"

거꾸로!

그제야 동길은 글자 읽는 방향을 바꾸었다.

'과학노지카……'

과학노지카……. 카지노학과의 거꾸로가 맞았다.

"그래도 인정 못 하겠으면 가거라. 귓구멍 눈구멍 막힌 놈에게는 공수 안 내린다."

주저하는 동길에게 미류의 돌직구가 날아갔다.

"아, 씨……."

동길은 머리를 마구 긁어대며 자리에 앉았다. 눈치 빠른 하라는 쌀알을 거두어 자리를 비켰다.

"아직도 사기 같냐?"

"……."

"이게 사기면 네 인생도 사기야."

"……."

"내기 좋아하지? 아마 네 일상은 뭐든지 내기일 거다."

"그건 맞아요."

"왜 그럴까?"

"만화 때문이에요."

"만화?"

"중학교 1학년 때 일본 만화를 봤어요. 도박하는 만화였는데 그걸 본 후로 그렇게 변해갔어요."

"도박묵시록 카이지?"

"우와, 아세요?"

"나도 좋아했었거든."

"컥!"

"마치 네가 그 만화 속의 주인공이라도 되는 듯싶냐?"

"맞아요. 피가 그렇게 당기더라고요."

"다른 건 몰라도 도박 쪽은 뛰어났겠지?"

"그럼요. 친구 놈들은 물론이고 친척들하고 치는 고스톱에서도 제가 다 쓸었어요. 바둑이 같은 것도 마찬가지고요."

"얼마나 따봤냐?"

"인터넷 도박도 긁어봤고… 한번은 명절 때 아빠하고 작은아빠들하고 고스톱 판이 벌어졌는데 아빠가 화장실 간 사이에 제가 한판을 대타로 쳤어요. 점당 2,000원짜리였는데 1,280점을 낸 적이 있었죠."

'1,280점?'

미류의 입이 쩌억 벌어졌다. 재미로 친 가족 고스톱. 1,280점이면 점당 2,000원이라고 해도 256만 원을 토할 일이었다. 이론상 가능하지만 꾼들의 판이 아닌 다음에야 나올 리 없는 포인트였다.

"굉장하군."

"그때는 다들 그렇게 말했죠. 작은엄마는 기네스북에 올려야 되는 거 아니냐고 하기까지 했어요. 비록 지금은 저를 무슨 벌레처럼 보곤 하지만……."

"그래서 부모 친척들 눈 밖에 났겠지?"

"맞아요. 그 이후로는 컴퓨터 게임도, 하다못해 동네 가게 앞에 있는 인형 뽑기만 해도 난리가 났어요. 그러다 보니 부모고 나발이고 다 싫어졌죠. 오기로 망가진 거예요."

"그거 만화 때문이 아니야."

"그럼 제 본성인가요? 아빠 말로는 우리 집안 핏줄에 나 같은 놈 없다고 도박 비슷한 것만 해도 손가락을 잘라 버린다며……."

"아무튼 카지노학과는 당기지?"

"예……."

"거기 가도록 도와주마."

"에이, 조크……."

"조크 아니거든."

"법사님이 우리 아버지 아세요? 우리 아버지는 노름의 '노' 자, 도박의 '도' 자, 게임의 '게' 자만 봐도 경기를 하거든요."

"그게 안 되면 차선책이 있어."

"차선책요?"

"너한테 서린 도박 영기를 쪽 빼주마. 어쩌면 너희 아빠가 더 좋아할 수도 있겠군."

"으악, 그건 안 돼요. 난 게임 같은 게 좋다고요."

"그러니까 내 말 믿고 가서 얌전히 기다려. 내가 스케줄 몇 개 해치우면 찾아갈 테니까."

"진짜죠? 법사님!"

"그래!"

미류는 단칼에 잘랐다. 전생은 보여주지 않았다. 그건 이 친구의 아버지와 함께 감상해야 할 장면이었다.

백호살 퇴치법

"엄마, 다녀올게."

랜드로버 조수석에서 하라가 손을 흔들었다. 미류와 함께 용궁사에 갈 참이었다.

"스승님, 이거 가는 길에 드세요."

미류의 여정을 아는 연주가 달려 나와 김밥을 챙겨주었다. 새벽부터 싼 모양이었다.

"이건 산수유 발효액, 피로 푸는 데는 그만이니까 운전하다 마셔."

타로도 빠지지 않았다. 뒤를 이어 옥수부인까지 과일을 한 아름 실어주었다.

부릉!

마침내 시동이 걸렸다.

"이년아, 법사님 속 썩이지 말고 얌전히 다녀와."

봉평댁이 하라의 주의를 환기시켰다.

"흥, 내 걱정 말고 엄마나 신당 잘 지키세요."

하라가 바로 응수했다.

"저년이 주둥이만 살아 가지고……."

"치잇, 그러는 엄마는? 따라가고 싶어서 그러는 거잖아?"

"뭐야?"

"걱정 마. 내가 표승 만신님께 다 일러줄게. 엄마가 법사님 일 잘 안 돕고 땡땡이친다고."

"뭐야? 내가 언제 그랬다고!"

"아님 말고!"

일상다반사의 모녀 실랑이를 들으며 차가 움직이기 시작했다.

"잘 다녀오세요!"

연주가 손을 흔들었다. 타로와 옥수부인 등도 가지런히 손을 흔들어주었다.

용궁사!

가는 목적은 물론 안부 체크였다. 표승이 용궁사에 머문 이후로 많은 일이 생겼던 것이다. 무엇보다 방송이 그랬다. 원래는 직접 찾아가서 말씀을 드리고 고견을 받아야 했지만 그냥 넘어가 버렸다. 그게 마음에 걸리던 차에 또 하나의 비즈니스가 코앞에 와 있었다.

〈후원의 밤〉

이름도 거창하다. 이런저런 일들이 물결처럼 지나가는 사이에 박기창 회장과 그 딸이 약속한 후원의 밤이 다가온 것이다.

"따로 모실 분이 계시면 모셔 오세요."

한차례 더 부적을 얻으러 온 박혜선이 한 말이었다. 그녀 역시 부적에 폭 빠져 있었다. 이번에는 부적 자체의 주술적인 힘이 아니라 부적의 미(美)였다.

오묘한 매력!

그녀의 생각이었다. 부적의 무늬를 이용한 문양이 프랑스와 이태리에서 좋은 반응을 얻었다고 했다. 그녀는 이제 부적 문양을 이용한 패턴으로 혁신적인 패션쇼까지 꿈꾸고 있었다.

"세계 패션계를 뒤집어놓을 거예요."

그녀는 자신만만했다.

부적은 미류의 전유물이 아니었다. 부적을 쓰는 무속인은 꼽을 수도 없이 많았고, 자료집을 봐도 얼마든지 찾을 수 있었다. 하지만 그녀는 오직 미류의 부적을 원했다. 같은 획이라도 영감이 넘치고, 보는 것만으로도 활력을 느낀다는 게 이유였다. 그래서 미류는 가지고 있던 부적을 열 장 가까이 그녀에게 강탈(?)당하고 말았다. 행복한 강탈이었다.

그때마침 화요에게 전화가 왔다. 화요는 후원회를 기억하고 있었다. 방송 스케줄이 남으면 참석하겠다는 의향을 비춰왔다. 혹시 참석하지 못하면 자기 동료들이라도 파견(?)하겠다며 기염을 토했다.

―촬영이나 잘하세요.

미류는 문자로 고마움을 대신했다.

용궁사행…….

지난번과는 달랐다. 미류는 표승을 떠올렸다. 애동제자로 10여 년의 세월이 흐르는 동안 누구보다 가슴앓이를 했던 표승이었다. 미류가 큰 무당이 되지 못하는 걸 자기 탓으로 아는 그였다. 더 영험한 신을 불러주었어야 하는 건데… 더 신묘한 신을 받게 해주었어야 하는 건데…….

그건 표승의 잘못이 아니었다. 신은 신아들의 능력을 따라가는 것이다. 그럼에도 불구하고 표승의 마음은 한결같았다.

미류는 그 바람을 알고 있었다. 그랬기에 늘 마음이 아팠던 미류였다. 그래서 이번 후원의 밤에 모시고 싶었다. 당신의 신아들이 밥 값을 하고 있습니다. 그걸 확인시켜 주고 싶었다.

"하라!"

한참을 달리던 미류가 하라를 돌아보았다. 이상하도록 잠잠한 까닭이었다.

"왜?"

하라는 고개를 숙인 채 대답했다. 어린 하라의 까만 눈동자는 제 주먹 위에 머물고 있었다.

"웬일로 이렇게 얌전하지?"

"내가 뭐?"

"노래도 안 하고……."

"아까 했잖아?"

"그래?"

"……."

"손에 뭐야?"

미류가 하라의 주먹을 바라보았다.

"아무것도 아니야."

"비밀?"

"……."

"아니면… 묘우 오빠 줄 거?"

"오빠는 몰라도 돼."

"흐음, 오케이. 하라의 비밀이다 이거지?"

미류가 핸들을 돌렸다. 저만치 용궁사로 올라가는 길이 보이기 시작했다. 샛길로 빠질 때 엽사들이 보였다. 그들은 사냥견을 살피고 있었다.

컹컹!

사냥견들은 깊은 산을 향해 기세를 올렸다.

'유해 조수라도 잡으러 나왔나?'

미류는 절을 향해 방향을 틀었다.

"어, 묘우다!"

소나무 숲이 보이는 곳에서 미류가 말했다.

"흠흠, 자장면 냄새도 나는 거 같은데?"

미류가 말을 이어갔지만 하라는 입을 열지 않았다. 치열하도록 꼭 쥔 하라의 주먹. 미류도 궁금해지기 시작했다.

"묘우 스님!"

창을 내린 미류가 묘우를 향해 소리쳤다. 묘우가 달리기 시작했다. 산에서 살아서 그런지 잘도 뛰었다.

"하라!"

어느새 차까지 다가온 묘우가 손을 흔들었다.

"이야, 이제 나는 아는 척도 안 하네?"

차를 파킹한 미류가 볼멘소리를 냈다.

"그게 아니고요… 안녕하세요? 법사님!"

"흐음, 엎드려 절 받기… 큰스님하고 표승 만신님 안에 계시지?"

"네, 법사님을 기다리고 계셔요."

"그럼 올라가 볼까?"

간단한 차 선물을 챙긴 미류가 오솔길을 밟았다. 흙 밟는 느낌이 좋았다.

"가자, 하라야!"

묘우가 하라의 손목을 잡았다. 그러자 하라가 얼른 손목을 빼며 미류에게 말했다.

"오빠, 먼저 가!"

"응?"

미류가 돌아보았다.

"난 묘우 오빠한테 뭐 좀 보여주고 갈게. 먼저 가라고."

"알았다."

미류가 대답했다. 그러면서도 고개가 갸웃거려졌다. 하라의 주먹에 뭐가 있을까? 뭐가 있길래 서울서 여기까지 꼭 쥐고 온 걸까? 소나무 숲을 지나면서 미류가 뒤를 돌아보았다. 두 꼬맹이는 오솔길 가운데서 뭔가를 이야기하고 있었다. 하얀 하라와 회색의 묘우. 푸른 소나무 숲에서 아른거리니 한 편의 동화처럼 보였다.

"좋은 때다."

미류는 일주문으로 들어섰다.

"미류 법사!"

대웅전 앞에 나와 있던 숭덕이 미류를 반겼다. 옆에는 표승도 자리하고 있었다.

"안녕들 하셨지요?"

"그래. 방송 출연을 하더니 유명인답게 안색이 훤해지셨군."

"별말씀을… 스님도 건강하시죠?"

"아이고, 우리 같은 늙은이들이야 한시바삐 북망으로 가야 하는데 아직도 부르지를 않는군. 부처님도 요즘 바쁘신가 봐."

숭덕은 주름진 손으로 미류의 등을 두드려 주었다.

"선생님!"

미류의 눈이 표승에게 향했다.

"내 인사는 챙길 거 없다. 네 신이 내 신보다 높고 영험하시니……."

"별말씀을 다 하십니다."

"이번 신몽과 궁천 편 방송도 잘 보았다. 큰스님도 흐뭇해하셨다."

"그거야 그 두 분 능력이 워낙 출중하시다 보니……."

"둘을 하나로 엮은 게 바로 너였지."

"그 또한 큰스님과 선생님 덕분이었습니다."

"자자, 차가 왔군. 마시면서 얘기하세나."

한 스님이 차를 내오자 숭덕이 미류와 표승을 불렀다. 마루에 올라앉아 솔바람을 맞으며 차를 마시니 무릉도원이 따로 없었다.

"그래, 내일 시간이 되냐더니 이렇게 몸소 내려오고. 중한 일이 있는 게지?"

숭덕이 먼저 운을 뗐다.

"실은 융성제약 박기창 회장님 때문에 내려왔습니다."

"박 회장?"

숭덕이 고개를 들었다.

"그분께서 이번에 부족한 제 후원의 밤을 열어주시겠다고……."

"후원의 밤?"

"지인들을 불러 가벼운 식사를 겸해 제 광고를 해주실 모양입니다. 그러니 큰스님께서도 같이 가셔서 제 중심 좀 잡아주시기 바랍니다."

"흐음, 늙은 딱따구리들을 데려가 들러리로 세우시겠다?"

"아닙니다. 들러리가 아니라……."

"하핫, 농담일세. 미류 법사가 원한다면 염화지옥이라도 달려가야지."

"그렇다면 나는 자동이군요. 큰스님이 가시는데 퉁겨봤자 소용없을 테고……."

숭덕에 이어 표승이 대답했다. 긴 시간을 함께 있더니 말투도 닮아가는 두 사람이었다.

"지난번에 시간이 비냐고 묻길래 늙은이들 팔아먹으려나 짐작은 했었네."

숭덕이 미류를 바라보았다.

"자초지종은 뵙고 말씀드리는 게 예의 같아서요."

대화가 오갈 때 여자가 보였다. 둘이었다. 하나는 30대 초반, 또 하나는 40대 후반. 30대 초반의 여자는 얼핏 보아도 미색이 남다른 여자였다. 잿빛 승복을 입었음에도 적나라하게 드러나는 재색(才色). 게다가… 도화살까지 진하게 엿보였다. 여자들은 숭덕과 표승을 보더니 가벼운 인사를 남기고 낮은 대문을 걸어 나갔다.

"어이쿠, 내 정신. 그러고 보니 저 작은 보살님 상담이 있었군."

숭덕이 무릎을 쳤다.

"상담이라고요?"

"엊그제 내려온 보살님인데 숭덕 스님께 인생 상담을 예약했다네. 원래는 어제였는데 스님이 다른 행사가 생기는 바람에……."

표승이 나서 설명을 했다.

"마침 잘 되었군. 사주를 짚어 보니 도화살에 백호살까지 겹겹이 낀 처자라 골치였는데 신빨 성성한 미류 법사가 대신 좀 봐주시게나. 게다가 일주가 백호살이지, 아마?"

숭덕이 짐짓 표승을 돌아보았다.

"예!"

표승이 무겁게 동의했다.

일주 백호살!

백호의 기운이 강력하게 작용한다는 의미다. 자칫하면 묘에 들어갈 수도 있었다.

"스님."

"그게 맞지 않겠나? 우리 같은 늙은이들은 체력이 달려서 먼 길 가려면 일찍 자야 한다네. 그러니 험한 운명 가진 사람의 인생 상담하기가 쉬울까?"

"……."

"끼리끼리라는 말도 있으니 나보다 잘 통할 걸세. 척 봐도 법사와 동무뻘 아닌가? 더구나 법사가 나보다 더 유명하니……."

"그, 그건……."

"젊은 처자가 일주 백호살이고 나이 든 처자는 그나마 신강이니 급한 불이라도 꺼주면 좋겠네. 내 우리 스님들에게 말해서 상담실에 모셔두라고 하겠네. 만약 처리 못 하면 우리는 안 따라가네."

신강과 신약은 사주에서 많이 쓰는 말이다. 백호살이라도 신강일 때는 견딜 수 있지만 신약이면 더욱 위험하다. 일방적 통보를 끝낸 숭덕이 일어섰다. 미리 입이라도 맞춘 건지 표승도 그 뒤를 따라가 버렸다.

'허얼!'

난감했다. 꼼짝없이 덤터기를 쓴 것이다.

멍하니 넋을 놓고 있는데 하라가 터덜터덜 걸어왔다. 뽀얀 볼에는 눈물 자국까지 선명해 보였다.

"왜?"

미류가 물었다.

"몰라. 하아앙!"

참았던 하라의 눈물보가 터졌다.

"왜 그러냐니까?"

"또 틀렸단 말이야. 이번에는 신당에서 성공한 쌀알까지 쥐고 왔는데 묘우 오빠 앞에서 쌀알 붙이기가 안 돼. 하라, 거짓말쟁이가 되어 버렸단 말이야."

미류의 품을 파고든 하라가 통곡을 쏟아냈다.

'풋!'

웃음이 나오는 걸 간신히 참았다. 꼭 쥔 주먹 안에 든 물건. 바로 쌀알이었던 모양이다. 지난번에 실패한 하라가 이번에 묘우 앞에서 폼 좀 잡으려고 한 모양인데 또 망쳐 버린 것이다.

"그럼 부적을 먹고 오지 그랬어?"

미류가 물었다.

"내가 그러려고 그랬지. 그런데 오빠 부적함 찾아보니까 그 부적이 없잖아?"

"……!"

하라의 절규 속에서 생각 하나가 스쳐 갔다. 전생신의 위력을 잠시 빌릴 수 있는 부적. 두어 개가 있었지만 모두 박 회장의 딸 박혜선에게 내주었다. 그러니 부적함에 부적이 없었던 것이다.

"알았어. 오빠가 써줄 테니까 뚝!"

"정말이지?"

"그래. 대신 묘우 스님 오나 망 잘 봐. 묘우가 보면 안 되잖아?"

"응!"

하라의 고개가 야무지게 끄덕였다.

미류는 가방을 열고 붓을 꺼내 부적 한 장을 써서 불을 붙였다. 하라는 절에서 퐁퐁 샘솟는 감로수를 떠왔다.

꿀꺽!

부적 태운 물을 삼킨 하라의 표정이 변했다. 자신감이 콸콸 넘치는 얼굴이었다.

"오빠, 다녀올게."

하라가 담장 문을 향해 달렸다. 저만치 묘우가 보였다.

"오빠!"

하라는 숨도 고르지 않고 묘우를 불렀다.

"왜?"

"다시 할게. 쌀알 붙이기!"

"힘들면 내일 해도 되는데……."

"아니야. 이제 할 수 있어. 호이짜!"

팽글!

제자리에서 팽이를 돈 하라가 묘우를 향해 소리쳤다.

"오빠, 움직이지 마!"

"……?"

"봐, 쌀알 붙었지?"

하라가 팔선채를 내밀었다. 제대로 붙은 쌀알이 보였다.

"우와!"

"이제 발밑을 봐."

"발밑?"

고개를 숙이는 묘우의 눈에 쌀 글자가 들어왔다.

〈묘우〉

쌀알이 그린 글자는 묘우의 이름이었다.

"우와아아!"

묘우는 제 입을 가리고 어쩔 줄을 몰랐다.

"나 거짓말 아니지?"

하라의 어깨에 힘이 잔뜩 들어갔음은 물론이다.

같은 시간.

드륵!

절 끝의 작은 방 문이 열렸다.

"그럼⋯⋯."

미류를 안내한 스님은 그 말을 남기고 문을 닫았다. 작은 상담실. 그 안에 여자가 있었다. 숭덕이 말한 도화살과 백호살이 동시에 끼었다는 그 여자 신도였다.

도화살과 백호살⋯⋯.

미류가 묵직한 숙제를 향해 다가섰다.

여자가 고개를 들었다. 일주가 백호살인 위태로운 여자. 그러나 그 자태는 뽀얀 연꽃에 장미를 더한 것처럼 곱기만 했다.

"안녕하세요?"

미류가 먼저 인사를 했다.

"어머, 혹시 미류 법사님?"

여자가 알은체를 해왔다. 방송에서 미류를 본 모양이었다.

"저를 아시는군요?"

"텔레비전에 나오는 걸 봤는데⋯ 진짜 미류 법사님이세요?"

"실은 숭덕 큰스님께서 지금 불경 때문에 바쁘시다고 저를 대신 보내셨습니다."

"그러셨군요."

"앉아도 될까요?"

"저는 괜찮지만 법사님께 귀찮은 일이 될 것 같아서⋯⋯."

"그건 두고 봐야 알죠. 그럼⋯⋯."

미류는 여자의 앞자리에 자리를 잡았다.

"실은⋯ 인생이 무상해서 왔어요. 우리 이모 말이 여기 큰스님 법력 내공이 높으시다고 해서⋯⋯."

"아주 높으시지요."

"어때요? 법사님이 보기에도 저, 재수 없는 여자인가요?"

여자가 다짜고짜 물었다.

"왜 그런 말씀을?"

"위로하지 마시고 솔직히 말씀해 주세요. 겉보기에는 반반해 보이지만 영양가라고는 눈곱만큼도 없는 인생이거든요."

"천천히 말씀하세요. 하시고 싶은 이야기 전부……."

미류는 두 손을 모으고 시선을 낮췄다. 할 말이 많은 사람은 하게 놔두는 게 좋았다.

"열여덟 살 때 집을 나왔어요. 아는 오빠 꼬임에 빠져서 말이죠. 제 첫사랑이었는데 일 년도 안 가서 깨졌어요. 그 남자 글쎄, 어느 날 자기 친구를 데려와서 나보고 같이 자라지 뭐예요."

"저런!"

"매사가 그런 식이었어요. 남자는 쉴 새 없이 꼬이는데 다들 제 몸만 탐해요. 내 마음을 진심으로 쓰다듬는 사람은 없더라고요."

"……."

"한번은 사회 초년생 남자를 만나 동거를 했는데 커플들끼리 섬으로 놀러 갔어요. 제 남자가 술에 취해 먼저 곯아떨어지자 그 친구들이 다 저한테 껄떡거리는 거예요. 그런데 그러면 안 되는 줄 알면서도 제가 또 마음이 약해서……."

"……."

"하지만 시작은 언제나 남자들이었거든요. 그러고는 늘 제 탓을 하죠. 제가 꼬리를 쳤다고요. 제가 먼저 요사를 부렸다고요. 난 아닌데… 그냥 친절하게 한 것뿐인데……."

여자가 슬픈 미소를 지었다.

도화살!

그게 문제였다. 여자는 슬픈 가운데서도 눈웃음을 치고 있었다. 동시에 색기가 후끈 묻어났다. 가만히 바라보면 이 여자랑 자고 싶다는 최면이 들 정도였다.

"하도 억울해서 한번은 칼을 들고 난장을 친 적이 있어요. 이 귀신 붙은 몸, 그냥 확 죽어버리겠다고 말이죠."

"……."

"그런데 이놈의 목숨이 모질어 목을 매달자니 아플 것 같고, 손목을 긋자니 그것도 힘들고… 그러다 현재의 남편을 만나 결혼을 했는데 늘어나는 건 빚뿐이라네요. 제가 화냥기가 있어 재수가 없다나요 뭐라나요."

"예……."

"하도 괴롭히길래 남편이고 뭐고 확 죽여 버리고 나도 죽을까 생각하다가 친구 언니가 여기 큰스님이 굉장한 분이라길래 마지막 희망으로 찾아와 봤어요. 나 같은 년도 무슨 길이 있나 해서요. 그냥 살다가는 결국 무슨 짓을 저지를 것만 같아서……."

"그러셨군요."

"제가 도화살 있는 거 맞나요? 전에 점 한번 봤더니 그런 말을 하던데……."

"예!"

미류의 대답에는 주저가 없었다. 상황상 숨길 일도 아니었다.

"그렇군요."

"그보다 무서운 살도 있습니다."

"네?"

한숨을 쉬던 여자가 고개를 들었다. 도화살로 깊은 고민에 빠진 여자. 달래기는커녕 기름을 부어버리는 미류였다.

"더 무서운 살이라면?"

"백호살이 들었습니다."

"백호살요? 그건 또 뭐죠?"

"살에도 품계가 있지요. 그중에서 으뜸으로 무서운 살이 바로 칠살과 백호살입니다."

"……?"

"그밖에 괴강살과 양인살도 나쁘지요. 백호살이나 괴강살, 양인살 등이 들면 피를 보게 되는 경우가 많으니 최소한 큰 수술 정도는 겪게 되는 법입니다."

"어머!"

여자가 기겁을 하며 몸을 뺐다. 백호살은 남자나 꼬이는 도화살과 비할 바가 아니었다.

"백호살이 들면 피를 봐야 합니다. 그만큼 무서운 살이죠."

"그럼 제가 자꾸만 이판사판으로 생각하게 되는 게?"

"맞습니다. 지금 기주님의 살은 원과 한이 시루떡처럼 켜켜이 쌓여서 폭발 직전에 있는 거죠."

"……!"

툭!

여자의 얼굴에서 식은땀이 떨어졌다.

"우선 도화살부터 짚어볼까요?"

휴지를 내준 미류가 소매를 걷었다. 소매 깃을 따라 아련한 푸른빛이 살랑거렸다. 여자의 눈은 이내 휘둥그레 모아졌다.

"아시는지 모르지만 도화살은 연살입니다. 인연을 따라온 것이니 부모에게 받았습니다."

"부모님요?"

"생각해 보세요. 어머니나 아버지… 윗대에 누군가 그런 사람이 있었을 겁니다."

"그러고 보니… 할아버지요. 여자 후리기 선수라고 들었어요. 첩도 둘이나 있었다고… 그래서 우리 아버지는 그 반감에 여자가 싫어 결혼도 안 하려는 걸 반강제로 하게 되었다고 했어요."

"그렇죠?"

"그럼 유전이네요? 죽을 때까지 고쳐지지 않을……."

"비방을 쳐드릴 테니 걱정 마시고… 현재 겪는 어려움을 계속 말해보세요."

"당장의 어려움은 돈이에요. 남편 가게에 걸린 빚이 억대라서……."

"어떤 가게죠?"

"그게… 물장수……."

여자가 말을 흐렸다. 유흥업이라는 뜻이었다.

"술집이군요?"

"예……."

"죄송하지만 거기서 일하시다 남편을 만났나요?"

"예……."

"그때 단골손님 많았죠?"

"어머, 족집게!"

"……."

"맞아요. 남편이 싫어해서 그만두었지만 제가 잘나갈 때는 끝내주는 에이스였어요. 저 좋다고 찾아오는 손님들이 줄을 섰으니까요."

"그 가게 기주님이 맡으세요."

"예?"

"기주님이 가게 맡으시라고요. 그럼 돈 문제는 오래지 않아 해결될 겁니다."

"법사님!"

"도화살이잖아요? 제가 말씀드렸죠, 그건 연살이라고. 비방을 쳐서 지울 수도 있지만 잘 활용하면 좋은 자산이거든요. 게다가 이미 술집에서 일하신 경험도 있다니 최적의 처방이 될 수 있습니다."

"저는 무슨 말인지……."

"이독제독(以毒制毒)을 하자는 겁니다."

"독으로 독을 제어한다, 그 말인가요?"

"바로 그겁니다. 도화살에 도화로 맞서는 거죠. 도화살이 나쁜 점도 있지만 여자의 도화살은 남자를 끄는 무기이기도 합니다. 술집이라면 그 무기가 제대로 쓰일 수 있죠."

"아!"

"제가 볼 때 남편분은 술집이랑 맞지 않습니다. 그러니 기주님이 맡으십시오. 남편분의 반대는 제가 부적으로 처방할 테니 다른 일 하라고 하시고… 술집 빚도 기주님이 책임진다고 하세요. 정 반대하면 이혼도 불사한다고 선언하세요. 그럼 별수 없이 맡길 겁니다."

"하긴 이제 애정도 많이 식었어요. 잡은 고기라고 의무 방어전도 소홀하니……."

"제 말을 믿고 전면에 나서세요. 술집에서라면 기주님의 도화살은 장성살(將星煞)이나 반안살(攀鞍煞)이 될 수도 있습니다."

"장성살이나 반안살요?"

"자수성가를 하거나 입신양명을 할 수 있는 살이죠."

"하긴… 제가 술집 하면 잘할 자신은 있어요."

"맞습니다. 기주님이 유흥으로 나가면 물 만나는 겁니다. 대신 지나침만 경계하시면 될 겁니다."

"그건 그렇다고 치고… 백호살은요? 그건 무지하게 무서운 거라면서요?"

"혹시 요리 좋아하세요?"

"좋아해요. 제 주특기가 해물찜하고 아구찜이거든요."

"그럼 회도 뜰 줄 아시나요?"

"먹는 건 좋아해요."

"흐음, 그렇군요. 원래 일식은 손의 온도 때문에 여자분들보다 남자분들이 많이 하시니……."

"회는 왜요?"

"백호살은 피를 보면 상쇄가 되거든요. 그러니 수술이 많은 의사나 정육 발골사, 회 뜨는 요리사 등을 하면 문제가 없지요."

백호살과 의사!

잘 어울리는 비방이다. 센 살을 가진 사람은 센 직업을 택하면 면피가 될 수 있었다. 그 또한 신의 섭리였다. 신은 인간이 빠져나갈 길을 터주고 몰아붙이는 것이다.

"에? 하지만 회를 뜨는 건 무서운데… 저 바퀴벌레도 못 죽이거든요."

여자가 몸을 움츠렸다.

"잠깐만요."

미류는 잠시 생각에 잠겼다.

일주가 백호살인 여자!

피를 보는 직업을 가지면 좋지만 적성에 안 맞는 걸 강제로 권할 수는 없었다. 그 또한 불행의 씨앗이 될 수 있기 때문이다. 그렇다고 그냥 넘어갈 수는 없었다. 어영부영하다가는 여자가 치명적인 화를 입는다. 게다가 이 살은 가족에게도 영향을 미치는 살이었다.

그때!

타앙!

하늘을 흔드는 총소리가 들렸다. 개 짖는 소리도 들렸다.

'엽사?'

미류 뇌리에 아까 본 사냥꾼들이 스쳐 갔다. 사냥개까지 동원한 사냥이라면 고라니, 아니면 멧돼지 정도.

'멧돼지?'

육중한 돼지가 떠오르자 미류도 멧돼지처럼 저돌적으로 일어섰다.

"법사님!"

"전화번호 좀 주세요. 그리고 여기 꼼짝 말고 계세요."

당부를 남긴 미류가 밖으로 나왔다.

"오빠, 어디 가?"

묘우와 꽃을 보던 하라가 물었다.

"볼일이 있어서… 하라, 저쪽 용소로 비누하고 수건 좀 가지고 와줘."

그 말을 하며 그는 숲으로 뛰었다. 개 짖는 소리가 목적지였다.

"저기요, 사냥꾼 아저씨들!"

달리면서 소리쳤다. 자신의 위치를 알리려는 행동이었다. 숲에서는 자칫하면 동물로 오인받아 총격을 받을 수도 있었다. 언덕을 넘고 작은 능선도 넘었다.

컹컹컹!

사냥꾼이 가까워지자 개 짖는 소리가 커졌다.

"뭡니까?"

사냥꾼 하나가 총구를 내리며 물었다.

"저 아래 절에서 왔는데요. 뭐 좀 잡으셨습니까?"

"멧돼지요, 놓쳤습니다만 왜요? 우린 허가받고 나왔는데?"

"따님 집 나가셨네?"

그새 운명창을 읽은 미류가 숨을 고르며 말했다.

"예? 그걸 어떻게?"

"따님 좋아하죠?"

"예… 내 목숨 같은 놈이죠. 나 없는 사이에 빈집에서 남자친구와 붙어나길래 홧김에 한 대 때렸는데……."

"제가 부적을 좀 쓰는데 따님 돌아오도록 귀택부(歸宅符)라는 부적 하나 드릴 테니 부탁 좀 들어주세요."

"무슨 부탁요?"

"그게……."

미류가 나지막이 말을 전했다.

"뭐 그럴 수만 있다면야 서로 윈―윈이지요."

사냥꾼은 미류의 청을 받아들였다.

컹컹!

"문 엽사, 계곡 쪽!"

개 소리와 함께 무전이 들어왔다.

"따라오시오. 아까 놓친 멧돼지가 요 아래에서 우리 개들과 한판 뜨고 있다오."

사냥꾼이 길을 재촉했다. 비탈길을 내려가자 멧돼지를 몰고 있는 개들이 보였다. 저만치 다른 사냥꾼도 보였다.

삐익!

사냥꾼이 휘파람을 불었다. 신호를 받은 개들이 물러섰다.

타앙, 타앙!

총격이 연달아 일었다. 멧돼지가 피를 뿜으며 주저앉았다.

"김 엽사, 잠깐만!"

조금 더 가까운 거리의 사냥꾼이 숨통을 겨누자 미류 옆의 사냥꾼이 소리쳤다.

"타앙!

총알이 한 방 더 발사되었다. 멧돼지는 완전히 늘어졌다. 남은 건 실처럼 가는 숨소리뿐이었다.

"데려오시오. 한참은 살아 있을 테니."

사냥꾼이 미류를 돌아보았다.

언덕에 올라선 미류가 전화를 걸었다. 신호가 가지 않았다. 조금 더 절 쪽으로 뛰자 그 능선에서야 통화가 되었다. 미류는 여자에게 자신의 위치를 알려주었다.

"법사님!"

오래지 않아 여자가 시야에 들어왔다. 미류는 손을 흔들어 위치를 알려주었다. 여자와 합류한 미류가 사냥꾼들을 향해 걸었다.

"엄마!"

늘어진 멧돼지를 본 여자가 질색을 했다. 미류는 사냥꾼에게서 칼을 건네받았다.

"무서우면 눈 감으세요."

"법사님!"

"백호살은 피를 봐야 한다고 했잖아요. 이 정도 피라면 비방이 될 수 있을 겁니다."

"어… 어쩌려고요?"

"찌르세요. 어차피 죽을 멧돼지입니다."

"못해요."

여자가 고개를 저었다.

"그냥 찌르면 돼요. 돼지는 움직이지 못할 겁니다."

"그래도……."

"무탈하게 살고 싶잖아요? 그나마 신께서 당신을 어여삐 보아 이런 기회를 준 겁니다. 부정 탈 수 있으니 아무 말도 하지 말고 내 말에 따르세요."

"법사님!"

"돼지고기 요리라고 생각하세요. 삼겹살 같은 거 많이 썰었을 거 아닙니까?"

"……."

"어서요. 시간 없습니다."

미류가 여자를 당겼다.

"눈을 감고… 그냥 하나의 경건한 의식이라고 생각하세요."

"……."

"어서요!"

"엄……."

여자가 칼을 집어 들었다.

"엄마아아아……."

그런 다음 비명 같은 절규와 함께 멧돼지를 찔렀다. 칼에 피가 묻었다. 피가 여자에게 튀기도 했다. 미류는 주저앉은 여자에게 멧돼지의 피를 고루 뿌렸다.

가거라!

멀리 가거라, 백호살아!

피에 물든 그녀는 붉은 목단처럼 변했다. 여자의 정신은 이미 가출하고 없는 상태였다.

"끙차!"

미류가 여자를 업었다. 그리고 계곡으로 내려가 작은 용소에 그녀를 내려놓았다. 하라는 먼저 와 있었다. 거기서 여자를 씻겼다. 물을 몇 번 끼얹자 여자가 깨어났다.

"씻으세요. 몸에 묻은 피… 살을 씻는 거라 생각하고 성심껏……."

미류가 비누를 내밀었다. 여자는 부들거리는 손으로 비누를 받아 들었다. 조금씩 드러나는 원래의 피부에서 살이 풀리는 게 보였다.

"잘 씻고 돌아가세요."

당부를 남긴 미류는 다시 사냥꾼들에게로 향했다.

"백호살이라는 게 그렇게 무서운 거요?"

멧돼지를 묶고 있던 사냥꾼이 물었다. 아까 미류가 제의할 때는 흘려들었던 말. 하지만 여자가 처절하게 치른 의식을 보자 궁금증이 핀 것이다.

"엽사들은 늘 피를 보니 걱정하실 일이 없습니다."

"그래요? 이놈의 직업 참 지긋지긋하다고 생각했는데 그런 면에서는 또 좋군요."

엽사가 손을 털었다. 멧돼지의 숨통은 완전히 끊겨 있었다.

"그럼 갑시다. 끙차!"

미류와 만났던 엽사가 줄을 당겼다. 미류와 다른 엽사 또한 함께 줄을 당겼다. 그 또한 옵션이었다. 여자에게 백호살을 피할 의식의 기회를 주면 부적과 함께 멧돼지를 끌어내려 주겠다는……

산에서 멧돼지를 끌고 가는 건 보통 어려운 일이 아니다. 그러니 사냥꾼에게도 나쁜 제의가 아니었다. 미류는 이날 완전한 파김치가 되어 절로 돌아왔다. 멧돼지 무게가 장난이 아니었으니 삭신이 쑤신 것이다.

그 모습을 여자가 보았다. 여자 눈에서 눈물이 흘렀다. 그야말로 성심을 다해 봐준 점사였음을 알게 된 것이다.

'다시 열심히 살아볼게요.'

여자는 이를 물고 다짐했다. 미류의 공수를 믿고 다시 한 번 출발해 보기로. 그리하여 마음을 다해 공수를 내려준 미류에게 보답하기로.

그날 저녁, 미류가 먹은 자장면은 최고였다. 용을 쓰고 왔으니 어찌 맛나지 않을까? 두 그릇 다음에 세 그릇째에 돌입했다. 백호살의 여자, 양희애 때문이었다.

"복채를 안 받으시니 이걸로라도 대신해야겠어요!"

고마운 마음에 그녀가 한 그릇을 더 보태놓았다. 배가 불렀지만 기꺼이 먹어주었다.

"아유, 마음 씀씀이가 정말… 저, 법사님에게 반하겠어요."

양희애가 웃었다. 그녀의 진심이었다. 아까부터 몸과 마음이 훌쩍 가벼워진 양희애. 미류가 좋아 견딜 수가 없었다.

"흠흠, 오빠는 절에서도 여자가 꼬인다니까!"

옆에 있던 하라가 볼멘소리를 냈다.

"그건 말이지, 이 세상의 모든 남자의 로망이란다."

숭덕이 웃었다.

"큰스님도요?"

하라가 캐물었다.

"그럼, 나도 부러워 죽겠는걸."

"거짓말!"

하라가 발딱 소리쳤다. 그 모습이 너무 귀여워 미류가 웃었다. 피로가 싹 풀리는 미소였다.

"그런데 법사님!"

자장면 포식이 끝난 후 대웅전 앞을 지날 때, 양희애가 미류를 불렀다.

"예?"

미류가 돌아보았다.

"법사님은 전생점으로 유명하시잖아요?"

"유명하다기보다……"

"왜 그러세요? 제가 법당에서 검색해 봤더니 톱스타 송화요 씨 은
인으로도 나오던데……"

"예……"

"송화요 씨 예쁘죠?"

"예?"

"예쁘겠죠? 저도 전에 업소 나갈 때 기획사 사장님이 스카우트해 간
친구가 있었는데 진짜 예뻤거든요. 송화요에 비할 바는 아니지만요."

"……"

"아무튼, 이렇게 신세진 것도 인연인데 저 부탁 하나 더 해도 돼요?"

"말씀하시죠."

"우리 남편 말이에요……"

"……"

"저랑 무슨 인연인지 좀 봐주시면 안 될까요? 전부터 궁금했거든요."

"예……"

"법사님은 남자라서 어떨지 모르지만 여자들은 다 그래요. 이 남
자가 내 운명의 남자일까 아닐까?"

"……"

"안 될까요?"

"봐드리죠. 저기 앉으세요."

미류가 코너의 마루를 가리켰다. 백호살을 풀어준 마당에 작은 부
탁 하나 못 들어줄 건 없었다.

"아유, 살 떨리네."

양희애가 몸서리를 쳤다.

여자의 로망······.

한마디로 L— O— V— E!

무조건 사랑이다.

─결혼은 나 좋아하는 사람이랑 해야 한대.

─첫사랑과는 결혼하지 못한대.

─손톱에 들인 봉숭아 물이 첫눈 올 때까지 빠지지 않으면······.

그녀들이 믿는 동화는 21세기에도 변함이 없다. 미류는 기꺼이 그녀의 맞은편에 앉았다. 그녀의 안정 때문이었다. 아까 법당에서 보았을 때는 그렇지 않았다. 그때의 그녀는 위태로운 잿더미였다. 낮은 바람만 불어도 무너져 버릴··· 하지만 지금은 생기발랄한 여자다. 긍정이 뚝뚝 떨어졌다. 사람은 마음의 동물. 그 마음에 얹어준 미류의 비방······.

'신뢰··· 그리고 의지······.'

미류는 두 단어를 생각했다. 부적이든 빙의 퇴마든, 비방이든, 그 첫째는 본인의 신뢰와 의지가 필요했다. 본인이 믿지 않으면, 본인이 원치 않으면 무엇도 소용없을 일이었다.

"기주님 생각은 어떠신가요?"

"우리 남편요?"

"예."

"제 생각에는 전생 원수 같아요. 둘이 맞는 게 별로 없거든요."

그녀가 쓸쓸히 웃었다.

"처음에도 그랬나요?"

"아뇨, 처음에는 너무 잘 맞아서 놀랄 정도였어요. 어떨 때는 저녁 메뉴까지 똑같은 걸 생각하곤 했거든요."

"그렇군요."

미류가 웃었다. 옛날 생각 때문이었다. 양희애의 생각은 어느 평범한 기혼자와 다르지 않았다. 처음에는 모든 것이 설렘이었던 부부. 그러나 시간이 지나면서 설렘은 짜증으로 변했다. 미류도 그랬다. 그 몇 년의 결혼 생활… 오죽하면 염화지옥이 따로 없다고 생각했을까?

'결혼이란, 뭔가 근사한 것이 있을 것 같은 문. 그러나 그 문을 열면 아무것도 없는 것.'

어느 책에선가 본 구절이다.

"남편 사진 있나요?"

"잠깐만요."

여자가 일어섰다. 한달음에 담장을 돌아간 그녀가 바로 사진 한 장을 들고 돌아왔다. 지갑에 끼워둔 사진이었다.

"웬수덩어리지만 그래도 남편이라고 지갑에 꽂혀 있네요."

양희애가 남편 사진을 꺼내놓았다.

"눈 감으세요."

미류가 말했다. 그녀의 전생륜 속에서 남편과 관련된 전생령이 걸어 나왔다.

'오호!'

미류의 입에서 감탄사가 나왔다. 그녀의 전생은 소국의 왕비였다. 그것도 왕관만 쓴 왕비가 아니라 기가 막힌 절세의 미녀였다.

그 땅은 인도에 가까운 곳. 그녀의 미모는 인도 전역에 소문이 날 정도로 막강했다. 어느 날 인도의 영주가 군사를 이끌고 영지로 들어왔다. 인도 영주로 소문이 난 사람, 그가 바로 현생의 양희애 남편이었다.

"샤르마를 보여다오!"

샤르마는 양희애 전생의 이름. 영주의 바람은 그것 하나였다. 자자한 소문의 미녀를 확인하고 싶었던 것이다. 하지만 미녀의 남편은 성문을 닫아걸고 응하지 않았다. 영주는 물러서지 않았다.

"보여주지 않으면 힘으로 볼 것이다!"

영주는 계속 기세를 올렸다. 전쟁이 나면 미녀의 남편이 질 것은 뻔한 일. 그렇다고 무데뽀로 찾아온 사람에게 아내를 보여줄 수도 없었다. 그는 타협책을 꺼냈다.

"내일 밤 보름달이 뜨면 성루에서 볼 수 있을 것이오."

내일 밤!

기다림 속의 하루는 길었다. 영주는 그때까지 잠들지 못했다. 마침내 은빛 보름달이 떠올랐을 때 미녀가 성루에 모습을 드러냈다. 영주는 말을 재촉해 해자 앞으로 달려갔다. 미녀는 흰 망사로 얼굴을 가리고 있었다.

두 사람의 시선이 마주쳤다. 미녀는 천천히 가리개를 벗었고 곧 미녀의 얼굴이 드러났다. 달빛보다 수려한 얼굴이었다. 달빛처럼 은빛의 얼굴이었다.

'아아!'

영주의 입에서 탄식이 나왔다. 그가 기대하던 것보다 더 미녀였다. 영주는 온통 마음을 빼앗겼다. 미녀여서가 아니라 그녀의 모든 것이 영주를 사로잡은 것이다.

분위기가 그랬고, 체형이 그랬고, 자태가 그랬다.

미녀가 가리개를 던졌다. 가리개가 팔랑거리며 영주에게 날아왔지만 손이 닿지 않았다. 영주는 말에서 내려 가리개를 받았다. 미녀의 체취가 우러나왔다. 숨이 막힐 지경이었다.

고개를 드니 성루의 미녀는 보이지 않았다. 그래도 영주는 사흘이

나 그 자리에 서 있었다. 시쳇말로 완전하게 꽂힌 것이다.

'샤르마……'

삼 일 동안 영주가 되뇌인 그녀의 이름이 천 번을 넘었다. 첫눈에 반한 그는 영지로 돌아가 평생을 독신으로 살았다. 그는 샤르마의 가리개를 손목에 묶고 위안으로 삼았다. 죽는 날, 그가 중얼거린 것도 그 이름이었다.

샤르마!

샤르마…….

아직도 귀를 흔드는 이름을 들으며 감응을 시작했다. 양희애의 어깨가 모질게 떨리기 시작했다. 영주의 얼굴이 클로즈업되자 어깨의 떨림이 강해졌다. 그리고 마침내 만난 두 사람. 달빛으로 물든 성루와 샤르마로 물든 영주의 마음…….

"현실로 돌아옵니다."

절겅!

신방울 소리가 들렸지만 양희애는 눈을 뜨지 않았다.

"기주님……."

"잠깐, 잠깐만요……."

"……."

"법사님."

그녀는 눈을 감은 채 말을 이었다.

"죄송하지만 그 영주님 한 번 더 볼 수 있을까요?"

"그러죠."

그녀의 요청에 따라 일부 부분의 감응을 반복했다.

"아하!"

양희애는 한숨을 쉬며 감응에서 깨어났다.

"왜요?"

미류가 물었다.

"그 영주님이 지금의 제 남편이네요?"

"예."

"그때 만났으면 좋았을걸요."

"……."

"그랬으면 저한테 세상의 행복을 다 안겨주었을 것 같아요. 마치 영국 에드워드 왕자처럼 진지하잖아요? 제 얼굴 가리개를 평생 간직하고……."

"……."

"우리 남편이 그거 반만 해도 내가 업고 다닐 텐데……."

양희애의 말에 미류가 웃었다.

"그래서 그런가? 그 사람, 내 냄새 맡는 걸 좋아해요. 힘들거나 고단하면 뒤에서 끌어안고 등에 얼굴을 묻은 채 냄새를 맡거든요. 어쩔 때는 귀찮아서 이 인간 변태인가 했었는데……."

"최소한 변태가 아니라는 건 증명이 되었군요?"

"그럼 이건 누가 원해서 된 거죠? 그때 못 이루어지고 이 생에서야 이루어진 사랑……."

양희애가 미류를 바라보았다.

여자다. 도화살이 있어도 천생 여자다. 그렇기에 묻는 것이다.

"남편분이겠죠."

"그렇죠? 나는 아니죠?"

양희애의 목소리가 기분 좋게 높아졌다. 여자의 본성이었다. 사랑의 시작이 남자로부터 비롯되었다는 건 지구 대다수의 여자들이 원하는 시나리오였다.

"당연히!"

미류는 양희애의 기분을 맞춰주었다. 굳이 다른 말로 그녀의 환상을 깰 필요는 없었다.

"와아, 저, 여기 용궁사 너무 잘 온 거 같아요."

"예……."

"완전 행운이잖아요? 법사님 만나서 백호살도 면하고 얄미운 남편도 조금 애틋해지고……."

"이제부터 잘해주세요. 그럼 아마 처음 만나실 때처럼 설레는 마음 느끼게 될 테니까요."

"고마워요, 법사님!"

감격에 겨운 양희애가 두 팔을 벌릴 때였다. 고마운 마음에 미류를 안아버릴 것 같은 순간, 어디선가 날아온 쌀알이 그녀의 얼굴을 때렸다.

"아야!"

그녀가 돌아본 곳에 하얀 물체가 있었다. 하라였다. 그녀는 새침하게, 그러나 또박또박 힘주어 말했다.

"절에서는 에티켓을 지키세요!"

"어머, 미안……."

양희애가 어깨를 으쓱해 보였다.

"조심해라. 나도 그 꼬마한테 제대로 훈계받았어."

하라 뒤로 여인이 등장했다. 양희애가 이모라고 부르는 중년 여자였다.

"이모도 어떤 스님 포옹하려다 걸렸어?"

"아니, 이거!"

이모가 담배 피우는 시늉을 했다.

"어유, 그새를 못 참았어?"

양희애가 짜증 섞인 핀잔을 날렸다.

"애, 굴러온 돌이 박힌 돌 빼낸다고 내가 너 데려왔는데 너만 고민 해결되는 걸 보자니 배가 안 아프겠니?"

"언니는······."

"아, 이모님이라고 하셨죠?"

마루의 미류가 중년 여자에게 물었다.

"예······."

"이리 오세요. 기주님도 백호살이 있습니다."

"저도 비방 쳐주시는 거예요?"

이모는 반색을 하며 달려왔다.

"애, 넌 볼일 끝났으면 좀 비켜라. 나도 대세 법사님에게 인생 상담 좀 받아보자."

이모는 관록으로 키운 엉덩이 힘으로 양희애를 밀어냈다.

"그런데··· 백호살이며 칠살이 무섭다는데 그게 뭐죠? 큰스님 앞에 서는 차마 무식한 티 낸다고 할까 봐 물어보지 못했는데······."

이모가 큰 눈을 끔벅거렸다.

백호살!

이는 주로 사주에서 말하는 신살의 하나이다. 미류는 말이 나온 김에 찬찬히 짚어주었다.

백호는 극을 좋아하고 용맹하며 흉의 의미를 가지고 있다. 백호살 은 매사에 흉해를 가져오고 매사 불운하여 뜻이 있어도 발전하기 어 렵다. 재난이나 병난, 횡사, 변사하는 일까지 있는데 사주 구성이 좋 은 경우에는 이를 면할 수 있다. 일(日)에 있으면 본인에게 작용하고, 년월시(年月時)에 있으면 해당하는 육친에게 작용한다.

그러나 백호살이라 하여 나쁘다고 단정할 필요는 없다. 전체 사주가 중요하기 때문이다. 이러한 백호살 또한 전생과 연결된다. 인과의 하나로 사주팔자를 안고 나는 것이다.

다음은 칠살이었다.

칠살은 백호살과 달리 타고난 것이 아니다. 수시로 작용하고 발생한다. 칠살이 무서운 이유는 그 또한 인간의 운명을 때리는 일에 호랑이와 같기 때문이다. 눈앞에 호랑이가 시퍼런 눈을 뜨고 으르렁거리니 어찌 편할 날이 있을까? 강한 칠살을 만나면 그게 바로 지옥이다. 대수술 후 실밥도 뽑기 전에 호랑이와 혈투를 벌이다 계곡으로 밀려 추락하기 직전으로 보면 틀림없다.

칠살은 일곱 가지 살이다.

1) 천연살—혈연 등으로 얽힌 살.

2) 천손살—손실이나 손해 등으로 원수지간이 되는 살.

3) 천고살—사람과의 인연으로 고통을 안고 사는 살.

4) 천파살—사업, 건강, 정신 등 삶이 와장창 깨지는 살.

5) 천재살—사건 사고 등이 생기는 살.

6) 천역살—질병이나 육체노동 등으로 몸이 고단한 살.

7) 천액살—개인이나 가정 등에 발생하는 액운의 살.

이렇듯 칠살은 인생 전반에 걸쳐 그물망처럼 인간을 노리고 있다. 하지만 여기도 탈출구는 있다. 그 자신이 힘에 넘치는 사람이라면 오히려 득이 된다. 힘에 힘을 더하는 격이다. 다만 여기서 신의 섭리가 한 번 더 끼어든다. 제아무리 슈퍼맨이라도 칠살과 하염없이 맞설 수는 없다. 승승장구하다가 잠깐 한눈을 팔게 되니 비리에 연루되어 신세 조지는 고관대작들이 그런 사례이다.

공덕! 선행!

결국 불변의 진리는 하나뿐이다. 공덕과 선행을 쌓으면 칠살도 문제없다. 백호살도 비켜간다.

"아하, 공덕… 선행……."

설명을 들은 이모가 손뼉을 쳤다. 제대로 알아들은 모양이었다.

이모의 백호살은 가족을 치는 경우였다. 액막이를 찾던 중에 그녀 스스로에게서 답이 나왔다.

"내가 먹고 노는 것도 지겨워서 일 좀 찾아보고 있는데 마트 캐셔는 억만금을 줘도 싫고… 우리 동네에 작은 정육점이 있는데 아저씨가 어깨 근육이 나가서 가게를 내놨어요. 그런데 그게 당기는데… 정육점 하면 안 되는 팔자인가요?"

정육점!

미류의 입이 쩌억 벌어졌다. 정육점 역시 피를 보는 직업. 게다가 여자의 몸이니 더더욱 센 직업 중 하나였다.

"모조건 콜입니다!"

미류가 잘라 말했다.

"그럼 죄송하지만 우리 남편에게 전화 한 통 좀……."

이모가 전화를 내밀었다.

"전화요?"

"이 인간이 뭣도 모르면서 여자가 무슨 칼 드는 정육점이냐고 눈에 쌍심지를 켜는 통에……."

"그러죠."

미류가 수락을 했다. 이모는 의기양양 전화를 걸더니 대뜸 '미류 법사'를 검색해 보라고 했다. 그리고 지금 그 법사님에게 공수를 받고 있다는 말도 덧붙였다. 약을 친 후에야 이모의 핸드폰이 미류에게 넘어왔다. 다행히 남편은 미류의 의견을 받아들였다.

—안 그래도 비실비실하길래 말린 건데 그래서 마누라가 탈이 없다면야……

남편은 큰 이의를 달지 않았다.

"아이고, 고맙습니다. 법싸님!"

해결책을 찾은 이모가 몸을 날렸다. 결국, 미류는 양희애에서 피한 격한 포옹을 늙은 이모에게 받고 말았다.

"절에서 그러시면 안 된다니까요!"

하라가 소리쳤지만 필 받은 중년의 이모에게는 우이독경에 불과했다. 대한민국 아줌마를 누가 당하랴!

후원회의 두 거물

"오빠!"

이른 아침 하라가 미류를 깨우며 졸랐다. 이제 겨우 먼동이 터오는 새벽이었다.

"왜?"

미류가 눈을 비비며 대답했다.

"묘우 스님이랑 나랑 전생연 좀 봐줘."

"전생연?"

그러고 보니 묘우가 하라 옆에 있었다.

"응, 전생에 우리 오누이 아니었어? 아니냐고."

"왜? 그런 거 같아?"

"오빠랑 나랑 닮았잖아?"

하라가 묘우 옆에 붙었다. 별로 닮은 기색은 보이지 않았다.

"흐음… 그런 것 같기도 하고……."

그러나 하라를 위해 장단을 맞춰주었다.

"빨랑!"

"묘우 너도 같은 생각?"

미류의 시선이 묘우에게 건너갔다.

"네!"

묘우는 합장을 하며 대답했다.

"어디 보자. 미래의 에이스들이 원하는데 안 볼 수 없지. 다들……."

"눈 감았어!"

하라가 한발 앞서 대답했다.

그러나 미류는 두 꼬마의 전생령을 보지 않았다. 필요 없는 일이었다. 하나하나 연결하다 보면 어느 생에선가 인과가 나올 수도 있는 일. 하지만 매사를 전생과 연결할 필요는 없었다.

"우와, 대박!"

시간을 조금 흘려보낸 후에 미류가 일부러 외쳤다.

"오누이야?"

눈을 뜬 하라가 캐물었다.

"응!"

"누가 위야? 묘우 오빠? 아니면 나?"

"지금하고 똑같은데? 먼 옛날 인도 왕국의 왕자와 공주님. 묘우는 첫째 왕자라서 늠름하고 하라는 막내라서 애굣덩어리."

"에이, 내가 누나면 좋은데……."

하라는 실망한 듯 입술을 삐죽거렸다.

"자, 알았으면 복채 주고 나가보세요. 오빠도 하루를 시작해야 하니까."

"알았어!"

하라가 다가와 미류의 볼에 뽀뽀를 작렬해 주었다.

쪽!

소리가 좋았다. 오늘만은, 화요의 키스보다도 좋은 것 같았다. 의관을 갖춰 입은 미류가 방문을 시원하게 열었다. 아침 햇살이 절의 이끼 긴 기왓장을 넘어오고 있었다. 때 한 점 없는 햇살이었다.

'느낌 좋군.'

미류의 하루가 그렇게 활짝 열렸다.

"쿨럭!"

조식 후에 표승이 기침을 했다.

"쿨럭!"

숭덕도 따라 했다.

나란히 늙어가는 두 사람, 기침도 닮는 모양이었다.

"드시게."

숭덕이 미류와 표승에게 환약을 내밀었다. 싸한 냄새가 끼쳐왔다. 나른하게 풍겨 나오는 용뇌와 주사, 사향의 냄새. 어쩐지 해독단으로 보였다.

"스님."

미류가 숭덕을 바라보았다. 해독단… 만들기 쉽지 않은 거였다. 재료가 없기 때문이다.

"아프리카에 출장 다녀온 대주님께서 서각을 가져오셨더군. 원주민이 죽은 코뿔소에서 잘라 목걸이로 쓰던 거라던데 내 생각이 났다나? 그 양반도 무속에 관심이 많으신 분이거든."

"아!"

의문은 빠르게 풀려 나갔다. 이제는 돈을 주고도 구할 수 없는 코뿔소 뿔이었다. 그렇게라도 구한 건 천운이었다.

"다시는 만들지 못할지도 모르니 법사도 좀 가져가게나. 서울이야 병원이 좋다지만 사람 일이라는 게 알 수 없는 거지. 법력을 담았으니 원귀로 놀란 혼을 달래는 데도 효과가 있을 걸세."

숭덕이 작은 병을 내밀었다.

"스님… 이 귀한 걸……."

"귀하긴. 귀한 건 바로 법사라네. 늘그막에 땡중의 체면을 매번 살려주고 있지 않나?"

"고맙습니다."

"아닐세. 해독단이라도 만들다 보니 늙은 것의 가치를 알게 되었네. 그 안에 들어간 침향이 천 년짜리 아닌가? 진짜배기지. 늙은 참나무가 그렇게라도 가치 있게 쓰이니 얼마나 숭고한가? 인간도 그리하면 좋을 것을……."

"예……."

"쿨럭!"

이야기를 마친 숭덕이 기침을 쏟아냈다. 숭덕은 마루에 준비한 사발을 들더니 천천히 들이켰다.

"스님도 참……."

표승이 혀를 찼다.

"왜 또?"

숭덕이 입술을 훔치며 웃었다.

"너무하시지 않습니까? 누가 봐도 스님 기침이 더 깊은데 제게는 해독단을 만들어주시고 스님은 기껏 늙은 호박 줄기에서 받은 물을 드시니."

"표승 만신은 훌륭한 제자를 키운 사람 아닌가? 해독단 먹을 자격이 있네. 오래 살아서 제자가 잘되는 걸 봐야지. 사람이나 초목이나 제가 틔운 싹이 소중한 것을⋯⋯."

"스님!"

"그만하시게. 사실 된서리 맞은 호박 줄기의 즙만 한 해독단도 드물다네. 거기서 톡톡 떨어진 진액이라네. 제법도 쉽고 용법도 쉽고⋯ 백일해에는 으뜸이지."

"⋯⋯."

표승은 그쯤에서 입을 다물었다. 아무래도 하루 이틀 묵은 설전이 아닌 것 같았다. 짐을 챙긴 미류가 두 거목을 차에 모셨다. 하라는 오늘도 조수석을 차지했다.

"묘우 오빠, 또 올게."

창을 내리고 손을 흔드는 게 마치 연인들의 작별처럼 보였다. 그 증거로 하라 눈매에 이슬까지 맺혀 있었다. 좋은 사람과 헤어진다는 건, 어른이나 애들이나 마찬가지로 애달픈 일이다.

"하라야, 잘 가. 나 곧 서울 갈 건데 선강 만나면 신당에 같이 놀러 갈게."

묘우가 따라오며 외쳤다.

"저 녀석, 저리 사람을 그리워하니 큰스님이 될 수 있을꼬."

숭덕이 혀를 차며 고개를 돌렸다. 정작은 그 자신이 애틋함에 서려 오는 늙은 눈물을 감추기 위해서였다.

서울이 시야에 들어왔다.

하라는 잠들어 있었다. 백미러를 보니 숭덕과 표승도 코를 골고 있다. 나이는 숨길 수 없다더니 그 말이 딱이었다. 그래도 기침은 멎었다. 해독단의 효과를 알 수 있는 일이었다.

전화를 체크했다. 휴게소에서 쉴 때는 박 회장의 딸 박혜선과 통화를 했다. 후원의 밤 준비는 다 끝났다고 했다. 오직 미류만 도착하면 된다는 통보였다.

미류도 여러 군데 전화를 했다. 송송탁구방 멤버들을 필두로 열혈 단골들을 초대했다. 연주 역시 꽃신과 쌍골, 옥수부인 등을 모시고 올 예정이었다. 타로는 진순애와 채나연 등의 전생점연합회를 몰고 오기로 했다.

수나와 장두리도 먼저 연락을 해왔다. 스타들이 참석하면 분위기가 좋아질 일. 더구나 고집까지 부리고 있기에 말리지 않았다.

하지만!

화요만은 오늘, 문자 한 통도 없었다. 서울과는 약간의 시차가 있는 외국. 더구나 해외 촬영 건으로 떠난 그녀였다. 잘은 모르지만 촬영이란, 제때에 끝나지 않으면 밤을 새울 수도 있는 일이었다. 시간이 되면 어떻게든 다녀가고 싶다는 그녀…….

—외국에서 비행기 타고 와서 잠깐 보고 가는 일.

가능할까?

전례가 있기는 했다. 한때 잘나가던 최 모라는 배우가 그랬다. 젊은 날 그는 자신의 아내가 될 여자에게 꽂혔다. 그 여자의 집은 캐나다. 미스 코리아 대회 참석을 위해 한국으로 날아온 그녀에게 첫눈에 반한 것이다. 최 모 배우의 구애는 캐나다로 이어졌다. 그는 거의 매주 캐나다로 날아갔다. 스케줄이 바쁜 관계로 점심만 먹고 다시 되돌아온 적도 있다고 한다. 결국, 둘은 이루어졌다.

캐나다보다 가까운 외국이었다. 그러니 불가능한 일은 아니었다. 그러나 사실, 마음으로 충분했다. 먼 곳의 그녀는 그녀대로 오늘에 충실할 일이었다.

"아이고, 큰스님 오셨습니까?"

행사장으로 정한 효자동의 음식점에 도착하자 박 회장이 달려 나왔다.

"강녕하셨습니까?"

차에서 내린 숭덕이 그를 맞았다.

"큰스님까지 와주시니 책임감이 무거워집니다."

"그러셔야죠. 우리 미류 법사, 많이 좀 갈궈주십시오. 거목은 드센 바람을 맞아야 더 튼실하게 자라는 법이니까요."

"명심하지요."

인사를 마치자 박 회장이 숭덕과 표승을 모셨다.

"법사님!"

미류는 박혜선이 맞이했다. 기능성을 살린 한복으로 차려입은 그녀는 달처럼 환해 보였다.

"저도 왔어요."

옆쪽에서 하수정도 다가왔다. 송송탁구방 멤버 탁정자의 딸인 그녀였다.

"사람은 추레한데 행사는 너무 거한 게 아닌지……."

미류는 정원에서 플래카드를 올려보며 말했다. 깔끔한 한정식집을 통째로 빌린 모양이었다.

"그런 말씀 마세요. 겨우 이런 데 예약했다고 수정이한테 얼마나 혼났는데요."

박혜선이 웃었다.

"아니면? 너 누구 때문에 히트 치고 있는데? 더구나 너희 아빠는? 사람이 양심이 있어야지."

하수정의 눈매에 빡센 힘이 들어갔다.

"법사님, 얘 좀 말려주세요. 오늘 아주 저 잡아먹을 기세거든요."

"너 내가 두고 볼 거야. 제대로 해."

"알았으니까 여기 꼬마 아가씨나 좀 봐줘. 안에 법사님 기다리는 귀빈들이 계시거든."

박혜선의 눈빛이 하라를 가리켰다.

"하라, 괜찮겠어?"

미류가 하라를 바라보았다.

"그럼, 하라 문제없어."

하라는 오늘도 야무졌다.

"정식 시작은 한두 시간 후에 시작될 거예요. 그전에 아빠께서 따로 소개하실 귀빈들이 계시다고 해서요."

"예……."

"꼬마 걱정은 마시고 편하게 하세요. 수정이가 애들한테 인기 좋거든요."

"어련하시겠습니까?"

"그리고 이번 부적 문양도 반응이 굉장해요."

"다행이네요."

"그래서 말인데요, 저랑 먼저 이야기 좀 하세요."

박혜선이 작은 방 앞에 멈췄다. 미류는 그 방부터 들렀다.

"실은 제가 법사님께 로열티를 좀 드리려고요."

"로열티요?"

"아이디어를 주셨잖아요? 말하자면 지적 재산권이죠."

"부적이야 인터넷 같은 데서도 얼마든지 볼 수 있는 건데요."

"저는 그렇게 생각하지 않거든요. 세상에 사람은 많지만 다 내 사람인 건 아니지요. 다른 부적들은 솔직히 별 영감이 없었어요. 하지만 법사님 부적은 살아 있으니까요."

"그렇다고 로열티까지야……."

"우선은 3천만 원 지불할 거고요. 앞으로 관련 옷들이 팔릴 때마다 퍼센티지로 계산해 입금해 드릴 거예요."

"이야, 갑자기 제가 전문 예술가라도 된 기분인데요?"

"부적하고 지화는 예술이잖아요? 게다가 무신도도 법사님이 직접 그리셨다면서요?"

"아, 예……."

"앞으로도 우리 잘해봐요."

박혜선이 통장을 내밀었다. 그 또한 받는 수밖에 없었다.

"들어가세요!"

용무를 끝낸 박혜선이 내실 끝 방의 문을 열어주었다. 미류가 안으로 들어섰다.

"어서 오시오."

그곳에서도 박기창 회장이 미류를 맞았다. 숭덕이나 표승은 없었다. 대신 다른 두 명의 사업가가 버티고 있었다.

"인사드려요. 무쌍의 안병욱 회장님과 일타의 배환재 대표이사님."

"……?"

이름을 들은 미류가 파뜩 고개를 들었다.

무쌍과 일타…….

융성제약 못지않게 내로라하는 특급 기업들이었다. 특히 무쌍은 세계적 기업으로도 손꼽히는 수준이었으니 세계적인 경영인들과 마주친 것이다.

"처음 뵙겠습니다."

미류가 가볍게 고개를 숙였다. 두 사업가 역시 묵직한 미소로 미류를 맞이했다.

자리를 잡자 차가 나왔다. 박 회장까지 합치면 대사업가 세 명. 이때까지 미류를 기다린 모양이었다. 그들 앞에도 찻잔이 없었던 것이다.

"이 두 사람은 나하고는 막역지우라오. 오늘 법사님 후원의 밤을 열겠다고 하니 1억씩을 쾌척해 주셨습니다."

'1억?'

미류의 눈이 다시 한 번 확장되었다. 대사업가의 신분. 하지만 유력 정치인의 후원회도 아닌 바에 1억을 내미는 건 쉬운 일이 아니었다.

"두 양반이 사실 무속에 관심이 많답니다. 여기 안 회장님은 과거 부장급 이상의 인사에 관상가를 거치게 하기로 유명했고 배 대표님은 혼자 사주를 공부하신 분이지요."

"예……."

미류의 고개가 한 번 더 숙여졌다. 어쩐지, 라는 말은 목구멍 안으로 밀어 넣었다.

"저번에 골프 회동을 하다가 내가 우주항공산업에 던진 신의 한 수에 대해 묻길래 별수 없이 법사의 훈수를 말하고 말았습니다. 워낙 입이 무거운 친구들이니 믿을 수도 있고……."

"말은 똑바로 하시게. 그건 말한 게 아니라 고문을 한 거야."

"그렇지. 남의 애를 다 태우고서야 겨우 발설을 했으니."

박 회장의 말에 두 사업가가 협공을 해왔다.

"보시지요. 이러니 내가 어찌 자백하지 않을까요? 자칫하면 멱살잡이라도 할 태세 아닙니까?"

"멱살만 잡나? 박 회장의 그 쭈그렁 고환이라도 냅다 쥐어짤 판이었는데……."

안 회장의 공박이 이어졌다. 투박하지만 정감이 배인 말투. 세 사람은 정말 막역한 사이로 보였다.

"실은 여기 두 분 다 요즘 중대한 기로에 서 계시답니다. 그래서 신의 한 수가 필요하다길래 법사님 허락도 없이 모셔두었습니다. 후원금과는 별도로 복채도 내신다니 마음껏 벗겨 먹으십시오. 뒤탈 없다는 보증은 이 사람이 서겠습니다."

박 회장은 빙그레 웃으며 뒷말을 이어놓았다.

"어디 배포들 한번 보자고. 우리 영험하신 법사님 수준과 맞나 안 맞나……."

"얼씨구, 우리가 뭐 박 회장처럼 좀팽이인 줄 아시나?"

"그러게. 우리도 능력자의 계시에 인색할 사람은 아니라네."

두 사업가는 입을 맞춰 기세를 올렸다.

"그럼 후원회를 준비하는 동안에 부탁을 좀 드려도 되겠습니까?"

박 회장이 미류를 돌아보았다.

"예. 하지만 거액의 후원금을 내신 차에 따로 복채를 내시는 건……."

"아, 아닙니다. 이 친구들 가진 건 돈밖에 없어요. 그러니 걱정 말고 벗기세요. 복지원인지 요양원인지 지으신다면서요?"

"예……."

"그럼 실탄 확보하셔야죠. 그래야 벽돌 하나라도 더 올리십니다."

"……."

"자, 누가 선 잡으셨나? 못 잡은 사람은 나하고 나가 있으십시다."

박 회장의 말에 배 대표가 일어섰다. 안에는 미류와 안 회장이 남았다.

"박 회장 말이 복채는 선불이라죠? 카드는 사절이고……."

안 회장이 봉투 하나를 꺼내놓았다. 친절하게도 액수까지 알려주었다.

"1억입니다!"

1억… 미류의 미간이 움찔거렸다.

동서고금을 막론하여 큰돈은 큰 대가를 바라는 것.

조건도 없이 1억을 내민 안 회장은 어떤 공수를 원하는 걸까?

미류, 안 회장의 운명창에 초점을 맞추기 시작했다.

[재물운 上上 95%]

안 회장의 재물창은 극상이었다. 90%가 넘으면 하늘이 내린 귀인. 일반인이라면 제아무리 재물운이 좋다고 한들 90%를 넘지 못하기 때문이었다.

미류는 집중해서 재물창 안의 영기를 읽어냈다. 한 글자가 별빛처럼 아른거리는 게 보였다.

[新]

새 신(新)자.

그렇다면 안 회장이 원하는 건 신제품에 대한 것 같았다. 미류는 그 글자를 뚫어져라 바라보았다. 글자의 획 하나가 흔들리는 게 보였다.

"회심의 신제품을 준비 중이시군요?"

재물창을 관통한 미류가 묵직하게 입을 열었다.

"오호!"

안 회장 입에서 감탄사가 밀려 나왔다.

"현재 회장님 운에서 가장 큰 비중을 차지하는 것 같으니 자잘한 가정사나 개인사는 차치하시고… 어떻게 도와드릴까요?"

"점사 한번 화끈하군요. 첫 공수부터 내 심장을 관통하니 속이 다 시원해집니다."

"……"

"이 사람이 사실 회심의 제품을 준비하고 있습니다. 노트북 아시죠?"

"예……."

미류가 대답했다. 그러고 보니 안 회장의 무쌍은 IT 기기 전문이었다. 특히 노트북이 그랬다. 무쌍의 노트북은 일본을 밀어내고 세계 시장에 우뚝 자리를 잡았다. 이제는 세계 최고 제품과 1, 2등을 다투는 중이었다.

"우리 회사가 많은 발전을 했지만, 그 이면에는 발표하지 못하는 희생도 많았습니다. 무슨 말인고 하니 큰 재미를 보지 못했다는 거지요. 워낙 후발 주자다 보니 기술 개발비와 영업비로 출혈이 많았습니다."

"……."

"작년에도 2등, 올해도 지난 분기까지 2등… 한 달 기준으로는 1등을 먹은 적도 있지만 아직은 2등에 머물고 있습니다."

"……."

"그래서 이번에야말로 시장 판도를 바꿀 수 있는 명품 노트북을 개발했습니다. 와이드 화면에 얇은 두께, 배터리까지 혁신적으로 개선시킨 야심작이지요."

"……."

"지금 출시 시기만을 남겨놓고 있습니다."

"그렇군요."

"솔직히 이런 일까지 역학이니 무속이니 하는 걸 들이댈 생각은 없었는데 나도 좀 늙었나 봅니다. 박 회장 얘기를 들으니 귀가 솔깃해서… 밑져야 본전이라는 생각에……."

'밑져야 본전…….'

그 말을 들은 미류의 미간이 구겨졌다. 미류는 1억 봉투를 살며시 안 회장에게 밀어주었다.

"왜요? 이 사람이 실언이라도 했습니까?"

놀란 안 회장이 물었다.

"그럴 리가요? 다만 제 판단으로는 회장님께서는 제가 필요 없을 것 같아서입니다. 그러니 시간 낭비 마시고 하시던 대로 밀고 가시면 될 것 같습니다."

"법사님!"

"다음 차례가 배 대표님이시니 저는 화장실 좀 다녀오겠습니다."

"이, 이보시오!"

안 회장의 목소리가 날아와 미류의 발을 세웠다.

"뭔가 이유가 있는 것 같은데 말을 해줘야 할 것 아니오?"

"말씀은 이미 드렸습니다만."

"당신은 말했다지만 나는 알아듣지 못했소. 나는 당신처럼 신력이 높지 않으니 알아듣게 말을 해주는 게 도리 아니오?"

"그러시다면……."

미류는 조용히 뒷말을 이어놓았다.

"회장님의 마음가짐 때문입니다."

"내 마음가짐?"

"세상에서 가장 영험한 신의 공수는 열린 마음입니다. 마음이 열리지 않으면 하늘의 공수도 헛소리에 불과하지요."

"내 마음이 닫혀 있다?"

"회장님은 지금 돈으로 물고기를 낚으려 하고 계십니다. 혼신의 힘이 아니라 저 물 아래서 누군가 돈을 받고 고기를 꿰어주고 있지요. 거기서 진짜 손맛을 느낄 수 있을까요?"

"밑져야 본전? 그 말 때문이시군?"

"그렇습니다. 나는 돈을 냈다. 네가 한번 점사를 내놔봐라. 내 마음에 들면 쓰고 아니면 버리마."

"……."

"몸주의 공수를 시험하려는 마음에는 진짜 공수가 파고들지 못합니다. 설령 최상의 공수가 나온다고 해도 받아들이는 자세가 바르지 않기 때문입니다."

"내 실수였군."

안 회장이 깊은 날숨을 토했다.

"이해하시오. 내가 그룹 총수 생활을 오래 하다 보니 나쁜 습관이 배어서 그런 것이오. 결코 법사님의 공수를 가벼이 여겨 그런 것은 아니라오."

"공수란 함께 절박해야 합니다. 의지의 방향이 일치해야 효과를 보는 겁니다."

"그렇다면……."

안 회장이 테이블의 물컵을 집어 들었다. 그는 주저 없이 그 물을 자기 머리에 부었다.

"……?"

"세속 때가 낀 머리를 조금이나마 씻었으니 이제 되겠소?"

안 회장의 눈이 진지해졌다.

"그러시다면……."

미류가 고개를 끄덕였다. 한 기업의 총수가 물까지 뒤집어쓰는 성의를 보였다. 그 정도면 마음을 연 증거로 충분했다.

"부탁합니다!"

안 회장, 목소리도 점잖게 변했다.

"그 노트북 신제품… 회장님은 이미 출시일을 정하신 모양이군요?"

"그렇소만……."

"언제입니까?"

"실은 지금 본사에서 담당 상무가 기자 회견을 준비 중이오. 일주일 후에 미국과 유럽을 필두로 전격 출시한다는 발표를 하려고 합니다만 마침 법사님의 후원 모임이 오늘이라기에 잠시 미뤄두고 달려온 것이오."

"일주일……."

"미국과 일본의 경쟁 기업들도 우리와 유사한 야심작을 준비 중이라오. 조기 출시로 기선을 제압해야 시장을 선점할 수 있기에……."

"잠시만요!"

미류는 영기의 포커스로 안 회장의 재물창을 재조명했다.

新.

그 글자의 떨어진 한 획… 다시 보아도 붙지 않았다.

'그렇다면……'

보류!

전생신의 공수가 나왔다. 이는 제품에 문제가 있다는 의미였다. 여태껏 정상급 기업으로 질주해 온 무쌍. 그러나 야심작이라면 이 한 방으로 지금까지의 성공이 신기루가 될 수도 있었다.

'중요한 일이니 전생 체크.'

이미 결정이 섰지만 미류는 한 번 더 체크하기로 했다.

"잠시 눈을 감아주시겠습니까?"

회장이 눈을 감자 미류의 손이 움직였다. 안 회장의 머리 위에 전생륜이 피었다. 그의 전생은 크메르인이었다. 그는 불상 조각의 명인이었다.

떵떵!

밤낮으로 불상을 쪼았다. 그의 손에서 석불이 나오고 금불도 나왔다. 어느 날 통치자 수르야바르만 2세가 찾아왔다.

"제국을 수호할 불상과 나가(Naga: 신화에 나오는 뱀)상을 만들어라.

새 왕궁에 모실 것이다."

그가 말하는 새 왕궁은 앙코르 와트였다. 그는 거대한 꿈을 꾸고 있었다. 그게 바로 전무후무한 앙코르 와트의 건설이었다.

통치자가 물러갔다. 조각가는 나중에 알았다. 왕의 오더는 자신에게만 떨어진 게 아니라는 걸. 왕은 자신이 찍어둔 네 명의 조각가에게 각각 특명을 내렸던 것이다.

조각가는 잠을 자지 않았다. 부정을 방지하기 위해 아내도 멀리했다. 그러나 그만 그런 것은 아니었다. 네 조각가는 시간을 다투었으니 서로의 피를 말리는 일이었다.

'왕의 눈에 들려면…….'

1등이 중요했다. 어차피 명인들의 실력은 오십보백보의 상황. 시간을 당기자니 새로운 기법을 쓸 수밖에 없었다. 지금까지는 원칙을 중시하는 뚝심으로 일해온 조각가가 일대 변신에 나섰다.

조각가는 금을 씌우는 방법을 개선했다. 원래의 방법보다 좋았다. 완벽하면서도 시간을 당기는 방법을 찾은 것이다.

이렇게 하여 3일을 앞당겼다. 마침내 그는 혼을 다한 작품을 천으로 가린 후에 왕을 초대했다.

"완성되었나이다!"

조각가는 뿌듯한 마음으로 줄을 잡았다. 줄을 당기면, 그 안의 황금 불상과 나가상이 드러나면, 이제 크메르 최고의 조각가로 공인될 판이었다.

파앗!

사방에서 줄이 당겨졌다. 안에 있던 작품이 드러났다.

"아아!"

왕은 신음을 토하며 다가섰다. 최고였다. 소박하면서도 은은한 불상, 동시에 황금 찬란한 아름다움으로 눈이 멀 것만 같은 불상이 거기 있었다.

"과연… 과연……."

왕의 입에서 침이 튀었다. 조각가는 흐뭇했다. 그간의 노고가 다 풀려 나가는 것 같았다.

"오오, 이 은은한 자비의 미소……."

왕이 불상의 품에 안겼다. 감격을 이기지 못한 것이다.

그런데…….

불상에서 떨어진 왕의 손을 본 조각가가 경악을 했다. 왕의 손 또한 황금으로 물들어 있지 않은가?

"신의 축복인가?"

신하들이 수군거렸다. 하지만 조각가는 알았다. 그건 축복이 아니라 금도금이 묻어 나온 거라는 걸. 겉보기에는 완벽했지만 서두른 탓에 요철 부분의 금도금이 완전하지 못했던 것이다.

우룽!

하늘이 무너지는 소리가 들렸다. 조각가의 모든 것이 무너지는 날이었다. 50여 년을 쌓아온 그의 명성은 하루아침에 모래성처럼 무너졌다.

그 참담한 얼굴을 확인하며 미류는 감응을 끝냈다.

"혹시나 싶어 회장님 전생을 한번 살펴보았습니다."

미류의 목소리가 깊은 침묵을 깼다.

"어떤가요?"

"회장님 운과 전생을 다 살핀 결과……."

"……."

"제품에 하자가 있을 수 있습니다. 조기 출시보다 한 번 더 정밀 체크하시는 게 좋습니다!"

"……!"

절겅!

"제 공수는 끝났습니다."

방울 소리와 함께 미류의 말이 끝났다.

"법사님……."

"믿기 어려우시죠? 세계 최고의 노트북 기업… 기술과 신뢰를 바탕으로 이룬 기업인데 저 같은 무속인이 하자 운운하니……."

"솔직히 그렇습니다. 운때가 안 맞으니 시기 조정을 하라는 것도 아니고……."

"같은 말입니다. 전생으로 말미암아 결국 사주가 결정되는 것이니까요."

"……."

회장이 망설이자 미류가 물컵을 잡았다. 미류는 그 물을 자기 머리에 부었다.

"법사님!"

"저도 혹시 머리에 잘못된 때가 끼어 그런가 하고요. 머리를 씻어도 생각이 변하지 않으니 회장님이 받아들이셔야 합니다."

"이, 이건……."

"부탁합니다!"

미류가 정중하게 머리를 숙였다. 돈 때문이 아니었다. 그는 대한민국 대표 기업 수장의 한 사람. 자칫하면 대한민국의 이미지까지 타격을 받을 수 있었다.

"법사님께서 이렇게까지 나오시니 한 번 더 실험 체크를 하라는 지시는 하겠습니다. 하지만 조기 출시는 대세라 바꿀 수 없습니다."

안 회장이 핸드폰을 들었다. 미류는 물을 뚝뚝 흘리며 회장을 주목했다.

"지시했소. 연구소에서 바로 재테스트에 들어갈 거요."

"고맙습니다."

"만약 아무 하자도 발견되지 않으면 어떡할 거요?"

"어떻게 해드릴까요?"

"법사님께 뭘 바라서 하는 말이 아니오. 내가 박 회장 얼굴을 생각해 의견을 받긴 했지만 법사님 의견으로 이랬다는 걸 알면 회사 중역들이 웃을 일이라……."

"하자가 나오면 그런 웃음들은 쏙 들어갈 겁니다."

"여전히 확신하고 계시는군."

"몸주의 뜻을 전하는 신제자의 몸입니다. 제게 내려온 공수를 주변 사람들 입맛에 맞춰 말씀드릴 수는 없습니다."

"허헛!"

안 회장이 웃을 때 그의 전화가 울렸다.

"여보세요? 아, 신 상무… 그래? 그렇지? 수고했네."

짧은 대화 끝에 통화가 끝났다.

"수고하셨소. 나는 먼저 나가보겠소."

안 회장의 목소리가 까칠하게 변했다. 제품에 하자가 없다는 답이 온 모양이었다. 그의 눈빛에 허탈감이 엿보였다. 무속인에게 놀아난 자신이 한심하다는 의미였다.

아니다…….

미류가 생각에 잠겼다. 하자가 아니다?

그렇다면…….

그렇다면 新 자의 위태로움은 왜? 이 또한 내가 몸주의 뜻을 잘못 해석한 걸까?

안 회장이 일어서는 시간은 아주 짧았다. 미류는 참담했다. 큰 것이 빗나갔기에 더욱 그랬다.

新―新―新!

불완전한 글자 나무 목(木) 변. 신제품은 노트북이니 나무 목에 해당하는 건 전력의 바탕이 되는 배터리.

'배터리!'

미류가 혼자 중얼거렸다. 공수대로라면 배터리에 반드시 하자가 있어야 했다.

"회장님!"

미류의 고개가 가파르게 일어섰다.

"뭐요?"

"마지막으로 한 번 더 배터리를 체크해 보시지요."

"법사!"

안 회장의 목청에서 불쾌함이 묻어 나왔다.

"세계 최고가 되시려는 회장님입니다. 그만한 수고쯤은 하셔도 되는 거 아닙니까?"

"이 사람이 정말!"

"제 명예를 걸고 드리는 말씀입니다."

"명예라고?"

회장과 미류의 눈이 허공에서 충돌했다. 미류는 피하지 않았다. 신빨을 날리며 승승장구해 온 미류였다. 과시하거나 억압하지 않은 미류였다. 하지만 이건 달랐다. 몸주가 뻗대는 것이다.

막아라!

전생신의 뜻이었다.

"하세요!"

미류의 눈은 허옇게 뒤집혀 있었다. 목소리 또한 인간의 것이 아니었다. 초강력 공수로 맞선 미류의 승부수. 승부수가 작렬하고 있었다.

타닥타닥!

나무 타는 소리가 들렸다. 깊은 산의 동굴이었다. 오래전 표승의 산제였다. 미류는 동굴 밖에서 모닥불을 피우고 있었다. 불타는 소리가 좋았다. 개똥벌레 똥구멍에 딸린 별처럼 빛을 내며 날아가는 불티가 좋았다.

불은 나무에서 생겼다. 나무는 제 몸을 까맣게 태워 세상을 밝혔다. 불은 이렇게 신비로운 얼굴을 가졌다. 도움이 되기도 하고 화가 되기도 했다.

불티를 상상하며 배터리를 생각했다.

어릴 때 동네 개울에서 일어난 일이었다. 어른들을 따라 천렵을 나갔을 때였다. 어른 중의 하나가 자동차 배터리를 가져와 그걸 등에 지고 양극을 갈라 바위 밑을 지졌다.

지직!

전류가 통하면 바위 밑에 숨었던 고기들이 허옇게 배를 뒤집고 떠올랐다. 마법이었다. 이렇게 손쉬운 방법이 있었다니? 미류를 비롯해 함께 온 사람들이 감탄했다.

전류 아저씨가 감탄에 취한 걸까? 너무 열중하다가 발을 헛디뎠다. 쓰러지면서 극과 극이 맞닿아 버렸다.

지지직!

소리와 함께 아저씨가 경련을 했다. 그는 결국 병원에 실려 가고 말았다.

당당도당당당!

이런저런 생각에 골몰할 때 안 회장 전화가 울렸다.

"알았네."

한마디로 전화가 끝났다. 안 회장은 이제 아무런 말도 없이 자리를 털고 일어섰다. 배터리도 문제가 없다는 답이 온 모양이었다.

'잘못 짚었나?'

등골에 서늘한 식은땀이 스쳐 갔다. 믿었던 공수가 틀리다니. 원숭이도 나무에서 떨어질 때가 있다더니… 미류는 자리에서 일어나 안 회장에게 반듯한 예를 갖추었다. 그리고 막 사과의 말을 전하려할 때였다. 안 회장 주머니의 전화가 다시 울렸다.

"……!"

전화를 받은 안 회장의 얼굴이 급변하는 게 보였다.

"그게 정말인가?"

목소리도 멋대로 갈라졌다.

"말도 안 돼. 다시 체크해!"

파뜩 목청이 높아지는 안 회장.

뭐지?

미류는 침묵으로 안 회장을 바라보았다. 기세등등하던 안 회장의 이마에 초조함이 번들거렸다. 전화는 다시 울렸다.

"뭐라?"

역시 안 좋은 소식이다, 안 회장의 썩은 우윳빛 얼굴이 그걸 대변하고 있었다.

"그럼 일정 연기해. 전사적으로 원인 알아내고!"

안 회장이 비명처럼 소리쳤다. 곤두섰던 미류의 머리카락도 그제야 제자리로 돌아왔다.

"법사!"

안 회장이 돌아보았다.

"예, 회장님!"

"미안하오. 법사가 옳았소."

"……?"

"실험을 마친 배터리 하나가 정리하는 과정에서 저절로 폭발을 했다오."

"……."

"원인을 찾고 있다는데 전례가 없는 일이라… 법사 말에 따르겠소. 조금 늦더라도 완벽을 기하는 게 나을 것 같소."

"예……."

"참담해서 말이 안 나오는구려. 우리 제품의 하자도 그렇고 법사의 점사도 그렇고……."

"작은 화가 큰 복이 되어 돌아올 겁니다."

"전에 내 관상 고문께서 나에게 천덕귀인이 들었다 하던데 그 또한 허언이 아니었군요. 자칫하면 20년 쌓아온 우리 회사의 명성이 다 무너질 뻔했는데 법사님 덕분에 살았습니다."

"그 또한 회장님의 공덕 덕분이지요."

"아까 뭘 보시던데 이 사람의 전생을 보았습니까?"

"예……."

"이 일이 내 전생의 인과입니까?"

"모든 것이 전생과 연결된 것은 아니지만 모든 것이 전생과 연결되지 않은 것도 아닙니다. 회장님 전생에 이런 일과 연관된 일이 있기는 했습니다."

"감응도 가능하다고 들었는데… 나도 좀 볼 수 있을까요?"

"어렵지 않습니다."

미류는 안 회장에게 전생을 감응시켜 주었다. 마지막 왕의 손에 묻어난 황금. 그걸 본 안 회장의 표정이 참으로 압권이었다.

"어이쿠!"

현실로 돌아온 안 회장이 자기 이마를 쳤다.

"어쩌면 회장님의 자아는 한 번의 큰 실수나 기회에 대해 공부하는 굴레를 가졌는지도 모르겠습니다. 앞으로도 이런 일이 일어날 수 있으니 공덕을 쌓으시면서 신중하게 대처하시면 큰 탈이 없을 겁니다. 돌다리만 두드리는 게 아니라 강철 다리도……."

"고맙소. 법사께서 이 사람을, 우리 회사를 살렸어요. 출시 후에 이런 사고가 났으면 수조 원이 날아갔을 겁니다."

안 회장은 미류의 손을 잡고 놓지 않았다. 어찌나 치사를 하는지 미류조차 부담스러울 지경이었다. 그의 감사는 결국, 박 회장의 핀잔을 듣고서야 끝을 맺게 되었다.

"이봐, 곧 후원회 시작할 텐데 혼자 법사님 독점하실 텐가?"

이번 차례는 '일타'의 배 대표였다. 그는 안 회장과 달리 괄괄하고 직선적이었다. 복채부터 그랬다.

"안 회장이 얼마를 냈소?"

미류는 살짝 뜨악했다. 아주 뜨거운 질문이었다.

"곤란하면 내가 나가서 물어오겠소."

배 대표가 일어섰다. 장난이 아니었다.

"1억이라……."

잠시 후에 돌아온 배 대표가 지갑을 열었다. 그는 봉투도 없이 1억 수표 두 장을 꺼내놓았다.

"나는 두 배로 잘 봐주시오."

"……."

"뭐 그렇다고 돈 자랑을 하려는 건 아니라오. 내가 박 회장 딸에게 들은 말이 있어서 그러오."

'들은 말?'

"그 친구가 패션 디자인을 하잖소? 사실 아이를 그쪽으로 밀어 넣은 게 나라오. 고등학교 올라갔을 때 내가 재능을 알아보았으니까."

"예……."

"그 친구, 유학하는 동안 그림 그려서 파는 아르바이트를 했는데 처음에는 5~10유로가 고작이었다고 하오. 그러다 어느 날 1,000유로짜리 그림 의뢰가 들어왔는데……."

"……."

"온 정성을 다해 그렸다고 하더군요. 돈을 많이 받으니 돈값을 해야 할 것 같아서……."

"……."

"무속은 아닙니까? 굿도 100만 원짜리와 1,000만 원짜리는 다를 것 같은데."

"다르지요."

"그렇죠?"

"굿의 격이 아니라 목적이 다르다는 것입니다."

"그럼 내 복채를 정하려면 목적부터 밝혀야겠군요."

배 대표는 거듭 돌직구를 날렸다.

"그래 주시는 게 좋겠군요."

미류도 동의했다. 다다익선이다. 누군들 점사 한 번에 몇억을 받고 싶지 않으랴? 하지만 작은 점사로 큰돈을 챙기는 것도 몸주를 욕되게 하는 일의 하나였다.

"우리 안 회장은 신제품 때문에 신경을 쓰는 것 같던데 내가 신경 쓰는 건 왕관이라오."

'왕관?'

"뭐 표현이 좀 과격하긴 하지만 그게 그래요. 내가 저기 두 친구보다 나이가 많아서 옛날 같으면 북망산천 돌아갈 나이가 지났지 않겠소? 그때는 환갑이면 장수한 거였으니까."

"말씀이……."

"아무튼 최근 들어 기분이 싱숭생숭해지고 있다오. 후계자 말이오."

후계자!

그 말과 함께 미류의 영기가 번쩍거렸다.

[가정운 上上 86%]

[男][男][女][女]

배 대표의 운명창 안에는 세 자식이 들어 있었다. 원래 창에서 보이는 건 넷. 하지만 여자 하나는 색이 죽었으니 고인이 된 것으로 보였다. 애정운도 무난했다. 가화만사성이라더니 그의 성취에는 가정의 화목함도 뿌리가 되었다. 큰 풍파 없이 결혼 생활을 이어온 것이다.

'다음은…….'

건강창을 띄웠다.

[건강운 上下 68%]

그 또한 나쁘지 않았다. 간과 위, 눈에 다소의 탁한 기류가 보였지만 치명적인 것은 아니었다. 튼실한 뿌리에 튼실한 몸통, 가히 하늘이 내린 사업가로 볼 수 있었다.

"단 하나의 티를 제외하고는 순풍이군요."

미류가 점사를 시작했다.

"티?"

"원래는 2남 2녀셨는데 한 분이 유명을 달리했습니다. 그게 대표님 생의 상흔이라면 상흔이지요. 2남 1녀를 잘 키우셨고… 회장님 마음은 둘째 아들에게 있는 것 같습니다."

미류가 쭉 질러 나갔다. 둘째 아들의 운명 빛이 가장 밝은 까닭이었다.

"역시 다르시군. 우리 둘째가 기업 경영에는 가장 발군입니다."

"싱숭생숭하다는 건 장남 때문이십니까?"

"아니오. 큰아들도 대체로 승복하고 있습니다. 제 놈 능력이 둘째만 못한 데다 서로 사이가 나쁜 것도 아니라서……."

"그럼……?"

"방금 말했지만 기분 때문이라오. 아이들이 다투는 것도 아닌데 후계자만 생각하면 머릿속이 하얘져서……."

"그러시면 잠시 눈을 감아보시죠."

"그럴까요?"

배 대표가 눈을 감았다. 눈 감은 인상이 편안해 보였다. 마치 열반에 들기 직전의 고승 같달까? 그의 전생륜을 불러냈다. 맑은 전생륜이 드러났다. 그걸 보던 미류, 고개를 갸웃거렸다.

배 대표의 전생륜…….

다른 전생륜과 조금 달랐다. 굳이 말하자면 첫 생을 시작한 전생이나 하나의 자아를 완성하고 두 번째 자아를 출발하는 전생륜들처럼 숭고함이 비쳐 보인 것이다.

'대체…….'

미류는 다시 집중했다. 이런 전생륜은 자칫 중요한 걸 놓쳐 일을 그르칠 수 있었다. 호흡을 다듬은 미류가 현생과 연결된 전생령을 불러냈다.

그러자…….

"……!"

미류가 휘청 흔들렸다. 그의 전생령은 모두 일곱 개. 그러니까 그는 지금 여덟 번째 생을 사는 사람. 그런데 놀랍게도 일곱 전생령이 모두 걸어 나온 것이다.

'뭐야?'

보통은 하나가 나오는 게 맞았다. 다음으로는 그 하나보다 인과 관계가 낮은 두 번째 전생이 나와야 한다. 하지만 배 대표의 전생령은 단체로 몰려 나왔다.

'뭔가 꼬였나?'

전생령을 전생륜 안으로 밀어 넣었다. 그런 다음 다시 한 번!

'웃!'

결과는 다르지 않았다. 이번에도 일곱 전생령이 단체로 출두를 했다. 늑골 아래부터 숨이 콱 막히는 것 같았다. 이렇게 되면 방법은 하나밖에 없었다. 일곱 전생령을 다 점검해야 하는 것이다. 한마디로 노가다 판을 만난 셈이었다.

'설마 모든 전생이 현생으로 직결되는 건 아니겠지?'

이때까지는 그저 미류의 상상이었다.

첫 번째 전생령을 열었다. 두 번째 전생령을 열었다.

그리고… 마지막 일곱 번째 전생령…….

그걸 눈앞에 둔 미류, 머리를 치고 가는 벼락의 줄기를 느꼈다.

'아!'

미류는 끝내 의자에 기대고 말았다. 일곱 전생령… 상상이 현실이 되어 버렸다. 그들이 전부 보인 데는 심오한 뜻이 있었다. 그건 바로… 배 대표가 자아를 완성하는 마지막 생을 살고 있기 때문이었다.

마지막 생!

그래서 그 생이 신호를 보낸 거였다. 아직은 창창한 나이의 기업가. 힘겹게 일군 세계적인 기업을 아들에게 물려주기에는 빠른 나이. 그건 마치 짱짱한 광개토대왕이 미완의 장수왕에게 대업을 넘기는 일로도 설명할 수 있었다.

그러나 그건 하늘의 뜻. 삶의 목적은 자아의 완성에 있는 것이니 현생의 대표 자리가 중요한 건 아니었다.

'아아!'

미류 입에서 격렬한 신음이 새어 나왔다. 그 아름다운 자아를 위해 치러야 할 희생 또한 작지 않은 까닭이었다. 목숨은… 생의 목적을 이루면 세상을 떠난다. 생의 목적에 '완전하게' 실패해도 떠난다.

'맙소사!'

신음 다음에 이어진 건 탄식이었다. 최정상급의 기업 총수로 우뚝 선 배 대표. 아직 의자에서 내려갈 때가 아니었다. 노령화 사회를 기준으로 본다면 그는 아직 청춘에 속했다. 그러나 지금, 하늘의 신호가 왔다. 하필이면 지금이었다.

―대표 자리를 물려주면 자아의 완성.

―자아가 완성되면 세상과 하직.

생사를 가르는 운명의 기로에 선 배 대표였다.

'어쩐다.'

미류의 몸이 파르르 떨었다. 목숨이 걸린 일이니 대체 어떤 공수를 내린단 말인가?

연(緣)의 청혼

"대표님!"

고심 끝에 미류가 입을 열었다.

"말씀하시죠."

"저보다 오래 사셨으니… 보통 사람에게 인생이란 무엇인지 말씀해 주실 수 있겠습니까?"

"내가 법사에게 말이오?"

"예."

"하늘의 뜻을 아는 분이신데 공자 앞에서 문자를 쓰란 말이오?"

"저는 공자가 아닙니다. 몸주의 자비가 아니라면 그저 30대 초반의 철부지에 불과하지요."

"글쎄올시다. 인생이라……."

"사람들은 가끔 그런 말을 씁니다. 짧고 굵게 살 테냐, 가늘고 길게 살 테냐?"

"그러나 살다 보면 굵고 길게 살기를 원하는 게 사람이지요."

"제가 주워들은 말인데… 지구의 역사를 두 팔 벌린 인간의 손끝에서 반대편 손끝까지라고 본다면 공룡의 역사는 오른쪽 손바닥에서 손가락 마지막 마디쯤이고, 인간의 역사는 손톱 끝에 간신히 붙은 정도라서 손톱 다듬는 줄로 쓱 밀면 사라질 정도라고 하더군요."

"……."

"그 손톱 길이의 인간 역사를 보다가 누가 가장 오래 집권했는가 궁금증이 일었습니다."

"오호!"

"대표님은 아십니까?"

"가장 오랜 산 사람도 아니고 오래 다스린 왕이라……."

"처음에는 현재 태국에서 존경받는 국왕을 생각했지요. 왕위가 약 60여 년이라고 하니……."

"영국의 엘리자베스 2세도 못지않지요. 아마 몇 년 빠지는 정도일 거요."

"옛날 책을 보니 이집트의 네페르카레 페피 2세는 94년간 집권했고 고구려의 태조왕도 93년을 재위했다고 하더군요. 그런데 치우천왕 같은 사람은 무려 109년을 통치했다는 말도 전합니다."

"그때 일들은 다 전설 같은 것들이라……."

"서양에서는 아프리카 스와질란드에서 생후 4개월 만에 왕위에 오른 소부자 2세가 83여 년간 지배를 했고 중국에서는 강희제가 62년을 집권했다던데 대단한 기록들이지요?"

"그렇군요."

"거기에 비하면 대표님의 30여 년은 속된 말로 새 발의 피로군요."

"허헛, 그렇게 되나요?"

"그런데… 그 모든 것이 지구 역사의 손톱에 해당된다고 생각하면 집권 기간은 그리 중요하지 않을 거 같습니다."

"동의합니다. 길이로 인생을 평가할 수는 없지요."

"맞습니다. 인생이란 길이가 아니라 가치겠지요. 하루를 살아도 가치를, 자아의 완성을 이루는……."

"혹시 내 명줄이 지척에 걸렸다는 뜻은 아니겠지요?"

배 대표의 관록이 튀어나왔다. 나이 먹은 사람은 말의 맥락을 알고 있다. 미류가 질러 나가는 쪽의 방향을 짐작하는 것이다.

"명줄이 아니라 가치입니다."

미류가 바로잡았다.

"가치라……."

"제가 그림을 좀 그립니다. 석채화를 좋아해서 신당의 무신도도 제가 직접 그려서 걸지요."

"대단하시군요."

"그런데 무릇 그림이든 글이든 음악이든 '완성'이 가장 중요하다는 것을 알았습니다. 작품이 완성될 때 작가는 비로소 뿌듯한 보람과 성취감을 느끼지요. 제가 탱화와 석채화를 배울 때 들은 말인데, 도를 이룬 그림을 완성한 화가는 내일 죽음에 들어도 후회하지 않는다고 들었습니다."

"그 또한 공감입니다."

"화룡점정……."

미류가 한 자 한 자 또렷한 발음을 쏟아냈다.

"……."

"멀리 돌아온 핵심어는 그것입니다. 대표님은 지금 화룡점정 앞에 섰습니다."

"내 인생의 화룡점정?"

"아뇨. 인생이 아니라… 비단 이번 목숨의 생의 목표가 아니라 대표님 모든 생의… 한 생명체로서 궁극의 가치로 불리는 '자아'의 완성 앞에 서 있다는 겁니다."

"궁극의 가치라?"

"보시겠습니까? 대표님의 전생들… 냇물이 강으로 가고, 강물이 바다로 가듯, 도도히, 그리고 면면히 흐르고 흘러 마침내 오늘에 도달한 전생의 미션……."

"……."

"원하시면 눈을 감으시죠."

"그럽시다. 갑자기 경건해지기도 하니……."

배 대표가 눈을 감았다. 미류는 천천히 그의 전생륜을 불러냈다. 길고 긴 그의 여정이 보였다. 처음에는 작고 미약한 삶의 과제. 그것들은 굽이지는 지류처럼 뒤틀리고 꼬이며 승화의 길을 걸었다. 그리하여 마침내 배 대표의 전생들은 주어진 모든 과제를 넘어 이번 생에 종착되었다.

강물이었다. 연어로 치면 마지막 폭포였다. 그걸 넘으면 자아가 완성되는 것이다. 인간이 아닌 다른 무엇이 되거나 혹은 본인의 선택에 따라 또 다른 자아를 시작할 수 있었다.

한 인간으로서 자아 미션의 종착지에 도착한 것만 해도 위대한 여정. 함께 느끼는 미류 역시 그 경건함에 숨을 죽였다.

"깨어납니다."

감응이 끝나자 미류가 나지막이 말했다. 배 대표의 눈자위가 경련하는 게 보였다. 꼭 다문 입술도 떨렸다. 어쩌면 그는 그 자신의 전생을 혼자 되돌아보는지도 몰랐다.

─잘나가는 기업가.

―아직 젊은 배 대표.

그는 한참 후에야 가만히 눈을 떴다. 그리고 미류처럼 나직하게 입을 열었다.

"당신……."

단 한마디였다. 미류에게서 살짝 비껴난 시선은 한마디를 하고 사이를 두었다. 남은 말은 조금 후에 이어졌다.

"가히 신에 필적할 영험함이시군."

그가 웃었다. 미련도 후회도 없는 해탈의 미소였다. 미류는 그 미소에서 그의 선택을 알았다.

"배 대표님도……."

미류도 그를 위해, 잠시 뜸을 들인 후에 말을 이어놓았다.

"굉장하십니다!"

미류의 말을 들은 배 대표가 웃었다.

미류도 웃었다.

서로를 관조하는 고요한 미소… 이심전심이 바로 거기 있었다.

짝짝짝!

다시 한자리에 모인 박 회장과 안 회장, 배 대표가 박수를 쳤다. 미류에게 보내는 뜨거운 인정이었다.

"이제 두 분 점사는 끝나신 것 같고……."

박 회장이 운을 떼고 나섰다.

"실은 법사님 고견이 하나 더 필요합니다."

"말씀하시죠."

미류가 말을 받았다.

"이런 말… 너무 부담 갖지 마시고… 우리가 기업을 하다 보니 정

치에 아주 민감합니다. 어느 나라든 정권의 방향에 따라 기업의 흥
망성쇠가 갈릴 수 있거든요."

'천기…….'

미류는 바로 감을 잡았다. 잘나가는 기업가들에게도 정권 교체는
중요했다. 혹시라도 식견도 없이 야심만 가득 찬 정치꾼이 정권을 잡
는다면 그에 대한 대비책도 필요했다.

"절대 강요도 아니고 강권도 아닙니다. 그저 현재 거론되는 대선
후보들 중에서 두어 명 정도로 압축시켜 주시면 큰 도움이 될 것 같
습니다."

"……."

"그조차 부담스럽다면 없던 일로 하지요. 우리도 인간이다 보니 공
연한 욕심에……."

"아닙니다. 말씀드리죠."

박 회장이 질문을 거둘 때 미류가 나섰다. 두 명 찍는 거라면 큰
문제도 없을 것 같았다.

"제가 보기엔 현재의 서울시장과 야당 대표가 대운에 가까운 것
같습니다."

"응? 내 측근의 법조계 고승께서는 여당이 정권을 이어갈 거라고
하던데……."

안 회장이 나섰다.

"저는 단지 제 몸주의 뜻을 전할 뿐입니다."

미류는 선을 긋지 않았다. 대운을 감지하는 것, 그 또한 사업가의
능력이 될 일이니 안 회장의 판단력에 맡길 뿐이었다.

"고맙습니다. 야당 대표와 서울시장이라… 분석팀에 두 사람의 경
제관과 성향을 집중 분석하도록 주문해 둬야겠군요."

박 회장은 미류의 말을 받아들였다. 그가 고개를 끄덕일 때 전화가 울렸다. 후원회 준비가 끝났으니 입장하라는 내용이었다.

"가시죠. 미류 법사님!"

박 회장이 복도를 가리켰다. 미류는 가뜬하게 복도로 나섰다. 병풍처럼 둘러선 세 기업가들과 발맞추는 위세는 마치 장벽처럼 당당해 보였다.

"대한민국 최고 무속인 미류 법사님을 소개합니다."

사회자로 나선 박혜선이 입구를 가리켰다. 미류가 모습을 드러냈다.

"와아아!"

짝짝짝!

"미류, 미류!"

환호에 이어 박수, 연호까지 과분하게 이어졌다. 미류는 연찬회 형식으로 차려진 무대의 앞으로 나와 좌중을 둘러보며 섰다.

"여러분, 미류 법사님입니다. 다시 한 번 박수 부탁드려요."

한 번 더 좌중의 이목을 집중시킨 박혜선이 마이크를 넘겨주었다.

"미류입니다. 보잘것없는 제게 과분한 자리를 마련해 주신 박 회장님께 진심으로 감사를 드립니다. 아울러 참석해 주신 여러분 모두에게 만사형통과 만복충만, 행운강녕이 함께하시길 축원합니다."

미류가 간단히 답사를 했다. 박수는 그때까지도 끊이지 않고 있었다. 뒤를 이어 박 회장과 표승, 숭덕이 차례로 축사에 나섰다. 압권은 숭덕의 축사였다.

"여러분 잘 먹고 잘사세요!"

숭덕의 축사는 단 한 줄이었다. 꽤 많은 사람들이 그의 법력을 알고 있던 터. 약간 실망한 듯 장내가 술렁거렸다. 그러자 박혜선이 재치 있게 질문에 나섰다. 참석자들을 위한 배려였다.

"많은 분들이 좀 긴 축사를 원하시는 것 같은데요?"

"그래요? 이 늙은이가 여기저기 다녀보니 축사는 짧은 게 제일이더 군요. 긴 걸 원하시면 당나라 현장이 번역한 대반야경으로 시작할까 요? 그게 총 600여 권짜리 불경이라 며칠 걸릴지도 모르는데……."

"와하하핫!"

숭덕의 말에 실내가 뒤집어졌다. 후원회의 출발은 상쾌하게 시작 되었다.

미류는 박 회장과 함께 참석자들의 테이블을 일일이 돌았다. 그들 상당수는 기업인이거나 학자들이었다. 나름 박 회장과 친분이 두터운 사람들이었으니 사석에서는 '박기창 사단'으로 불리는 거물들이었다.

"아이고, 법사님. 뵌 김에 제 주사에 비방 좀 주시지요."

세 번째 테이블에서 40대 중반의 사업가가 엄살을 떨었다.

"자네가 무슨 주사?"

박 회장이 물었다.

"글쎄요… 한때는 술 상무까지 했던 몸인데 이제 늙은 건지 술만 마 시면 안 하던 행동을 한다고 합니다. 저는 아무 생각도 나지 않고요."

"그거야 너무 마셔서 필름이 끊긴 거 아닌가?"

"저도 그렇게 생각했는데 워낙 꿈자리까지 뒤숭숭해서……."

사업가가 뒷목을 긁었다. 미류는 천천히 사업가의 몸을 살폈다. 그 리고 이유를 알았다.

"혹시 주사가 최근에 생긴 건가요?"

미류가 물었다.

"예… 한 서너 달 되었나?"

"그때쯤 상가에 다녀오지 않았습니까?"

"상가요? 그거야… 워낙 쫓아다니는 일이 관혼상제이다 보니……."

"잘 생각해 보세요. 상가가 있을 겁니다. 50대쯤 된 혼자 사는 남자로군요."

"50대라면… 공사의 박 국장님? 그분은 40대 후반인데……."

"거기서 주사 귀신이 빙의된 것 같습니다."

"그럴 리가요? 그분은 완전 신사십니다."

"그분이 아니고 그분 일가일 겁니다. 연락처 있으면 여쭤보세요. 50대 중반 정도의 주사 부리다 죽은 남자……."

"잠깐만요."

사업가는 그 자리에서 전화를 꺼냈다. 통화를 하던 그는 얼어붙고 말았다. 미류의 말이 적중한 까닭이었다.

"있다는데요? 혼자 살던 국장님 형님이라는데 술로 죽었답니다. 그 주사에 질려서 박 국장님이 술은 입에도 대지 않았다고… 우와아, 족집게."

사업가는 전화를 든 채 혀를 내둘렀다.

"더 물어보세요. 그쪽에서 말하는 고인의 주사와 다른 사람들이 말하는 사장님의 주사가 같은지 다른지."

"그러죠."

사업가는 고개를 돌려 통화를 계속했다. 그때마다 사업가는 자지러지고 또 자지러졌다. 미류의 말이 계속 적중했기 때문이었다.

"으아, 이거 진짜……."

확인을 끝낸 사업가는 말을 잇지 못했다.

"악몽은 어떤가요? 아마 뭔가 두려운 존재가 나타나 사장님의 목숨을 뺏으려 하거나 위협을 하고 있을 겁니다."

"맞습니다."

"빙의된 귀신이 사장님 몸을 원하는 겁니다. 안으로 들어왔으니 장악하려는 거죠."

"……!"

"아직은 강건하셔서 귀신 뜻대로 되지 않지만, 자칫 몸이 약해지면 빙의령에게 몸을 뺏길 수가 있습니다. 부적을 드릴 테니 술은 끊으시고, 부적 하나는 몸에 지니고 또 하나는 태워서 물에 타 마시세요. 그럼 괜찮아질 겁니다."

미류가 부적을 건넸다.

"오, 신기하네요. 받아만 들었는데… 마음이 편해집니다."

"법사님 부적은 신통방통하거든요. 하늘의 신성(神聖)과 서기(瑞氣)를 담았으니 믿으셔도 될 거예요."

언제 다가왔는지 박혜선이 응원의 말을 보태주었다.

바로 그때, 미류 핸드폰의 진동이 울렸다. 화요의 전화였다.

"여보세요!"

미류가 전화를 받았다.

─법사님, 후원회 잘되고 있어요?

"예… 화요 씨는?"

─저는 재촬영 나와서 못 가게 되었어요. 그래서 서빙 대타를 보내 드렸어요.

"대타요?"

─방금 연락 왔는데 지금 입장할 거라고 하더라고요. 제가 보낸 대타는 법사님께 와인을 드리는 사람이에요. 좋은 성과 있으시기 바라요.

화요의 전화가 끊겼다.

'대타?'

미류가 고개를 갸웃거렸다. 대타는 뭐고 와인은 또 뭐람? 혼자 생각을 이어갈 때 장내가 들썩이며 박수가 울려 퍼졌다.

"와아아!"

사람들이 환호하는 그곳에서 미녀들이 등장하고 있었다. 수나와 장두리를 필두로 칠, 팔등신의 미녀들이 와인을 들고 들어섰다. 미류를 위해 일일 도우미를 자청한 사람들이었다. 도우미들은 내빈들에게 와인을 따르기 시작했다.

"법사님 파이팅요!"

수나가 지나갔다.

"법사님, 이따 봐요."

장두리도 지나갔다. 미류 앞에 멈춘 사람은 그다음 여자였다. 미류의 등 뒤에서 참석자들의 수군거림이 들려왔다.

"재작년 미스 코리아 진 유세경 아냐?"

미스 코리아?

그것도 진?

미류는 자신도 모르게 고개를 들었다.

유세경!

가볍게 차려입은 드레스는 그녀의 늘씬한 미를 감추지 못했다. 어쩐지 광저우 아시안게임에서 도우미들이 입었던 치파오를 연상시키는 모습이었다. 그렇게 적나라하지는 않지만 아스라이 드러난 라인이 치명적이었다.

"법사님, 뵙게 되어 영광입니다."

유세경이 잔을 들어 올렸다.

꼴꼴!

와인잔 채워지는 소리가 귀를 울렸다. 병을 살며시 돌려 방울을 마감한 유세경이 미류를 바라보았다. 잔을 집으라는 사인이었다.

"고맙습니다."

얼떨결에 한마디를 하고 말았다. 그녀의 아름다움에 홀려서가 아니라 의외성에 놀란 것이다. 송화요… 과연 노는 물이 달랐다. 어떻게 미스 코리아 진을 보낼 생각을 다 했을까? 다른 연예인들도 이목을 끌었지만 미스 코리아의 등장은 또 하나의 빅 이벤트에 속했다.

"미류 법사님은 신통력만 있는 게 아니라 미녀들에게 인기도 만점인 모양입니다."

수나에게 와인잔을 받아 든 박 회장이 웃었다.

"인기라기보다는…."

미류는 말을 더듬었다.

"자, 여러분. 우리 모두 미류 법사님을 위해 건배합시다."

박 회장이 와인잔을 들었다. 내빈들도 일제히 잔을 들었다.

"건배!"

미류의 제창과 함께 잔이 부딪쳤다.

"법사님!"

연회장을 한 바퀴 돌아온 유세경이 미류에게 다가섰다.

"……."

"어머, 긴장하신 거예요? 화요 언니 말이랑 똑같으시네?"

유세경이 웃었다. 그 볼을 파고 들어간 보조개는 깨물어주고 싶을 정도로 예뻐 보였다.

"화요요?"

"저랑 무지 친해요. 작년에 예능에 같이 나갔다가 너무 멋지셔서 제 멘토로 삼았거든요."

"예……."

"언니랑 종종 통화하는데 법사님 칭찬을 얼마나 하는지 몰라요."

"……."

"저는 사실 운명이니 무속이니 하는 거에 관심이 없어서 몰랐는데 여기 와보니 법사님 인기가 대단하네요. 저도 뻑 갔어요."

"저 때문에 괜한 수고를……."

"아뇨. 실은 저도 속셈이 있어서 왔거든요."

"속셈요?"

"엄마!"

대화하던 유세경이 저편의 중년 여자를 향해 손을 흔들었다. 어머니와 동행한 모양이었다. 하지만 어머니의 표정은 좋지 않았다. 마지못해 참석한 느낌이 왔다.

"우리 엄마예요. 고집 세게 생겼죠?"

"……."

"한 잔 더 마시세요."

유세경이 와인을 권했다. 아직 조금 남았지만 그녀의 쟁반 위에 잔을 올려놓았다. 꿀꿀, 다시 와인이 빈자리를 채웠다.

"다 드세요. 제가 이따가 와인값 청구할 거거든요. 도망가시면 안 돼요. 아셨죠?"

유세경은 찡긋 윙크를 남기고 다른 테이블로 건너갔다.

"법사님, 쟤 화요가 보냈죠?"

이번에는 수나가 다가왔다.

"예?"

"시치미 떼도 다 알아요. 쟤랑 화요랑 나름 아삼륙이거든요."

"예……."

"그래도 희한하네. 요즘 마음이 심란해서 예능 프로그램도 고사한다고 들었는데 여길 오다니……."

고개를 갸웃거리던 수나가 흔들 밀려났다. 송송탁구방 멤버들의 등장이었다.

"법싸님!"

사모님들은 다투어 반색을 했다. 좋은 자리에서 보는 사모님들은 또 달랐다. 귀티가 좌르르 흐르는 것이다. 자기들끼리 있을 때는 소녀를 방불케 하는 수다쟁이지만 여기서는 우아한 귀부인으로 변신한 사모님들이었다. 다음번에는 자기들이 후원회를 개최하겠다는 제안도 나왔다. 그저 고마울 따름이었다.

챙!

사모님들과 건배를 하고 방향을 틀었다.

"법사님!"

그다음 테이블에서 박 회장이 미류를 불렀다. 역시 사업가들의 테이블이었다. 소개를 받은 미류는 거기서 또 공수를 내주었다. 한 사람은 지방공단으로의 입주 결정을 물었고 또 한 사람은 유상증자 시기에 대한 질문이었다.

바빴다.

안 회장과 배 대표의 귀띔을 들은 사업가들은 앞다투어 미류의 의견을 구했다. 대부분 사업에 관한 것이었으나 드물게 자식의 혼사에 관한 것도 있었다.

그 혼사의 쟁점은 며느릿감이었다. 일 잘하고 개척정신 뚜렷한 아들을 둔 사업가였다. 그 아들이 말레이시아의 키나발루 등반을 다녀왔다. 코타키나발루에 있는 만년설의 산이었다. 벌써 세 번째였다.

"그 산이 그렇게 매력적이냐?"

사업가가 묻자 아들은 동문서답을 했다.

"산도 좋지만 사람 때문에 갔습니다."

사람!

키나발루 산의 가이드였다. 말레이시아 여성이었다. 아들이 사진을 내놓았다. 결혼할 생각이 있다고 했다. 사진을 보니 까무잡잡한 말레이시아 원주민이었다. 사업가는 말문이 막혔다. 홍콩대학교를 우수한 성적으로 졸업한 아들이었다. 글로벌한 마인드를 갖게 키웠지만 원주민을 며느릿감으로 내밀 줄은 상상도 못 했던 사업가. 미류에게 그 고민의 해법을 물었다.

"저놈입니다. 내 속을 긁어놓은 놈……."

사업가가 먼 테이블을 가리켰다. 거기 갓 서른을 넘은 젊은 친구들이 보였다. 그중 하나가 사업가의 아들이었다.

"결혼시키는 것이 좋을 것 같습니다."

미류의 공수는 찬성 쪽이었다. 아들의 전생 인과가 그랬다. 그녀를 잡으면 말레이시아 시장을 석권할 운도 함께 있었다.

"허어, 그렇다면야……."

사업가는 허탈과 기대감이 뒤섞인 웃음을 지었다. 미류의 공수가 아니었으면 찬성하기 힘들 일이었다. 사업가는 내친김에 아들에게 다가갔다. 미류를 소개하며 공수를 믿고 결혼을 승낙하겠다고 했다. 주변에서 힘찬 박수가 터져 나왔다.

어느 정도 점사가 끝나자 박혜선이 축하 공연을 알렸다. 발라드를 부르는 아이돌 가수가 나왔다. 알고 보니 아직 가수는 아니었다. 장두리의 남자 배은균이 스카우트해서 갈고닦는 보석들이었다. 노래에 전문가는 아니지만 듣기에 좋았다. 미류에게는 그랬다.

두 곡이 끝나갈 때 배은균이 미류 곁으로 왔다.

"법사님!"

"오셨군요."

미류가 그를 맞았다. 장두리와 함께 온 모양이었다.

"연습실 이사는 했나요?"

"예, 덕분에……."

배은균이 대답했다. 연습실 이사 날을 물었던 그였다. 노력하는 게 가상해 연습장까지 달려가 날을 받아주었던 미류였다. 부도가 나는 통에 멋대로 방치된 기획사 사무실을 자기 것으로 만든 그였다.

"죄송하지만 긴급동의 하나 해주시겠습니까?"

"긴급동의요?"

"하라 말입니다. 저 앞에 가서 노래 한 곡 하도록 해주시면……."

"하라를요?"

"저한테 오디션 맡긴다고 하지 않으셨습니까? 전초전 삼아… 제 생각에는 법사님 축하용으로도, 여기 분위기 띄우는 데도 제격일 것 같아서요."

미류가 하라를 돌아보았다. 하라의 시선은 미류를 향해 있었다. 저 녀석… 도전적이다. 제 말을 하는 걸 알면서도 눈도 끔뻑하지 않는다. 기세를 누를 수 없어, 미류가 수락했다.

"여러분, 미류 법사님의 오른팔 강하라입니다. 노래면 노래, 쌀점이면 쌀점 못하는 게 없지요. 다들 박수로 맞아주세요!"

짝짝짝!

야무지게 인사하는 하라의 어깨 위로 박수가 쏟아졌다.

"호이짜!"

하라는 트레이드마크 같은 맴돌이를 하고는 노래를 시작했다. 인기 가요의 하나였지만 하라가 부르니 분위기가 달랐다.

"보세요. 어리지만 청중을 사로잡는 카리스마가 보이지 않습니까?"

배은균이 말했다.

'카리스마?'

그러고 보니 그런 것도 같았다. 처음에는 귀여워서 그런 줄 알았다. 하지만 몇 번 보다 보니 그게 아니었다. 자연스러우면서도 혼이 묻어나오는 듯한 목소리. 거기에 순수와 진지가 배합된 얼굴이 좌중을 휘어잡고 있었다.

'하긴……'

미류가 혼자 중얼거렸다.

우리 하라… 몸주께서 점지한 소리꾼이지.

후원회가 끝났다.

대성황이었다.

주최자인 박 회장과 박혜선은 물론이고 참석자들도 죄다 흡족한 표정이었다. 박 회장의 초대를 받은 사업가들도 그랬다. 그들은 복채를 후불로 냈다고 들었다. 미류에 대한 박 회장의 신뢰였다.

'직접 겪어보고 내시오. 마음에 안 들면 안 내도 된다오.'

강압이 없는 자리였기에 많은 사람들이 기꺼이 참석을 했다. 박 회장의 베팅은 신뢰와 만족을 동시에 충족시킨 것이다. 과연 대기업가였다. 성공하는 사람들의 마인드는 뭔가 달랐다.

박 회장은 숭덕의 귀로를 위해 회사의 밴도 내주었다. 미류 차로 올라온 걸 알고 있는 박 회장. 미류의 피로를 덜어주기 위한 배려였다. 이래저래 더 좋을 수 없는 후원회였다.

"굉장했다. 네가 내 신아들이라는 게 자랑스러울 정도였어."

밴 앞에서 표승이 말했다. 목소리에 감격이 배어 있었다.

"부끄럽습니다."

"아니야. 요양원 일도 잘 풀리고 있다고 했지?"

"예, 잘하면 머잖아 부지 정리에 들어갈 수 있을 것 같습니다."

"잘될 거다. 네가 나가는 방향이 옳으니……."

"선생님이 계속 도와주셔야 합니다."

"늙은이가 낄 필요 있나? 젊은 힘이 뻗칠 때 늙은 기운이 끼면 방해가 될 뿐."

"별말씀을 다 하십니다."

"아무튼, 네 덕분에 내 무속 일생이 보람을 보는구나."

"앞으로도 계속 매진하겠습니다."

"그래야지. 좋은 몸주는 신제자가 소홀하면 떠날 수도 있는 법. 늘 그걸 경계 삼아 배우고 또 배우며 아픈 사람들을 감싸 안아야 할 것이다."

"명심하겠습니다."

"스님도 한 말씀해 주시죠? 이 법사가 바로 제 신아들입니다."

표승이 숭덕을 향해 새삼 힘을 주었다.

"어이쿠, 우리 만신, 다시 보아야겠소. 보면 볼수록 미류 법사의 신통력이 일신 또 일신하고 있으니."

숭덕도 기꺼운 표정을 지었다.

"제가 모셔다드려야 하는데……."

미류가 미안한 표정을 지었다.

"무슨 말을… 우리 같은 늙은 딱따구리들을 예까지 모셔온 것만 해도 황송하시네. 법사는 괜한 소리 말고 법사의 공수를 기다리는 사람들을 품으셔야지."

"고맙습니다."

"표승 만신, 어여 가십시다. 내 아까 보아하니 미류 법사 공수에 줄

선 사람이 한둘이 아닙니다. 미스 코리아라는 절색의 미녀도 그런 눈치고……."

숭덕은 뒤를 돌아보며 차에 올랐다. 이어 표승도 탑승을 했다.

"조심히 가십시오."

미류의 인사와 함께 밴이 출발했다. 박 회장과 박혜선도 미류 뒤에서 숭덕을 배웅했다.

"법사님, 오늘 정말 속 시원했습니다."

"저도요, 묵은 체증이 싹 내렸습니다."

기업가들도 인사를 두고 멀어졌다. 송송탁구방 멤버들과 다른 참석자들도 끼리끼리 행사장을 떠났다. 이제 남은 건 몇 사람 되지 않았다.

"아쉽네요. 생각 같아서는 밤새 이야기 나누며 지새우고 싶은데……."

미류와 함께 내빈을 배웅하던 박혜선이 웃었다.

"오늘 정말 고마웠습니다."

"그런 말씀 마세요. 저 정말 보람 있었어요. 역사 드라마 같은 데서 고명하신 스님들의 법명을 들으려고 몰려드는 사람들의 마음을 이제 알 것 같다니까요."

"과찬입니다."

"과찬이든 뭐든, 우리는 솔직히 남는 장사였습니다. 나도 지인들에게 목에 힘 좀 줬고 우리 딸 녀석도 배운 게 많은 거 같으니……."

박 회장도 치사를 아끼지 않았다.

"법사님, 혹시 프랑스 사람들 전생점도 보실 수 있나요?"

"프랑스는 왜요?"

"요즘 유럽인들도 동양적인 문화에 관심이 많거든요. 신비감에 더불어 적중력까지 뛰어난 무속이라면 굉장한 문화 전파가 될 것 같아요. 게다가……."

박혜선은 잠시 뜸을 들이다 남은 말을 이었다.

"제 사업에도 엄청 도움이 될 것 같고요."

'사업?'

"패션 사업 말이에요. 프랑스가 패션에 대한 자부심도 엄청나잖아요? 아직도 뚫어야 할 산이 많은데 법사님이 그 사람들을 무속으로 녹여주시면……."

"어이쿠, 이 녀석, 미류 법사 후원회 하자고 떼를 쓴 데 속셈이 있었구나? 저 혼자 잘되려고?"

박 회장이 너털웃음을 웃었다.

"쳇, 아빠는… 그게 뭐 나만 잘되는 거예요? 솔직히 한국에서 무속은 찬밥이잖아요? 그러니 파리 같은 데서 인정받아 거꾸로 들어오는 것도 나쁘지 않다고요. 안 그런가요?"

박 회장을 공박한 박혜선의 눈빛이 미류에게 건너왔다.

"멋진 발상이네요. 하지만 저는 불어라고는 봉쥬르와 마드모아젤 같은 거밖에 모릅니다."

"그거야 제가 통역하면 되죠."

"그럼 기회가 주어지면 한번 해보겠습니다."

"어머, 법사님 저랑 약속하신 거예요? 저 당장 추진할 거예요!"

"그러세요."

"와아, 고맙습니다. 법사님이 역시 제 구세주세요!"

박혜선은 아이처럼 환호를 질렀다. 재벌가의 딸답지 않게 소탈한 면이 많아 정감이 가는 여자였다.

"이거… 후원금이에요. 법사님 좋은 일 하는 데 도움이 되면 좋겠네요."

가방이 건너왔다. 봉투가 가득해 보였다.

"뭐라고 드릴 말씀이⋯⋯."

"그럼 또 연락드릴게요. 조심히 가세요."

박혜선도 박 회장과 더불어 차에 올랐다.

"이제 끝난 건가요? 정신이 하나도 없네⋯⋯."

미류를 기다리던 연주가 다가왔다. 그녀는 하라, 타로와 함께였다.

"쌍골선사님과 꽃신선녀님은?"

미류가 연주에게 물었다.

"이럴 때는 일찍 빠지는 게 돕는 거라며 먼저 가셨어요."

"그래?"

"우리도 가야지? 집 근처에 가서 조촐하게 한잔하자고. 오늘 기분이 너무 좋아."

타로도 들떠 있었다. 그는 보았다. 미류가 명사들에게 대접받는 모습. 타로는 정식 무속과 갈래가 다르지만 뿌듯하기는 다르지 않았던 것이다.

"그런데 저기 저분이⋯⋯."

연주 손이 뒤편을 가리켰다. 거기 미스 코리아 유세경이 보였다.

"볼일이 있나 봐요. 아까부터 계속 법사님 주위를⋯⋯."

연주가 남은 말을 이었다. 유세경은 어머니와 둘이었다.

"법사님!"

연주의 짐작대로 그녀가 다가왔다.

"아직 안 가셨군요?"

"어머, 아까 제가 한 말 잊으셨어요?"

"⋯⋯?"

"와인값 말이에요. 거기에 플러스 일일 봉사비 청구하러 왔어요.

미스 코리아 도우미는 좀 비싸거든요."

"아, 예……."

"바쁘시죠?"

"그건 아니지만… 같이 온 분들이 있어서……."

"죄송하지만 제가 법사님 잠깐만 납치해도 될까요?"

유세경이 타로를 보며 물었다. 돌연한 질문에 당황한 타로, 그녀의 미모에 버벅거리며 수락을 하고 말았다.

"그, 그러세요."

"옆의 선생님도?"

유세경의 눈이 연주에게 향했다. 연주 역시 동의하는 수밖에 없었다.

하지만!

하라는 아니었다.

"안 돼요. 우리 오빠, 신당에 가서 쉬어야 한다고요."

"어머, 어쩌지? 나 너무 중요한 일인데 노래 잘하는 하라가 한 번만 봐주면 안 될까?"

"안 돼요. 언니가 너무 예뻐서……."

"어머, 나 안 예뻐. 내가 보니까 하라가 훨씬 예쁘던데?"

"정말요?"

"그럼. 넌 나중에 미스 코리아가 아니라 미스 유니버스도 될 거야. 내가 선배로서 보장할게."

"정말요?"

"그렇다니까."

"좋아요. 그럼 잠깐만 만나세요."

영악한 하라이지만 그래 봤자 아이였다. 유세경의 칭찬 공세에 무장해제 당하고 만 것이다.

"원래는 집으로 모시려고 했는데……."

흰색 스타크래프트 쉐보레 밴 안으로 들어선 유세경이 미안한 표정을 지었다. 그녀의 소속사 차량인 모양이었다. 이제는 미류에게도 익숙한 차량이었다. 화요를 만나면서 비슷한 차량들을 구경한 적이 있었다.

"정식으로 인사드릴게요. 저희 어머니 이영자 여사님이세요."

유세경의 소개에 미류가 꾸벅 인사를 건넸다. 유세경의 어머니도 대충 인사를 건넸다. 아까도 그랬지만 뭔가 마뜩잖은 표정이었다.

"혹시 화요 언니에게 뭐 들은 말 있으세요?"

"아뇨."

미류가 고개를 저었다.

"실은 제가 점사가 필요해서 법사님 일일 도우미 자청했어요. 꿩 먹고 알도 먹으려고요."

"예……."

"보시다시피 어머니랑 저랑 지금 냉전 중이거든요. 화요 언니에게 고민을 상담했는데 그걸 풀어줄 사람은 법사님뿐일 거라기에……."

"……."

"어머니도 아까 법사님 설법과 점사를 보시고서는 결국 동의하셨어요. 그러니까 법사님이 제 운명을 쥐고 계신 셈이네요."

'운명?'

"어머, 저 혼자 북 치고 장구 치고… 하도 이상한 일이라 제가 요즘 정신 놓고 살아요."

이상한 일이라고?

미류가 고개를 들었다.

"느닷없이 한 남자가 제 인생에 끼어든 거 있죠. 그런데… 그 남자의 존재가 점점 가슴에 와 닿는 거예요. 흔히 말하는 운명처럼 말이죠."

유세경이 노트북을 켰다. 그녀의 하얀 손이 동영상을 눌렀다. 화면이 나왔다. 남자였다. 까만 흑인 청년이었다. 청년이 그림을 그리고 있었다. 화면이 아래로 내려갔다. 두 다리가 없었다. 화면을 중지한 유세경이 미류를 바라보며 무겁게 운을 떼었다.

"미스 유니버스에 참가한 후부터 거의 날마다 제게 연락을 해오는 사람이에요. 등반을 하다가 추락해서 하반신을 다쳤다고 하네요."

"……."

"중요한 건 이 사람이 저랑 죽고 못 사는 전생 연인이었어요. 비록 짧은 시간의 행복이었지만."

"……?"

"자기 말로는 태어나서부터 지금까지 저를 찾아다녔대요. 그래서… 저랑 반드시 결혼해야 한다나요?"

"……?"

"문제는 처음에는 무슨 귀신 풀 뜯어먹는 소리인가 했는데……."

유세경은 잠시 숨을 고른 후에 남은 말을 이었다.

"제가 점차 그 말을 믿게 되었다는 거예요!"

믿어?

하반신이 없는 장애를 가진 다른 나라 청년을? 그것도 미스 코리아가?

이 아가씨… 정말…….

사랑이냐 어머니냐

두 다리가 없는 흑인 청년 VS 절정 미인 미스 코리아.

흑인 청년의 나이는 23살이고 유세경의 나이는 25살. 20대라는 것만 빼고는 공통점이 없었다. 굳이 꿰자면 산을 좋아하는 게 같았다. 유세경도 산을 좋아했다. 대학을 다닐 때는 산악회 멤버였다고 한다. 그걸 빼면 공통분모는 없었다. 게다가 남자는 저 먼 남아프리카 공화국의 케이프타운에 살고 있었다. 서로 알게 된 것도 미스 유니버스 대회. 그것도 남자만 유세경을 본 거였다.

지구 반대편, 그 먼 곳의 남자가 어느 날 돌발 신호를 보내왔다.

—당신은 내 여자!

유세경이 신호를 받았다.

'웃겨!'

또 받았다.

'미친 거 아냐?'

또 받았다.

'대체 나한테 왜 그러는데?'

또 받았다.

'뭐야? 이 사람…….'

또 받았다.

'그러고 보니 이 사람…….'

서서히 마음이 끌리기 시작했다. 열 번 찍어 안 넘어가는 사람 없다는 말처럼 십벌지목(十伐之木)이 된 걸까? 청년은 그림 앞에 서 있었다. 그림은 여자였다. 유세경의 이미지가 조금 묻어 있는 그림이었다. 청년은 그림을 증거로 내밀었다. 그림은 한둘이 아니었다. 청년이 유아 때부터 그린 그림이었다. 처음에는 뚜렷하지 않았지만 그림 솜씨가 좋아지면서 차츰 윤곽이 잡혔다. 유세경과 닮은 이미지가 나왔다. 그것만은 명백했다.

유세경이 동영상의 볼륨 키를 눌렀다. 그러자 소리도 흘러나왔다.

"수페린, 나 아스란이야. 아스란……."

남자의 목소리는 우수에 가득 차 있었다. 음성은 다음 말로 넘어갔다.

"사랑해!"

사랑해.

그 말을 들은 미류가 미간을 찡그렸다. 한국어였다. 영어나 아프리카어가 아니었다.

"한국말… 혼자 배웠대요. 자기 마음을 전하기 위해서."

유세경은 영상을 정지시켰다. 그런 다음 미류를 바라보며 말을 이었다.

"법사님!"

"……."

"수페린… 저 사람 말로는 제 이름이라는데… 처음 듣는 데도 묘한 울림이 있었어요."

"……"

"이런 게 가능한가요?"

"……"

"화요 언니 때문에 법사님의 능력은 믿지만 전생이 이렇게까지 연결되리라고는 생각하지 않아요. 그래서 심리 상담을 받은 적도 있어요. 물론, 어머니 권유였지만요."

유세경의 시선이 어머니에게 건너갔다.

"솔직히……."

거기서 어머니의 입이 열렸다. 아주 싸늘한 소리였다.

"저는 이런 거 믿지 않습니다. 법사님을 만나러 온 건 우리 세경이에게 귀신 같은 게 씐 게 아닌가 해서요. 그렇지 않고는… 진짜 내 딸이라면 이럴 수가 없잖아요? 이 아이, 미스 코리아입니다. 지금은 미스 코리아의 가치가 떨어졌다고 해도 남부럽지 않은 미래가 열린 아이예요. 그런데 뜬금없는 구애에 홀리다뇨. 그것도 사지 멀쩡한 사람도 아니고……."

"어머니!"

유세경이 발끈하며 나섰다.

"나도 할 말 좀 해야겠다. 그래야 법사님이 공정하게 점사를 내리시지."

"뭐 그건 그러네요."

어머니의 기세가 매섭자 유세경의 미간에서 힘이 풀렸다.

"법사님!"

어머니가 미류를 바라보았다.

"말씀하시지요."

"이건 뻔한 수작입니다. 남자들이라는 게 그렇잖아요? 못 먹을 감 찔러나 본다고 외국인이라는 걸 이용해서, 장애를 무기 삼아 우리 아이의 동정심에 호소하는 거라고요. 저 청년이 정상적인 사고방식을 가진 사람이라면 한 번도 보지 못한 여자를, 그것도 내로라하는 미녀에게 이런 고백이 가당키나 한가요? 내가 볼 때는 아주 악질이에요. 척 봐도 속셈이 보인다고요. 그런데 철없는 우리 딸이⋯⋯."

어머니의 눈에서 불꽃이 튀었다.

투둑투둑, 불꽃이 미류에게 느껴졌다. 언감생심에 어불성설, 불꽃에 담긴 어머니의 감정은 그것이었다.

"어머니, 그냥 팩트만 얘기해요. 저 사람을 만난 적도 없으면서 그렇게 폄하할 필요는 없잖아요?"

"정신 차려. 엄마는 척 보면 알아."

"하지만 이 사람과 통화하면서 내 어깨의 통증도 사라졌잖아요?"

"그건 우연이야. 예전에 민 박사님도 네가 성인이 되면 사라질 거라고 했었고."

"그 시점이 왜 저 사람이냐고요?"

"그러니까 우연이라는 거지."

"그래서 필연이에요."

"세경아!"

"잠깐만요."

모녀의 설전에 미류가 끼어들었다.

"어깨 통증은 뭐죠?"

"제가 어릴 때부터 어깨가 좀 좋지 않았어요. 특별한 이상은 없다는데도 여기가 땡기고 쥐어짜는 듯한 느낌이 있었거든요. 마치 한쪽 어깨에 끈이라도 걸린 것처럼요."

유세경이 어깨를 짚으며 설명했다.

"그게 이 남자를 알게 된 후로 사라졌다, 이거군요?"

"어머니는 우연이라고 하지만 저는 아니거든요."

"그건 우연이야!"

주목하던 어머니가 쐐기를 박았다.

"알겠습니다. 두 분… 대충 감이 오네요. 어떤 사연인지, 두 분이 저를 부른 이유가 무엇인지."

"처음에는 어이가 없었지만 어깨 통증이 사라지면서부터 그 사람에게 호감이 가기 시작했어요. 하지만 어머니는 아니에요. 집안 망신이라는 말까지 하시거든요. 꽤 오래 냉전을 하다가 화요 언니 말을 듣고 법사님의 도움을 받았으면 했어요. 그래서 어머니를……."

"……."

"법사님께 부담을 드려서 죄송해요. 복채는 따로 드리기 민망해서 후원금 함에 넣었습니다."

후원함에 넣었다면 선불!

미류 입장에서는 선불 복채를 받은 꼴이었다.

"법사님, 칠갑보살이라는 분을 아신다고요?"

어머니가 물었다.

"예!"

미류가 대답했다. 무데뽀로 신당을 찾아와 신력을 과시하던, 백마신장을 몸주로 둔 그 사람이었다.

"저도 그분을 알아요. 원래 그분께 점을 치려고 예약 날을 받아두었는데 미류 법사님 이름 듣고 여쭤봤어요. 그랬더니 자기에게 오지 말고 법사님께 맡기시라더군요. 굉장한 신통력을 가진 분이라고."

"……."

"부탁합니다. 제발 우리 딸이 정신 좀 차리게 해주세요."

어머니가 합장을 했다. 뽀얗게 드러난 손목에 염주 알이 엿보였다.

칠갑보살…….

얼마 전에 방송국 추천 일로 통화를 했었다. 방송국 섭외 전화를 받고 미류에게 연락을 했던 그녀였다. 자신을 추천해 줘서 고맙다는 인사를 전해왔다. 그 인연이 또 이렇게 이어지고 있었다.

"쟁점은 이거로군요. 유세경 씨 앞에 나타난 남자, 전생 인연이냐 아니면 유세경 씨에게 허깨비가 씐 거냐?"

"네!"

모녀가 동시에 대답했다.

절경!

미류가 신방울을 울렸다. 어머니가 주춤, 반응을 했다.

절경!

한 번 더 울렸다. 그러자 방울 소리가 저 홀로 달리기 시작했다.

절경절경절절경!

방울은 유세경을 지나 어머니에게까지 향했다.

'뭐야?'

미류가 방울을 멈췄다. 전에 없는 일이었다.

"뭐가 잘못됐나요?"

어머니가 미류에게 물었다.

"아닙니다. 차근차근 풀어보죠."

방울을 내려놓고 소매를 걷었다. 유세경의 눈도, 어머니의 눈도 함께 감겼다. 저 먼 케이프타운에서 날아온 흑인 청년의 동영상. 그리고 느닷없는 고백.

─당신은 내 여자야!

미류는 신중하게 그 검증에 들어갔다. 시작은 역시 전생령이었다.

'나오거라!'

영기를 집중하자 미스 코리아의 전생에 눈발이 휘날리기 시작했다. 화이트 아웃이었다. 눈이 많이 내린 뒤 눈 표면에 가스나 안개가 생기면서 주변의 모든 것이 하얗게 보이는 현상. 미류는 눈을 끔뻑여 시야를 확보했다. 온통 흰 세상에 검은 한 점이 보였다. 사람이었다.

"수─ 페─ 리─ 인!"

남자의 목소리가 들렸다. 미류는 절규를 따라 다가섰다. 온 천지가 얼음으로 뒤덮인 곳. 거기 위태로운 크레바스 위에서 내려온 목소리였다.

시야가 확보되면서 줄이 보였다. 줄과 줄… 그 끝과 끝을 잡고 있는 사람들이 보였다. 아래는 유세경이었고 위는 전생의 연인 아스란이었다.

"하아하아!"

아스란의 입에서 절망의 숨결이 밀려 나왔다. 비스듬한 경사를 이룬 얼음판 위, 아스란은 사력을 다해 버티고 있었다. 하지만 지지대로 삼을 곳이 없었다. 설상가상, 방한 장갑이 벗겨진 손이라 자꾸만 얼어가는 형편이었다.

"아스란, 줄을 놔요."

보다 못한 수페린이 소리쳤다.

"안 돼. 당신을 구할 거야."

"안 돼요. 둘 다 죽어요. 당신이라도 살아요!"

"못 해. 제발……."

아스란의 입에서는 신음보다 처절한 소리가 밀려 나왔다.

준봉 도전을 즐기는 두 사람. 사랑을 고백하고 처음으로 나선 커플 등반이었다. 이 등반이 끝나면 날을 잡아 결혼식을 올릴 생각이었다. 산으로 출발하면서, 둘은 이미 반지를 교환했다. 성스러운 이 산의 정상에서 영원한 사랑을 약속할 예정이었다.

출발은 좋았다. 날씨는 쾌청했고 바람도 세지 않았다. 그러던 날씨가 8부 능선을 지나면서 돌변했다. 돌풍에다 눈발까지 거세진 것이다. 정상을 코앞에 두고 돌아서는 수밖에 없었다. 그게 문제였다. 정상이 코앞이라 포기 결정이 오래 걸렸다. 혹시나 날씨가 좋아질까 재고 재는 통에 시간이 흐른 것이다. 거센 눈보라에 길을 잃었다. 그러다 여자가 나침반을 눈더미에 떨어뜨렸다. 여자가 찾지 못하자 아스란이 장갑을 벗고 나섰다.

"여기!"

나침반을 찾아 드는 순간, 아스란은 자신의 눈을 의심했다. 불과 두어 걸음 뒤에서 여자가 가라앉고 있었다. 지구가 붕괴되는 듯한 절망이 거기 있었다.

"수페린!"

아스란이 손을 내밀었지만 여자는 닿지 않았다.

"으아아아!"

절규와 함께 올가미 밧줄을 날렸다. 다행히 그 끝이 여자의 한쪽 어깨를 걸었다. 하지만 추락하는 무게감이 문제였다. 지지대가 없던 수페린이 주르륵 끌려간 것이다.

"으아악!"

다리를 제동장치 삼아 겨우 멈췄다. 얼음이 계곡을 이룬 끝부분이었다.

"아스란!"

"수페린… 조금만 기다려!"

아스란이 소리쳤다. 겨우 지탱하면서 주변을 돌아보았다.

"누구 없어요? 도와주세요!"

—누구 없어요? 도와주세요!

절규는 속절없는 메아리가 되어 돌아왔다.

"수페린!"

"아스란!"

연인들은 사방이 하얀 악몽 속에서 서로의 이름을 불렀다. 그게 그들이 할 수 있는 전부였다.

"고마워."

수페린이 말했다.

"수페린!"

"실은 나 예전부터 아스란 좋아했었어. 그런데 막상 고백하려고 하면 용기가 없잖아? 먼저 고백해 줘서 고마워."

"수페린… 무슨 말이야?"

"짧았지만 행복했어. 사랑하는 데 시간이 중요한 건 아니지?"

"수페린!"

"내 몫까지 행복하게 살다 와. 아니면 내가 혼내줄 거야."

여자가 주머니를 뒤졌다. 그녀의 손에 들린 건 새파랗게 날이 선 단도였다.

"수페린, 안 돼!"

"사랑해!"

여자는 그 말과 함께 밧줄을 잘랐다.

"안 돼, 안 된다고!"

아스란의 절규와 함께 눈발이 휘날렸다.

투둑!

줄이 끊어지기 시작했다.

"안 돼에!"

툭!

몇 가닥 남아 있던 줄은 끝내 둘을 갈라놓았다. 여자는 보았다. 오열하는 남자의 얼굴. 흰 눈발 속에서도 그것만은 또렷했다.

"아스란, 기다려. 다음 세상에서, 다음 세상에서 꼭 찾아갈게. 꼭!"

목소리는 얼굴보다 더 또렷했다.

―그래줘.

―기다릴게.

―그래도 너무 빨리 오지는 마.

―아니, 너무 늦게 오지도 마.

―사랑해.

추락하는 동안 여자의 머리에 별빛으로 들끓던 말이었다. 그 말은 둔탁한 소리와 함께 그쳤다. 뜨거웠다. 몸이 아니라 의식이 뜨거웠다. 그리고 이내 차가워졌다. 여자는 그렇게 생을 마감했다. 겨우 이룬 사랑을, 찰나처럼 짧고 또 짧게…….

그리고…….

우르릉!

오래지 않아 천지개벽의 울림이 일었다. 혼자 남은 아스란은 천천히 고개를 들었다. 하얀 세상이 다가오고 있었다. 앞산의 눈사태였다. 그것들은 마치 해일처럼, 느리게, 그러나 빈틈없이 아스란을 덮쳐왔다.

'후우!'

숨을 고르며 미류는 감응을 끝냈다. 흑인 청년은 미스 코리아 유세경의 전생 남자가 분명했다.

전생을 고려하면 흑인 청년과 결혼할 운명!

'그런데……'

의문 하나가 꼬리를 물고 들어왔다. 어째서 유세경의 어머니는 그토록 정색을 하는 걸까? 그것은 단지 청년이 흑인이라서, 장애인이라서만은 아닌 것으로 보였다.

체크!

다른 일도 아니고 미녀의 운명이 걸린 일이었다. 검증 완료를 외치기 전에 어머니의 전생도 교차 체크에 들어갔다.

'아!'

어머니의 전생을 확인하던 미류가 전생령 감응을 급정지시켰다. 거기 있었다. 어머니와 흑인 청년의 전생. 시기로 보아 유세경과 만나기 몇 세기 전으로 보였다. 애석하게도 둘의 관계는, 철천지원수였다.

―흑인 청년!

―딸과는 애절한 연인 관계의 전생.

―어머니와는 철천지원수지간.

미류가 또 한 번 진퇴양난에 빠지는 순간이었다.

미류 머릿속에서 크레바스가 무너지고 있었다. 눈사태가 덮치고 있었다.

우르릉!

세상이 하얗게 변했다.

미류 머릿속도 하얗게 변했다.

감응을 끝냈다. 그때까지도 미류의 하얀 머릿속은 멍한 상태로 있었다.

당신이라면!

어떻게 할 것인가? 표승이라면 어떻게 했을까? 나아가 숭덕의 경우까지 끌어들였다. 결론이 나왔다. 이건 단순히 유세경의 전생만으로 결정할 일이 아니었다. 생이란 얽히고설킨 관계의 연속이므로.

미류는 마지막 확인 과정을 거쳤다. 유세경의 자아였다. 이 사람은 어떤 자아를 이루기 위해 생을 살고 있는 걸까? 하나의 생은 그 자아를 위해 달려 나가는 하나의 과정. 게다가 자아의 발전이 더딘 사람은 유사한 생의 굴레를 벗어나지 못하고 쳇바퀴를 도는 경우도 많았다.

예를 들어 시간을 낭비하는 사람이다. 나태하고 게으른 사람, 내일부터, 모레부터… 늘 미루다가 결국은 해내지 못한다.

다음 생에 또다시, 같은 과정의 생을 도전한다. 또 거기서 막힌다. 자기 합리화와 우유부단, 거기에 더한 눈앞의 쾌락을 쫓는 향락주의. 그런 경우들이라면 쳇바퀴를 도는 전생 하나가 사라져도, 자아의 완성에 하등 문제가 되지 않을 일이었다.

자아의 확인까지 끝났다. 이제 비로소 공수를 내릴 순간이었다.

"유세경 씨."

미류가 미스 코리아를 바라보았다.

"네, 법사님!"

"전생 체크는 끝났습니다."

"어머, 벌써요?"

"예……."

"어때요? 제 전생… 정말 이 사람하고 깊은 인과가 있나요?"

유세경이 영상을 짚었다.

"있습니다!"

"어머!"

유세경이 입을 막으며 움찔거렸다. 하지만 다음 동작은 일어나지 않았다. 연결된 미류의 말에 반전이 있었기 때문이었다.

"유세경 씨가 아니라 어머니와 인과가 있습니다."

"어머니요?"

유세경이 어머니를 돌아보았다. 어머니가 긴장하는 게 보였다.

"저하고 연결된 사람인데 어째서 어머니와……."

"생이란 거미줄처럼 얽힌 인과의 무늬판이라 할 수 있죠. 하나하나 더듬어 가다 보면 유세경 씨와 저도 어느 전생에선가, 어느 세상에선가 만나고 헤어진 지인일 수 있습니다."

"아!"

"어머니의 전생을 보여 드리겠습니다. 두 분이 함께 제 손을 잡아 주십시오."

미류가 손을 내밀었다. 미류의 선택은 어머니였다. 전생 또한 어머니 쪽이었다. 유세경은 실망한 표정으로 미류 손을 잡았다. 어머니 역시 미류의 손을 잡았다.

"심호흡을 하시고… 전생 감응 시작합니다."

미류의 말과 함께 감응이 시작되었다. 유세경의 어머니가 나왔다. 작은 부락의 처녀 중 하나였다. 단짝 친구가 보였다. 그 마을에 용사가 있었다. 혼인 적령기가 되자 두 처녀는 나란히 용사를 흠모하게 되었다.

어느 날 부족의 축제가 시작되었다. 나흘 동안 치르는 그들의 축제였다. 춤으로 부족의 단결을 도모하는 사람들. 처녀 총각 역시 각자의 춤으로 상대의 마음을 매혹시켜 청혼하는 풍습이 있었다.

어머니의 친구는 흰 사슴의 뼈로 만든 팔찌를 차고 있었다. 팔찌를 찬 처녀를 자세히 보니, 유세경에게 구애를 보내는 청년의 이미지가 엿보였다. 그 생에서 그는, 유세경 어머니의 친구였던 것이다.

어머니는 콧구멍과 엉덩이가 컸다. 그들 기준으로는 어머니가 팔

찌보다 미인이었다. 콧구멍이 크면 잘 달리고, 엉덩이가 크면 아이를
많이 낳는다고 믿는 시대였다. 잘 달리면 일을 잘하고, 아이를 많이
낳으면 가족을 번성시키니 최고의 여자였던 것이다.

'찌렌만 없으면…….'

팔찌는 어머니를 시샘했다. 용사의 눈치를 아는 까닭이었다. 둘째
날 막간에 둘은 숲으로 향했다. 먹을 열매가 필요했기 때문이었다.
팔찌는 미리 찜해둔 열매 나무로 올라갔다. 그런 다음 유세경의 어머
니를 불렀다.

"찌렌, 이리 와. 여기 열매가 많아!"

외침을 들은 어머니가 달려왔다. 그걸 본 팔찌가 매섭게 웃었다.
속셈이 있었다. 미리 풀어둔 독사 두 마리가 그것이었다.

"악!"

아무것도 모르고 다가온 어머니는 독사에 물리고 말았다.

"린린, 도와줘. 뱀에 물렸어."

어머니가 외쳤지만 팔찌는 듣지 않았다. 그녀는 한참 후에야 나무
에서 내려왔다.

"미안해. 나는 뚜랑카가 필요해."

뚜랑카는 부족의 용사. 팔찌는 차가운 말을 남기고 돌아섰다. 그
발을 어머니의 손이 잡았다. 그녀의 계략을 알게 된 어머니는 팔찌를
쓰러뜨렸다. 그리고 그녀의 얼굴에 뭔가를 디밀었다. 뱀이었다. 어머니
가 잡고 있던 뱀의 머리였다. 이 부족은 뱀에 물리면 뱀부터 잡았다.
어떤 뱀인지를 확인해야만 해독 방법을 찾을 수 있기 때문이었다.

"아악!"

팔찌 역시 비명을 질렀다. 뱀은 하필, 그녀의 눈을 물었다. 멀리서
부족민들이 달려왔다. 독이 온몸에 퍼진 어머니는 팔찌를 원망하며

목숨을 마감했다. 이미 어머니를 문 독사였기에 독의 농도는 낮았지만 팔찌는 죽음에 못지않은 절망을 갖게 되었다. 한쪽 눈의 실명은 물론이고 눈이 쏟아져 나온 채로 굳어버려 흉악한 몰골이 되어버린 것이다.

"린린, 죽일 거야!"

"찌렌, 가만 안 둬!"

둘은 생의 이쪽과 저쪽에서 같은 한을 곱씹었다.

"눈 뜨세요. 끝났습니다!"

메아리 같은 비명을 뒤로한 채 미류가 감응에서 빠져나왔다.

"법사님……."

어머니가 먼저 미류를 바라보았다.

"맞습니다. 애석하게도… 팔찌 찬 린린이 따님에게 청혼하고 있는 케이프타운의 청년입니다."

"세상에나!"

미류의 설명에 어머니의 입이 쩌억 벌어졌다. 미류의 공수가 어머니의 손을 들어준 것이다.

"법사님……."

유세경의 목소리가 떨렸다. 전생연분이라고 철석같이 믿어온 그녀였다. 그런데 미류가 내놓은 처방은 기대 저편의 다른 결과였다.

"어떻게… 이 사람이 어머니의 원수라면… 어째서 제게 데자뷔 같은 느낌이 왔을까요? 아련하고 애틋한……."

"어머니의 따님이니까요."

"엄마 딸?"

"딸은 엄마를 닮습니다. 어머니의 깊은 인과가 유세경 씨에게 데자뷔 같은 느낌을 주었던 겁니다."

"맙소사……."

"제 생각에 이 남자는 잊어버리는 게 좋습니다. 적어도……."

이 생애에서는.

미류가 말줄임표에 숨긴 말은 그것이었다. 애달픈 연정을 이루려고 생의 굴레를 건너온 남자. 간신히 유세경과 생의 사이클이 맞았지만 좋지 않았다. 하필이면 다른 전생의 악연이 유세경의 어머니로 나온 까닭이었다. 그러나 탓할 것은 없었다. 그 또한 청년이 남긴 카르마 때문이었다. 다른 생의 악행이 이 생에서 간절한 사랑을 막아선 것이다.

"틀림없는 거죠?"

유세경이 확인차 물었다. 허탈감 때문인지 눈물까지 글썽거렸다.

"그럼요. 유세경 씨의 남자는 더 좋은 사람으로 준비되어 있을 겁니다."

미류는 두 손 모아 답했다. 마음이 아프지만 내색하지 않았다.

"엄마……."

그녀는 어머니 품에 안겼다. 어머니는 안도의 숨을 쉬며 유세경의 등을 토닥여 주었다.

"법사님 고맙습니다."

유세경을 달랜 어머니가 미류에게 인사를 전해왔다.

"별말씀을……."

"칠갑보살님 말이 사실이었군요. 굉장한 신통력을 지닌 분이라더니."

"……."

"이건 제 성의예요. 받아주세요."

그녀가 봉투 하나를 또 내밀었다.

"아닙니다. 송화요 씨 소개도 있고… 게다가 귀한 시간을 내주신 터라……."

"아니에요. 꼭 드리고 싶어요. 제 무너진 억장을 시원하게 세워주
셨는걸요."

"어머니……."

미류가 주저하자 어머니는 미류 가방에 봉투를 찔러 넣었다.

"다음에 꼭 찾아뵙겠습니다. 정말이지 고맙고 또 고맙습니다."

딸과의 냉전을 해결한 어머니는 두 손을 모으고 또 모았다. 미류
는 모녀의 인사를 받으며 밴에서 나왔다.

후둑후둑!

비가 내리기 시작했다. 방울방울 얼굴에 떨어지는 촉감이 좋았다.

거짓말!

미류 마음에 걸려 있던 거짓말에도 비가 떨어졌다. 흑인 청년을 생
각하면 애틋하기 그지없었다. 그 청년… 아마 사랑이라는 미션을 가
지고 생을 살아가는 것으로 보였다. 하지만 그 사랑을 이루려면 또
한 사람의 가슴이 찢어져야 했다. 바로 유세경의 어머니였다. 게다가
그는 어머니의 전생에서도 꿈을 밟아버린 사람. 사랑은 아름답지만
다른 사람의 가슴을 찢으며 이루어진 사랑까지는 아름답지 않은 것
이다.

'제가 잘한 겁니까?'

하늘을 보며 미류가 몸주에게 물었다.

톡!

굵은 빗방울 하나가 눈과 입술에 떨어졌다.

시원했다. 몸주의 대답 같았다.

"미류 법사!"

신당 안에서 봉평댁이 벌린 입을 다물지 못했다. 그녀는 지금 후원회에서 건네준 가방 속에 든 돈의 액수를 확인하는 중이었다. 어린 하라는 잠든 후였다.

"왜요?"

"액수가… 법사가 다시 확인해 봐."

"뭐가 잘못되었나요?"

"아니, 난 간이 쪼그라드는 것 같아서……."

봉평댁이 돈뭉치와 봉투를 밀었다.

"……!"

봉투와 돈을 확인한 미류 역시 숨을 멈추고 말았다. 후원회에서 걷어준 돈은 무려……

'4억 8천 6백만 원…….'

거기에 순금 다섯 돈짜리 황금 열쇠가 하나, 거기에 안 회장과 배 대표에게 받은 복채가 3억… 그러니까 후원회에서 들어온 돈이 자그 마치 8억여 원이었다.

8억…….

요양원 땅의 미지급금을 단숨에 해결할 수 있는 금액이었다.

"미류 법사… 진짜 대단해."

봉평댁이 엄지를 세워 보였다.

"표승 만신님이 얼마나 좋아하실까?"

봉평댁의 눈에서 눈물이 흘러내렸다. 무속인의 능력이 돈으로 평가되는 것은 아니었다. 그래서도 안 되는 일이었다. 하지만 무속인들은 공공연히 돈의 액수로 자신의 공수를 과시했다.

—나는 1억짜리 굿해본 사람이야.

—내 공수는 기본이 500만 원이야.

굿판의 내력을 어찌 봉평댁이 모를까? 그녀 역시 오랫동안 표승을 모셨지만 아주 특별한 경우에도 수천만 원 정도가 최고액이었다. 그런데… 미류의 판은 차원이 달랐던 것이다.

"아이고, 우리 미류 법사님!"

봉평댁은 그 자리에서 미류에게 넙죽 큰절을 올렸다.

"이모……."

"아니야. 내가 좋아서 그래. 공수가 제대로 안 나온다고 고민하던 애동 시절의 법사님 말이야. 우리 법사님은 성품이 반듯해서 언제고 큰 공수가 터질 거라고 믿었는데 결국……."

이모의 눈물은 점점 더 굵어졌다.

"다 이모 덕분이에요. 뒤에서 저를 묵묵하게 챙겨주시니."

"아이고, 그런 말 마. 오갈 데 없는 나 같은 년 챙겨주고 하라도 그렇게 잘 챙겨주는데… 난 여기서 뼈를 깎으라고 해도 깎을 거야."

"뼈는 깎지 마시고 머리나 좀 깎으세요."

"응."

"이거 보너스예요. 따로 돈 쓰실 일도 많을 테지만 많이는 못 드려요. 아시겠지만 요양원 때문에 돈이 많이 필요하거든요."

미류가 천만 원을 건네주었다. 그동안 월급 외에는 따로 돈을 준 적이 없는 미류. 봉평댁의 기여도를 생각해서라도 한 번은 지르고 싶던 차였다.

"아이, 싫어. 내가 무슨 자격으로 이 돈을 받아. 이 돈으로 요양원 기와라도 한 장 더 올려."

"매번 드리는 게 아니잖아요? 그러니……."

미류는 반강제로 봉투를 쥐어 주었다.

"이러면 안 되는데……."

"그리고 하라 말이에요, 곧 가수 오디션을 보게 될 거예요. 하라가 가수될 신이 씌었다는 말은 제가 드렸었죠?"

"그랬지."

"어떠세요? 이모 생각은……."

"내가 뭘 아나? 우리 법사님 말씀이 그렇다면 그런 거지."

"그래도 딸이잖아요."

"알면서 왜 그래? 저년은 내 딸이지만 내 딸 아니야. 게다가 법사님하고 친한 걸 보면 오히려 법사님이 아빠 같고……."

"그럼 일단 가수로 키워봐요. 하라도 하고 싶어 하니까……."

"나는 법사님이 시키는 대로 할게."

"이제 쉬세요."

"이건 내일 오전 예약 손님……."

"그리고 수고스럽겠지만, 내일 점심때 장국수 좀 준비해 주세요. 점집 골목 분들 모셔서 간단히 같이 들게요."

"그런 거라면 걱정 붙들어 매."

"연락도 좀 해주시고요."

"알았어. 법사님도 푹 쉬어."

봉평댁은 인사를 남기고 신당을 나갔다.

다음 날, 미류는 봉평댁을 시켜 후원회 성금을 입금했다. 심부름을 다녀온 봉평댁이 통장을 내밀었다.

"손님 들이세요!"

신당에 자리 잡은 미류가 시원한 지시를 내렸다.

—내 전생은 무엇이었을까요?

—내가 전생에 무슨 죄를 지었는지…….

—우리 전생 부부 아니었을까요? 너무너무 잘 맞아요.

—그 인간하고 나는 부부가 아니라 웬수지요. 아마 전생 웬수가 부부로 만났나 봐요.

알록달록한 사연을 가진 손님들이 신당에 들어왔다. 오전 점사를 끝내니 정오에 가까웠다. 마침 남창수의 전화가 왔다. 건설업자와 약속이 잡혔다는 연락이었다. 미류는 기꺼이 약속에 응했다. 부동산 매입 잔금을 갚아줄 생각이었다.

손님이 놓고 간 추가 복채와 통장을 집어 든 미류, 무심결에 통장을 넘기다 숫자에 시선을 세웠다.

"……!"

이상이 있었다. 봉평댁의 만행(?)이 분명했다.

"이모!"

거실로 나온 미류가 봉평댁을 바라보았다.

"오전 예약 끝났는데?"

장국수를 준비하던 봉평댁이 괜한 딴청을 부렸다.

"이거 어떻게 된 일이에요?"

미류가 통장을 흔들었다.

"봤어?"

봉평댁의 목소리는 한없이 기어들어갔다.

"지금 저랑 장난하자는 겁니까?"

"아니야, 내가 감히……."

놀란 봉평댁이 손사래를 쳤다.

"그런데 왜 제가 드린 돈을 통장에 넣은 거예요?"

"아이고, 내가 그 돈을 어떻게 받아? 게다가 내 수중에 돈 생기면 액운이 오는 거 알잖아? 그러니 제발 좀 이해해 줘."

봉평댁은 애걸에 가까운 표정을 지었다.

"이 돈은 괜찮아요. 제가 몸주님 허락을 받아서 몸주님 앞에서 드린 돈이잖아요?"

"알아. 하지만 난 돈 같은 거 필요 없어. 그러니 그냥 요양원 짓는데 보태줘."

"허얼!"

"시장하지? 곧 손님들 오실 텐데 얼른 준비할게."

봉평댁은 달아나듯 냉장고 쪽으로 뛰었다.

기가 막혔다. 미류가 성의로 건네준 1,000만 원까지 미류 통장에 입금해 버린 그녀였다. 이해는 했다. 봉평댁의 마음이 그랬다. 게다가 돈 때문에 남자들에게 모질게 시달렸던 트라우마를 가진 봉평댁이었다.

'할 수 없지.'

봉평댁에 대한 위로는 연주에게 맡기기로 했다. 변변한 옷가지와 화장품 하나 없는 그녀였으니 연주가 들어서자 바로 특명을 내렸다.

우르릉!

천둥소리를 들으며 잔국수 파티를 열었다.

"미류 법사, 어제 정말 굉장했어. 내가 난다 긴다 하는 무속인들 여럿 겪어봤지만 알아주는 재벌들이 후원회 열어준 건 법사가 처음일 걸세."

"아, 우리 미류 법사는 국회로 가야 한다니까요."

쌍골의 말에 타로가 장단을 맞추었다. 꽃신의 호의까지 가세하면서 분위기는 더욱 화기애애해졌다. 잔국수가 술술 넘어갔다.

딩동당도롱!

잔국수 모임이 끝나자 천둥소리와 함께 전화가 울었다. 장두리와 사귄다는 배은균이었다.

—저녁 약속 잊지 마세요!

그가 약속을 상기시켰다. 호랑이도 제 말하면 온다더니 오디션의 주인공 하라가 깡총 들어섰다.

"오빠, 하라 학교 다녀왔습니다."

노란 우비를 입은 하라가 두 손을 배꼽에 대고 정중하게 하교 인사를 해왔다.

자랑을 한 건지 묘우에게서 전화가 왔다. 하라는 신이 나서 전화를 받았다.

"뭐래?"

미류가 짐짓 물었다.

"떨지 말고 잘하래. 묘우 오빠가 부처님께 빌어준다고."

"어이구, 하라 인기 짱이네. 완전 부러운데?"

미류가 웃었다. 하라의 볼이 빨갛게 변했다.

꼭두각시 본부장

우르릉!

다시 천둥이 울었다. 그러더니 시원한 물줄기를 퍼붓고 비가 그쳤다. 검정 구름은 다 사라지고 흰 구름이 하늘을 덮었다. 구름 사이로 햇살도 터지기 시작했다.

"하늘이 구름 빨래를 했어."

하라가 흰 구름을 보며 외쳤다.

"구름 빨래?"

"봐봐, 까만 구름이 하얘졌잖아? 아까 내린 비는 빨래를 짠 물이야."

"미친년, 가져다 붙이기는……."

수건을 내밀던 봉평댁이 하라를 쥐어박았다.

"진짜라니까. 엄마는 뭘 몰라. 내 말 맞지, 오빠?"

하라가 지원을 요청해 왔다.

"응!"

미류는 기꺼이 그녀 편을 들었다. 어쩐지 그럴 듯도 했다. 검은 구름이 흰 구름으로 바뀌었기 때문이었다.

"호이짜!"

신당으로 불려온 하라가 팔선채를 들고 돌았다. 그런데…….

촤라락!

쌀알이 멋대로 흩어져 버렸다.

"응?"

하라가 울상이 되었다.

"다시 해봐."

미류가 말했다. 무신도 앞의 미류는 느긋한 표정이었다.

"오빠, 다른 쌀 가져올게."

하라는 쪼르르 달려가 새 쌀을 쥐고 왔다.

"호이짜!"

다시 쌀을 뿌리는 하라.

"……!"

이번에도 쌀은 멋대로 흩어졌다.

"하라, 오다가 뭐 죽은 거 봤어?"

미류가 물었다. 부정을 탄 것 같은 느낌 때문이었다.

"응!"

"뭐?"

"고양이… 어떤 나쁜 차가 교통사고 내고 뺑소니쳤어."

"고양이 만졌어?"

"무서워서 손으로는 못하고… 작대기로… 박스로 덮어주고 왔어."

"잘했어. 가서 목욕하고 와. 머리도 감고 눈도 닦고."

"알았어!"

다시 하라가 뛰어나갔다.

무속에서 정성 다음으로 중시하는 게 부정(不淨)을 타지 않는 일이다. 둘은 연장선상에 있지만 다른 측면도 있었다. 부정이란 깨끗하지 못함, 더러운 것, 불길한 것을 통칭한다. 이는 무속에서만 나오는 말도 아니다.

성경의 레위기편에도 음식은 정(淨)한 것만 먹고 부정한 것은 먹지도 만지지도 말라고 나온다. 여기서 말하는 정한 것이란 짐승 중에서는 족발이 갈라지고 새김질을 하는 것이며 물에 사는 것 중에는 지느러미와 비늘이 있는 것을 뜻한다.

무속의 부정은 조금 더 포괄적이다. 말과 행동, 마음까지도 부정의 대상으로 보기 때문이다. 액귀의 출발이 부정에 있다고 보는 까닭이었다. 과거에는 이러한 부정의 의미를 생활에서도 쉽게 만날 수 있었다. 흔한 것 중의 하나가 메주 쑤기였다. 메주를 쑤기 전날에는 머리를 감는 건 금기 사항이었다. 그때 머리를 감으면 메주에 머리카락이 난다는 말까지 있을 정도였다.

진짜로 메주 사이에서 까만 머리카락 같은 것이 숭숭 돋기도 했다. 하지만 보편적으로는 남녀 관계나 음주, 죽은 동물이나 상갓집, 고기 등을 부정의 대상으로 삼았다.

"오빠!"

하라가 돌아왔다. 목욕재계한 몸으로 새 쌀을 뿌렸다.

투둑!

쌀알이 모양을 이루며 떨어졌다. 하라가 봉긋한 궁둥이를 실룩거리며 쌀점을 읽어냈다.

"앗!"

놀란 하라가 제 입을 막았다.

"또 왜?"

"오빠……"

"뭐라고 나왔는데?"

"뭐라고 나온 게 아니라……"

울상이 된 하라가 남은 말을 이어놓았다.

"하늘의 검은 구름이 신당으로 들어왔나? 쌀알에 귀신이 보여!"

귀신?

미류가 고개를 들었다. 제법 신통력이 빵빵한 하라의 쌀점이었다. 게다가 이런 일로 장난을 할 하라도 아니었다. 오늘은 하라가 오디션을 받으러 가는 날, 무슨 귀신이 보인다는 걸까?

"복귀(福鬼)가 나오려나 보지."

미류는 대수롭게 받아들이지 않았다. 귀신도 여러 종류니까.

오후 내내 하라는 노래 연습 대신 숙제를 했다. 노래는 연습하지 않아도 잘할 자신이 있지만 숙제는 뭔가를 외워야 한다고 했다. 그건 외우지 않고 잘할 자신이 없는 하라였다. 어떤 때는 숙제 안 내주게 해달라던가 대신 좀 해달라는 기원도 드리던 하라. 이제 그런 소망은 품지 않는다. 전생신은 사욕에 공수를 주지 않기 때문이었다.

오후 손님들은 빠르게 줄었다. 다행히 자신의 전생을 확인하고 싶은 사람이 주종이었다. 그런 날이 있었다. 재물 관계 손님만 오는 날도 있고, 귀신 문제로 몰리는 날도 있었다. 덕분에 미류도 큰 부담 없이 가볍게 전생을 감응했다.

그래도 전생은 매번 새롭고 경이로웠다. 사람마다 지문이 다르다지만 전생과는 댈 것이 아니었다. 전생은 알록진 무늬를 가지고 있다. 아무리 초라하고 힘든 삶이라도 그랬다. 어떤 이는 고단한 전생을 수차례 반복하기도 하지만 그래도 어느 생에선가는 자신이 쌓은 공덕만큼 보답을 받았다. 그러니까 공덕은 일종의 저축이기도 했다. 노후를 위해 저축을 하듯, 내생을 위해서는 시루떡을 쌓듯 차곡차곡 공덕을 올려야 하는 것이다.

일찍 도착한 사람까지 마치고 나니 시간이 남았다. 마지막 손님이 올 시간을 짚어보니 무려 1시간 반 이상이었다.

책을 꺼냈다. 공수는 전생신이 주지만 지식은 미류의 몫이었다. 팔방미인이 되지 않으면 백팔번뇌를 앓는 사람들의 마음에 알맞은 말을 내주기가 어려웠다. 달마대사를 읽고 도장경을 읽었다. 격암유록을 읽고 벽사부적에 관한 책들도 짚어나갔다.

그때 호랑이부적 그림에 문득 정 시장의 얼굴이 떠올랐다.

'시장님이 오시려나?'

"이모!"

미류가 기침 소리를 냈다.

"왜요? 법사님."

"혹시 정 시장님 연락 왔었나요?"

"안 왔는데……."

봉평댁이 문을 빼꼼 열고 대답했다.

"그래요?"

"법사님이 찾는 걸 보니 오실 모양이네. 나가볼까요?"

"아뇨. 그냥 생각이 나길래……."

말을 그치기 무섭게 핸드폰이 울렸다. 정 시장이었다.

"시장님!"

―안녕하십니까? 미류 법사님.

"웬일이십니까?"

―웬일은… 법사님이 동에 번쩍 서에 번쩍하니까 연락 한번 드린

거지요.

"예?"

—내로라하는 기업인들과 후원회를 하셨다고요? 이 사람도 초대 좀 하시지 그랬습니까?

"아, 그거요……."

미류가 말끝을 흐렸다. 후원회 일이 시장 귀에도 들어간 모양이었다.

—이러다 법사님 주변에 사람이 너무 많아서 이 사람이 찬밥 대접 받을까 걱정입니다.

"별말씀을……."

—미안하지만 혹시 잠깐 시간이 좀 됩니까?

"무슨 일이신지?"

—내가 지금 법사님 신당에서 가까운 행사장으로 가고 있어요. 행사장에 같이 좀 가주셨으면 좋겠는데… 허락만 하시면 가는 길에 들르겠습니다.

5분 거리…….

미류에게 남은 여유는 한 시간 이상. 긴 이야기가 아니면 만날 수 있는 일이었다.

"오래 걸리는 일만 아니면 괜찮습니다. 다음 예약이 남아 있어서요."

—어이쿠, 이거 행운이군요. 들르겠습니다.

시장이 전화를 끊었다.

"시장님?"

봉평댁이 물었다.

"그렇네요."

"어휴, 우리 법사님 집게 집게 족집게!"

봉평댁이 엄지를 세워 보였다.

미류는 무복을 벗고 사복을 입었다. 그런 다음 무신도 앞에 버티고 앉아 시장을 기다렸다. 예의상 나가볼 수도 있지만 그만두었다. 그가 몸주를 보러오는 것이기 때문이었다.

"도착하셨어요."

잠시 후에 봉평댁이 귀띔을 해왔다. 그제야 미류가 엉덩이를 떼었다.

"미류 법사님!"

정 시장이 반가이 악수를 청했다.

"이거 또 민폐를 끼치게 되었습니다."

"민폐라뇨? 당치 않습니다."

"아닙니다. 저번에 장국수 회동 후로 염길태 의원도 사람이 달라졌고……."

"그거야 시장님이 후덕하신 덕분이지요."

"그럴 리가요? 그 양반이 내 진영에 들어왔지만 마지못한 선택이었음은 천하가 아는 일이었어요. 그런데 이제는 솔선해서 내 홍보를 하고 다니지 뭡니까? 법사님 덕분에 내 어깨에 힘이 좀 들어가고 있습니다."

"예……."

"그래서 신세지는 김에 또 이렇게 찾아왔습니다."

"행사장으로 가시는 길이라면서요?"

"맞습니다. 오늘 시립장애인복지관 개관식이 있어서요."

"예……."

"경사스러운 날인데 아침에 문득 골치 아픈 투서가 들어왔습니다."

'투서?'

"서울시의 별칭이 복마전 아닙니까? 우리 고위직 간부들 중에 상습적으로 갑질하면서 뇌물을 받아먹는 사람이 있다는군요. 그냥 무시하기에는 액수가 너무 많고 사안도 구체적입니다. 그렇다고 투서 하나 믿고 간부들 전체를 대상으로 공개 조사를 할 수도 없고 경찰에 넘기기에도……."

"……."

"죄송하지만 법사님이 범위를 좁혀주시면 부담이 줄어들 것 같아서 말입니다."

"범인을 찍어달라는 말씀이군요."

"가능할까요?"

"불법 뇌물이라면 윤곽은 어느 정도 잡을 수 있습니다."

"어이쿠, 역시 법사님이시군요."

"……."

"그런데 내가 왜 이렇게 서두르나 궁금하시죠?"

"예……."

미류가 대답했다. 알아서 물어주니 고마울 뿐이었다.

"내일 이 사람이 우리 시 간부들과 서울시 청정공무선언을 할 참입니다. 시의 참된 개혁과 변혁 말입니다. 그런데 거액의 뇌물을 받은 사람이 그 자리에 있으면 얼마나 웃음거리가 되겠습니까? 나중에라도 밝혀지면 선언 자체가 묻혀 버릴 일입니다."

"그렇군요."

미류가 고개를 끄덕거렸다. 멀리 내다보는 사람다운 생각이었다.

"그럼 가시죠."

정 시장이 앞서 걸었다. 마당에는 비서관이 서 있었다. 대문 앞의 전용차에 도착하니 또 다른 사람이 보였다. 시장의 부인이었다. 부부 동반으로 참석하는 모양이었다.

"법사님!"

"오셨습니까?"

"이이가 공무가 있다길래 저는 들어가지도 못하고 다음을 기약하고 있었어요."

"예……."

미류는 조수석에 자리를 잡았다. 시장 차가 바로 출발을 했다.

"그런데 법사님……."

달리는 중에 사모님이 말문을 열었다.

"네, 사모님."

"법사님이 그림도 그리시잖아요?"

"그저 흉내나 내는 지경이지요."

"아유, 겸손하시긴… 실은 그 미적감각 좀 빌렸으면 해서요."

"미적 감각요?"

"제가 주한대사관 부인들 바자회 모임에 초대를 받았어요. 여러 모임에 나가봤지만 그런 모임은 처음이라 한복을 생각했는데 영부인께서 한복을 입고 오신다네요. 같이 한복을 입을 수는 없고… 한복만 준비했던 탓에 패닉이지 뭐예요. 다들 뜬구름처럼 단아한 옷을 입으라는데… 어떤 옷을 입으면 영부인 눈에 거슬리지 않으면서 창피를 면할 수 있을까요?"

"저도 늘 신당에 묻혀 사는 주제라 패션은… 아, 잠깐만요."

궁하면 통한다더니 패션 전문가가 있었다. 박 회장의 딸 박혜선이었다. 미류는 그녀에게 전화를 걸었다. 그런 다음 사모님을 바꾸어주었다. 통화하는 사모님의 표정이 밝아졌다. 답을 얻은 모양이었다.

"고마워요, 법사님!"

고민을 해결한 사모님이 환하게 말했다.

"별말씀을……."

"그런데… 무속에는 그런 것도 있지 않나요? 방위에 대한 행운의 색깔……."

"박혜선 씨가 그것도 알려주지 않았나요?"

"색상은 법사님 말씀에 따르고 싶네요. 워낙 오방색 같은 것들도 방위나 띠하고 어울리는 게 있다고 하니……."

"바자회 장소가 어디죠?"

미류가 사모님에게 물었다.

"강남요."

"그럼 박혜선 씨가 말한 코디에 붉은색을 얹어주세요. 사모님 사주에 더해 남쪽 방위로 가는 것이니 그 색이 행운의 색입니다."

"고마워요, 법사님!"

사모님은 진심으로 좋아했다. 그사이에 차는 행사장 입구에 닿았다.

"안쪽으로 가면 귀빈석 의자가 있을 겁니다. 거기 고위 간부들이 대기 중일 테니 부탁합니다. 이 사람은 여기서 기다리다 잠시 후에 들어가겠습니다."

"알겠습니다."

미류가 차에서 내렸다. 개소식에는 사람들이 많았다. 휠체어도 많았다. 인파를 헤치고 나가니 단상 쪽에 간부들이 보였다. 모두 10여 명이었다. 시간이 넉넉지 않음으로 끝자리의 인물부터 재물창과 명예창을 열었다.

[재물운 中上 58%]

[명예운 中上 54%]

평범한 운이 나왔다.

통과!

첫 번째 간부는 별문제가 없었다.

패스!

두 번째도 그랬다.

세 번째…….

"……?"

미류가 호흡을 멈췄다. 그 간부의 재물창에는 돈 전(錢)가 보였다. 탁한 느낌으로 보아 구린 돈으로 보였다. 하지만 느낌이 크지 않았다. 거액은 아니라는 얘기였다.

'시장님이 푼돈 비리를 잡으려는 건 아닐 테고…….'

첫 이상 반응자는 건너뛰었다. 다시 두 명을 지나고 세 명을 지나고… 아홉 번째 간부에게서 미류의 호흡이 또 멈췄다.

'빙고!'

이번에는 대어였다.

[錢]

재물창 안의 글자가 검은빛으로 빛났다. 글자의 크기도 상당했다. 적어도 억대 이상으로 짐작되었다. 더불어 그의 명예창 또한 바닥에 가까운 수치를 나타냈다.

[명예운 中下 35%]

서울시의 고위직이라면 적어도 국장급 이상. 직급으로 보면 3급 이상… 게다가 국록을 먹는 공무원의 명예창이 바닥이라는 건 그가 공직보다 떡밥에 관심이 많다는 뜻이었다.

'이 사람이군.'

얼굴을 기억한 미류, 시계를 보니 30분이 훌쩍 지나 있었다. 신당에 마지막 예약자가 올 시간이었다. 뇌물수수 의심자를 찾은 마당이니 마음이 헐거워졌다. 하지만 마지막 남은 한 사람. 유종의 미를 거두고 가는 게 옳았다.

'재물창만…….'

마지막 간부, 본부장 허창식의 재물창을 열었다. 그러다 미류, 거기서 얼어붙고 말았다.

'맙소사……'

탄식이 절로 나왔다. 믿을 수가 없어 한 번 더 재물창을 체크했다.

[錢] [錢] [錢] [錢]

돈돈돈돈……

미류 눈에 들어온 재물창은 온통 검은돈으로 채워져 있었다. 물론, 구린 느낌도 등천을 했다. 한두 번이 아니라 지속적으로 뇌물을 빨고 있다는 뜻이었다.

그런데…….

그 사람은 허창식이 아니었다. 그의 뒤, 세 번째 의자에 앉은 여자였다. 어찌나 돈빨이 강하던지 허창식을 겨눈 영기가 그녀에게 향한 것이다.

이 여자…….

보아하니 무속인처럼도 보였다.

뭉긋하게 간부들을 바라보는 이 여자는 대체 누구란 말인가?

홀로 떠는 미류를 뒤로한 채 허 본부장이 여자를 돌아보았다.

나 여기 있어요.

여자가 가만히 손을 들어 보였다. 둘은 아는 사이가 분명했다. 하지만 떳떳한 사이는 아닌 것 같았다. 일단 허 본부장까지 체크를 마쳤다. 그에게도 錢은 있었다. 하지만 여자만큼은 아니었다. 그나마 선명한 건 '액운기'였다. 허 본부장은 소위 관재수가 매달린 상태였다. 그사이에 여자는 본부장 옆의 도시교통국장과도 추파를 나누었다.

허얼!

이 여자, 고위직들과 친분이 깊었다.

시계를 보았다. 지금쯤 슬슬 신당으로 돌아갈 시간이었다. 그래야 마지막 예약 손님을 볼 수 있었다. 하지만 여자가 미류의 호기심을 자극했다. 앞에 앉은 십여 국장을 다 합쳐도 이 여자의 검은돈에 미치지 못하는 상황. 게다가 여러 국장을 아는 것도 같은 여자. 세밀하게 체크해 볼 필요가 있었다. 정 시장의 부탁이니 대충 넘어갈 일도 아니었다.

미류는 의자 사이를 비집고 들어갔다. 여자의 옆옆 칸이 비어 있었다. 거기 자리를 잡고 차분하게 여자를 겨누었다. 미류는 선글라스로 얼굴을 감춘 여자의 운명창을 왈딱 열어젖혔다.

[가정운 下中 12%]

[건강운 上下 69%]

[재물운 上中 75%]

[애정운 上中 77%]

[학벌운 中上 53%]

[명예운 下上 24%]

가정운은 바닥이지만 애정운은 좋았다. 남자들이 잘 꼬인다는 뜻. 그렇다면 도화살 비슷한 운명을 가졌을 수도 있었다. 그러나 명예운 속에서 교도소를 뜻하는 옥(獄)자가 보였다. 그것도 여럿이었다. 희미하게 명멸되는 것부터 파릇한 것까지 다양했으니 소위 4성, 5성 장군은 될 것 같았다. 형옥의 글자는 허 본부장의 명예운에서도 엿보였다.

여자와 허 본부장!

내연이라도 되는 걸까? 그럼 교통국장은 또 무슨 관계? 내친김에 그의 명예창도 집중했다. 거기서도 보였다. 형옥의 獄이었다. 그는 아직 글자가 선명하지 않았다. 관재수가 오더라도 허 본부장보다는 조금 늦게 올 것 같았다.

여자와 허 본부장은 무슨 관계일까?

미류가 여자의 전생령을 불러냈다. 전생령이 나왔다. 중국이었다. 수염이 덥수룩한 남자가 자루를 메고 걸었다. 빛 한 점 없는 산이었다. 그 앞을 늑대 두 마리가 막았다. 남자는 도끼를 빼 들어 늑대의 머리통을 쪼개 버렸다. 혼자 남은 늑대는 깨갱 꼬리를 사렸다. 피 묻은 손을 가슴팍에 닦은 남자는 다시 자루를 걸머쥐었다.

얼마 후에 남자가 닿은 곳은 허름한 상가였다. 안에서 늙은 하인이 차를 끓이고 있었다.

"태복 나리는?"

남자가 촛불 아래에 멈췄다. 그 얼굴이 드러났다. 바로 현생의 선글라스 여자였다.

"나오실 겁니다요."

하인의 말이 끝나기도 전에 기척이 났다. 일렁이는 촛불을 따라 관리가 등장했다. 그가 바로 현생의 허 본부장이었다.

"물건은?"

관리가 물었다.

"보시다시피!"

남자가 자루를 들어 보이자 관리가 다가가 자루를 쏟았다. 테이블 위에 드러난 것은 도굴품이었다. 왕이 쓰던 것들이라 대개는 순금. 관리는 금팔찌를 집어 들고 흡족한 미소를 지었다.

"본 사람은?"

"사람은 없고 늑대가 보았기로 그 마저도 입을 막아버렸습니다."

남자가 제 도끼를 툭툭 치며 웃었다.

"다음 장소는 어딘지 알고 있겠지?"

"돈만 주시면 지옥이라도 파오지요."

"내주어라!"

관리가 하인을 바라보았다. 하인은 뒤주에 넣어둔 돈자루를 꺼내주었다.

"그럼 다녀올 테니 돈이나 준비해 주십시오."

"얼마든지!"

관리가 웃었다. 남자는 다시 어두운 밖으로 나섰다. 남자는 전문 도굴꾼이었다. 관리는 그걸 사서 서역 상인들에게 고가로 팔았다. 남자가 노리는 건 고위 품계였다. 태복은 천자의 어가와 어마의 관리를 맡는 직책. 그 또한 뇌물로 이룬 관직이지만 그것으로 만족할 수는 없었다.

둘의 관계는 오래 이어졌다. 결국 관리는 꿈을 이루었다. 마침내 손꼽히는 높은 관리가 된 것이다. 하지만 거기까지였다. 뇌물에 대한 소문이 돌면서 관리는 감찰을 받게 되었다. 결국 선황제나 황족들의 능을 도굴해 착복했다는 증거를 잡히고 말았다. 둘은 나란히 한 장소에서 참형을 받았다.

"좀 잘하시지 그랬소?"

온몸을 포박당한 남자가 말했다.

"다음 생에 다시 잘해보자고."

관리의 대답이었다.

슝!

참형의 칼날이 두 목을 향해 날아왔다. 둘은 목이 떨어져서도 마주 보고 있었다. 기이한 장면이었다.

'헐!'

숨이 끊어져서도 또렷하게 마주 보는 두 사람의 눈동자. 그게 기묘

해서 또 하나의 전생을 불러냈다. 그 생 또한 유사한 패턴이었다. 이번에는 도박장이었다.

마작판이었다.

복식으로 보아 청나라였다. 만자에는 수호전에 나오는 영웅들의 모습이 들어 있었다. 여기서 여자는 마작판을 운영하는 마방이었다. 요즘으로 치면 하우스 운영자다. 장면이 바뀌면서 마작판이 보였다. 여러 판이었다. 그중 한 판에 허 본부장이 있었다. 그는 선수였다. 마방을 운영하는 여자와 짜고 노름꾼들의 돈을 긁어모으는 중이었다. 손발이 착착 맞았다. 그렇게 딴 돈은 둘이 비율을 정해 나눴다.

두 번이나 반복되는 콤비 플레이. 내버려도 좋을 생이 현생에서도 이어진 모양이었다. 어쩌면 이 두 사람, 다음 생에서는 부부로 태어날지도 몰랐다.

전생을 더듬는 사이에 시장이 등장했다.

짝짝짝!

환영의 박수 소리가 울려 퍼졌다.

복지관장의 인사말에 이어 시장이 마이크를 잡았다. 그러자 여자가 슬쩍 일어섰다. 나이에 비해 몸매가 좋았다. 미류도 간격을 두고 일어섰다. 여자가 허 본부장과 눈짓을 주고받은 까닭이었다.

주차장으로 걸어간 여자는 주변을 살폈다. 그런 다음 한 차량을 열고 조수석에 서류 봉투 하나를 던져놓았다. 여자는 몇 걸음을 걸어 자기 차량으로 들어갔다.

부릉!

여자가 탄 차가 멀어졌다.

짝짝짝!

다시 박수가 이어졌다. 시장의 치사가 끝난 모양이었다. 시장은 수

많은 간부를 거느리고 나왔다. 미류가 전화를 걸었다.

"간부들이 많은데 어디에 있을까요?"

―찾았소?

시장이 물었다.

"허 본부장님 차를 점검해 보시기 바랍니다."

―허 본부장?

"예!"

미류를 짧게 통화를 끝냈다.

전화를 받은 정 시장의 미간이 콱 구겨졌다. 허 본부장은 자신의 측근으로 생각하던 사람이었다. 하지만 지금은, 미류의 공수가 더 중요했다. 시장은 번호를 눌러 대기시켜 둔 감찰팀장을 호출했다.

"그럼 시청에서 봅시다."

고위직들도 서로 인사를 나누며 헤어졌다. 허 본부장은 태연하게 차를 향해 걸었다. 그가 막 운전석 문을 열었을 때였다. 두 남자가 다가와 차창을 두드렸다.

"뭐야?"

허 본부장이 물었다.

"기강감찰팀입니다."

팀장이 대답했다.

"감찰팀이 왜?"

"제보가 들어와서 차량 좀 확인해야겠습니다."

"차량?"

허 본부장의 미간이 확 일그러졌다. 조수석에 놓인 봉투 때문이다.

"이봐. 나 본부장이야! 나 몰라?"

"압니다만, 제보 때문에……."

"미친… 조사담당관 어디 있어?"

"잠깐이면 됩니다."

팀장이 팀원에게 눈짓을 보냈다. 그러자 그가 조수석의 봉투를 집어 들었다. 팀원은 허 본부장 앞에서 봉투를 쏟았다. 개발 도면과 함께 신문지에 싼 작은 금괴 두 개가 나왔다. 금괴에는 친필 메모도 적혀 있었다.

〈지금 장미모텔 401호로 오세요. 목욕재계하고 기다릴게요.〉

송난실!

메모 옆에 적힌 여자의 이름이었다.

"이거 뭐죠?"

팀원이 금괴를 들어 보였다. 허 본부장은 사색이 되어 입을 열지 못했다.

부우웅!

시장 차가 도로에 올라섰다. 미류도 그 안에 있었다. 그냥 가려고 했지만 시장이 호출을 한 것이다. 목적지는 장미모텔이었다.

"……!"

달리는 동안 시장은 입을 열지 않았다. 다행스러운 건 사모님이 빠졌다는 사실이었다. 불경스러운 장면이 나올까 봐 조치를 취한 시장이었다.

장미모텔은 유럽풍 건물이었다. 시장의 차가 서자 허 본부장의 차량도 섰다. 감찰직원이 허 본부장과 함께 내렸다. 그의 핸드폰은 감찰팀장 손에 있었다.

"시장님. 이건 모함입니다."

허 본부장이 읍소를 했다.

"나도 그렇게 믿고 있어요."

"그런데 왜?"

"대체 어떤 미친 사람이 이런 장난을 하나 궁금해서⋯⋯."

시장이 앞서 걸었다. 허 본부장은 그 뒤를 따르는 수밖에 없었다.

똑똑!

401호에 이르자 감찰직원이 노크를 했다.

"자기야?"

안에서 여자 소리가 새어 나왔다. 허 본부장이 침묵하자 팀장이 재촉을 했다.

"나야."

허 본부장의 맥없이 대답했다. 문이 열리자 시장이 본부장의 등을 밀었다.

"자갸!"

사정을 모르는 여자는 목욕 타월 만을 두른 채 허 본부장에게 안겼다. 그 통에 타월이 떨어졌다. 여자는 태초의 알몸이 되었다.

"자기 얼굴이 왜 그래? 어디 아파?"

그제야 뭔가 이상한 걸 눈치챈 여자가 한 걸음 떨어졌다. 그녀는 보았다. 허 본부장 뒤로 들어선 여러 남자들. 그 앞에 선 건 정 시장이었다. 모텔의 테이블에는 발렌타인 30년산이 놓여 있었다. 침대보에는 두 개의 콘돔까지⋯⋯.

"자기야⋯⋯."

여자가 울상이 되며 몸을 웅크렸다. 시장은 여자에게 타월을 던져주었다.

쫘악!

장쾌한 파열음이 창밖으로 울려 나왔다. 미류는 시장 차 앞에서 그 소리를 들었다. 누가 누구를 때린 걸까? 시장이 본부장을? 아니면 여자가 남자를? 상상을 하는 것도 나름 재미가 있었다.

뒤를 이어 경찰이 들이닥쳤다. 정 시장이 직접 신고를 한 것이다. 정 시장으로서는 정면승부였다. 내부 간부의 비리이기에 시청 수준에서 끝낼 수도 있었지만 혹시 모를 시비를 원천봉쇄한 것이다. 허 본부장은 꼼짝없이 수갑을 받았다. 알몸의 여자도 마찬가지였다.

나중에 들은 얘기로 여자는 허 본부장의 복심이었다고 한다. 한때 부동산업을 하다가 물장사로 나섰던 여자. 고급 술집 주인으로 있다가 허 본부장을 만났다. 그녀는 독학으로 배운 점술로 허 본부장의 마음을 잡았다. 승진권에 들지 않은 허 본부장의 승진을 적중시킨 것도 그녀였다.

또 한 번은 사고를 막아주기도 했다. 단체 시찰을 가던 허 본부장. 대형차 일진이 안 좋다는 여자의 말대로 관광버스 대신 자신의 승용차를 이용했다. 그때 관광버스가 추돌사고를 일으켜 30여 명의 부상자를 냈다. 그 이후로 허 본부장은 여자의 추종자가 되었다.

둘은 전생에서부터 콤비로 이어진 사람. 그렇기에 찐한 사이로 발전했다. 그 후로는 거칠 것이 없었다. 서울시의 개발계획을 시작부터 사소한 계획까지 그녀에게 미리 넘어갔다. 심할 때는 그녀가 수정안을 내기도 했다. 심지어 그녀, 허 본부장의 속옷 색깔과 넥타이도 정해주었다고 한다. 월요일엔 청색, 화요일엔 빨간색, 수요일엔 노란색 하는 식으로……

푸헐! 세상에 이런 일이…….

본부장에게 러시아를 망친 요승 라스푸틴의 망령이 씐 꼴이었다.

어찌 보면 여자가 본부장이고 허 본부장은 꼭두각시에 불과해 보이기도 했다. 허 본부장의 위세를 팔아 앞으로 뒤로 다 해먹은 것이다. 심지어는 집무실까지 제멋대로 드나들었다고 한다. 한마디로 허

본부장, 제 본분 망각하고 여자 품에서 놀아난 것이다. 참으로 개탄
스러운 공직자가 아닐 수 없었다.

"최고형으로 처벌해 달라!"

격노한 시장이 관할 경찰서장에게 보낸 서한이었다.

그 일은 미류에게도 못마땅한 일이었다. 그녀는 무속인이 아니었
다. 점 좀 본다고 무속인이 되는 건 아니다. 무속인은 신의 공수를
전하는 것이니 그에 걸맞은 긍지와 내공이 있어야 하는 것이다. 그러
나 보통 사람들은 그걸 구분하지 않았다. 방송도 그랬다.

〈사이비 무속인과 서울시 고위 간부의 불륜 비리〉

사건 제목부터 복잡했다. 아무튼 비애였다. 경계가 뚜렷하지 않은
무속의 비애……

어쨌거나 비리를 조기에 발견한 것, 나아가 허 본부장 외에는 조직
적으로 개입하지 않은 것이 정 시장에게는 행운이었다. 더구나 언론
에서는 정 시장이 직접 현장을 잡아내고 경찰에 수사를 의뢰한 의지
를 높이 평가했다. 그야말로 화를 복으로 바꾼 셈이었다.

기타 미류가 걸러준 두 명의 간부는 사안이 경미해 내부 징계로
매듭을 지었다. 정 시장으로서는 또 한 번, 미류의 덕을 톡톡히 본
셈이었다.

복마전의 구세주!

대선 가도에 낄 고춧가루를 미리 제거해 준 것이다.

"고맙습니다."

정 시장은 몇 번이고 그 말을 아끼지 않았다.

오디선실의 원귀

신당으로 돌아와 마지막 손님을 기다렸다. 불행하게도 꽤 늦었다. 성큼 들어선 사람은 큰 키의 듬직한 청년이었다. 일단 미안하다는 말부터 전했다.

절겅!

방울 소리와 함께 청년의 운명창을 열었다. 재물창에 둥근 글자가 아른거렸다.

[球]

공 구(球)자가 보였다. 아직은 텅 빈 재물창, 가난한 집안의 청년으로 보였다. 그 일에 대해서는 봉평댁에게 미리 언질을 받았던 미류였다.

―죄송하지만 복채는 5만 원 이상 드리지 못합니다.

―그것도 제가 이틀을 벌어야 하는 돈이에요.

청년이 고백한 내용이었다. 미류는 만 원 한 장에 점사를 허락해 주었다.

"운동선수로군?"

미류가 먼저 물었다.

"예……"

"무슨 일로 왔나요?"

"직업 때문에 고민이 있어서요."

"운동하는 거 아닌가요?"

"하기는 하는데……"

청년이 말끝을 흐렸다.

"영기로 보니 공이 크네. 축구? 농구?"

"농구입니다."

"그럼 프로 갈 나이 같은데?"

"지금은 환경업체 임시직으로 일하고 있습니다."

"환경업체?"

"솔직히 말하면 똥차 보조죠."

똥차 보조. 쉽게 말할 수 있는 단어가 아님에도 청년은 스스럼이
없었다.

"꼬였군?"

"많이 꼬였죠. 다들 이룰 수 없는 꿈이라고 하는데 저만 미련을 가
지고 있습니다."

"계속 말해봐요."

"저는 이름 없는 대학 농구부를 졸업했습니다. 졸업 후에 신인 드
래프트에 나갔는데 어떤 팀도 저를 지명해 주지 않았어요. 그때 어
머니가 그 자리에 오셨는데 전날 암 수술을 받고 퇴원하신 차였거든
요. 좋은 꿈 꾸었다고 제가 꼭 뽑힐 거라고 하셨는데……"

"……"

"어찌어찌 밖으로 나왔는데… 엄마도 저도 울지 않았어요. 엄마

는 제가 좋아하는 농구를 못 하게 되었으니 실망할까 봐 울음을 참았고 저는… 아픈 엄마를 위해 약한 모습 보이지 않으려고 억지웃음을 지었지요."

"……."

미류, 그 한마디에 콧등이 시큰해 왔다. 누구보다 간절한 이 청년. 그런 그에게 코트가 허락되지 않은 것이다.

"엄마의 치료비를 위해 마음을 접고 직장을 찾았어요. 그때 걸린 게 똥차 보조원이었죠. 첫 달 월급을 타서 엄마에게 드렸는데… 다음 날 집에 가니 제 책상 위에 농구공이 세 개나 놓여 있었어요."

'농구공?'

"엄마가… 제가 드린 돈으로 사 오셨더라고요. 남은 돈도 전부 농구공 밑에……."

"……."

"거기 엄마 편지가 있었어요."

'네 꿈이 엄마가 건강해지는 거라면 엄마의 꿈은 네가 농구를 계속하는 거야.'

청년은 문을 닫고 목이 메도록 울었다. 드래프트 탈락일에 참았던 눈물까지 다 쏟아놓았다. 그리고 다시 농구공을 잡았다. 프로에는 가지 못했으니 동호회에서 땀을 흘렸다.

청년은 그 동호회를 이끌고 전국체전 일반부에 참가했다. 당당하게 금메달을 목에 걸었다. 그날 청년이 올린 득점은 무려 42점이었다.

"그래서요?"

미류는 조용한 추임새로 청년의 말을 재촉했다.

"이따가 올해 신인 드래프트가 있어요. 다들 말하네요. 프로는 넘사벽이라고. 그저 속 차리고 동호회에서 취미로 즐기라고. 오르지 못할 나무라고요."

"……."

"하지만 엄마는 다르세요. 네가 그렇게 좋아하는 일인데 왜 다시 도전하지 못하냐고 하세요. 원래 간절한 것은 한 번에 이루어지지 않는다고. 그러니 두 번, 세 번, 다섯 번… 계속 도전하라고……."

"……."

"저도 그러고 싶기는 해요. 그래서 신청을 했는데… 뽑히지 않을 것은 너무나 당연하고… 엄마가 올 텐데 또 실망을 안겨 드리게 될까 봐… 그냥 가지 말까, 그래도 참석은 해야 할까 고민 고민하다가 법사님께서 이런 점 잘 보신다는 말 듣고 돈도 없는 주제에 찾아오게 되었습니다."

"도전이냐 현실이냐?"

"그러네요. 저번에 법사님 말씀 듣고 취직한 여자애가 있는데 저희 학교 후배예요."

청년이 애달피 웃었다.

꿈!

한 청년이 소중한 꿈을 위해 길을 물어왔다. 꿈을 위한 열정도 충분했다. 담금질과 절실함도 결코 모자라 보이지 않았다. 프로농구 선수의 꿈…….

꾸기만 하면 되는 것일까? 사실 프로 스포츠의 뒤안길은 어두웠다. 지명을 받고 그라운드나 코트에 서보지도 못하고 그만두는 사람도 많았다. 더구나 청년은 농구 선수로서는 월등한 하드웨어도 아니었다.

"같이 한번 살펴볼까요?"

미류가 청년의 눈을 감겼다. 두 손에서 퍼지는 푸른 연기를 따라 청년의 전생륜이 나타났다. 그의 전생령들은 손재주가 좋았다. 손으로 하는 일이라면 어떤 사람에게도 뒤지지 않을 것 같았다.

"현실로 돌아옵니다!"

절렁!

감응을 끝낸 미류가 신방울을 흔들었다.

"와아!"

청년이 제 손을 바라보았다. 마지막 장면 때문이었다. 그는 곡예단의 곡예사로 저글링을 하고 있었다. 보통 저글링이 아니었다. 작은 공도 날리고 수박도 날렸다. 무엇이건 그의 손안에서 미끄러지는 물체는 없었다. 또 다른 전생에는 궁수가 있었다. 거의 백발백중의 명사수였다.

"드리블과 슛이 주특기죠?"

미류가 물었다.

"네, 다른 건 몰라도 드리블만은 MBA 리키 루비오보다 낫다는 소리를 들어요."

환하게 대답하는 청년을 보며 미류는 미래안을 밝혀보았다. 청년의 미래가 보였다. 농구 지도자가 되어 있었다. 그렇다면 이 청년은 무조건 농구를 위해 살 일이었다.

"방금 드리블만은 리키 루비오보다 낫다는 소리 듣는다고 했죠?"

"예!"

"본인 생각은요?"

"저도……."

"드래프트 참가하세요. 이번에는 지명이 될 것 같습니다."

"예? 정말요?"

청년이 반색을 했다.

"그래요. 하지만 리키 루비오보다 더 열심히 할 거라는 각오가 필요할 것 같습니다."

"그건 염려 마세요. 어느 구단에서든 뽑아만 주면 목숨을 걸고 노력할 겁니다."

"이거 가지고 가세요. 부적을 믿고, 자신을 믿으세요. 그리고 어머니도……."

미류가 행운을 부르는 〈幸運符〉를 내밀었다.

"부적값은 없는데요."

"투자입니다. 나중에 잘되시면 어려운 농구 지망생들 도와주세요."

"법사님……."

"행운을 빕니다. 저도 갈 데가 있어서요."

"고맙습니다. 그럼 법사님 믿고 드래프트 장소에 가볼게요!"

청년은 가벼운 걸음으로 신당을 나갔다.

'몸주님…….'

미류는 전생신을 바라보았다. 누군가의 인생을 구제하는 것. 그거야말로 신제자의 사명이다. 그렇기에 기분이 좋았다. 전생신 덕분에 오늘도 단맛이다. 무속의 존재 가치는 다양하지만 이런 경우야말로 진정한 보람인 것이다.

"오빠!"

잠시 후에 하얀 천사가 뛰어들었다. 하얀 상의와 하얀 하의. 오디션 준비를 마친 하라였다.

"엄마도 무지 예뻐졌어!"

하라가 거실 쪽 문을 열었다. 거기 꽃단장을 한 봉평댁이 보였다.

"미류 법사……."

그녀는 고마움에 어쩔 줄을 몰랐다. 모녀의 옷은 미류의 선물이었다. 돈을 돌려준 봉평댁을 위해 연주를 시켜 옷과 선물을 준비한 미류였다. 연주의 눈썰미 덕분에 옷은 딱 맞춤해 보였다.

"뭡니까? 그 표정… 싫다는 거예요?"

미류가 짐짓 엄포를 놓았다.

"싫은 게 아니라 나 같은 게 입기에 너무 황송해서……."

"나 참, 하라 오디션이에요. 동네 아줌마 같은 의상 감각으로 유명 가수 키우겠어요?"

"미류 법사……."

봉평댁은 끝내 눈시울을 붉혔다.

"에이, 참… 누가 어린애인지… 그러시니 맨날 하라가 잔소리를 하지요. 시동 걸 테니까 문단속 잘하고 나오세요."

미류는 얼른 자리를 비켜주었다.

"와아, 하라, 마치 엘프 같잖아?"

연습실 앞에 도착하자 배은균이 하라를 반겨주었다. 그의 곁에는 여자 직원이 서 있었다.

"차 막히지 않았습니까?"

배은균이 미류에게 악수를 청해왔다.

"한 번 왔던 데다가 두 미녀까지 태우고 오다 보니 알아서 뚫리던데요?"

미류가 너스레를 떨었다. 연습실은 미리 와본 적이 있었다. 그렇기에 배은균과도 이제 서먹함이 가신 사이였다.

"여기는 저를 돕고 있는 홍 팀장입니다."

배은균이 여자를 가리켰다.

"말씀 많이 들었습니다. 잘 부탁드립니다."

홍 팀장이 꾸벅 인사를 해왔다.

"원래 유명한 기획사의 캐스팅 담당이었습니다. 길거리 캐스팅부터 여중 여고 헌팅까지 다양하게 스타를 발굴해 냈죠. 지금 활동하는 걸그룹 중에도 세 명이나 이 친구의 간택을 받았습니다."

배은균이 홍 팀장 소개를 해왔다.

"예……."

"하지만 속된 말로 성질이 좀 지랄 같아요. 그러다 보니 윗사람들과 충돌이 잦고… 성질 못 이겨 사표 내고 실업자로 있는 걸 제가 구제해 왔습니다."

"어머, 말은 똑바로 해요. 도와달라고 네 번이나 찾아온 사람이 누군데……."

홍 팀장이 볼멘소리로 끼어들었다.

"보십시오. 성질머리가 이렇습니다. 지금 하늘 같은 대표가 귀인을 모시는 데도 한마디도 안 지지 않습니까?"

"쳇, 하늘은 무슨… 그게 다 갑질인 거 몰라요?"

"아, 진짜… 법사님 앞에서… 그렇다면 그런 줄 알지……."

"됐으니까 빨리 계약이나 이행하세요."

홍 팀장이 배은균의 옆구리를 찔렀다. 둘 사이에 밀약이 있는 눈치였다.

"실은 죄송하지만 제가 법사님 이름을 팔았습니다. 제 일 도와주면 법사님께 부탁해서 전생 보게 해주겠다고요. 허락도 없이 죄송합니다."

배은균이 꾸벅 고개를 숙여왔다.

"흐음, 그건 정말 너무 나갔군요. 내가 거절하면 어쩌시려고요?"

"죄송합니다. 워낙 이 친구 감각이 필요한 데다 법사님 인품을 제가 알잖습니까? 기왕에 저 밀어주시는 김에 한 번만 더 도와주십시오."

"상술이 기가 막히군요. 하라 오디션을 보러 온 자리에서 빼도 박
도 못할 제의라니……."

"죄송합니다."

"좋아요. 약속하죠."

"까울!"

미류의 허락이 떨어지자 홍 팀장은 주먹을 움켜쥐며 쾌재를 불렀다.

"됐으면 어서 모셔."

배은균이 홍 팀장을 다그쳤다.

"법사님, 들어가시죠."

홍 팀장이 연습실 입구를 가리키자…….

"지금 뭐 하는 거야?"

배은균이 딴죽을 걸고 나섰다.

"모시라면서요?"

"하라 말이야. 오늘의 포인트는 하라 오디션이잖아!"

배은균이 잘라 말했다. 그 말을 들은 미류, 정신 줄이 팽팽하게 당
겨졌다. 배은균, 과연 프로페셔널이라고 할 수 있었다. 일의 우선순
위를 아는 것이다.

입구는 다시 봐도 화려했다. 복도에 전시된 번쩍번쩍한 대리석과
장식들이 돋보였다.

"와아!"

하라와 봉평댁의 눈이 휘둥그레졌다. 미류는 혼자 웃었다. 반전이
기다리고 있기 때문이었다. 앞서가던 홍 팀장의 발길이 복도를 지나
지하 계단을 밟았다.

"……!"

지하실 앞에서 하라와 봉평댁이 고개를 들었다. 갑자기 환경이 변한 것이다. 지하실의 풍경은 소위 그저 그런 분위기였다.

〈볼라르〉

기획사 이름이 보였다.

끼이!

홍 팀장이 지하실 문을 열었다. 연습실이 나왔다. 녹음실이 딸린 소박한 장소였다. 장식이나 치장도 없이 오직 연습실이었다. 전체 벽면 세 곳에 대형 유리가 들어섰다. 그것 외에는 지난번에 본 것과 큰 차이가 없었다. 가장 큰 건 벽 한쪽에 멋대로 방치되고 흩어져 있던 음반과 CD들이 나란히 정돈되었다는 것, 그리고 음향 장비와 녹음 장비가 완벽하게 들어섰다는 것. 그것만은 소박함 속에서도 백미에 속했다.

본래 이곳은 잘나가던 기획사의 제2 연습실. 하지만 방만한 경영과 연예인 성상납 파문으로 망한 기획사였다. 그때 채무 관계에 걸려 몇 년 동안 먼지만 쌓인 걸 경매로 확보한 배은균이었다.

직진과 뚝심!

배은균의 성향이 엿보이는 곳이었다. 의표를 찔린 미류가 음반을 바라볼 때였다. 배은균이 미류를 향해 느닷없는 질문을 던져왔다.

"법사님, 여기 귀신 있나 좀 봐주세요."

귀신?

미류는 귀를 의심했다.

오디션 보자고 불러놓고 귀신이라니? 이 무슨 귀신이 십자가 만지는 소리란 말인가?

'귀신?'

미류가 돌아보자 배은균이 한 번 더 강조했다.

"없나요?"

머리를 긁적이는 배은균. 그는 마치 귀신을 기대하는 눈치였다.

절경!

미류가 신방울을 흔들었다. 영가의 느낌이 있었다. 하지만 너무나 약했다. 이 정도는 많은 사람이 근무하는 빌딩에서 얼마든지 볼 수 있는 일이었다. 사람이 많은 곳에는 늘 죽은 사람의 기운이 있는 것이다.

조용하던 연습실에 노래가 흘러나왔다. 2, 3년 전에 유행한 팜팜레이디의 히트곡이었다. 홍 팀장이 곡을 건 모양이었다.

'역시 노래 연습실에는 음악이 나와야……'

막 고개를 끄덕거릴 때였다. 멜로디가 올라가자 조금 전과는 달리 미묘하게 강해지는 영가가 느껴졌다.

응?

다시 한 번 집중했다. 이번에는 내려갔다. 그리고 또 올라갔다.

절경!

이상한 느낌에 신방울을 울렸다.

'이럴 수가?'

미류가 고개를 갸웃거렸다. 영가의 파장 때문이었다. 파장이 한결같지 않았다. 마치 멜로디의 높낮이를 따라 약하거나 강해지는 것 같았다.

노래 귀신?

생각을 하다가 피식 웃어버렸다. 사람도 아니고 노래가 귀신이 될 수 있단 말인가? 한마디로 있을 수 없는 일이었다.

미류는 벽을 향해 걸었다. 전면 거울에 손을 댔다. 그러자 영가의 느낌이 확연하게 사라져 버렸다. 노래도 그 무렵에 끝나 버렸다.

"왜 그러시죠?"

배은균이 물었다.

"아닙니다."

대충 대답할 때 다음 음악이 이어졌다. 그러자 또다시 영가의 느낌이 살아났다. 미류가 빠르게 돌아섰다. 등이 서늘해진 느낌이었다. 뒤에는 녹음실이 보일 뿐 아무것도 없었다.

'뭐야?'

등골이 오싹해지는 순간, 노래를 따라 흥얼거리던 하라가 비명을 지르며 무너졌다.

"꺄악!"

"왜 그래?"

미류가 달려갔다.

"오빠……."

두 손을 부들거리는 하라는 이미 눈을 뒤집고 있었다. 빙의의 전조였다.

"훠어이!"

절겅!

재빨리 신방울을 흔들었다.

"오빠아!"

하라의 발작이 빨라졌다. 머리가 한쪽으로 기우는 게 보였다.

"이모, 내 가방요!"

미류가 외쳤다. 봉평댁이 가방을 가져왔다. 미친 듯이 더듬어 퇴귀부(退鬼符)를 뽑았다. 부적을 하라 이마에 붙인 미류가 다급히 태을보신경을 외웠다.

"태상 왈, 황천생아 황지재아 일월조아 성신영아 제선거아 사명여아 태을림아 옥신도아 삼관보아 오제우아 북진상아 남두우아… 옴 옴 급급여률령 사바하 사바하…….”

파르르 떨리던 하라의 손이 겨우 경련을 멈췄다. 미류도 그제야 숨을 돌렸다.

“무슨 일이죠?”

배은균과 홍 팀장이 물었다.

“진짜 귀신입니다.”

“……!”

“귀신이 있냐고 물었잖아요? 진짜 귀신이 있다고요!”

미류가 소리쳤다.

“어버버…….”

이번에는 홍 팀장이 거품을 뿜으며 넘어갔다. 귀신이 있냐고 물었던 말은 농담이었던 모양이었다. 미류는 연습실의 중심에 섰다.

절겅!

방울 소리가 퍼지자 영가의 느낌이 미친 듯이 날뛰었다. 영가의 존재를 찾아 뛰었다. 한쪽 벽면의 음반과 스피커, 다음으로 녹음실 안이었다. 그런데 녹음실 문은 잠겨 있었다. 미류가 배은균을 바라보았다. 정신을 차린 그가 달려와 잠금 키를 해제해 주었다. 녹음실 안에도 영가는 흔적뿐이었다.

그런데…….

노래는 어디서?

“우리가 튼 건 아닌데요?”

그 한마디가 다섯 사람의 뒤통수를 후려치고 말았다. 분명 노래가 들렸다. 하지만 녹음실은 잠겨 있지 않은가?

‘이럴 수가.’

제대로 한 방 맞은 느낌이었다. 미류는 지난번 방문을 상기했다. 이삿날을 받아주기 위해 들렀던 그때. 그때는 막 경매 낙찰을 받은 후라 개판 오 분 전이었다. 몇 년 동안 방치되었던 까닭이다. 하지만 이런 영가의 느낌은 없었다. 그런데 왜? 왜 오늘은……

미류가 배은균을 돌아보았다. 귀신 이야기는 대체 뭐란 말인가? 이들은 뭔가 알고 있었단 말인가?

"그게 농담은 아니고……"

골똘한 미류를 향해 배은균이 입을 열었다.

"사실 이 연습실은 망한 기획사에서 보조로 쓰던 곳인데 여기서 자살한 애가 있다는 말이 있습니다."

'자살?'

미류가 신경을 곤두세웠다.

"하지만 몇 해 전 일이고… 저는 결코 귀신 따위에 휘둘리지 않기 때문에……"

"그런데 왜 귀신이 있냐고 물은 거죠?"

"그건… 가요계 속설 때문입니다. 대개 녹음을 할 때 귀신을 보면 그 곡이 대박 난다는 전설이 있거든요. 여기 녹음실에서도 그런 전례가 있고요."

"……?"

"법사님은 잘 모르시겠지만 거의 정설입니다. 그래서 애들이 신곡 취입하면 녹음할 때 귀신 봤냐고 물어보죠. 뭐, 귀신이 잡아가도 모를 만큼 혼을 다해 노래하라는 말이기도 하겠지만……"

"사실이에요."

옆에 있던 홍 팀장도 거들고 나섰다.

"그렇군요."

미류가 고개를 끄덕였다. 그러니까 배은균은 그저 농담으로 귀신 이야기를 꺼낸 것이다. 하지만 미류가 느낀 건 진짜 귀신이었다. 더구나 하라에게 해코지까지 시도했다. 거기에 더불어 의문처럼 흘러나온 노래. 그냥 넘길 일이 아니었다.

"그런데 이상한 건… 제가 이 연습실 인수한 후로 20여 명 이상 오디션을 보았거든요. 그런데 그 애들은 아무 일도 없었습니다. 그중에는 언니 따라온 하라보다 더 어린 애도 있었고……."

배은균도 고개를 갸웃거렸다.

─연습실.

─다른 사람은 이상 무.

오직 하라만 문제?

미류의 미간이 일그러졌다. 여기서, 하라만을 노릴 영가가 있다는 건 있을 수 없는 일이었다.

"그런 건 상관없습니다. 빙의 같은 것에 무슨 이유가 있는 건 아니니까요."

미류가 설명했다.

"이유가 없다고요? 귀신들은 본래 원한 때문에 나대는 거 아닌가요?"

"그런 귀신도 있지만 즉흥적으로 붙는 귀신도 많습니다. 예를 들면 떠돌이 잡귀들은 그냥 예뻐서, 혹은 키가 커서 같은 충동적인 이유로 빙의를 시도하곤 하죠."

"그럼 하라가 귀여워서?"

"그건 모르죠. 귀신을 잡아서 말을 들어봐야 압니다."

"법사님!"

"연습실을 다른 데도 마련했나요?"

"없습니다. 사실 이것도 경매가 계속 유찰된 덕분에 확보한걸요.

게다가 돈도 돈이지만 방음도 문제고… 무엇보다 노래 연습을 한다고 하면 싫어하는 건물주들이 많아서요."

"우리 하라가 오디션을 보려면 어떻게든 귀신을 잡아야겠군요."

"하라는 괜찮을까요? 병원에라도……."

배은균이 하라를 돌아보았다. 하라는 봉평댁에 안겨 식은땀을 쏟고 있었다.

"귀신 때문에 병원에 가서 의사를 만나야 한다면 그 의사는 납니다."

미류가 배은균에게 쐐기를 박았다.

"그럼 제가 뭘 도와드릴까요?"

"짐 옮길 때 뭐 이상한 거 가져온 건 없나요?"

동티를 생각했다. 사악한 기운이 깃든 물건이 있을 수도 있었다.

"저야 뭐 소장하던 음반하고 녹음실 장치 같은 거… 나머지는 약간의 집기하고 소파 정도입니다."

배은균이 벽의 음반 장식장을 가리켰다. 마치 도서관처럼 웅장한 분량이었다.

"그럼 아까 그 얘기 좀 더 해보세요. 여기서 자살했다는 사람……."

"그건 저도 들은 이야긴데……."

"괜찮습니다. 아는 대로 말해봐요."

미류가 재촉했다. 긴장한 배은균은 홍 팀장이 가져온 물을 마신 후에 이야기를 시작했다.

"그러니까 4년쯤… 그 기획사가 문 닫기 직전의 일인데… 여기서 먹고 자고 하면서 연습생 생활을 하던 여중생들이 몇 팀 있었습니다. A급이 아니고 B급 정도의 아이들이라 A급 연습생들 중에서 결원이 생기면 그 자리를 채우기 위해 예비로 키우던 애들인데 회사가 망하면서 해산하게 되었답니다. 그중에 미국에서 온 아이가 있는데 실망감에 자살을 한 모양입니다."

"……."

"중3이라고 들었는데… 연습생으로 오기 전에 CD도 낸 데다 노래도 잘하고 댄싱도 괜찮았지만 마스크가 약했다죠? 다른 아이들 몇은 다른 기획사에서 데려갔는데 그 아이는……."

"CD를 냈다면 이미 가수였단 말인가요?"

"아닙니다. 요즘이야 부모님들이 몇 백만 들이면 판 내는 건 어렵지 않습니다. 중요한 건 팬들의 반응이죠."

배은균이 부연을 했다. 이 바닥도 무속과 비슷한 모양이었다. 무속인이라면 누구든 신당을 낼 수는 있다. 다만 신당을 냈다고 해서 신통력이 보장되느냐는 별개의 문제였다.

"어떻게 죽었나요?"

"그게……."

배은균이 말을 아꼈다.

"이모, 녹음실에 데리고 가서 하라 쉬게 하세요. 옆에서 떠나지 말고요."

눈치를 차린 미류가 봉평댁에게 말했다. 배은균은 녹음실 문이 닫히고서야 뒷말을 이어놓았다.

"그 아이가 자기 손목의 동맥을 잘랐는데 그 피보라의 저주를 거울 전부에 뿌려놓았다네요. 다른 누구도 가수가 될 수 없게 말입니다."

"……."

"나중에는 결국 목까지……."

푸헐!

탄식이 절로 나왔다. 중3이라면 고작 열여섯 살. 얼마나 실망이 컸으면, 얼마나 한이 맺혔으면 그렇게 모진 자살을 택했단 말인가?

"끝입니까?"

"하지만 다 과장입니다. 실제로는 고된 연습생 생활에 몸이 약해져 죽었다는 말도 있고……."

"경찰이 수사에 나섰을 거 아닙니까?"

"그게… 그 아이가 미국에서 온 아이였는데 그쪽 부모들이 들어와 조용히 처리를 했다고 했습니다. 그래서 경찰이 직접 수사에 나서거나 하지는 않은……."

"……?"

"그러다 보니 '카더라' 통신만 극성을 부렸는데 루머가 나돈 결정적인 계기가 그 애들 관리하던 매니저의 죽음이었죠."

"매니저가 죽었습니까?"

"그 이듬해에 죽었는데 공교롭게도 그 아이가 죽은 그 날이었답니다."

"……!"

"그리고… 때마침 보조 매니저도 다른 기획사의 연습생들 성매매 사건에 지목되면서 음독자살을……."

"그 사람은 언제 죽었죠?"

"그게… 같은 날……."

"……!"

"그때부터 온갖 루머가 나돈 겁니다. 오유정의 저주라고."

―자살한 연습생.

―그 연습생을 관리하던 두 매니저의 동일한 날의 죽음.

루머가 돌고도 남을 이야기 구조였다.

"연습생들 성매매는 무슨 말이죠?"

"자세한 건 저도 모릅니다. 이 바닥이 많이 좋아졌지만 워낙 인기 하나에 모든 걸 걸다 보니 불손한 스폰서 제안이 들어오곤 합니다.

혹은 손버릇 나쁜 매니저들이 더러 애들을 건드리기도 하고… 워낙 24시간 붙어 있을 때가 많다 보니……."

"……."

"그 여중생 죽은 날은 언제죠? 알 수 있나요?"

"글쎄요. 저도 다 들은 얘기라……."

"확인 좀 해줘보세요."

미류가 다그쳤다.

"뭐가 잘못된 겁니까?"

배은균의 얼굴에는 긴장감이 또렷했다.

"분명 영가가 있어요. 하지만 지난번 이삿날 받으러 왔을 때는 감지되지 않았어요. 오늘도 처음에는 감지되지 않았는데 불규칙하게 나타났다 사라졌다를 반복하고 있습니다. 무엇보다 중요한 건 우리 하라를 쳤다는 사실이죠. 만약 여중생 귀신이 여기 남아 사람들에게 해코지를 하는 거라면 퇴치해야 합니다. 사장님을 위해서도요."

"잠깐, 잠깐만요."

배은균이 전화번호를 검색하기 시작했다. 그런 다음 몇 군데 전화를 넣었다. 연결 연결해 닿은 한 사람에게 배은균이 물었다.

"정말이지? 중요한 일이거든."

몇 번이고 되물은 배은균이 통화를 끝냈다. 그런 다음 벽에 걸린 달력으로 다가갔다.

"웃!"

날짜를 짚던 배은균의 손이 멈췄다. 그는 얼어붙은 시선으로 간신히 미류를 돌아보았다.

"법사님!"

미류가 다가가 손을 떼어주었다. 너무 긴장한 까닭에 어깨가 굳어

버린 것이다.

"언제랍니까?"

"그게……."

배은균은 창백한 얼굴로 뒷말을 이었다.

"오늘 밤인데요?"

"……!"

오늘 밤?

배은균의 한마디에 미류의 표정도 석고상이 되어버렸다.

오늘 밤!

원귀가 돌아왔다. 자신이 죽은 날, 그날의 한을 갚기 위해.

배은균의 한마디에 미류의 모골이 송연해졌다. 지난번에는 느낌이 없던 영가, 그러나 오늘은 명백히 감지되었다.

왜?

하라를 치려고?

고개를 저었다. 그건 아닌 것 같았다. 하라는 이곳이 처음이었다. 게다가 오늘 오지 않을 수도 있었다. 그렇다면 하라를 노려서가 아니라 날짜가 원인이었다. 자신이 죽은 날에 나타나는 원귀인 것이다.

"혹시 오늘 다른 사람이 여기서 연습한 적 없나요?"

"오늘은 없습니다만……."

"그럼 대표님도 오늘은 처음 온 겁니까?"

"예, 방송국 피디들 좀 만나느라고… 대신 홍 팀장이 먼저 왔었죠."

배은균이 녹음실 쪽을 가리켰다.

"좀 불러주세요."

미류가 말하자 배은균이 홍 팀장을 불렀다.

"낮에요?"

홍 팀장이 미류를 바라보았다.

"예, 낮에는 별일 없었는지……."

미류가 물었다. 낮이라고 해도 지하실이었다. 사람을 죽일 정도의 한을 품은 영가라면 낮에 출몰하는 것도 문제없을 일이었다.

"아, 아까 관리실 경비 아저씨가 왔다가 갑자기 머리가 아프다고 돌아가긴 했는데……."

"경비 아저씨요?"

"예. 기획사 구경 좀 한다고 들어왔다가… 노래 좋다고 듣더니……."

"그분 좀 만나볼 수 있을까요?"

"계실까요?"

홍 팀장의 시선이 배은균에게 향했다.

"있을 거야. 그 양반들 3교대인데 한 번 출근하면 24시간 일하고 다음 날 오프라고 하더라고."

"그럼 제가 가서……."

"잠깐요. 제가 다녀오겠습니다."

돌아서는 홍 팀장을 미류가 잡았다. 어차피 체크는 미류의 몫이었다. 그러니 시간을 아끼는 게 좋았다. 미류는 하라를 돌아보고 연습실을 나왔다.

지하실 복도에서 연습실을 쏘아보았다. 들어올 때와 달리 서늘한 느낌이 강했다. 미류는 문을 따라 이어지는 벽을 촘촘히 체크했다. 그곳에서도 영가의 느낌이 있었다. 다만 연습실의 것과는 달랐다. 이건 그저 허접한 죽음의 냄새에 불과했다.

'영가가 하나가 아닌가?'

고개를 갸웃거린 미류가 서둘러 계단을 밟았다. 기분이 좋지 않았다.

"……?"

박카스 한 박스를 내밀자 경비가 미류를 올려다보았다. 60이 살짝 넘은 경비는 머리를 짚은 채 인상을 찡그리고 있었다.

"지하 기획사 연습실에서 왔습니다."

미류가 출신(?)을 밝히자 경비의 경계심이 퍼졌다.

"그런데 웬 음료수까지……."

"아까 지하실에서 어지럽다고 하셔서……."

"아, 그 일요?"

"이제 괜찮으십니까?"

"글쎄… 그게 시원하지는 않네요. 노래 들을 때는 좋았는데 요즘 가요가 너무 정신이 없어서 그런가?"

경비가 대답하는 사이에 미류는 영가를 체크했다.

"……!"

미류의 인상이 살포시 일그러졌다. 경비의 머리에 영가의 느낌이 남아 있었다. 하라의 것과 비슷했다.

"혹시… 지하실에서 귀신 보셨나요?"

기왕에 내친 몸, 돌직구를 날렸다.

"본 건 아니지만 기분은 딱 그랬수."

'느낌?'

"전에 내가 혼자 지리산 등반을 갔는데 길을 잃었지 않겠소. 그러다 계곡을 헤매는데 갑자기 섬뜩한 느낌이 들더라고. 그래서 미친 듯이 도망을 쳤는데 오늘이 어째 딱 그런 기분인……."

'영가를 느꼈군.'

미류가 입술을 깨물었다.

"실은 제가 신기(神氣)가 좀 있습니다. 지하실에 가보니 귀신이 감지되어서요. 아는 게 있으면 좀 자세히 말씀해 주시겠습니까?"

"신기면 무당?"

"예!"

절겅!

바로 신방울을 꺼내 흔들었다. 소리에 취한 경비는 방울에서 눈을 떼지 못했다.

"여기 얼마나 근무하셨죠?"

미류가 물었다.

"한 2년 다 되어가지 아마?"

"그럼 지하실에서 사람 죽은 얘기도 아시겠군요?"

"지하실이라면… 여학생? 아니면 경비?"

응? 예상치 못한 뒷말이 나왔다.

"여학생 말고 경비도 한 명 죽었다는 건가요?"

"죽은 경비는 두 사람인데?"

"……!"

그럼 죽은 사람이 무려 셋? 거기에 두 매니저를 합하면 다섯?

미류의 시선이 벼락처럼 일어섰다.

내 자리 넘보지 마

"그럼 거기서 셋이 죽었다는 건가요?"

"그런 것 같습니다만……."

"……."

"관리실 경비들은 여학생 죽었다는 소문이 나고 2년 후였다지?"

"지하실에서요?"

"그래요. 그 사람들 죽는 통에 자리가 비어 내가 들어왔습니다만."

"……."

"그럼 그 사람들이 죄다 귀신이 된 겁니까?"

경비가 물었다.

"그건……."

미류는 대답하지 못했다. 지하실 구석에서 다른 영가를 느끼긴 했었다. 하지만 아직 확인한 것은 아니었다.

"그분들은 왜 죽었는지 아시나요?"

"글쎄요, 듣기로 한 사람은 심장마비고 또 한 사람은 뇌출혈이라고 하는 것 같던데……."

'심장마비에 뇌출혈?'

"죽은 날은요?"

미류의 질문이 이어졌다.

"아마 요즈음이겠지? 내가 여기 온 지 2년 차니까."

"요즘 언제요? 좀 자세히 짚어주시겠습니까?"

"잠깐만요. 내가 달력에 표시해 놓은 게 있으니……."

경비는 낡은 서랍에서 탁상용 달력을 꺼냈다. 2년간의 달력 두 개가 나왔다. 달력을 스케줄 메모로 쓰는 모양이었다.

"늙으면 기억력이 가물거려서 말이오, 중요하다 싶은 건 여기다 간단히 적어두거든……."

경비가 달력을 넘겼다. 그 손이 2년 전의 이달을 짚었다.

"어디 보자… 내가 이날 들어왔는데 그 사람들은 보름 전에 죽었다고 했거든. 그러니까 이날에 보름을……."

경비의 손이 날짜를 짚어나갔다. 그 손이 짚은 날짜는 2년 전의 오늘이 아니었다.

'기우였나?'

…싶었지만 경비의 손은 또 다른 계산으로 옮겨갔다.

"이걸 음력으로 하면……."

아차!

미류 입에서 탄식이 나왔다. 제사는 흔히 음력으로 계산한다. 너무 집중하느라 음력을 간과한 것이다. 양력을 음력으로 바꿔 짚은 경비가 다시 달력을 짚었다. 그리고…….

"오늘이네?"

딱, 배 대표를 닮은 뜨악한 시선으로 미류를 돌아보았다.

오늘?

"확실합니까?"

"맞아요. 틀림없어요."

'맙소사!'

미류 뇌리에 불안감이 폭풍처럼 몰아쳤다. 무려 네 명… 네 명이 여학생이 죽은 날에 죽었다. 그렇다면 이건 우연이 될 수 없었다.

여학생이 죽은 날!

그날이 되면 이 건물의 지하실에 죽음의 손길이 드리운단 말인가?

"그 연습실의 전 매니저들도 여학생이 죽은 날 죽었다고 하던데 그럼 작년에는요? 작년에는 무슨 사고 같은 거 없었습니까?"

"작년에는… 어디 보자… 작년에는 경매가 진행 중이라 거기 아무도 없었군요. 우리도 찜찜해서 들어가지 않았고……."

"……!"

"그런데… 진짜 거기서 죽은 여학생이 귀신이 된 겁니까?"

"그보다 아저씨, 아까 어땠나요? 왜 어지러웠던 거죠?"

"그게… 연습실 구경을 하는데 노래가 들렸어요. 처음에는 좋구나 하고 있는데 갑자기 머릿속이 확 엉클어지는 거예요. 그때마침 관리사무실에서 차량 빼달라는 방송이 나오는 바람에 겨우 정신을 차렸지만… 아직도 마취제가 든 듯 멍합니다. 뭔가 뇌 안에서 짤순이를 돌리는 것도 같고… 이상한 소리도 들려요."

"이상한 소리요?"

"싫어!"

"……?"

"늙으니 헛소리가 들리는 게지요. 아무래도 내일 이비인후과라도 가봐야겠어요."

"그때 죽은 관리인들은요? 사인은 뭐라고 나왔나요?"

"그거야 나도 잘 모르죠. 다만 소문으로는……."

"소문요?"

"아, 아닙니다. 내가 괜한 소리를……."

경비는 가슴을 쓸며 말을 아꼈다.

"아저씨, 부탁합니다. 지금 제… 딸이 지하실에 있는데 아저씨와 비슷한 현상으로 쓰러졌어요. 이제 겨우 여덟 살인데 가수가 꿈이라 오디션을 받아야 하거든요. 그러니 어린아이 살리는 셈 치고……."

미류는 읍소 작전으로 나갔다. 하라를 딸로 둔갑시킨 것이다. 어차피 그렇게 보는 사람도 많았으므로 어색할 것도 없었다.

"그럼 오디션 집어치워요. 듣자니 기획사인가 뭔가 하는 곳들이 좋은 게 아닌 모양이더라고요."

경비가 돌연 핏대를 올렸다.

"왜요?"

"전에 있던 기획사 말입니다. 보아하니 어린애들도 막 건드리고 한 모양이던데……."

"예?"

"에이, 이런 말은 하면 안 되는데……."

경비는 허튼 말을 한 듯 고개를 저었다.

"부탁합니다. 어린 딸을 생각하셔서……."

"그럼 내가 말했다는 거 어디 가서 얘기하면 안 됩니다. 아니면 나 짤려요."

"그건 염려 마십시오."

"그러니까 죽은 경비들……. 행실이 좋지 않았다고 들었어요. 나잇살이나 처먹고서 지하실 연습생 여학생들에게 몹쓸 짓을……."

"……?"

"거기 여학생들이 예쁜 데다 옷도 짧고… 밤낮으로 보게 되니까 못된 욕심이 든 모양입디다. 내 선임 경비 말로는 천벌받은 거라고……."

'천벌?'

"그 이상은 몰라요. 관리실 직원들도 다 바뀌어서 더 아는 사람도 없고……."

"그러니까 죽은 경비 둘이 지하실 연습생 여학생들을 욕보였던 사람들이다 이거로군요?"

"그렇게 들었어요. 그것도 아주 익지도 않은 어린애들을……."

또 한 번 머리를 쥐어뜯는 경비 아저씨. 그 머리에 아른거리는 영가는 흩어졌다 모였다를 반복하고 있었다.

"여기서 쉬면서 기다리세요. 제가 아저씨 머리까지 시원하게 만드는 길을 찾아보겠습니다."

미류는 인사를 남기고 돌아섰다.

'죽은 사람…….'

미류 걸음이 바빠졌다.

―열여섯 여학생.

―매니저 둘.

―그리고 경비 둘.

도합 다섯이었다. 상관관계는 여학생이 죽은 날 죽었다는 것. 우연일지도 모르지만 심각한 것만은 틀림없었다. 만약… 만약 여학생의 원귀가 네 남자를 죽인 거라면?

맙소사!

미류의 머리카락이 멋대로 삐치기 시작했다.

미류는 지하로 통하는 계단참에서 멈췄다. 거기서 신력을 모았다.

'후웁!'

신력을 최대치로 끌어 올렸다. 아까와는 다른 맹렬한 신풍(神風)이 미류의 몸에서 터져 나갔다.

절겅!

신방울이 울리기 시작했다.

절겅절거엉!

방울의 리듬을 타고 계단을 내려갔다. 그것은 흡입력, 혹은 극을 찾아가는 자석이었다. 신방울은 연습장으로 통하는 입구의 작은 문에서 멈췄다. 문을 열었다. 안에는 청소 도구 등이 들어 있었다. 좁았다. 작은 의자가 있지만 사람 하나 누울 자리도 아니었다. 하지만 다른 게 있었다.

"……!"

미류는 척추를 타고 번지는 오싹함을 느꼈다. 거기 영가의 느낌이 있었다. 집중하다 보니 비명도 들려왔다.

악!

아악!

멀어지는 까마귀 소리처럼 아련한 비명들. 미류는 몸의 신공(神孔)을 모조리 열었다. 누구의 비명인지 알아야 했다.

악!

반복되는 비명을 듣던 미류가 촉감을 멈췄다. 남자였다. 젊은 남자는 아니었다. 죽은 경비들일 가능성이 높았다. 그렇다면 경비들은 여기서 죽었다는 얘기였다. 한 사람은 심장마비, 또 한 사람은 뇌출혈…….

두 경비는 왜 여기서 죽은 걸까? 하필이면 왜 이런 음습하고 좁은 공간에서……. 생각에 골똘할 때 핸드폰이 울렸다. 봉평댁이었다.

—미류 법사, 어디 계셔?

"왜 그러세요?"

—빨리 좀 와. 하라가, 하라가…….

"알았어요."

전화도 끊지 않고 뛰었다. 연습실 문은 그리 멀지 않았다.

"하라!"

녹음실에 뛰어든 미류가 하라를 보았다.

"싫어!"

하라가 단말마를 토해냈다. 눈은 반쯤 뒤집혔고 손은 허공을 긁어
댔다.

"갑자기 이래. 어떻게 하지?"

봉평댁이 허둥거렸다.

"가방 주세요."

"여기!"

봉평댁이 가방을 밀자 부적을 찾았다. 퇴귀부 중에서 조금 센 놈
을 골라 하라의 이마에 붙였다. 그래도 하라의 몸서리는 그치지 않
았다.

"빙의가 된 모양이야."

봉평댁 입에서 반갑지 않은 말이 나왔다. 어이가 없었다. 아까 분
명 퇴귀부를 붙였고, 주문도 외웠었다. 웬만한 영가라면 줄행랑을 치
는 게 상례였다. 그런데, 이 영가는 달랐다. 슬쩍 물러서는 듯하다가
다시 하라를 친 걸까?

노래…….

다시 노래가 나오고 있었다. 팜팜레이디의 곡이었다.

"그것 좀 꺼주세요."

미류가 홍 팀장에게 외쳤다.

"이게 왜 돌아가는 거지?"

홍 팀장은 고개를 갸웃거리며 정지 버튼을 눌렀다.

"옴 데세 데야 도미니 도데 사타야 홈바탁……."

좌정한 미류는 미친 듯이 보검수진언을 외웠다. 그러자 놀라운 일이 일어나고 말았다. 미류를 비웃는 듯 하라의 몸이 붕 떠오른 것이다.

"어머!"

홍 팀장이 놀라 물러섰다.

"다들 나가 계세요!"

미류가 소리쳤다. 이 원귀, 만만하게 볼 게 아니었다.

"문 닫고 여기 얼씬도 마세요!"

사람들의 안전을 챙긴 미류가 마음을 다잡았다. 이번에는 관세음보살 마하라수진언까지 연결시켰다. 보검수진언에 마하라수진언이 더해지면 강력한 퇴마의 힘을 발휘하는 법. 그제야 하라의 몸은 다시 바닥으로 내려왔다.

"싫어!"

바닥의 하라가 두 손으로 허공을 휘저었다. 필사적이다. 공포심까지도 주렁주렁 매달린 몸짓이었다.

"너는 누구냐?"

절경절경절경경!

미류 손의 신방울이 맹렬하게 울었다.

"싫다고!"

"왜 싫은 것이냐?"

"싫단 말이야!"

하라의 몸이 활처럼 휘며 뒤틀린 소리를 쏟아냈다.

"싫든 좋든 하라는 건드리지 마!"

미류가 천둥 같은 공수를 뿜었다. 그러자 둥글게 휘던 하라의 몸이 철퍽 내려앉았다. 영가가 잠시 힘을 뺀 것이다. 하라의 몸을 살폈다. 머리였다. 영가는 머리에 있었던 모양이다. 하지만 지금은 흔적 정도에 불과했다.

─관리실 경비도 머리.

─하라도 머리.

뭔가 손에 잡힐 듯하지만 영가의 정체는 좀처럼 손에 닿지 않았다.

"배 대표님!"

문을 연 미류가 배은균을 불렀다.

"예, 법사님!"

"혹시 죽은 그 여학생, 이름 좀 알 수 있을까요?"

"이름요?"

"급합니다."

"오유정이에요!"

봉평댁 옆의 홍 팀장이 소리쳤다.

"그리고……."

홍 팀장의 말이 이어졌다.

"연습생들 말이에요. 오늘은 안 왔으니까 그렇지만 엊그제부터 한 둘씩 머리가 아프다고는 했어요. 배 대표님이 아무 일 없었다고 말했다길래……."

"정확히 말하세요."

미류가 다그쳤다.

"그럼 3일 전이에요. 노산희가 아스피린을 찾았으니까……."

3일 전!

말하자면 징조였다. 원귀가 깨어나기 전에 징조가 온 것이다.

'오유정⋯⋯.'

탁!

모두를 내보낸 미류가 녹음실 문을 닫았다. 좌정한 미류가 방 안의 공기를 향해 신력을 뿜었다.

"오유정, 너 오유정이냐?"

"하아하아!"

들리는 건 하라의 가쁜 숨소리뿐이다.

"대답해라. 나는 전생신의 신차를 받은 몸이다. 너 오유정 맞지?"

미류는 빈 허공에 공수를 쏘았다. 녹음실 안에는 계속 맹렬한 침묵이 흘렀다. 그러다⋯⋯.

광광과과광 다다라랑!

별안간 높은 음악이 흘러나왔다. 미류가 고개를 돌렸다. 또 그 노래였다. 누구의 손도 닿지 않았건만 곡이 돌아가는 것이다.

'혹시?'

미류는 창밖을 내다보았다. 혹시라도 배은균이나 홍 팀장이 리모콘으로 틀었나 싶었다. 하지만 그들은 팽팽한 긴장 속에서 녹음실을 주목할 뿐이었다.

CD 버튼을 눌렀다. CD가 튀어나왔다. 음악이 멈췄다. 하지만 음악은 바로 이어졌다. 이번에는 낡은 LP판이 돌았다. 그 또한 저절로 연주되고 있었다.

'대체⋯⋯.'

다시 LP를 세웠다. 소용없었다. 이번에는 MP3 파일이었다. 파일을 멈추게 하면 CD가 돌았고, CD를 세우면 LP가 돌았다. 정말이지 돌아가실 것만 같았다.

"배 대표님!"

별수 없이 배 대표를 불러들였다.

"녹음실이 이상합니다. 판들이 멋대로 돌고 있어요. 혹시 자동 연주 프로그램 같은 거라도 걸었습니까?"

"그럴 리가요?"

배은균이 LP를 세웠다. 그러자 CD가 돌아갔다. 미류가 당한 그대로였다.

"그러고 보니 아까 처음 들어왔을 때 나오던 곡도?"

미류가 고개를 들었다.

"잠깐만요."

배은균이 음악 장치를 차례차례 점검했다. 그러다 여러 장의 CD 중에서 하나를 집어들고 숨을 멈췄다.

"왜 그러죠?"

"이건……."

"……?"

"그 아이 판입니다. 오유정……."

"……?"

"보세요. 여기 이름이 있지 않습니까?"

배은균이 판을 내밀었다. CD 위의 이름은 또렷했다.

〈오유정-꿈을 위한 첫걸음〉

"케이스는 여기… 이상하군요. 우리는 이 CD 듣지 않는데……."

배은균이 홍 팀장을 불렀다.

"이상하네? 내가 건 건 팜팜레이디 하고 요즘 히트치는 동방신기였는데? 오디션 받던 아이들이 가져다 뒀나?"

이미 몇 차례 오디션을 본 연습장. 사람이 여럿 드나들다 보면 그럴 수도 있었다.

미류는 오유정의 CD 케이스를 받아들었다. 영가의 흔적이 느껴졌다. 앨범에 담긴 여학생의 얼굴은 여름날 포플러 잎새에서 반짝이는 햇살처럼 밝았다. 중학생이라지만 화장한 사진은 요염하기까지 했다. 성의 상품화다. 요즘은 노래가 아니라 성을 파는 추세도 높아졌다. 그렇기에 나이를 무시한다면 안아보고 싶은 착각이 들 정도였다. 케이스를 보는 사이에, 또 CD의 노래가 흘러나왔다. 미류가 배은균을 돌아보았다.

나는 아닌데요?

배은균이 고개를 저었다. 기이한 현상에 놀란 홍 팀장이 문 쪽으로 물러섰다. 미류는 신경 쓰지 않았다. 그보다 더 중요한 일이 감지된 것이다. 노래였다. 노래 안, 멜로디의 사이, 거기서 손대잡이 같은 귀신의 말이 반복되고 있었다.

싫어.

싫어!!!

CD를 넣었다. 음악이 나왔다. 오유정의 노래였다. 눈을 감고 귀를 열었다. 거기서도 가사 사이에 묻어 있는 영음(靈音)이 들렸다.

싫어!

다른 가수의 CD도 같았다.

싫어!

'이 영가……'

미류는 촉각을 곤두세웠다. 이 영가는 분명 이 연습실 안에 있었다. 달아날 생각도 없었다. 퇴귀부와 태을보신경에도 꿈쩍도 하지 않는 영가. 대체 한이 얼마나 깊기에 두려움까지 상실한 것인가?

"배 대표님!"

미류가 배은균을 바라보았다.

"예, 법사님!"

"하라 오디션 보기 전에 면담 좀 진지하게 해야 할 것 같습니다."

"면담요?"

"귀신하고 말입니다."

"⋯⋯?"

"경비 아저씨에게 들었는데 이 여학생이 죽은 후에 여기 관리실 경비도 두 명이나 죽었습니다. 장소는 저쪽 청소 도구실인 것 같더군요."

"⋯⋯."

놀란 배은균이 물러섰다. 그도 모르는 사실인 모양이었다.

"아까 귀신을 원한다고 하셨죠? 대박이 나려면 녹음할 때 귀신이 보여야 한다고⋯⋯."

"그건⋯⋯."

"가요계 습성은 잘 모르지만, 이 귀신은 그런 낭만적인 놈이 아닙니다. 반드시 잡아야 합니다."

"법사님."

"시간이 좀 필요합니다. 그러니 홍 팀장님이랑 복도로 나가 계십시오. 제가 문을 열기 전에는 누구도 들어오면 안 됩니다."

"그럼 하라는?"

"하라는 저랑 함께 있습니다. 여학생의 원귀가 하라에게 흔적을 남긴 것 같습니다."

"하라에게요?"

"걱정 마세요. 손대잡이는 제가 하는 거지만 하라를 통해 들을 수도 있으니까요."

"⋯⋯."

"서두르세요. 아무래도 그게 좋겠습니다."

"알겠습니다."

배은균은 바로 녹음실을 나갔다. 미류는 하라를 안고 연습실 가운데로 갔다. 신문을 깔고 하라를 누였다. 하라의 배 위에는 오유정의 CD를 놓았다. 그런 다음 부적을 꺼내 네 방위에 붙였다. 다섯 장 중의 하나는 하라의 몫이었다. 오방으로 부적을 붙이니 하라 머리에 서리던 영가의 느낌이 조금 헐렁해지는 것 같았다.

"훠어이!"

절겅!

신방울을 흔든 미류가 한바탕 춤을 추기 시작했다. 귀신을 물리치는 게 아니라 이목을 끄는 것이다. 너하고 통하는 사람이 왔다는 신호였다.

"워어이!"

춤을 끝낸 미류가 CD를 쏘아보았다. 영가와 주파수를 맞췄다. 낮은 것부터 높은 것까지, 조잡한 것부터 사악한 것까지… 미류의 영파(靈派)는 음계의 색을 그리며 그물망을 뻗었다. 그러다, 마침내 뭔가에 닿았다. 영파가 맞은 것이다.

싫어!

소리가 나왔다. 허공이었다. 그러나 입은 하라가 벙긋거리고 있었다. 오유정의 영가가 소리로 나온 것이다.

"오유정!"

미류가 그 이름을 불렀다.

"……"

대답 대신 서늘한 느낌이 목덜미를 스쳐 갔다.

"경비들, 네가 죽였지?"

"……."

"죽일 이유가 있었겠지?"

"……."

"그 사람들이 너를 건드린 거야. 그렇지?"

"……."

"거기서… 그 청소 도구실에서 너를 유린했니?"

"우엉!"

귀신의 반응이 나왔다. 짧지만 전격전인 감정을 느낄 수 있었다. 미류 말이 맞다는 반증이었다.

"말해보렴. 나는 전생신을 몸주로 모시는 사람. 내 몸주님의 명예를 걸고 약속하거니와 도울 수 있다면 너를 돕겠다."

"우엉!"

"그래, 말해. 나 같은 무속인이 다시 오지 않을지도 모르니……."

미류는 몸을 비웠다. 스스로 빙의를 받기 위해서였다. 귀신을 받아 그의 사연을 들을 생각이었다.

"우어엉!"

"나한테 들어오기 싫으면 하라에게 들어가도 좋아. 하라 입을 빌려줄게."

"싫어!"

"……?"

"난 싫다고 말했어. 정말 죽기보다 싫다고!"

하라의 입이 옴짝거리기 시작했다. 카랑한 여학생의 소리가 났다. 소리는 허공에서 울리지만 그 근원은 하라의 입이 분명했다.

"괜찮아. 내가 들어줄게. 네게 맺힌 원과 한, 모두……."

"싫어."

"……."

"매니저 오빠도, 새끼 매니저 오빠도 다 싫어. 그 사람들이 내 몸을 가졌어. 싫다는데 술을 먹이고, 싫다는데 옷을 벗기고, 싫다는데 강제로……."

목소리가 빨라졌다. 하라의 입도 그에 따라 쉴 새 없이 움직였다.

"다른 애들은 다 짤려도 나는 다른 기획사에 넣어준다고 했어. 그쪽 새 팀에 핵심 멤버로 말이야. 자기들 말만 잘 들으면… 나는 그 팀에 넣어준다고 했어!"

"나쁜 사람들이었구나."

"그런데 약속을 어겼어. 다른 애들은 그 기획사로 갔는데 나만 버렸어. 버렸단 말이야."

"그래서 죽인 거야?"

"죽여야지. 거짓말쟁이들이니까. 살려달라고 빌었지만 그냥 죽였어. 그 오빠들도 그랬거든. 내가 싫다고 빌었지만 강제로 성폭행을 했단 말이야."

"그럼 여기 경비들은?"

"그 아저씨들… 다 똑같아. 아니, 더 나빠."

"……?"

"내가 말했어. 싫다고, 정말 싫다고!"

"……."

"그런데 오빠들보다 더 사납게 내 옷을 벗겼어. 싫다는 데도 나를 깔고 앉아서 더러운 걸 내 몸에 집어넣었어. 소주를 억지로 마시게 하고 온갖 짓을 다 했어. 싫다고, 싫단 말이야!"

영가의 목소리가 천둥처럼 올라갔다. 어찌나 살벌한지 살갗이 따가울 정도였다.

"천천히… 천천히 말하렴."

미류는 영가를 진정시켰다. 하라의 등이 미친 듯이 들썩거렸기 때문이었다.

"그 사람들은 왜 너를 탐했지? 강제로 그런 거야?"

"내가 오빠들이랑 그 짓하는 걸 봤대. 그래서 나를 불렀어. 자기들 말 안 들으면 다 소문낸다고. 방송국이나 신문사에도 다 알릴 거라고. 한 번만 자기들 말 들으라고 했어."

'미친……'

"딱 한 번이라더니 한 번이 아니었어. 싫어, 싫어. 싫다고 말했지만 나중에는 때리기까지 했어!"

'허얼!'

미류의 미간이 거칠게 일그러졌다. 중3의 어린 여학생. 어린 꽃을 꺾었다. 비록 발육이 좋아 성인 티가 난다지만 있을 수 없는 일이었다.

"나는 오빠들, 그 아저씨들 말 들은 죄밖에 없어. 그런데 나한테 돌아온 건 좌절과 배신, 성적 학대뿐이었어. 나는 갈 데가 없었어. 가수가 되고 싶어서 한국에 왔는데 창녀가 되어버린 거야. 그러니 어떻게 부모님 품으로 돌아가?"

"……"

"오빠들은 마지막 날에도 내 옷을 벗겼어. 술에 취해 꼴라가 되더니 그 짓을 하고서야 말해주었어. 미안하다고. 그쪽 실세에게 얘기해봤는데 내가 마스크가 딸려서 가수는 힘들겠다고. 집에 가서 2—3년 기다리면 자리가 생길지도 모르겠다고 하고는 가버렸어."

"……"

"그때 나는 내가 아니었어. 몸도 마음도 다 사라진 후였어. 그래서 죽었어. 그 네 명. 나를 망친 그 네 명의 남자들… 살아서는 힘이 없어 복수하지 못할 테니까 죽어서 복수하려고!"

"그럼 복수는 끝났네?"

"맞아. 복수는 끝났어. 여기 연습장도 문을 닫았고. 작년 오늘은 아무도 오지 않았어. 그래서 쉬고 있는데 다시 연습장이 열린 거야. 내 자리를 넘보는 애들이 온 거야. 그래서 잠자던 내 한이 열렸어."

"그래서 해코지를?"

"내 잠을 깨운 건 당신들이야."

"잠?"

"해마다 오늘 깨어나거든. 그 며칠 전부터 뒤척이긴 하지만……."

"그래서 하라를 공격한 거냐?"

"내 자리 노리면 가만 안 돼. 내 한이 터져. 터지면 둘씩 죽어야 해. 될성부른 떡잎은 짤라야지. 아니면 또 내가 짤리잖아."

"둘이라고?"

"그래. 둘, 언제나 둘!"

둘!

그러고 보니 둘이었다. 오유정의 매니저도 둘이었고 경비들도 둘이었다. 그렇다면 올해의 둘은?

"하라와 경비 아저씨?"

미류가 파뜩 고개를 들었다.

"아저씨가 무당이야? 전생신을 모신다고? 그럼 잘해봐. 시간은 얼마 없을 거야. 자정이 되면……."

"자정?"

"광광광 광! 내 자리 노리는 것들, 내 몸을 탐한 것들은……."

영가는 베토벤의 운명을 들려주듯 마지막 음을 폭발시켰다.

과앙!

소리가 칼날이 되어 미류 이마를 스쳐 갔다. 죽는다는 암시였다. 바람이 잦아드는 것과 동시에 영가의 목소리가 그쳤다. 그러자 하라의 입도 철문처럼 닫혀 버렸다.

침묵!

폭발보다 무거운 침묵이 덮쳐왔다.

내 자리를 노리는 것들…….

내 몸을 탐한 것들…….

그렇다면 연습생들과 경비 아저씨…….

'젠장!'

미류가 입술을 깨물었다. 3일 전에 머리가 아팠다는 연습생들까지 죄다 연관되는 일이었다.

"배 대표님!"

미류가 소리쳤다. 배은균이 다가오자 3일 전부터 머리가 아팠다고 한 연습생들을 죄다 소환하라고 했다. 무조건 자정까지!

미류의 비장함을 느낀 배은균이 미친 듯이 전화번호를 눌렀다.

후웅!

영풍(靈風)이 일었다. 귀신의 바람이다. 이 원귀는 사악했다. 죽은 사연은 가련했지만 그 한을 잘못 태우면서 악귀로 바뀐 것이다. 그렇다면 어떻게든 소멸시켜야 했다. 해마다 반복되는 이 살육을 막기 위해서라도.

원귀!

이 원귀의 본거지는 어디일까? 어디에 영가의 뿌리를 두고 출몰하는 걸까? 연습장을 바라보다 전면 유리에 시선이 멈췄다. 텅 빈 연습장에 하라와 미류가 비쳤다. 그 뒤 한쪽 벽면에 가득한 CD와 LP판도 보였다. 어림잡아도 수만 장은 될 것 같은 양이었다.

어디를 봐도 영가의 흔적은 있었다. 하지만 선명한 뿌리는 보이지 않았다.

'하라······.'

하라의 안색이 파리해지고 있었다. 머리에서 들끓는 영가의 느낌은 마치 연주곡처럼 장단고저를 따라 변하고 있었다. 어쩌면 하라의 머릿속에 영가의 저주가 연주되고 있는 것일까? 그 기세는 때로는 낮고 때로는 높았다.

머릿속을 장악한 영가. 왜 하필 머리일까? 단번에 죽여도 될 것을 왜? 두 가지 가능성이 나왔다.

—하나는 단숨에 죽일 수가 없는 것.

—또 하나는 원귀가 즐기는 것.

말하자면 저주의 멜로디로 혼을 감염시켜 놓고 실컷 가지고 놀다가 쾅!

'젠장!'

CD를 집어든 미류의 손이 부들부들 떨었다. 은신처가 보이지 않으니 그야말로 눈 뜬 봉사 꼴이었다. 이런 상황이라면 무슨 비방을 치든 헛발질이 될 꼴이었다.

'몸주시어!'

미류의 목소리가 전생신을 불렀다.

'여기 한으로 가득 차 타인의 삶을 유린하는 원귀가 있습니다. 징치할 수 있도록 힘을 주십시오!'

마음을 가다듬은 미류가 두 눈을 감았다. 다시 한 번 원귀의 소굴을 탐지하려는 것이다.

전면 벽!

측면 벽!

후면 벽!

그리고 천장과 바닥…….

하나하나 탐지하는 미류의 몸에서 연기가 솟았다. 영력을 태우고 또 태우는 표식이었다.

'후읍!'

위태롭게 흩어지는 영력을 다시 한 번 모았다. 어지러웠다. 영가의 흔적이 곳곳에 어려 너무 어지러웠다. 그것은 마치 봄날의 아지랑이처럼 영력을 소진시켰다. 쫓아가면 흔적이고, 다가가면 흩어졌다.

오유정의 CD도 그랬다. 흔적은 있지만 원귀의 집은 아니었다. 이 빌어먹은 놈의 영가. 대체 어디서 이 사악한 마음을 기르고 있단 말인가?

별수 없이 신방울을 하나하나 풀었다. 그런 다음 영력을 담아 허공에 던졌다.

짤강!

하나씩 흩어진 신방울들이 음반 장식장 앞으로 굴러갔다. 하나의 예외도 없이 전부였다.

'음반…….'

미류는 음반 장식장 앞에 섰다. 올려다보니 3미터에 가까웠다. LP가 수천 장이고 CD는 그보다 더 많았다. 시계를 보았다. 11시 35분을 지나고 있었다.

'진짜 노가다 뛸 판이군.'

마음을 다잡은 미류가 배은균과 홍 팀장을 불러들였다.

오유정의 CD 찾기!

연습생으로 오기 전에 판을 낸 오유정. 그 CD가 하나가 아니라는 얘기가 나왔다. 목록 덕분이었다. 너무 낡은 목록이라 치워 버렸지만 분명 본 것 같다는 말이었다. 그렇다면 이 안에 섞인 CD 중에 오유정의 다른 CD가 있을 수 있었다. 그게 의심되었다.

장식장을 엎었다. CD가 파도처럼 쏟아졌다. 찾기 시작했다. 백사장에서 깨알만 한 다이아몬드 찾기와 다를 바 없었다.

"연습생들은요?"

미류가 외쳤다.

"오다 죽어도 12시까지 오라고 했습니다."

"경비 아저씨에게도 전했죠?"

"예!"

배은균이 대답했다.

마음이 급하니 판이 눈에 잘 들어오지 않았다. 그래도 필사적으로 뒤졌다. 시간은 잘도 흘러갔다. 어느새 11시 50분을 지난 것이다.

"서둘러요!"

미류는 애가 탔다.

바로 그때!

녹음실에서 노래가 흘러나왔다. 보다시피 녹음실에는 아무도 없는 상황. 그런데 또 저절로 노래가 돌아가는 것이다.

싫어!

그 소리가 들렸다. 노래 뒤에 숨은 음이지만 아까보다 뚜렷했다. 원귀가 희롱하는 것이다. 미류가 버벅대는 것을 즐기는 것이다.

'오냐!'

오기가 반짝 고개를 들었다. CD를 쫘악 펼치고 눈으로 더듬었다. 순간, 뒤쪽의 홍 팀장이 비명처럼 소리를 질렀다.

"찾았어요!"

CD였다. 오유정의 또 다른 CD였다. 미류가 판을 받았다. 스피커의 음악이 더 높아지고 있었다.

싫어!

숨은 소리도 덩달아 높아졌다.

"······!"

CD를 확인한 미류 얼굴이 확 일그러졌다. 영가가 있었다. 그러나 아까 그 판처럼 흔적뿐이었다. 미류가 원하던 영가의 소굴이 아니었다.

"아니라고요?"

에이, 썅. 미류의 말을 들은 배은균이 CD를 내던졌다. 깨진 케이스에서 나온 CD가 데구르 굴러 미류의 신방울 앞에 멈췄다.

신방울······.

전생신의 신차가 실린 신방울이다. 영가 하나 따위 못 찾아낼 리없었다. 미류의 영력이 멈춘 곳, 더불어 신방울까지 멈춘 곳. 분명 이판 어디엔가 원귀의 원천이 있을 일이었다.

'오유정의 CD가 아니라면······.'

생각에 잠겼다. 오유정의 CD는 죽기 전에 낸 판이었다. 그렇다면 그녀가 죽은 후에는? 죽어서 귀신이 된 후에는?

"배 대표님!"

미류가 배은균을 바라보았다.

"예?"

"혹시 오유정이 죽은 후에 저 연습실 쓴 적 없을까요?"

"있어요."

뒤 쪽의 홍 팀장이 대답했다.

"있다고요?"

"팜팜레이디라고··· 여기서 음반 녹음을 했어요. 오유정이 죽고 보름쯤 후였을 거예요. 원래 여기 녹음실을 빌리기로 한 데다가 다른 데도 자리가 없어서……."

"홍 팀장이 어떻게 알아?"

배은균이 물었다.

"나도 따라왔었거든요. 그러고 보니 그때 그 팀의 막내가 귀신을 봤다고 했어요. 그리고 그 노래 빅 히트 쳤잖아요."

팜팜레이디!

머릿속이 환하게 밝아졌다. 녹음실 안에서 본 그 판이었다. 한달음에 녹음실로 뛰었다. 팜팜레이디의 판은 그 자리에 있었다. 하지만 영가의 느낌은 그저 그랬다.

팜팜레이디…….

가만히 논리를 이어보았다. 맨 처음 연주된 곡이 바로 이것이었다. 음을 상기시켰다. 그러자 영감이 왔다. 하라와 경비의 머릿속에 일렁이는 출렁이는 영가의 느낌. 바로 이 곡의 멜로디와 비슷했다.

"혹시 말입니다. 노래도 원판이 있나요?"

미류가 물었다.

"있어요. 믹싱하기 전의……."

홍 팀장이 대답했다.

"그럼 그걸 찾아요. 팜팜레이디의 데뷔곡 원판!"

미류가 소리쳤다. 홍 팀장이 그 칸에 서자 미류가 박스를 엎어버렸다. CD와 USB가 쏟아져 나왔다. 미류는 시간을 체크했다. 이제 자정은 5분 남짓 남았을 뿐이었다.

"여기 있어요."

다행히 홍 팀장이 원판 파일을 찾아들었다. 그 박스의 물건은 많지 않았기 때문이었다.

"……!"

녹음 파일을 받아든 미류의 손이 파르르 떨었다. 감이 왔다. 이번에는 확실했다.

녹음실에서 파일을 재생시켰다. 이번에는 정작, 소리가 나오지 않았다.

Stop, Play, Stop, Play… 원귀는 버티고 있었다.

'용을 써도 소용없어.'

미류가 부적을 꺼내 들었다. 그걸 붙이자 음이 재생되기 시작했다.

팜팜레이디!

모두 일곱으로 이루어진 걸그룹이었다. 노래는 경쾌한 댄스에 발라드가 섞인 곡. 그 곡의 반복 가사 뒤에서 원귀의 목소리가 새어 나왔다.

Oh, See, Oh, See…….

앞뒤가 섞이면서 소리는 또렷해졌다.

싫어, 싫어!

"우와!"

미류의 설명을 들은 배은균이 몸서리를 쳤다. 그 가사에는 싫어라는 단어가 없었던 것이다.

시간은 11시 56분.

그런데 지하 계단참에서 둔탁한 비명이 들려왔다.

"애들이 왔나?"

배은균이 돌아보았다.

"경비 아저씨 목소리입니다. 데려오세요."

미류는 돌아보지도 않고 말했다.

"경비라고요?"

"청소 도구실에 들어갈지 몰라요. 서두르세요."

"알겠습니다."

배은균이 뛰었다. 홍 팀장도 따라 뛰었다. 복도로 나가자 뛰어오는 연습생들이 보였다. 경비는 미류 말대로 청소 도구실 앞에서 머리를 쥐어뜯고 있었다.

"오유정!"

미류는 소멸부를 꺼내들었다. 시이러 시이러… 소리가 늘어지더니 노래가 멈춰 버렸다.

"네 수작은 다 드러났어. 그러니 이제 포기해."

"키이이!"

스피커에서 음산한 소리가 새어 나왔다.

"너, 음귀(音鬼)지? 소리 귀신……."

"키익키익!"

"죽어 떠돌다 마침 음반 녹음을 하러온 팜팜레이디를 본 거야. 어쩔까 고민하다 음귀가 된 거야. 멜로디 안에 혼을 넣어……."

"키이……."

"그리고 그 원본 안에서 힘을 키우며 복수를 꿈꾸었지. 노래 속에 섞여 네가 원하는 사람들 머리에 저주를 심으며……."

"키익!"

"그렇게 죽인 거야. 네가 뿌린 저주를 들은 사람들… 머리가 분열되며 가슴을 쥐어뜯고, 혹은 머리가 터져 죽은 거야."

"키이이!"

"너는 머리가 좋았어. 네 CD를 의심하게 만들었으니까. 사실은 다른 사람의 곡 안에 은신하고 있으면서 말이야."

"싫어……."

"처음에는 너를 천도해 주려고 했었다. 너 또한 억울하게 죽음에 이른 경우니까. 하지만 너는 복수로도 끝나지 않고 다른 사람들까지 노렸어."

"키이… 연습생들은 싫어. 그건 내 자리야. 매니저들도 싫어. 그것들은 다 거짓말쟁이. 경비 아저씨들도 싫어. 그 늙은이들도 내 몸을……."

"자정이다. 내가 이긴 거야."

"키이이……."

"어쨌거나 네 아픔은 이해한다. 그러니 이제 그만 모진 저주를 거두고 어둠의 세계로 돌아가거라."

"싫어!"

싫어.

이제는 스피커 음이 아니었다. 영가가 나왔다. 죽은 오유정의 모습이었다. CD와 음반을 주렁주렁 매단 모습이었다. 그녀, 비록 원귀가 되었지만 가수의 꿈이 미련으로 남은 것인가?

"법사님!"

밖으로 나갔던 배은균이 경비를 데리고 돌아왔다, 그 또한 반쯤은 넋이 나간 모습이었다. 영가의 저주가 실린 머리에서는 모락모락 김까지 났다. 더불어 들쭉날쭉 울컥거리는 눈동자. 더는 지체할 수 없는 상황이었다.

"잘 가거라!"

미류는 원본 파일을 소멸부로 감쌌다.

"케에엑!"

그러자 원귀가 발악하기 시작했다. 미류는 원귀를 향해 신방울을 던졌다.

"키엑!"

방울을 맞은 원귀가 휘청 흔들리는 게 보였다. 그때를 놓치지 않고 중심에 부적을 붙였다. 그런 다음 부적에 불을 당겼다.

"끼엑엑, 싫어, 싫어!"

원귀가 몸부림치기 시작했다. 그렇다고 해서 부적의 불이 꺼지지는 않았다.

"끄에에!"

비명을 지르던 원귀가 멋대로 발광을 하기 시작했다. 하지만 제자리였다. 부적의 힘 때문이었다. 원귀는 부적이 다 타버림과 동시에 하반신부터 지워지기 시작했다.

"오유정."

미류가 위엄을 뿜었다.

"꾸에에……."

원귀의 목소리는 이제 메아리처럼 아련하게 들렸다.

"네 다음 생에 다시 태어나고 싶다면 이제라도 좋은 마음을 먹거라. 무릇 모든 생명은 죽기 직전의 간절함이 내생에 힘이 되는 것이니."

"끄에……."

"나는 부득 너를 징치하지만 어둠의 저곳에서는 용서받기를 바란다."

"으에에……."

원귀가 빛을 잃기 시작했다. 하반신에 이어 양팔이 사라졌다. 이제 남은 건 단지 그녀의 얼굴뿐이었다.

"미안해……."

마지막, 얼굴이 사라지기전 그녀는 한마디를 남겨놓았다. 그게 원귀가 남긴 최후의 흔적이었다.

"아아!"

배은균에게 기대 있던 연습생들이 넘어갔다. 홍 팀장 옆의 연습생도 그랬다. 경비 또한 소리도 없이 넘어가 버렸다.

"산희야, 정하야!"

배은균의 외침을 들으며 미류는 하라에게 향했다. 머리를 보았다. 영가의 흔적들이 사라지고 있었다. 연습생들과 경비도 마찬가지였다. 녹음실과 연습장도 그랬다. 이제 그 어디에도 모진 영가의 흔적은 엿보이지 않았다.

품에서 해독단을 꺼냈다. 숭덕이 준 귀한 약이었다. 몇 알씩 덜어 하라와 연습생들, 경비에게 나눠 먹였다. 원귀의 흔적조차도 남기지 않기 위한 조치였다.

"오빠……."

잠시 후에 하라가 눈을 떴다. 이마에 식은땀이 있지만 염려할 수준은 아니었다. 연습생들과 경비도 이내 정신을 차렸다. 그들 역시 얼떨떨할 뿐, 머리가 뒤엉킨 느낌은 없어졌다고 말했다. 영가가 사라진 탓도 있지만 해독단의 효과도 한몫을 한 모양이었다.

"법사님……."

배은균이 미류를 바라보았다.

"정리하시려면 시간 좀 걸리겠는데요?"

엉망이 된 녹음실과 음반들을 보며 미류가 웃었다.

"정리가 문제입니까?"

배은균은 웃으며 다음 말을 이었다.

"진짜 귀신을 보았잖습니까? 이제 우리 기획사 음반은 내는 대로 대박 예약입니다."

다른 사람 같으면 연습장 옮긴다는 말을 할 텐데도 그는 긍정적으로 생각하고 있었다. 과연 가요계 판도에 지각변동을 일으킬 만한 배포였다.

"오디션은 다음으로 미뤄야겠죠?"

미류가 배은균을 바라보았다.

"에? 난 할 수 있는데……."

하라는 반대였다.

"이년이 개거품만 물더니 무슨 일이 일어났는지도 모르네. 법사님이 네년한테 붙은 귀신을 퇴마하느라 얼마나 고생한 줄 알아?"

하라 뒤의 봉평댁이 빼액 소리를 질렀다.

"오디션은 내가 하는 거잖아? 오빠는 의자에서 쉬면 되지."

하라는 의자까지 대령해 주었다.

허얼!

미류와 봉평댁이 난감의 바다에서 허우적거릴 때 배은균이 콜을 받았다.

"에라, 까짓것 한번 해보죠 뭐. 분위기도 바꿀 겸."

상황이 바뀌어 연습실의 주빈이 된 배은균과 하라. 결국 녹음실로 들어가 오디션을 시작했다.

"어유, 저 미친년……."

봉평댁이 몸서리를 쳤다. 미류에 대한 미안함의 표시였다.

"우리 하라, 가수보다 나은데요?"

미류는 엉뚱한 말로 화제를 돌렸다.

"낫기는요, 저년, 집에만 가보라지……."

봉평댁이 벼르는 동안 미류는 전화를 확인했다. 정신없이 지나간 몇 시간이었다. 그 틈에 잘못 만졌던 건지 핸드폰도 꺼져 있었다. 전원을 커니 문자가 주르륵 들어왔다. 화요의 것도 있고 지인들의 것도 있었다. 하나하나 살피던 미류의 눈이 마지막 몇 개의 문자에서 멈췄다. 오디션장에 오기 전에 만났던 농구 청년이었다.

—법사님 저 3순위로 지명받았어요!

―너무 고마워서 인사드리려고 했는데 전화가 꺼져 있네요.

―정말 고맙습니다. 내일 아침에 어머니와 함께 인사드리러 갈게요. 우리 어머니가 얼마나 좋아하시는지 몰라요.

문자에서 반짝반짝 빛이 났다. 청년의 행복한 얼굴이 동영상처럼 떠올랐다. 녹음실 안의 하라 목소리 또한 신명이 돋고 있었다. 노래에 청년의 행복이 묻어나는 것 같았다.

폭풍 뒤의 평화!

하라에게도 청년에게도 그랬다. 그전에 스쳐간 절망과 곤란… 그걸 넘었기에 누리는 행복이었다. 미류는 천천히 답문을 눌렀다.

―축하해요. 꼭 특급 선수가 될 겁니다.

누군가 행복한 자리에 훈수를 두었다는 것, 그 또한 주체할 수 없는 행복이 틀림없었다. 이게 진짜배기 꿀이지. 암. 미류는 뿌듯하게 꿀을 즐겼다.

후룩!

오디션이 끝난 후에 미류는 복국을 먹었다. 배은균과 둘이었다. 연습생들은 홍 팀장이 데리고 갔다. 하라는 봉평댁과 먼저 택시로 떠났다. 미류는 배은균에게 볼일이 남은 까닭이었다.

오유정.

배은균.

두 사람이 궁금해졌다. 매사가 전생으로 연결되는 건 아니지만 어쩐지 연관이 있을 것 같았다. 그렇지 않고서는 이토록 드라마틱한 일이 일어나기는 어려웠다.

물론 미류는 기억하고 있었다. 배은균의 운명창에 들어 있던 행운기. 그렇기에 이번 일 또한 행운이 된 것이다. 다른 사람 같았으면 흉흉한 분위기에 밀려 두 손 들고 나왔을 일…….

"오유정과 제 전생을 보신다고요?"

국물을 마시던 배은균이 물었다. 천리마를 알아보는 능력의 전생을 지나온 배은균. 그래서인지 그는 속이 깊었다.

"궁금해서요."

"저야 영광이죠. 법사님이 봐주신다면……."

"그럼 잠깐 짚어보겠습니다."

미류는 바로 배은균의 전생을 탐색했다. 오유정을 생각하며 연결고리를 찾았다. 거기 있었다. 배은균의 전생이 그녀와 인연을 맺고 있었다.

또 다른 전생에서, 배은균은 유럽의 화랑 주인이었다. 그는 사들인 그림을 정리하고 있었다. 하나하나 정성을 기울였고 조심스레 다뤘다. 그 그림은 미류 눈에도 익었다. 바로 인상파 화가들의 작품이었다. 당시 미술품 소장가들은 인상파 화가의 그림은 거들떠보지도 않았다. 하지만 화랑 주인은 뚝심으로 그들을 지원했다. 그들이 그리는 그림을 죄다 사준 것이다. 덕분에 그들은 계속 그림을 그릴 수 있었다. 말하자면 그 화랑 주인이 없었다면 인상파의 시대는 없었을 수도 있었다.

화랑 주인에게는 눈이 먼 하녀가 하나 있었다. 그녀 또한 주인의 은총을 입었다. 눈이 먼 그녀를 기꺼이 채용해 집안일을 맡긴 것이다. 하녀는 몸매조차 볼품이 없었다. 하지만 노래 하나는 기가 막히게 불렀고 성실했다. 주인은 화가들을 불러 연회를 열 때마다 하녀에게 노래를 시켰다. 그만한 대가도 안겨주었다.

둘의 만남은 우연이었다.

하녀는 화랑 앞에 있었다. 창을 더듬으며 그녀가 말했다.

"그림을 좀 만져보고 싶어요."

주인은 그 청을 들어주었다.

헤어질 때는 주인의 먼 출장 때문이었다. 당시 주인은 미국 진출을 꿈꾸고 있었다. 그곳이라면 인상주의 화가들의 작품을 알아줄 것도 같았다. 그 아이디어의 출처는 하녀였다. 어느 날 그녀가 그림을 더듬으며 중얼거렸던 것이다.

"뉴욕이라면 이런 그림을 알아주지 않을까요?"

그렇게 해서 달려간 미국, 전시회는 성황리에 끝났다. 그 그림들 또한 하녀가 정성껏 포장을 맡았었다.

그리고 돌아와 보니 하녀는 죽은 후였다. 주인이 떠난 다음 날 열병이 들어 일주일 만에 죽었다는 거였다. 그 일주일은, 바로 주인이 뉴욕에서 전시회를 시작한 날이었다.

그때…….

그때도 하녀의 귀신이 주인을 도운 걸까?

오늘처럼 이렇게 간접적으로?

미류는 감응을 끝냈다. 그리고 배은균에게도 보여주었다.

"오유정……."

현실로 돌아온 배은균이 CD를 만지작거렸다. 오유정이 멋모르고 낸 CD였다.

"사실 이 아이… 소문 들었을 때부터 좀 짠한 마음은 있었어요. 그래서 CD도 찾아봤고… 남들은 죽은 사람 물건이니 재수 없다고 버리라고 했지만 그러고 싶지 않더라고요."

"……."

"그리고… 아까도 좀 놀라기는 했지만 그렇게 무섭지도 않았어요. 어쩐지 저를 해치지는 않을 거 같았습니다."

"그럴 수도 있었겠네요."

미류는 공감했다. 오유정에게 해코지를 한 건 매니저들과 경비들이었다. 하지만 저 정도 원귀가 된 상태라면 이제는 누구든 사람을 가리지 않을 수도 있었다. 그러나 그녀는 전생의 은인에게는 해코지를 하지 않았다. 아니, 결과론이지만 배은균은 그녀 덕분에 연습실도 헐값에 얻은 셈이었다.

'과연……'

미류를 고개를 끄덕거렸다. 천리마를 보는 눈에 더해진 전생의 공덕과 신뢰…….

배은균의 일생에도 이제, 환한 빛이 쏟아질 것만은 의심스럽지 않았다.

귀신을 보면 대박이 난다는 가요계의 속설.

그런데 배은균은 그 귀신을 잡아버린 것이다.

"이제 하실 말씀 끝났습니까?"

배은균이 물었다.

"한 가지 더 있기는 합니다."

"말씀하시죠."

"오늘 머리가 아파서 불려온 애들… 대표 가수로 내세우세요. 원귀가 그 애들을 타깃으로 한 건 그 애들 잠재력을 알았기 때문입니다."

"이야, 대박이군요. 그러잖아도 저도 찍어둔 애들이었는데……."

"역시 감이 있으시군요."

"그럼 이것 좀……."

배은균이 내민 건 계약서였다.

"계약서?"

"하라 말입니다. 정식으로 제게 맡겨주십시오. 하라 머리가 제일 아팠으니 법사님 말대로라면 초대박감이겠죠?"

"제 말은……."

"사실 그 귀신 말이 아니어도 계약했을 겁니다. 다듬을 곳이 많지만 가요계에 한 획을 그을 재목인 것은 틀림없습니다. 서두르지 않고 기본기부터 만들어서 최고의 가수로 키워보겠습니다."

"아뇨!"

미류가 고개를 저었다.

"법사님?"

놀란 배은균이 미류를 바라보았다. 거절로 생각한 모양이었다.

"놀라시긴… 거절이 아니고 번지수가 틀렸다는 겁니다. 계약이라면 하라 어머니와 하서야죠."

"아까 그분요?"

"예."

"그분은 무조건 법사님과 하라고 하시던데……."

"예?"

"정말입니다. 우리 홍 팀장이 위임장도 받았는걸요."

배은균이 서류 한 장을 더 꺼내놓았다. 봉평댁이 쓴 위임장이었다.

"이제 사인하시죠. 부탁합니다!"

배은균이 한 번 고개를 숙였다. 미류는 꼼짝없이 사인을 하는 수밖에 없었다. 마침내 하라가 아이돌 가수로 디딤돌을 밟는 순간이었다.

위험한 동티

잠을 잤다. 늦은 김에 새벽 기도까지 마치고 잠들었다. 그렇다고 늦잠을 잘 수는 없었다. 아침 예약이 밀린 까닭이었다.

딱 세 시간.

미류에게 주어진 단잠이었다. 하지만 그 단꿈은 봉평댁의 노크에 달아나 버렸다.

"미류 법사……."

"우웅!"

미류는 뒤척이며 돌아누웠다. 몸이 기상을 허락하지 않았다.

"누가 찾아왔는데……."

"……."

"어제 그 총각… 어머니와 왔는데 돌려보낼까? 예약 손님들이 몰려올 시간이라 지금밖에 시간이 없어서……."

"그냥 다음에……."

"알았어. 그렇게 말할게."

봉평댁의 발소리가 멀어질 때였다. 미류의 뇌리를 스쳐 가는 문자가 있었다.

—저 지명받았어요!

어제 온 총각… 총각은 셋이었다. 그런데 어머니와 함께라면?

"이모!"

미류가 왈딱 일어서며 소리쳤다.

"들여보내세요."

이때부터 미류는 번갯불에 콩을 볶았다. 세수를 하고 옷을 입고… 깜박 잊은 양치까지 다시 했다.

딸깍!

신당 문이 열렸을 때 미류는 신당에 있었다. 무복까지 갖춰 입은 자태였다.

"법사님!"

"아이고, 법사님!"

총각은 농구 청년이 맞았다. 어머니와 함께 온 총각은 누가 먼저랄 것도 없이 넙죽 절부터 올렸다.

"절까지 하실 필요는……."

황송한 미류가 어머니를 말렸다.

"아이고, 그런 말씀 마세요. 이놈에게 다 들었습니다. 법사님이 우리 아들 살린 거예요."

어머니는 눈물부터 쏟아놓았다.

"알겠습니다. 진정하시고……."

"실은… 어제 바로 달려와 인사드리려고 했는데… 전화가 안 된다길래……."

"……."

"고맙습니다. 우리 아들 꿈을 이루게 해주셔서……."

"그건 아드님 복인걸요. 저는 그저……."

"그 그저가 중요한 거지요. 우리 아들, 드래프트 참가 포기할 것 같았거든요."

"……."

"이 은혜는 죽어도 잊지 않을 겁니다. 우리 아들도 주전 멤버가 되기만 하면 한 골당 얼마씩 어려운 사람들을 위해 기부하기로 했어요."

"좋은 생각이네요."

"그리고 이거……."

어머니가 작은 상자를 내밀었다. 상자에서는 모락 뜨거운 느낌이 끼쳐왔다.

"뭐죠?"

"떡이에요. 저희가 형편이 좋지 않아서 달리 드릴 것도 없고……. 제가 떡 만드는 재주는 좀 있어서 떡을……."

"어머니가 밤새워 만드신 겁니다."

청년이 부연을 보태놓았다.

"어휴, 뭐 이런 걸 다……."

보는 앞에서 상자를 열었다. 고소한 냄새의 떡이 모습을 드러냈다.

"이야, 이거 감히 손도 대기 어려울 정도로 맛깔스러워 보이네요?"

미류가 소리쳤다. 진심이었다. 떡이 아니라 정성이 담긴 것 같았다.

"죄송해요. 다음에는 꼭 좋은 보답해 드릴게요."

"아뇨. 저한테 보답하지 마시고 훌륭한 선수가 되세요. 저는 그것으로 만족합니다."

"법사님……."

"이모, 거기 접시 좀 가져오세요."

미류가 문을 향해 외쳤다. 봉평댁은 바로 접시를 가져왔다. 미류가 그걸 담아 청년의 어머니에게 주었다.

"신단에 올리세요. 저야 뭐 한 일이 있나요? 우리 몸주님 시키는 대로 입만 벙긋거렸을 뿐이니……."

"법사님!"

"어서요? 몸주님이 벌써 좋아하시네요."

미류가 어머니의 등을 밀었다. 떡을 올려놓은 어머니는 거듭 합장을 하며 치성을 올렸다. 아들은 그 뒤에서 눈물을 훔친다. 아들을 위해 비는 어머니와 그런 어머니가 고마운 아들의 마음. 미류의 피로가 싹 가시는 광경이었다.

"파이팅!"

미류는 떡의 보답으로 두 공수를 주었다. 하나는 격려였고 또 하나는 부적이었다.

〈負傷防止符〉, 〈健康守護符〉

부상방지부와 건강수호부…….

농구는 과격한 스포츠였으니 청년에게도 꼭 필요한 부적이었다.

부디…….

그 부적의 효험과 함께 부상 없이 시즌을 누리기를.

농구의 역사에 길이 남는 선수로 기억되길.

감격을 밀어낸 미류, 거실의 봉평댁을 향해 걸쭉한 한마디를 던졌다.

"오늘 점사 시작합니다!"

"저는 논산에서 왔구만요."

첫 번째 손님은 40대 후반의 아줌마였다. 그녀는 논산 아줌마의 소개로 왔다고 했다. 미류가 영시를 투영했다. 그녀의 귀와 가슴팍에 사기가 보였다. 먼 길을 왔으니 운명창도 다 열어보았다.

[가정운 中中 48%]

[건강운 上下 66%]

[재물운 中下 33%]

[애정운 中中 49%]

[학벌운 中下 36%]

[명예운 中下 39%]

아줌마 자체는 아주 평범했다. 특별히 나쁜 것도, 좋은 것도 없었다. 조금 더 세밀하게 들어가자 가정창에 글자 하나가 서렸다.

[子]

아들이었다. 물론 좋은 상황은 아니었다. 글자가 잔뜩 구부린 것을 보니 사람 관계에 문제가 있는 것 같았다.

"가장 큰 걱정은 아드님이시군요. 다음으로 기주님도 가슴이 먹먹한 데다 귀도 좀 안 좋고……."

운명창을 읽어낸 미류가 물었다.

"아이고, 용하기도 하셔라. 척 보면 삼천리시네?"

아줌마가 반색을 했다.

"병원에는 가보셨어요?"

"우리 아들요?"

"예, 아들부터 시작하죠."

"어휴, 내가 우리 아들 생각만 하면……."

아줌마는 서글픈 눈물부터 쏟았다. 미류는 조용히 귀를 열었다. 울고 싶은 사람은 울어야 한다. 우는 것도 아무 앞에서나 할 수 있는 일이 아니었다.

"우리 아들이 정말 똑똑했어요. 이제 중학교 2학년인데 작년까지만 해도 공부도 잘하고 친구도 많았거든요. 그런데 새 집으로 이사를 하고부터 갑자기……."

아줌마의 목소리가 메이기 시작했다. 흐느끼는 어깨를 보며 영시(靈視)를 강화했다. 아줌마의 우환은 조금 복잡해 보였다. 집이 보이고 화장실도 보이고 돌도 보였다. 한 가지 원인으로 온 게 아닌 것이다.

"그런 아들이 갑자기 이상해지더니 이제는 아주 세상과 담을 쌓으려고 해요. 학교에서도 집에서도 벙어리처럼 말도 안 하고……."

"그 집 새 집 아니죠?"

"예……."

"이사할 때 손 없는 날을 택했나요?"

"아뇨?"

"그럼 방위는 아예 생각도 안 했겠군요?"

"예……."

아줌마는 당연한 듯 대답했다. 이유는 아줌마가 도시 출신인 까닭이었다. 대도시 사람들은 대개 이삿날을 잘 잡지 않는다. 서로의 계약관계에 따라 이사를 하는 게 보통이다. 하지만 이사의 방위 선택이나 손 없는 날 선택은 지켜서 손해날 것이 없다. 가족들이 삼재에 들었을 때는 더욱 그렇다.

이사에 있어 가장 크게 꼽는 건 대장군살 방위다. 선인들은 대개 집을 고치거나 증축할 때도 날을 잡았다. 이 대장군살은 해마다 변하지만 기억하기 어렵지 않다.

인묘진(寅卯辰) 즉, 호랑이, 토끼, 용띠 해에는 정북쪽이 대장군살 방위가 된다. 사오미(巳午未), 뱀, 말, 양띠의 해에는 정동쪽이 대장군살 방위다. 신유술(申酉戌), 원숭이, 닭, 개띠의 해가 되면 정남쪽이고, 해자축(亥子丑), 돼지, 쥐, 소띠의 해에는 정서쪽이 대장군살 방위가 되는 것만 기억하면 된다.

"혹시 그 집, 아픈 사람이 살던 집 아니었나요?"

"맞아요. 그 집 바깥주인이 병환으로 죽어서 이사 간다고 급매로 나와서……."

"그 집 물건들 일부를 그냥 썼죠?"

"어머!"

"맞나요?"

"맞아요. 정감 어린 물건들이 많은데 그냥 버리고 갔길래……."

"집도 그냥 수리했죠?"

"그거야… 병자가 살던 곳이라 엉망이길래… 부엌도 그렇고 화장실도 마음에 안 들어서……."

"집에 큰 돌도 보이는데요?"

"돌은… 애 아버지가 정원 꾸민다고 하나둘……."

"두 분 병은 동티입니다."

동티!

미류가 강조했다.

"동티요?"

아줌마가 고개를 들었다.

"그런 말 들어보셨어요?"

"별로……."

"간단히 말하면 부정을 탄 겁니다."

"……"

"예를 들면 오래된 물건이나 귀신 붙은 사물 같은 걸 훼손하거나 건드리면 이유를 모르는 질병에 걸리거나 심하면 죽게 되기도 하지요. 사악한 원귀가 해코지를 하는 겁니다."

"그럼 죽은 사람이 살던 집이라서 귀신이 붙었다는 거군요?"

"원인은 여러 가지로 보입니다. 우선은 이삿날을 잘못 잡았고 죽은 사람이 쓰던 걸 그대로 쓰는 통에 동티가 났어요. 거기에 집수리, 흉흉한 돌까지 겹치면서 그 나쁜 기운이 모여 기가 쇠한 가족부터 차례로 친 겁니다."

"어머!"

"그래서 아드님이 먼저 동티를 맞았고 다음은 기주님……."

"어머어머……."

"병원은 가보셨죠? 별 해결책은 못 들었겠지만……."

"맞아요. 애 때문에라도 갔는데 별문제는 없는 것 같다고 며칠 잘 쉬면 낫는다고 하고 저도 짝가슴일 뿐 별 이상은 없다네요."

짝가슴!

하지 않아도 될 말이라는 걸 알았는지 아줌마가 얼굴을 붉혔다.

"기주님은 부엌에서 이상한 소리가 들리고 가슴팍에 팽이가 짜릿하게 돌기도 하지요?"

"아이고, 부처님, 내가 제대로 찾아왔네."

아줌마는 두 손을 모아 거푸 허리를 조아렸다.

"처방을 드릴 테니까 가서 해보세요. 금세 좋아질 겁니다."

"예, 예……."

"우선 돌은 전부 제자리에 가져다 두시고, 멋대로 박은 못도 다 빼세요. 그리고 쑥 좀 구해서서 사나흘 동안 한 번씩 태우세요. 창문 닫으시고 집의 네 귀퉁이에서 태우다가 연기가 나면 고춧가루를 넣으면 됩니다. 그럼 아드님도 기주님도 좋아지실 겁니다."

미류는 쑥을 처방했다. 쑥은 잡귀들이 싫어하는 대표적인 것이다. 잡귀는 대체로 마늘이나 고추, 쑥처럼 냄새가 강한 걸 싫어한다. 그런 까닭에 예부터 쑥을 말려 태워서 잡귀나 부정한 기운을 막는 경우가 많았다.

"단지 그것만 하면 되나요?"

"대나무가 있다면 그것도 태우면 좋죠, 딱딱 타는 소리가 나면 잡귀가 놀라 달아나거든요."

"그런데 그것 참 이상하네."

미류의 처방에 아줌마가 고개를 저었다.

"뭐가 말이죠?"

"동티인가 뭔가 말이에요. 그런 게 요즘 같은 세상에도 있나요? 사실 우리 옆집도 우리랑 같은 날 이사를 왔거든요. 그 집도 할머니가 중풍으로 앓다 죽었다는데 그 집은 아무렇지도 않단 말이죠."

"그건 기주님하고 아드님 사주 때문에 그래요."

"사주요?"

"두 분이 올해 들삼재입니다. 몸으로 치면 면역이 약해졌다는 뜻이지요. 그런 경우에는 병균 침입이 쉽겠죠? 그런 이유로 사람마다 동티가 다르게 올 수 있지요."

"이사하고 집 고친 건 그렇다고 치고… 그럼 돌은요? 돌 같은 거에 무슨 동티가 있나는 서죠? 세상에 구르고 구르는 게 돌인데……."

"그렇긴 하지만 돌이라는 게 원래 자연의 것이잖아요? 있어야 할 자리에 있지 못하게 되니 나쁜 기운이 될 수 있죠. 또한, 돌은 깨지는 기운이 있어 자칫 부부 사이를 멀어지게 할 수도 있답니다."

"그래요?"

"그리고 이웃한 집이라고 해도 주인의 운이 다릅니다. 좋은 기운을 받을 때라면 조금 나쁜 물건도 손 없는 날에 들어가게 되지요. 특별히 날을 받지 않아도 말입니다."

"그렇군요. 말로만 듣던 삼재가 무섭네요."

"꼭 그런 것은 아니지만 조심할 필요는 있습니다. 두 분에게 삼재 부적을 써드릴 테니 몸에 지니시고 주소 적어두시고 가세요. 내년 이 맘 때하고 후년에 한 장씩 더 보내 드릴게요."

"아유, 그렇게까지?"

"대신 다음에는 이사나 오래된 시골집 수리 같은 건 가급적 날짜를 받아서 하세요. 필요하시면 저한테 전화로 물으셔도 됩니다. 상담 비용은 공짜입니다."

"아이고, 고맙습니다. 법사님."

아줌마는 거푸 인사를 하고 신당을 나갔다.

'동티라……'

미류가 혼자 웃었다. 동티에 관한 상담은 오랜만이었다. 동티는 참 소소하지만 당하는 사람은 고역이다. 소소하기에 원인을 모르거나 그냥 참아버리는 경우가 많기 때문이다. 하지만 심하면 목숨을 잃기도 한다. 웃어넘길 일은 아니라는 것이다.

그런데 이 날은 날 받은 걸까? 아줌마에 이어 들어온 손님도 동티가 문제였다.

부부였다.

50대 초반으로 얼굴도 닮았다. 오래 살면 서로 닮는다더니 그 표본을 보는 것 같았다. 하지만 사이는 좋아 보이지 않았다. 마지못해 함께 온 표정이었다.

미류는 두 사람의 운명창부터 체크했다. 애정창은 아주 평범한 지수를 보였다. 그 안에 다른 여자가 있거나 남자가 있지는 않았다. 둘 다 외도를 하는 건 아니라는 뜻이었다.

이번에는 가정창을 엿보았다. 그 또한 평범했다. 여자의 경우에는 대개 시어머니나 시아버지 문제가 있는 경우가 많았다. 그도 아니라면 시동생이나 시누이……

이혼 문제도 아닌 것 같아 영시로 돌아섰다. 두 사람 공히 복부에 검은 연기가 보였다. 형태나 크기도 유사했다.

"두 분 다 배가 아파서 오셨군요?"

미류가 물었다.

"척하면 삼천리네. 맞아요. 이이하고 저하고 배가 아파서……"

대답은 여자 혼자 했다.

"약으로도 안 되죠?"

"예, 병원을 세 군데가 갔는데 신경성이다 스트레스다… 마음 편하게 먹으면 괜찮아진다는데 우리는 아프거든요."

그 말을 들으면서 영시를 계속했다. 잔칫집이 보였다.

"두 분 다 잔칫집에 다녀오셨네요?"

"어머!"

놀란 여자가 남편을 돌아보았다. 미리 척척 맞춰버리니 할 말이 없는 것이다.

"그 후로 배가 아프게 되었죠?"

"예… 그다음 날로… 그런데 알고 보니 우리만이 아니라 거기 갔던 사람들이 죄다 아프다더군요. 그래서 식중독 검사도 받았는데……"

—식중독균 살모넬라 이질균 등 불검출!

고로 식중독은 아니었다.

잔칫집에 갔던 사람들이 집단으로 배가 아프다? 현대 의학이라면 당연히 식중독으로 접근한다. 하지만 이 경우에는 현대 의학이 나설 일이 아니었다. 잔칫집이 잘못된 것이다.

"결혼식이었군요?"

"예… 아는 집안 어른인데 벌써 세 번째 결혼을……. 남들은 다 욕을 하지만 초대를 하니 아는 처지에 안 갈 수도 없고……."

"아, 그러게 내가 뭐라캤나? 그런 들러리 서지 말자고 했잖아?"

잠자코 있던 남편이 짜증을 작렬시켰다.

"이이 좀 봐. 우리 친척이야? 당신 아저씨잖아?"

"그렇거나 말거나 전화받고 가겠다고 약속한 건 당신이잖아?"

"그게 나 좋자고 간 거야? 당신 얼굴 세우려고 간 거지."

"얼굴 같은 소리 하고 있네. 늙은이가 주책이라니까."

"그만하세요."

미류가 설전을 중지시켰다.

"그분 전 부인들은 다 죽었죠?"

"예… 사실 그 양반이 카사노바거든요. 부모님이 물려준 재산이 많다 보니 젊을 때부터 방탕했어요. 그러다 보니 마누라들이 속이 뭉그러져서… 첫 부인은 음독자살을 했고, 두 번째는 술을 많이 마셔서 간암으로……."

여자가 대답했다.

두 아내의 죽음과 세 번의 결혼!

어렵지 않게 답을 얻었다. 남자의 세 번째 결혼식, 두 원귀가 손을 잡고 나타난 것이다. 본때를 보이려고 난장을 친 것이다. 그 원과 한이 하객들에게 묻어갔다. 그래서 죄다 탈이 난 것이다. 주인의 과욕이었다. 좋은 일로 죽은 게 아닌 아내들. 피치 못해 재혼을 하는 건 어쩔 수 없지만 그 집에서 잔치까지 벌일 일은 아니었다.

"신부는 어떤가요?"

미류가 물었다.

"그건 우리도 모르죠? 우리 똥이 세 자루인데……."

"한번 알아봐 주시겠어요? 아마 두 분보다 더 많이 아플 겁니다."

"지금요?"

"예!"

미류가 재촉하자 여자가 남자 옆구리를 툭 쳤다. 남자는 분위기에 눌려 별수 없이 전화를 걸었다.

"여보시오, 저 중철입니다."

"뭐라꼬요?"

남자 목소리가 올라간다.

"알겠심더, 거참… 몸조심하라고 전해주입시더."

남자의 통화가 끝났다. 듣지 않아도 알 상황이었다.

"화이고, 그라몬 우리가 단체로 귀신한테 홀린 거네예?"

남자의 얼굴에 공포가 스쳐 갔다.

"뭐 홀렸다기보다는 귀신의 입김이 스쳤다고 보시면 될 것 같습니다."

"화이고, 우째 몸이 으실으실 오싹하더라니……."

"그럼 어쩌면 좋죠?"

여자가 미류를 바라보았다.

"잠깐 기다리세요."

미류는 부적 두 장을 가져왔다. 그 한 장을 태워 물에 녹인 후 남자에게 내밀었다.

"마시세요."

"이걸요?"

"쭉 마시면 배 아픈 게 내려갈 겁니다."

"화이고, 내 살다 살다 부적을 다 먹어보네."

남자는 고개를 돌리고 원샷으로 부적물을 마셨다.

"웃옷 벗으세요."

"웃은 또 와여?"

"할 일이 남았습니다."

미류의 반듯한 눈매를 본 남자, 입을 삐죽거리며 옷을 벗었다.

"나무동방삼지축귀신, 나무남방삼지축귀신 나무서방삼지축귀신 나무북방삼지축귀신……."

미류는 축귀경의 경문을 외며 남자의 배에 부적을 그렸다. 그런 다음 신단의 촛불을 들고 와 부적에 대었다.

화아악!

부적에 불이 붙었다. 오직 미류 눈에만 보이는 불이었다. 남자의 눈에는 그저 붉은 부적 문자가 검게 변하는 것만 보였다.

"어떻습니까?"

"예?"

"배 아픈 데 어떠냐고요?"

"……?"

"이이가 귀구녕 막혔나? 법사님이 어떠시냐고 묻잖아요?"

"하나도 안 아픈데?"

"진짜요?"

"하모, 귀신 같이 나아버렸네?"

남자는 미류를 바라보며 눈을 멀뚱거렸다.

이제 여자 차례가 되었다. 그 과정 또한 같았다. 부적 태운 물을 먹이고 복부의 아픈 부위에 부적을 그렸다. 촛불에 닿은 부적이 검게 변하자 여자는 깊은 트림을 토했다.

꾸르륵!

자신도 모르게 트림을 한 여자. 미류를 의식하고는 얼른 입을 막왔다.

"괜찮습니다. 귀신 내려가는 소리니 마음 놓고 트림하세요."

미류가 웃자 이번에는 부부가 합창으로 트림을 했다.

꾸우욱, 꾸르륵!

몇 번의 트림 후에 부부의 인상이 환하게 펴졌다. 잔칫집에서 들어온 원귀의 흔적이 사라진 것이다.

"화이고, 용하다, 용하다! 이런 분이 다 계셨네?"

무뚝뚝하던 남자가 먼저 감사를 전해왔다.

"다 내 덕인 줄 알아. 가자고 하니까 무슨 점쟁이냐고 타박만 하더니 잘 왔지?"

"그런데 이 여편네가 법사님 앞에서……."

"매사에 사람 복장 긁어놓으니 그렇지. 당신은 내 말만 들으면 자다가도 떡이 나온다고."

"뭐야? 그저 할 줄 아는 건 바가지 긁는 것밖에 없는 주제에!"

몸이 나은 둘은 처음보다 더 각을 세웠다.

"잠깐요!"

절겅!

미류가 신방울로 둘의 전투를 중지시켰다. 신당에서도 각을 세우는 두 사람. 집에서는 오죽할까? 그걸 아는지 여자가 미류에게 청을 전해왔다.

"법사님, 듣자니 전생점에 도사시라던데 우리 부부 전생연 좀 봐주세요. 저 인간하고 저하고 원수도 그런 원수가 없었을 것 같습니다."

"죄송하지만 그 반대입니다."

미류가 웃었다. 두 사람이 아드등바드등거리는 사이에 둘의 전생령을 읽었던 것이다.

"반대요?"

"그럼 이 여편네하고 저하고 죽고 못 사는 사이였단 말입니꺼?"

여자에 이어 남자고 거품을 물었다.

"예!"

"화이고, 그 무슨 귀신 씻나락 까먹는 말씀을……."

"이제 배 아픈 건 해결되었으니 눈을 감아보세요. 재미난 구경 하나 보여 드리죠."

"구경?"

"양쪽에서 제 손을… 네, 그렇게… 그리고 잠깐만 눈을 감으십시오."

미류는 삼자 감응에 돌입했다.

둘은 러시아 쪽의 노가이족이었다. 노가이족은 한국처럼 12간지를 가진 민족이다. 다만 한국과는 조금 다른 동물이 섞여 있다.

그들 역시 쥐의 해부터 시작된다. 쥐, 소, 살쾡이, 토끼, 용, 뱀, 말, 양, 원숭이, 닭, 개, 돼지 순이다. 호랑이 대신 살쾡이가 들어가는 게 다르다. 더러는 용 대신에 물고기를 넣기도 한다. 띠에 대한 관습도 많아 토끼해에 태어난 아이들은 겁이 많다고 여겼다. 양의 해에는 가축이 새끼를 많이 낳는다고 믿는다.

이 부족들은 다섯 명의 중매인단을 결성해 신붓감으로 찍은 아가씨의 집을 찾아간다. 방문을 받은 여자의 집은 다음번 만남 때까지 남자에 대한 정보를 수집한다. 이때 신랑감이 마음에 들면 지참금을 정하고 약혼을 한다.

하지만 이들 부부는 달랐다. 둘이 먼저 눈이 맞은 것이다. 그건 순전히 양 때문이었다. 현생의 아내. 그 생에서 가족과 함께 양을 치는 소녀였다. 그러다 사고가 났다. 가족이 돌보던 양이 무리에서 달아난 것이다. 여자가 작대기를 들고 쫓았다. 양은 달리고 달려 다른 양의 무리로 숨어버렸다. 그때 만난 게 그쪽 양을 돌보던 소년, 즉 현생의 남편이었다.

처음은 좋지 않았다. 남편이 양을 내주지 않으려고 외면을 한 것이다. 어린 소년과 소녀가 실랑이를 할 때 소년의 다른 가축에게 문제가 생겼다. 낙타 무리 중 한 마리가 주저앉아 일어서려 하지 않은 것이다. 소년의 가족들이 다 달려들어도 막무가내였다.

"내가 도와줄 테니까 우리 양 돌려줘."

소녀가 나섰다.

"네가?"

소년이 위아래로 눈을 흘겼다. 어른들도 못 하는 걸 소녀가 뭘 한단 말인가?

"걱정 말고 내 양이나 찾아다 봐. 귀에 표식이 있어."

소녀는 두 팔을 걷고 나섰다. 끙끙거리는 소년의 가족에게 다가선 소녀는 낙타의 엉덩이를 들여다보았다. 그런 다음 낙타의 무리로 걸어가 다른 낙타의 엉덩이를 만지작거렸다.

"비키세요."

돌아온 소녀가 소리쳤다. 가족들이 코웃음을 치자 소녀가 고삐를 잡아챘다. 그런 다음 낙타의 코를 쓰다듬었다. 조금 전 다른 낙타의 엉덩이를 만진 그 손이었다.

"마아아마아아!"

낙타는 울음소리를 내며 벌떡 일어섰다. 소녀는 고삐를 소년의 앞에 대고 흔들었다.

"내 양!"

소년은 꼼짝없이 소녀의 양을 찾아오는 수밖에 없었다.

"고마워!"

양을 찾아온 소년이 말했다.

"나도!"

소녀 역시 고삐를 건네주었다. 둘의 시선이 마주쳤다. 둘이 웃었다. 원래 이 부족은 중매단 다섯의 의견을 통해 혼인을 맺는 사회. 그러나 소년의 가족들은 소녀의 지혜에 반해 버렸다. 소년도 그랬다. 결국 모든 과정을 생략하고 혼인을 했다. 그렇게 만난 둘은 손발을 척척 맞추며 백년해로를 했다. 아이도 여섯을 낳았고 가축도 아버지 대의 다섯 배로 늘였다. 모자란 것 없이 행복한 생활이었다.

게다가…….

둘은 한날한시에 눈을 감았다. 양털로 짠 침대 위였다. 둘을 이어 준 그 양의 털로 만든 침대보 위였다.

"당신……. 다음 생에도 나를 사랑할 거야?"

할머니가 된 소녀가 물었다.

"그럼!"

"그럼 내 얼굴 잘 봐둬. 그래야 다시 만나지."

"볼 필요 없어. 눈을 감아도 당신을 알 수 있으니까."

할아버지가 된 소년이 손을 내밀었다. 소녀가 손을 잡았다. 둘은 온 가족이 지켜보는 가운데 날개 달린 낙타를 타고 하늘로 갔다.

해피 엔딩!

눈짓만으로도 서로를 이해하던 사랑, 한 사람이 아프면 덩달아 아프던 운명 같던 사랑…….

그 시린 동화의 감응이 끝났다.

"……!"

"……!"

현실로 돌아온 둘은 서로를 바라보았다. 그러고는 '풋' 하고 웃어버렸다.

"이놈의 여편네, 전생에서는 그렇게 잘하더니 이 생에서는 웬 바가지 여왕?"

"그러는 당신은? 전생처럼 좀 성실하고 자상해 봐."

"알았어. 이제라도 잘하면 될 거 아냐?"

"제발 좀 그래라. 그럼 나도 당신 좋아하는 추어탕하고 도루묵찌개 날마다라도 끓여줄게."

"그거 법사님 앞에서 약속한 거다?"

"당신도 약속해!"

둘의 티격태격하던 잡음은 조금씩 낮아졌다. 전생이 둘의 삐걱거리는 감정에 기름을 쳐준 것이다. 아름다운 기억의 공유. 그들에게는 큰 공감이 되고 있었다.

"법사님, 고맙습니다. 아픈 배를 고치러 왔다가 마음까지 고치고 가네요."

부부는 미류에게 고마움을 전하고 돌아섰다.

"저기요!"

미류가 잠시 둘을 세웠다.

"그 집 주인이 친척이라면서요? 이 부적 가져가셔서 태워서 마시게 하세요. 그럼 좀 나을 겁니다."

미류가 부적을 내밀었다.

"아이코, 이렇게까지?"

여자는 눈물까지 글썽이며 부적을 받았다.

"법사님이 최고셔!"

잠시 후에 들어온 봉평댁이 엄지를 세웠다.

"왜요?"

미류가 시치미를 떼고 물었다.

"대체 어떤 공수를 내리셨길래? 들어올 때는 서로 잡아먹을 듯 아웅다웅이더니 나갈 때는 여자가 남자 신발을 챙겨주잖아? 남자는 여자 손까지 잡고……."

"동티 쓸어내는 김에 두 분 짜증도 함께 쓸어줬죠, 뭐. 사이다처럼 시원하게."

"식사해야지?"

"예약 손님 끝났나요?"

"응, 어서 나오셔. 내가 칼칼한 동태찌개 끓여놨어."

"알겠습니다."

봉평댁의 동태찌개는 죽여줬다. 원양산도 아니고 국내산이란다.

동태…….

그리고 보니 동티하고 비슷한 발음이다. 오늘은 이래저래 동티판인 모양이었다.

딩도롱당당!

식사 중에 전화가 왔다. 정 시장이었다. 이번에는 단출히 식사 대접을 하고 싶다는 제안이었다. 수락을 했다. 끊기 무섭게 또 한 전화가 들어왔다.

'박혜선 씨?'

이번에는 박 회장의 딸 박혜선이었다.

─법사님!

전화에서 그녀의 목소리가 활기차게 새어 나왔다.

"웬일이세요?"

─웬일은요? 저하고 약속한 거 잊으셨어요?

'약속?'

─프랑스 사람들에게 한국 문화의 일부로, 무속을 보여주시기로 하셨잖아요?

"아. 예……."

그제야 생각이 났다.

분주함 속에서 살짝 망각에 물들었던 미류였다.

─그래서 프랑스 패션협회와 패션업계 거장들에게 법사님 방송 영상을 보내봤는데 반응이 대박이에요. 마침 한국 시장 조사차 겸사겸사 입국한다고 만나고 싶다네요.

"……."

─어때요? 저 도와주실 수 있으신 거죠?

"언제 오시는데요?"

─주말에요. 법사님 시간이 안 되면 제가 다시 조율해 볼게요.

"저녁이라면 괜찮습니다."

─와아!

핸드폰 속에서 박혜선의 환호가 들려왔다. 얼마나 기뻐하는지 알 수 있었다.

─고맙습니다. 그럼 저 그렇게 추진해요.

"제가 준비할 건 뭐죠?"

─뭐겠어요? 법사님은 그저 신당하고 무속의 일상만 보여주시면 되죠. 그 사람들, 법사님이 펼치는 전생 감응을 보면 다 뻑 갈 거예요.

"알겠습니다."

─고맙습니다, 고맙습니다. 법사님!

박혜선은 몇 번이고 고마움을 전하고 전화를 끊었다.

프랑스…….

외국인에게 전생 감응?

미류가 신당의 무신도를 바라보았다.

ㅡ서양인은 전생이 없다더냐?

전생신이 공수를 전해왔다. 하긴 그랬다. 전생에는 동서양의 구분이 없었다. 그랬기에 미류에게 전생 감응을 받은 사람 중에는 서양에서 전생을 산 사람도 많았다.

'어쩌면…….'

그 사람들 중에 과거에 한국에서 전생을 산 사람도 있겠군.

느긋하게 생각하며 동태 머리를 뜯었다. 생선은 역시 어두일미. 특히 눈알 파먹는 재미가 쏠쏠했다. 아는 사람은 안다. 눈알의 오묘한 맛… 더구나 잡귀를 감시하는 눈알이 아닌가?

라스트로 받은 손님.

이번에도 동티일까? 전생신을 바라보자 빙그레 웃음이 느껴졌다. 신당에 들어온 사람은 셋이었다. 40대의 남자와 70대 후반의 할머니 둘. 남자는 두 할머니의 아들이자 사위였다.

"그때 후로 이상한 기분이 들어서요."

남자가 입을 열었다. 차분하고 성실한 느낌을 주는 사람이었다. 하긴 그렇기에 어머니와 장모를 동시에 모시고 온 거겠지. 방문 목적도 자신이 아니라 두 할머니 때문이었다.

영시를 했다. 장모는 폐에 검은 응어리가 보였고 어머니는 머리에 응어리가 보였다. 그냥 응어리가 아니었다. 사음한 냄새가 났다. 나머지는 노인들에게 흔히 볼 수 있는 만성 불편이었다.

"두 분 다 좋지 않으시군요?"

미류가 물었다. 남자의 어머니는 치매 초기였다.

"두 분은 잠깐 나가 계세요."

미류는 할머니들을 퇴장시켰다. 아들에게 먼저 확인할 게 있었다.

"어머니 치매시죠?"

"맞습니다. 장모님도 실은 조금씩 아프시던 분인데……."

남자는 조심스레 말을 이어갔다.

"얼마 전에 산골을 다녀왔습니다. 저기 두 분이 산나물 같은 걸 따는 걸 좋아하시거든요. 그걸로 비빔밥을 만들어 드시는 것도……."

남자의 말을 들으며 고개를 끄덕거렸다. 70대의 할머니들, 팔팔한 것은 아니지만 그 정도 거동에는 별문제가 없을 일이었다.

"저희 어머니는 치매 기운이 있고 장모님은 폐가 좋지 않습니다. 그래서 맑은 공기도 쏘일 겸……."

산골 민박을 찾아갔다. 커다란 연못이 있는 곳이었다. 산이 깊었지만 차가 있으니 문제될 건 없었다. 다행히 가는 동안에도 두 할머니는 아무런 탈이 없었다.

"어이구, 경치 좋네."

차에서 내린 할머니들은 대만족을 했다. 연못을 따라 시원한 녹림이 펼쳐진 곳이었다. 그 뒤로 산맥이 끝도 없이 뻗어나가고 있었다. 민박집 환경은 좋지 않았다. 전에는 여기 계곡이 사람이 많이 와 민박집도 번성을 했지만 손님의 발길이 끊겼다. 남자가 찾은 민박집도 그 이후로는 첫 손님이라고 했다.

"콜록콜록!"

허름한 집에 도착하자 안쪽에서 기침 소리가 들렸다.

"누가 아프신가요?"

남자가 물었다.

"우리 부모님요."

민박 주인이 말끝을 흐렸다. 50대의 그녀는 선한 인상이지만 고단해 보였다.

민박집은 초라했다. 평상은 낡았고 방도 주인이 쓰던 그대로였다. 하지만 산에 나물이 많다니 불편 같은 건 참기로 했다. 어차피 이틀만 자면 될 일이었다.

주인 부부는 인심이 좋았다. 저녁에 밭에서 돌아온 남편은 고구마며 감자를 한 바구니나 가져다주었다. 버섯도 넘칠 만큼 따주었다. 덕분에 저녁이 푸짐해졌다.

한밤, 잠시 별을 보러 나온 남자 부부는 연못이 마음에 걸렸다. 오싹하도록 음산했다. 꼭 뭔가 튀어나와 목덜미를 잡아챌 것만 같았다. 등골이 시린 까닭에 별도 제대로 보지 못하고 방으로 들어갔다.

다음 날 산행을 기약하며 일찍 잠자리에 들었다. 한잠 달게 잔 남자가 깜빡 잠에서 깨었을 때였다. 갑자기 모골이 송연해지는 걸 느꼈다.

악몽인가 생각하며 조심스레 눈을 떴다.

"⋯⋯!"

남자는 기절할 뻔했다. 어머니였다. 늘 잘 자던 어머니가 잠을 자지 않고 벽에 기대 있었던 것이다. 그것도 기괴망측한 소리를 중얼거리며.

"엄마!"

아들이 나지막이 불렀다. 어머니는 넋 나간 사람처럼 허공을 몇 번 휘저었다. 주인 부부의 부모님이 있는 방 쪽이었다. 그러다 어머니가 자리에 누웠다.

'꿈이라도 꾸다 깨셨나?'

조금 이상했지만 크게 생각지 않았다. 그런데 그 일이 한 번 더 일어났다. 신새벽이 오기 전이었다. 돌아눕던 남자는 아까의 생각이 떠올라 슬며시 시선을 돌렸다. 어머니는 또 그 자리에 기대 있었다. 남자가 몸을 세우자 어머니는 저편 방을 향해 웅얼거리다 자리에 누웠다.

"이상하게 폐가 시리네?"

아침이 되자 장모도 가슴을 쓸어내렸다. 그때였다. 어머니가 돌연 노래를 하기 시작했다. 이번에도 아픈 노부부의 방 쪽이었다. 흡사 신기가 실린 듯 오싹한 노래였다.

"엄마!"

남자가 말렸지만 어머니는 듣지 않았다. 내친김에 노래를 다하고서야 아무 일도 없는 듯 밥을 먹었다.

'뭐야?'

섬뜩했지만 아내에게는 내색하지 않았다. 간밤에 일어난 일도 비밀에 붙였다. 아침밥을 챙겨 먹은 남자의 가족은 주인장의 안내에 따라 나물을 뜯으러 나섰다. 나물은 많았다. 두 할머니는 물 만난 고기처럼 펄펄 날았다.

"이건 취나물!"

"이건 삽추싹!"

"이건 다래넝쿨!"

"이건 더덕!"

두 할머니의 보자기는 자꾸만 부풀어갔다. 그걸 보며 남자는 무거운 가슴을 쓸어내렸다. 오기를 잘했다는 생각이 들었다. 저렇게들 좋아하니 효도 한번 제대로 한 것 같은 마음이었다.

점심때쯤 내려와 불을 피웠다. 고기를 굽기 위해서였다. 어머니보다 조금 젊은 장모는 나물을 삶았다. 그걸 고추장에 비벼 먹을 기대감에 콧노래까지 불러댔다.

그런데…….

방 안에서 고함이 새어 나왔다. 어머니였다.

"어머니, 주인하고 싸우시나?"

아내가 남자를 돌아보았다. 그건 아니었다. 여주인은 밭에 있었던 것이다. 남자가 방으로 들어갔다. 불도 꺼진 어둑한 방. 어머니는 혼자 싸우고 있었다. 노부부의 방을 바라보며 헛소리를 하는 것이다.

"엄마!"

남자가 흔들었지만 어머니는 남자를 뿌리쳤다. 눈이 이상했다. 어머니의 인자한 얼굴이 아니었다. 한바탕 보이지 않는 무엇과 설전을 벌인 어머니는 아들을 보고 씨익 웃었다. 정이 뚝 떨어지는 미소였다.

"어머니가 치매신가 보네요? 좀 심각해 보여요."

언제 들어왔는지 여주인이 말했다.

"예… 그렇긴 해도 이 정도는 아니었는데……."

"효자시네요. 저도 아픈 부모님 모시고 있어서 그 마음 알아요."

"많이 아프신가 보죠?"

남자가 물었다. 기침 소리와 신음만 들리지 얼굴 한 번 보지 못한 까닭이었다.

"그래도 살려는 의지는 강하세요. 너무 아플 때 보면 그냥 돌아가시면 편할 거 같은데……."

한숨 쉬는 그녀의 손에 작은 목각이 보였다.

"우리 아버님이 깎는 거예요. 소원 들어주는 목각이라며……."

"조각가셨나 봐요?"

"젊을 때 좀 하셨대요. 저기 광에 가면 가득한걸요. 쓸데도 없는 거 그만하라고 해도……."

여주인이 나갔다.

잘못 왔군.

갑자기 그런 예감이 스쳐 갔다. 병자가 있는 민박집. 마음이 편하지 않은 것이다. 게다가 그녀가 들고 있는 목각. 왠지 마음에 걸렸다.

어쨌든 식사를 했다. 그러다 어머니가 담장 옆에 뒹구는 목각 쪼가리들을 발견했다.

"저희 아버님 취미예요."

여주인이 설명하자 두 할머니들이 광으로 갔다. 옛날 노인들이라 그런 것에 관심이 많은 모양이었다. 안에는 정말 목각 천지였다. 절에 있는 목어부터 부처상, 심지어는 용과 도깨비 형상, 남근까지 수백 가지의 목각이 놓여 있었다.

"필요하면 하나씩 가져가세요."

여주인이 말했다. 남자는 내키지 않았지만 노인들은 하나씩 집어 들었다. 손안에 들어오는 작은 목각상이었다.

"이런 게 있으면 잡귀를 막아주거든."

장모가 한 말이었다. 여주인이 옆에 있는 터라 말릴 수 없었다.

쿨럭쿨럭!

얼굴도 보지 못한 두 노인의 기침 소리를 들으며 여정을 끝냈다.

산나물 따기 민박은 그렇게 끝이 났다. 사달은 서울로 돌아온 밤부터 시작되었다. 어머니의 치매가 급격하게 심해진 것이다.

"알츠하이머는 이렇게까지 급성으로 가는 경우는 드문데……."

병원을 찾자 주치의도 고개를 갸웃거렸다. 어머니는 시도 때도 없이 '그분'과 싸우고 대화를 했다.

"만술아, 만술아!"

어머니의 대화 속에 주로 나오는 이름이었다. 아들은 들어보지 못한 이름이었다. 물론 다른 이름도 나왔다. 조금 변형되었지만 그건 아들이 아는 이름이었다.

'만술이가 대체 누구야?'

치매로 인한 일이니 물을 수도 없었다. 어머니의 망령은 밤낮을 잃었다. 아이가 없는 건 그렇게 속을 뒤집고도 그 자신은 그런 사실을 잊는다는 거였다. 치매 환자를 본다는 건 정말이지, 미치고 팔짝 뛸 일이었다.

어머니만이 아니었다. 장모도 그날 이후로 가슴 통증이 극심해졌다. 뭔가가 뼈를 쪼는 것 같은 고통이라고 했다. 병원에 갔지만 큰 문제는 아니라고 했다.

'산에 가서 무리를 했나? 그래서 평소의 병들이 도진 걸까?'

남자는 마음이 편치 않았다. 동시에 그 음산하던 연못과 병자라던 민박집 노인들이 마음에 걸렸다. 어쩐지 음산한 느낌이 강하던 민박집. 말도 안 되는 일이지만 귀신이 붙은 건 아닐까? 그런 생각이 들 때마다 고개를 저었다. 민박집 여주인 때문이었다. 너무나 착하고 친절했던 그 여자. 장모와 어머니에게도 며느리나 딸처럼 싹싹하던 그녀를 욕되게 하는 것만 같았다.

그러다 케이블 재방송에서 미류를 보게 되었다. 비싼 굿은 권하지도 않는다는 말도 마음에 들었다. 그래서 미류에게 예약을 하게 되었다. 그런 이유로 신당에 앉게 된 남자였다.

"동티예요!"

이야기를 들은 미류가 시원하게 대답했다.

"동티라고요?"

"좀 지독한 게 걸렸네요."

"지독하다면……."

"두 분이 가져온 목각상……. 도깨비 모양이죠?"

"예? 그걸 어떻게?"

"보여요. 도깨비상 혼이 장모님과 어머니에게 들어간 겁니다."

"그게 어떻게?"

"어머니가 낯선 이름을 부른다고 그랬죠?"

"예……."

"뭐라고 했죠?"

"만술아, 만술아……."

"그 민박집 전화번호 아시죠?"

"예."

"전화해 보세요. 목각을 깎는 그 집 병자 할아버지 이름이 만술일 겁니다."

"그럴 리가요? 어머니도 저도 그분 이름 들은 적이 없어요."

"그러니까 확인하라잖아요."

"……?"

"어서요."

미류가 재촉하자 남자가 전화를 걸었다. 몇 마디 주고받던 그가 하얗게 질린 얼굴로 미류를 바라보았다.

"맞다는데요? 최만술……."

"더 물어보세요. 그 사람은 병환이 많이 나았을 테니까요."

미류가 재촉하자 남자는 통화를 계속했다.

"그렇다는데요?"

전화를 끊은 남자는 부들부들 떨고 있었다. 어머니의 치매 속에 나오는 생면부지의 이름 만술. 그게 그 민박집 환자 노인의 이름이었다니. 들은 적도 없는 그 이름이 왜 어머니 입에서 나오고 있는 것일까?

전화를 끊은 남자는 경악에 빠져 있었다. 이마의 폭포 같은 식은 땀이 방중이었다.

"당신 예감이 맞았습니다. 두 분 병은 그곳에서 흉살이 묻어온 겁니다. 말하자면 그 환자분에게 기를 쪽 빨린 거라고 할까요."

"……?"

"할머니들이 가지고 온 도깨비 목각 어디에 있나요?"

"밖의 차 안의 할머니들 가방에……."

"저런, 게다가 몸 가까이 지니고 다녔군요?"

"그게 잡귀 잡병을 쫓아준다고 믿고 계서서요."

"그 후로 목각 보신 적 있나요?"

"없습니다. 두 분이 애지중지 간직하다 보니……."

"그 목각… 풀이 났을 겁니다."

"예?"

남자가 소스라쳤다. 죽은 나무를 잘라 다듬은 목각이었다. 그런데 풀이라니?

어이 상실!

남자의 표정이 딱 그랬다. 정상적인 사람이라면 누가 믿을 수 있단 말인가?

"그거 가져와 보세요."

"지금요?"

"어머니하고 장모님 병 고치고 싶지 않아요?"

"알겠습니다."

남자는 서둘러 신당을 나갔다. 잠시 후에 돌아온 남자가 목각을 꺼내놓았다. 고운 손수건을 정성껏 싼 모습이었다. 크기는 손가락 두 개를 합친 정도였다. 하지만 사악한 영기가 탱탱하게 출렁거렸다. 무엇보다 기괴한 것은 풀이었다. 죽은 나무로 깎은 목각. 거기 새싹이 돋은 것이다.

"이게 당신 어머니 거죠?"

미류가 집은 목각은 머리에 싹이 비쳤다. 막 초록을 내밀고 움이 튼 것이다.

"예……."

"이건 장모님 것."

그 목각은 가슴 부위에 싹이 트고 있었다.

"세상에… 어떻게 죽은 나무에서 싹이……."

"이건 그냥 목각이 아니고 혼이 실린 목각입니다."

"혼이라고요?"

"그 민박집의 두 노인 환자… 살고 싶어서 목각을 깎았어요. 누군가를 희생시켜서라도 건강을 되찾고 싶었죠. 하필이면 그 목각을 집어온 겁니다. 아니, 목각이 두 할머니의 마음을 당겼겠지요."

"법사님… 갑자기 오싹해지는 게……."

남자가 몸을 움츠렸다.

"괜찮습니다. 여기는 제 신당, 잡귀 따위가 어쩌지 못합니다."

"그럼 우리 장모님하고 어머니는 어떻게 되는 겁니까?"

"이모, 그 두 분 안으로 들이세요."

미류가 거실을 향해 말했다. 봉평댁은 두 할머니를 신당으로 들여보냈다.

"할머니!"

미류가 남자의 어머니를 바라보며 말을 이었다.

"이 목각 이름이 뭐죠?"

"만술이!"

남자의 어머니는 거침없이 대답했다.

"이건 만술이가 아니고 그냥 목각 인형입니다."

"아니, 그건 만술이야."

"그리고……"

이번에는 장모에게 시선을 돌리는 미류.

"그곳에 수많은 목각이 있었다던데 왜 이걸 집었죠?"

"그게 손짓을 했어. 자기를 데려가라고."

"들었죠?"

미류가 남자를 바라보았다.

"그럼 이제 어떻게 하죠?"

"비방을 쳐드리죠. 대신 다시는 흉흉한 곳에 가서 물건 같은 거 가져오지 못하게 하세요."

미류가 두 장의 부적을 꺼냈다. 그것으로 두 목각을 감쌌다. 그런 다음 붉은 실로 촘촘히 동여맸다.

"이모, 향료 두 개 가져오세요."

미류의 지시가 떨어지자 봉평댁이 사발만 한 청동향로를 가지고 들어왔다. 미류는 두 목각을 두 손을 받쳐 신단에 보인 후에 불을 붙였다.

"히익!"

목각이 불붙자 두 할머니가 기겁을 했다.

"꼭 잡으세요. 별일은 없을 겁니다."

남자에게 말한 미류는 계속 목각을 태웠다. 목각은 재로 변했다. 할머니들은 여전히 바들거리고 있었다. 이번에는 재를 덜어 다른 부적으로 감쌌다. 거기에도 불을 붙였다. 부적 탄 재를 물에 타서 할머니들에게 내밀었다. 물은 남자와 봉평댁이 먹였다. 물을 마신 할머니들은 약속이나 한 듯 쓰러졌다.

"법사님!"

놀란 남자가 소리쳤다.

"가만히 좀 계세요. 사기가 빠져나갈 시간이 필요합니다."

미류는 좌정을 한 채 독경을 외웠다. 잡귀 잡신을 쫓는 경문이었다. 그러자 두 할머니에게서 연기가 나오기 시작했다. 코와 입, 그리고 귀였다. 검은 연기였다.

"태상왈 황천생아 황지재아 일월조아 성신영아 제선거아 사명여아… 전유주작 후휴현무 좌유청룡 우유백호 상정화개 하섭괴강 신통광명… 옴옴 급급여율령."

미류의 경문은 연기가 다 나올 때까지 계속되었다.

경문을 끝낸 미류가 할머니들에게 신단수의 물을 뿌렸다. 할머니들은 곤한 잠을 잔 듯 가뜬하게 일어났다.

"어머니, 장모님, 괜찮으세요?"

아들이 두 할머니의 안위를 살폈다.

"저를 따라 하세요, 남무남방내왕신(南無南方內王神), 남무북방내왕신(南無北方內王神), 남무서방내왕신(南無西方內王神)……."

"남무남방내왕신……."

두 할머니가 띄엄띄엄 미류를 따라 했다.

"일곱 번을 외우세요. 정성을 다해."

"남무남방내왕신, 남무……."

할머니들은 꼬박꼬박 일곱 번의 주문을 마쳤다.

"어떠세요?"

미류가 물었다.

"아이고, 머리에 샘물을 부었나? 기가 막히게 시원하네?"

"나도 가슴팍을 빨랫방망이로 두드려 빨아낸 듯 후련해요."

두 할머니의 눈동자는 더할 것 없이 초롱거렸다.

"고맙습니다. 법사님!"

남자는 그 자리에서 넙죽 큰절을 올려왔다.

동티의 백미는 그렇게 끝이 났다. 도깨비 목각은 죽음에도 이를 수 있는 동티의 원인이었다. 흉가와 흉흉한 연못, 거기에 몹쓸 병에 걸린 병자의 한이 묻었던 것이다.

나중에 남자가 알려온 얘기지만 민박집의 최만술 부부 환자는 며칠 호전되는 듯하다가 결국 사망하고 말았다고 한다. 두 할머니의 정기를 앗아 회복을 노렸지만 미류에게 막힌 것이다.

동티. 별거 아니라고 무시하다 잘못 걸리면 골로 간다. 특히 병자거나 삼재에 든 사람들은 조심하는 게 좋다. 내 운이 약할 때는 별게 다 탈이 되기 때문이다. 그래도 피치 못하게 어떤 물건 같은 걸 들여야 한다면 쑥을 태워라. 쑥이 없으면 王 자를 써서 물건의 뒷면처럼 잘 안 보이는 곳에 한 달 이상 거꾸로 붙여주면 좋다. 혹시 건망증이 있다면 영영 잊고 그냥 두어도 OK!

"억!"

남창수 입에서 비명이 나왔다. 돈 때문이었다. 미류가 그의 통장으로 부동산 대금 잔금을 완불한 것이다. 전화로 입금을 확인한 남창수는 벌어진 입을 다물지 못했다.

"법사님……."

"이자는 못 드렸습니다."

"그게 아니라……."

"저번 후원회 있잖습니까? 거기서 들어온 돈하고 제가 모은 복채를 합쳐서 넣었습니다. 빚을 안고 사는 건 제 몸주께도 면목이 없는 일이라서요."

"허어, 그래도 그렇지……."

"돈은 또 벌면 됩니다. 제 점사가 삐딱하지 않다면 다시 모이겠지요."

"그럴 겁니다. 법사님은 뭐든 해내실 분이죠."

"거주자 문제는 알아보셨나요?"

"그럼요. 법사님 말대로 이사 비용은 넉넉히 챙겨주겠다고 했더니 수긍하더라고요. 일부는 이미 이사를 갔고요, 가장 문제가 되는 사람 역시 법사님이 꼭 잡은 마당 아닙니까?"

"그분은 조금 더 챙겨 드리세요."

"그 친구 어머니 때문이군요?"

"모정이 슬프지 않습니까? 그 뜻을 받아들인 아드님도 참으로 대단하고……."

"그렇죠."

"서울시 관리 사무소에서도 결재가 끝났다더군요. 이제 요식행위만 남았다고 합니다."

"과연 법사님입니다. 제가 나섰더라면 아직도 그 버드나무 아저씨하고 육두문자로 싸우고 있을 겁니다."

"다 사장님이 도와주신 덕분입니다."

"별말씀을……. 법사님이야말로 내 눈을 뜨게 해주신 분입니다."

"약속은 몇 시라고 하셨죠?"

"잠시 후에 출발하면 됩니다만……."

대답하던 남창수가 말끝을 흐렸다.

"왜요? 문제라도 생겼습니까?"

"그게 좀 쉽지 않을 것 같은 변수가……."

"어차피 처음부터 각오한 일 아닙니까?"

"그렇기는 한데……."

"거실에서 좀 쉬고 계시죠. 저는 기도를 해야겠습니다."

"그러십시오."

남창수가 신당을 나갔다. 미류는 무신도를 향해 돌아앉았다. 석채의 무신도는 오늘도 숭고해 보였다. 기도를 시작했다. 신제자에게 있어 기도는 식사와도 같은 것. 밥이 육체의 에너지라면 기도는 영(靈)빨의 에너지와도 같았다.

변수!

남창수의 말이 마음에 걸렸다. 원래도 어렵다고 본 일. 그런데 거기에다 변수라니?

―십벌지목(十伐之木)!

몸주가 공수를 내렸다. 의지가 있으면 이룰 수 있는 것. 미류의 마음이 한결 가벼워졌다. 그래서 잠시 숨을 돌리려는 찰나.

쉴 팔자는 아니었던 모양이다. 그사이에 또 전화가 들어온 것이다.

'미스 코리아 유세경?'

그녀의 번호였다. 전생 인과의 사랑을 어머니 때문에 돌려세워 버렸던 미류. 공연히 가슴이 뜨끔해지는 걸 느꼈다.

"여보세요!"

목청을 다듬고 전화를 받았다.

―법사님, 저 신당 앞인데 들어가도 될까요?

"……?"

―상의드릴 게 있어서요.

"그러시죠."

수락해 버렸다. 신당까지 온 사람을 외면할 수 없는 일이었다. 봉평댁이 나가 유세경을 데리고 왔다. 그녀는 하늘거리는 원피스 차림이었다. 하긴 뭘 입으면 어떨까? 그녀는 오늘도 한 마리의 나비와 다르지 않았다.

"바쁜데 찾아온 거 아닌가요?"

유세경이 물었다.

"잠시 후에 나갈 참이었습니다. 잘 오신 거죠."

"와아, 그렇군요."

"그런데 무슨 일로?"

미류가 고개를 들었다. 그녀에 대한 소식은 화요와의 통화에서 알았다. 허탈함이 이만저만이 아니라고 했다. 처음에는 반감을 품었던 흑인 청년. 그러나 점점 데자뷔 같은 운명의 느낌이 오면서 마음을 준 사람. 그게 허튼 일로 뒤집어졌으니 그럴 만도 했다.

"저 부적 사러 왔어요."

그녀는 다짜고짜 봉투를 꺼내놓았다.

"부적요?"

"저 이제 어린애도 아니니까 웃으면서 얘기할게요. 그 사람 잊어야하는데 마음에 깊이 각인이 되었어요. 그러니 망각부적 같은 거 있으면 하나 써주세요."

'망각부?'

"죄송해요. 법사님 말씀에 따르기로 해놓고도 마음이……."

유세경의 눈가에 애잔함이 스쳐 갔다. 미류가 왜 모를까? 그것은 사실 공수로 끝날 일이 아니었다. 사랑이라는 게, 사랑하는 마음이라는 게 어디 숭덩 말로 벨 수 있는 것인가? 인간인 한, 그렇게 간단한 문제가 아니었다.

"저 바보 같죠?"

"아닙니다."

"법사님 말씀은 믿지만… 제가 이렇다 보니 도움이 필요해서요."

"그래서 부적이 필요하세요?"

"법사님이라면 하실 수 있을 거라고 했어요. 화요 언니가……."

"할 수는 있지만……."

"부탁해요. 복채가 모자라면 더 가져올게요."

"복채 문제는 아닙니다. 저번에 후원금으로 내준 것으로도 충분하고요."

미류가 봉투를 반려했다.

"안 돼요. 화요 언니 말이 공짜 점은 효력이 없다더라고요."

"공짜가 아니고 선불을 내신 겁니다."

미류와 유세경 사이에서 봉투가 밀고 밀리기를 반복했다.

"법사님!"

결국 유세경이 눈시울을 붉혔다. 속이 상하다는 표시였다. 여자의 눈물을 누가 당하랴? 더구나 그녀는 첫사랑보다 더한 전생 사랑을 떨치려는 마당이었다. 결국 미류가 두 손을 들었다. 미녀에게는 지는 게 이기는 것이다.

부적!

미류를 그녀의 몸을 뚫어져라 바라보았다.

문제가 있기 때문이었다.

돌직구 공수

"알았어요. 하지만 그 일은 아무 부적으로나 되지 않아요."

"그럼?"

"그게 말씀드리기가……."

"육부적이군요?"

"……?"

미류가 고개를 들었다. 말하기 곤란했는데 유세경이 알아서 말해 버린 것이다.

"문제없어요. 그것도 화요 언니한테 들었어요. 법사님은 육부적 같은 것도 쓰는데 그거 받으려면 옷을 다 벗어야 한다고… 그래서 어떨지 몰라 목욕재계도 하고 온걸요."

'허얼!'

"지금 벗을까요?"

"아, 아뇨……."

"육부적 쓰려면 날 받아야 하나요?"

"그것도 아뇨."

미류가 허둥대기 시작했다.

"그럼 어떻게 해야 하는데요?"

"잠깐요, 잠깐만요."

미류는 팔을 휘젓고는 거실로 나왔다. 거기서 냉수를 두 잔이나 들이켰다. 느닷없이 찾아온 유세경. 생각지도 않은 육부적을 재촉하고 있었다. 육부적을 쓰려면 그녀의 나신을 봐야 할 판. 사이비 무속인이라면 땡 잡았다고 춤을 출 판이지만 화요가 아는 사람이니 영 마땅치 않았다.

'하긴……'

꾸르륵!

물이 대장 깊은 곳까지 내려가자 마음도 가라앉았다. 따질 게 무엇인가? 미류가 할 일은 그녀의 상사병을 구제하는 것뿐이었다. 그러니 부처의 몸이면 어떻고 두꺼비면 어떠랴?

"사람 얼씬 못 하게 하세요!"

봉평댁에게 엄명을 내리고 신당 문을 열었다.

딸깍!

신당의 불을 껐다. 방 안에는 촛불의 여명만 일렁거렸다.

"벗으세요!"

미류가 말했다. 유세경은 기다렸다는 듯이 돌아서서 옷을 벗어내렸다. 원피스라 오래 걸리지도 않았다. 그 안에는 속옷 하나밖에 없었다. 그것마저 바스락 소리와 함께 떨어져 나갔다.

"누우세요!"

미류는 부적 도구 상자를 잡아당겼다. 죽은 자의 사랑을 막는 것. 그건 산 자의 방법과 반대였다. 신단에 경배를 올리고 붓을 집어 들었다. 부적이 그려질 곳은 두 곳이었다. 가슴과 가슴 뒤편. 미류는 한 곳만 바라보았다. 그녀의 하얀 가슴이었다. 예쁜 여자들의 가슴은 왜 이렇게 눈이 부실까. 보지 않으려고 해도 왜 이렇게 또렷이 보일까? 혹시라도 숨소리가 거칠게 들릴까 봐 미류는 숨도 쉬지 않았다.

사랑…….

애달프다.

산 사람의 사랑도 그렇고 죽은 사람의 사랑도 그렇다. 더구나 두 사람의 파장이 퍼펙트하게 맞았을 때의 사랑. 운명이 점지한 그 사랑을 피할 때는 더욱 아프다. 그렇기에 유세경의 사랑에는 튼실한 방지책이 필요했다. 현생만 따진다면 그녀와 그녀의 어머니 행복을 위해 긴요한 일이었다.

스슥!

붓이 거꾸로 놀았다. 부적을 뒤집어 그린 것이다.

톡!

미류 땀방울이 유세경의 배꼽에 떨어졌다. 미류는 괴황지를 올려 땀을 묻혀냈다.

"돌아누우세요!"

앞가슴 부적을 완성한 미류가 말했다. 유세경은 소리도 없이 돌아누웠다.

'후-우!'

그제야 참았던 숨을 내쉬는 미류였다. 등짝은 가슴보다 편했다. 시선을 둘 곳도 많았다. 그녀의 등은 활처럼 둥글고 우아한 곡선이었다. 과연 미스 코리아의 몸매 같았다. 마지막 획을 마친 미류가 붓을 놓았다.

"옷 입으세요!"

신단을 향해 돌아앉은 미류가 말했다.

바스락!

유세경은 그 소리와 함께 옷을 입었다. 미류는 그 소리와 함께 참았던 숨을 골랐다.

"법사님!"

소리가 멈추자 미류가 돌아앉았다. 유세경은 이제 다소곳한 여신의 자세였다.

"어떠세요?"

미류가 물었다.

"마음이 차분해지는 것 같아요."

"점점 더 나아질 겁니다."

"고맙습니다, 법사님!"

그녀가 인사를 해왔다. 미류는 답하지 못했다. 더 나은 삶을 위해 선택의 기로에 서야만 했던 신제자의 아픔이었다.

"저는 아팠지만 어머니가 참 좋아하셨어요. 법사님이 아니면 어머니 마음에 못을 박을 뻔했지요."

"……."

"혹시 제 도움 같은 게 필요하면 언제든 부르세요. 법사님 콜이라면 24시간 오케이입니다."

유세경은 한 번 더 인사를 남기고 신당을 나갔다.

"휴우!"

미류의 그제야 마음 놓고 숨을 쉬었다. 그리고 빌었다. 이 생에서는 빗나간 두 사람의 사랑. 또 다른 세상에서 만나면 아름답게 펼쳐지기를……

꼭!

"그런데 말입니다."

도로를 달리던 남창수가 조심스레 운을 뗐다. 차는 그의 자가용이었다. 굳이 자신이 모시겠다니 거절하기 어려웠다.

"기도환 사장 말입니다. 그 사람 과거 행적 모르시죠?"

"모릅니다만……."

"알고 보니 그 양반 한때 내로라하는 전국구 도박꾼이었더군요."

"예?"

조수석의 미류가 남창수를 바라보았다.

"저도 한때 좀 놀았지 않습니까? 법사님이 정신 개조해 주기 전에는."

"개조까지야……."

"이번에 교도소에서 나온 대물에게 들은 말인데 전국에 도신(盜臣) 다섯이 있었답니다. 그중 하나가 폐안도사라는데 알고 보니 기도환이라는군요. 저도 그 사람 얘기 듣고서야 확인했습니다."

"폐안도사요?"

"폐안(閉眼), 즉 눈을 감고도 상대 패를 본다는 뜻이죠. 실제로 탄 같은 걸 쓰지 않고도 다른 사람의 패를 귀신같이 아는 능력자였답니다. 화투면 화투, 마작이면 마작, 카드면 카드……."

"……."

"오죽하면 아래 지방의 내로라하는 도박사들이 서로 짜고 벗겨먹으려다가 대패를 당했다더군요. 그 사람들 전생 도신(盜臣)이 환생했다며 큰절로 승복했다고……."

"그래서 아들의 도박 끼를 더 꺼려하는 거로군요?"

"그런 거 같습니다."

"사장님!"

"예?"

"그 이야기 왜 지금 하시는 건데요?"

"솔직히 차를 다른 데로 돌렸으면 해서요. 기 사장보다는 약하지만 집 잘 짓는 친구가 또 있거든요."

"최상에서 차상으로 간다?"

"죄송합니다. 소문을 안 들었으면 몰라도……."

"가능성이 없다는 판단입니까?"

"기도환은 오른손 엄지 한 마디가 없습니다."

"……!"

그 말은 울림이 컸다. 뭘 의미하는지 알 것 같았기 때문이었다.

"도박을 끊으려다 안 되니 자기 손으로 잘랐답니다. 지독한 인간이지요. 그 후로 건축에 입문해 오늘날의 입지를 이룬 거지요."

"손가락을 자른다?"

"그걸 말려서 액자에 담아 사장실 벽에 걸었다더군요. 평생의 경계로 삼기 위해서… 그런 사람이니 아들은 도박의 '도' 자도 가까이하게 하지 않으려는 거지요."

"사장님 생각은 결정되었군요? 작전상 변경."

"뭐 솔직히 말씀드리면……."

"그럼 지금 가고 있는 이 길도?"

"맞습니다. 윤동마 사장이라고 다른 건설사 쪽으로……."

"차 세우세요."

"예?"

"세우시라고요."

미류가 거듭 말하자 남창수가 브레이크를 밟았다.

"남 사장님!"

"예?"

"요양원 말입니다."

"······."

"사실 처음부터 불가능한 일이었습니다. 부지 매입 자금도 턱도 없었고, 거기 사는 사람 또한 순순히 이사를 갈 사람이 아니었지요. 기억하시죠?"

"그야······."

"시유지와 겹친 땅은 또 어땠습니까? 그 고비도 겨우 넘겼습니다."

"······."

"제 말은··· 이 일의 과정이 전부 제게 주어진 과업이라는 겁니다. 반석을 이루기 위해 주어진 모진 시련 말입니다."

"법사님!"

"이런 시련은 오롯이 받아들여야 합니다. 그렇지 않다면 무엇 때문에 몸주께서 이런 과정을 주고 있겠습니까? 이 또한 신제자가 가야 할 길입니다."

"······."

"부탁이니 기도환 사장님에게로 가주십시오. 그만한 뚝심과 결단력을 가진 사람이라면 더욱 끌리는군요. 제 몸주가 원하시는 최고의 요양원을 만들려면 그 정도는 되어야죠."

"아, 진짜······."

"부탁합니다!"

미류가 한 번 더 강조했다.

허파의 숨을 길게 몰아쉰 남창수가 핸들을 틀었다. 예정대로 기도환의 건설사였다. 조수석에서 미류는 엄지를 바라보았다. 나쁜 습관을 버리기 위해 손가락을 잘라 버린 사람. 그러나 아들은 그 피를 받고 태어났다. 아버지의 반대와 유전. 한마디로 피와 피의 경합이 될 판이었다.

피와 피…….

결과를 짐작하기 힘든 일이었다.

숨 건설!

회사 건물은 낡은 3층이었다. 외부로 통하는 2층과 3층의 계단에는 녹까지 슬어 있었다. 그러나 사무실 밖 공간의 장비들은 달랐다. 군대의 침상처럼 각이 제대로 잡혀 있었다. 곧이어 기동길이 도착했다. 그가 미류에게 인사를 해왔다. 살짝 긴장한 표정이었다. 셋은 30분을 기다렸다. 그때까지도 기도환의 연락은 없었다.

"이 사람……."

남창수가 불쾌한 표정을 지었다. 개무시를 당하고 있으니 미류 보기가 미안한 것이다.

"우리 아버지, 원래 이러십니다. 공사 중일 때는 하늘이 무너져도 몰라요. 과거에는 직원들 월급날도 잊어버렸다니까요."

기동길이 설명했다.

"그럼 우리가 아예 공사 현장으로 갈까요?"

남창수가 새로운 제안을 내놓았다.

"나쁘지 않군요."

미류가 동의했다. 그가 일하는 모습도 보고 싶은 차였다. 결국 셋은 같은 차로 이동했다. 현장은 그리 멀지 않았다. 6층짜리 빌딩 두 개를 나란히 올리는 현장이었다.

기도환은 거기 있었다. 안전모에 무전기를 쥐고 쉴 새 없이 현장을 챙겼다. 그냥 봐서는 사장의 기색은 눈곱만큼도 없었다. 그저 현장

반장의 하나일 뿐이었다.

"사장님!"

남창수가 다가섰다.

"물러나요. 위험합니다!"

기도환은 소리부터 질렀다.

"오늘 약속 잊었습니까?"

남창수가 시계를 가리키며 소리쳤다. 그러자 기도환이 돌아보았다. 미류와 아들의 존재까지 확인한 그는 안전모 세 개를 던져주었다. 모자를 받아든 미류는 기도환에게 집중했다. 차라리 잘된 일이었다. 미류로서는 탐색 시간을 번 셈이었다.

10분이 더 지나고서야 기도환이 미류 쪽으로 다가왔다. 그 와중에 길에 떨어진 철근 조각을 치웠다. 안전사고를 막으려는 것이다.

"당신이 나 보자는 점쟁이?"

기도환이 미류에게 물었다.

"그렇습니다만."

"용건이 뭐요?"

기도환이 다짜고짜 들이댔다.

"집 좀 하나 지어달라고요."

"미안하지만 4년 기다리실 거라면."

"4년이면 아드님 제사를 세 번 지낼 시간입니다."

미류 입에서 폭탄선언이 나왔다. 그런데도 긴장감조차 엿보이지 않았다. 몸주의 말처럼 길을 본 것이다. 기도환에게 기가 막힌 사연이 있었던 것. 그걸 운명창에서 읽어낸 미류였다.

"……?"

대응이 너무 빡센 것일까? 미류 일행을 대수롭지 않게 보던 기도환의 인상이 속절없이 구겨지는 게 보였다.

"당신 지금 뭐라고 그랬어?"

"아드님 제사 세 번 지낼 시간이라고 했습니다."

"뭐야?"

"그리고 당신은 당신 생애 최고의 건물을 지을 수 있겠군요."

"……?"

"천상에서!"

천상!

그렇다면 기도환도 죽는다는 의미였다. 타협이라고는 눈곱만큼도 없는 직진형 돌직구 공수였다.

"이 새끼, 맛탱이가 간 놈 아냐? 너 지금 뭐라고 씨부리는 거야?"

기도환은 당장 미류의 멱살을 쥐었다. 도박판과 공사판에서 잔뼈가 굵어온 사람. 거칠기로 따지면 그만한 환경도 드물었으니 미류의 도발에 웃어줄 리가 없었다.

"이봐요, 이 손 놓고……."

남창수가 달려들어 기도환을 말렸다.

"그냥 두세요. 아들 죽일 살(殺)을 가진 사람이 다른 사람이 눈에 보이겠습니까?"

미류는 흔들리지 않았다.

"뭐라? 아들을 죽여?"

"이미 죽이고 있지 않습니까?"

"뭐야?"

"기 사장님 부모님… 어떻게 돌아가셨죠?"

미류가 거목처럼 버티고 서서 물었다. 그의 몸에는 이미 신력이 탱탱하게 내려 있었다. 그렇기에 기도환, 그 우람한 체구로 멱살을 쥐었지만 흔들림조차 없었던 것이다.

"잊었으면 내가 말해 드릴까요?"

미류의 눈에서 불꽃이 튀었다. 기세를 올리던 기도환의 눈에 지진이 이는 게 보였다.

우르릉!

지진은 점점 더 커지고 있었다.

"공사하시죠. 기다리겠습니다."

미류가 말했다. 강철처럼 묵직한 응수였다.

"우리 아들에게 말했나?"

"신제자는 다른 사람의 운명을 함부로 발설하지 않습니다. 그게 아들이라고 해도……"

"……"

"기다리겠습니다."

미류가 한 번 더 강조했다. 기도환은 미류를 쏘아보더니 건물 쪽으로 향했다. 거기서 현장 책임자에게 지시를 한 그는 안전모를 넘겨주고 일과를 마감했다.

"이리 오시오!"

기도환이 미류를 불렀다. 그의 목소리는 다소 가라앉아 있었다. 미류가 움직이자 남창수와 기동길도 뒤를 따랐다.

"당신만!"

기도환이 옵션을 붙였다. 남창수와 기동길은 그 자리에 멈추고 말았다.

"앉아요."

공사장 구석의 간이 테이블이었다. 작업 도구와 공정표 등이 널려 있었다. 기도환은 자리를 잡았다. 미류는 그 앞에 앉았다. 의자에는 공사장의 먼지가 서리처럼 하얗게 내려앉아 있었다.

"집 지어달라고?"

"그렇습니다."

"무슨 집?"

"요양원입니다."

"어디에?"

"서울!"

"돈은 많으신 모양이군. 그런 사람이 왜 나를 찾는 거지?"

"남 사장님 말이 당신만 한 장인이 없다더군요."

"내 아들 이야기는 뭐고?"

"집만 제대로 짓지 말고 아들도 제대로 지어야 한다는 겁니다."

"당신이 내 아들을 알아?"

기도환의 눈두덩에 힘이 들어갔다.

"알지요. 당신이 지은 일생일대의 부실 공사!"

"뭐야?"

"나보다 더 잘 알고 있을 텐데요? 양식으로 올려야 할 건물에 한식 껍데기를 씌워서 이도 저도 아닌 꼴이 되어가는 거."

"내 아들 놈이 당신을 찾아갔군?"

"내 신이 당신 아들을 부른 겁니다."

"이 친구가?"

"아주 다른 거지요. 운명을 찾아간 것과 운명이 부른 것은!"

"무당이라더니 혀 하나는 제대로 놀리는군. 그래서 지금 사이비 점빨로 나를 농락하러 온 건가?"

"사이비가 아니라는 건 이미 증명해 드렸을 텐데요?"

"뭘 말인가?"

"당신 부모님!"

"……!"

미류의 말에 기도환의 눈빛이 격하게 출렁거렸다.

"계속할까요?"

"……."

"아픈 기억일 테니 원치 않으면 그냥 넘어가도 됩니다."

"당신이 그 일을 안단 말인가?"

"내가 아는 게 아니라 몸주께서 알려주셨습니다."

텅!

듣고 있던 기도환이 소형 해머로 테이블을 내리쳤다.

"허튼소리 주절거리면 네놈 손을 찍을 거야. 그래도 자신이 있나?"

"물론!"

미류는 거침없이 응수했다. 기도환의 눈발에 실핏줄이 번져갔다. 혈압의 무한 상승이었다.

"당신의 도박, 당신 아들의 도박 피… 어디서 왔을까요? 당신은 알고 있죠?"

미류가 입을 열었다. 기도환은 무엇에 홀린 듯 미류 얼굴에 시선을 꽂았다.

"바로 당신 어머니였습니다!"

어머니!

아버지가 아니고 어머니였다. 기도환의 운명창에서 엿본 영기였다. 도박을 뜻하는 글자 위에 올라앉은 건 그의 어머니였던 것이다.

"그 어머니와 아버지를 당신이 죽였죠. 아니, 정확히 말하자면 당신의 피?"

"……."

"당신이 도박에 빠졌을 때였죠. 집문서를 들고 가고, 소를 끌고 나갔을 때입니다. 그날 어쩌면 당신의 어머니도 동네 도박판에 빠져 있었을지 모릅니다. 집안 꼴에 절망한 당신 아버지가 목을 매달았고… 그 뒤를 이어 당신 어머니도……."

"……?"

"외아들에 미혼이었으니 그걸 아는 사람은 당신뿐이겠군요. 설마 하니 아들에게 고백하지는 않았을 테니까요."

"이… 이……."

"당신 엄지는 그때 잘랐나요? 도박을 말리던 아버지, 그러나 죽으면 죽었지 끊을 수 없었던 도박. 하지만 부모님이 비명횡사를 하고 보니 그제야 정신이 돌아온 거였겠죠."

"……."

"그 후로 당신은 건설에 매진해 오늘의 일가를 마련했습니다. 그런데… 잊고 있던 망령이 되살아났습니다. 바로 당신 아들!"

"……!"

"아직까지는 아니지만 거의 당신과 판박이로 가고 있지요. 아니, 어쩌면 당신의 복사판이 될지도 모릅니다."

미류는 복사판이라는 말에 힘을 주었다.

복사판!

그 의미는 어마무시했다. 도박 중독으로 인해 풍비박산 난 집안. 아버지가 어머니와 차례로 자살을 해버린 비극이었다. 복사판이라면 그 일의 재현이 아닌가?

"사실 제 요양원을 지어줄 사람은 많습니다. 전국에 건설사가 당신 하나뿐인 것은 아니니까요."

"……."

"하지만 나는 당신 아들의 전생을 보았습니다. 이제 파릇한 젊은 청년. 이 청년은 기를 터주지 않으면 당신에게 닥칠 운명을 먼저 짊어지게 되어 있습니다."

"먼저?"

기도환이 고개를 들었다. 그는 그 말의 뜻을 알았다. 도박, 부모를 주검으로 몰고 가는 치명적인 유전. 그런데 그 운명을 먼저 짊어진다면?

죽음!

그게 아들에게 먼저 온다는 뜻이었다.

"그래서? 내 아들에게 도박을 허용하라는 건가?"

"그래야 아들이 살고 당신도 삽니다."

"미친… 역시 무당이라는 미신쟁이 나부랭이들은!"

발끈한 기도환이 자리를 박차고 일어섰다.

"앉으세요!"

"뭐라?"

"방법이 있습니다."

미류가 묵직하게 응수했다.

"무슨 방법? 하우스라도 차려주라는 건가?"

"바로 그겁니다."

"……?"

"하우스… 작은 하우스는 불법이지만 대형 하우스는 합법이죠. 예를 들면 경마장이나 카지노 같은 곳……."

"……."

"그것도 아니면 선물 매니저나 외국환 딜러 등 합법적인 도박은 얼마든지 있습니다. 왜, 당신처럼 어두운 골방에서 담배 연기나 뿜어대는 도박만 생각하는 겁니까?"

"……!"

"이제는 도박도 여가이자 산업입니다. 당신 아들처럼 선천적으로 우월한 도박사의 피가 흐르는 사람도 존경받고 살 수 있다고요."

"……."

"내가 틀렸습니까?"

"그래서?"

"아들을 카지노학과로 보내십시오. 그렇게 하면 네 사람이 삽니다."

"넷?"

"당신과 부인, 아드님과 저, 이렇게 넷!"

"당신은 왜?"

"몸주께서 당신 아들을 신당으로 불렀습니다. 그렇다면 제가 지을 건물을 당신에게 맡기라는 것이 아니겠습니까? 신의 뜻에 따르는 것이니 저 또한 사는 것이지요."

"카지노학과……."

"아드님은 그리 가야 합니다."

"그 또한 당신 몸주의 뜻인가?"

"그건 당신 아들의 운명입니다. 당신의 어머니, 그리고 당신, 나아가 아들의 전생에서 이어지는……."

"전생?"

"아들의 전생을 보여 드리죠. 그럼 내 말을 수긍하게 될 겁니다."

"……."

"대신 수긍이 가면 내 요양원 공사를 맡아주셔야 합니다."

"전생을 사람이 볼 수 있단 말인가? 죽지 않고도?"

"보면 알겠죠."

미류가 잘라 말했다. 기도환이 출렁이는 게 보였다. 미류가 제대로 흔들어놓은 것이다. 그길로 기동길을 불렀다. 기도환이 약해졌을 때 쐐기를 박으려는 계산이었다.

"눈을 감으세요!"

부자를 양옆에 거느린 미류가 신의 공수를 뽑었다. 카랑하면서도 위엄이 팽팽한 음성이었다.

기동길은 네 번의 전생을 살았다. 그 두 번은 비참하다 못해 참혹했다. 둘 다 돈이 원인이었다. 첫 생은 가혹하게도 중세의 사형 집행인 보조였다. 사형 집행만 해도 몸서리쳐질 판에 보조라니. 보조가 하는 일은 사형수의 머리 손질이었다.

머리?

요즘 사망자들처럼 분장이라도 한다는 말인가?

그렇게 생각하면 크나큰 오산이다. 당시 반역자들은 참형을 당하면 그 머리를 런던 브리지에 걸어 경계로 삼았다. 문제는 많은 사람들이 보기도 전에 새들이 식사를 하러 온다는 사실이었다. 그걸 막기 위해 커민 씨앗과 소금을 넣어 머리를 살짝 익혀야 했다. 보조가 하는 일이 바로 그것이었다.

기동길은 빵 한 조각을 위해 그 일을 했다. 때로는 먹은 빵을 다 게워 버리기도 했다. 가난, 그 웬수 같은 가난 때문에 먹고 게우기를 반복하다 위장병으로 죽었다.

두 번째 삶 역시 지지리도 가난한 생이었다. 천박한 창녀의 아들로 태어난 덕분에 버려졌다. 여기저기 동냥질을 하다 얻게 된 일자리는 흑사병으로 죽은 시체를 매장하는 일이었다. 전염의 우려가 있음을 알지만 빵 때문에 마다할 수 없었다. 기동길은 두 번이나 돈에 한이 맺힌 채 삶을 마감했다.

그 덕분인지 세 번째는 도박 인생으로 태어났다. 이제는 돈을 마음껏 만지게 되었다. 조선이었다. 그는 투전판의 선수였다. 솜씨도 좋아 대부분 판을 긁었다. 때로는 짊어지고 갈 수가 없어 마차를 부를 지경이었다.

일이 그쯤 되자 그에게 돈을 대는 전주도 생겼다. 굵직한 장소를 찾아다녔다. 조기철이면 포구로 갔고, 수확철이면 천석꾼 만석꾼을 찾아갔다. 전주들의 환대로 기생집도 단골이었다. 초짜로 들어온 기생을 후려 살림도 차렸다. 다행히 여자의 천성이 착했다.

여자는 기동길의 도박을 막고 싶었다. 한 달이면 집에 들어오는 날이 두세 번에 불과했기 때문이었다. 게다가 흉흉한 소문도 잇달았다. 전주 투전판에서 누가 칼에 맞아 죽었다느니, 용인에서는 손모가지를 잘라 개에게 주었다느니 하는 것들이었다.

여자는 여러 가지 방법을 써보았다. 처갓집 핑계도 대고 요염한 단장으로 유혹도 했다. 하지만 소용이 없었다. 기동길에게 삶의 제1 순위는 도박이었던 것이다.

하루는 기동길이 피를 흘리며 돌아왔다. 돈을 잃은 사람이 사기도박이었다며 칼을 휘둘렀다고 했다. 여자는 불안했다. 이러다가 영영 남편을 잃을 것만 같았다.

결국 큰판이 벌어지는 날 일을 벌였다. 장소를 들은 여자, 관가에 고발해 현장을 덮치도록 한 것이다. 판돈이 어마무시한 판이었기에 관찰사가 조사에 나섰다. 기동길은 본보기로 극형을 받았다.

사형과 두 손 절단!

관찰사가 던진 처벌 방안이었다.

기동길은 사형을 택했다. 돈을 만지지 못하는 삶은 그에게 가치가 없었던 것이다.

허얼!

미류의 한숨은 그의 모진 선택 때문이 아니었다. 아내 때문이었다. 남편이 죽자 아내도 웅덩이에 몸을 던진 것이다.

풍덩!

그 가엾은 소리는 메아리로 오래 남았다.

마지막 전생으로 달려갔다.

이번에는 중국이었다. 큰 상인의 마루가 보였다. 거기 기동길이 있었다. 아직 청년이었다. 그는 한 달 품삯을 걸고 내기 바둑을 두고 있었다. 당연히 그가 이겼다. 흥분한 상대가 주사위로 바꿔 놀자고 했다. 그렇게 했다. 그래도 승자는 기동길이었다. 노름에 관한 거라면 천재에 가까웠던 것이다. 그의 상자에는 돈이 쌓여갔다.

소문이 나자 다른 성의 상단원들이 내기를 걸러왔다. 기꺼이 응했다. 그러다 보니 밤을 새우는 일도 허다했다. 사고가 났다. 며칠 밤을 새우고 물건을 관리하던 기동길. 그만 깜빡 잠이 든 사이에 물건을 털린 것이다. 그 액수가 어마어마했다. 격노한 단주가 기동길을 관가에 넘겼다. 이미 도박꾼으로 소문난 기동길이기에 거기서도 극형을 받았다. 이번에는 열 손가락의 절단형이었다. 기동길은 손이 잘린 이틀 후에 혀를 물고 죽었다. 그 생에서도 도박이 그의 운명의 전부였던 것이다.

그의 길은 오직 도박이었다. 그 길을 막으면 죽는 것이다. 거기서도 그만의 죽음으로 끝나지 않았다. 아들을 잘못 키운 죄책감에 홀어머니도 곡기를 끊고 죽음을 택했다.

멸문.

돈은 만졌지만 비극으로 끝나기는 마찬가지인 생이었다.

"감응 끝납니다."

미류의 선언과 함께 부자의 뇌리를 스쳐 가던 전생 영상도 끝이 났다. 아들은 어리벙벙이다. 아버지는 더욱 그랬다. 그 자신도 도박에 빠져 방탕한 생활을 했던 기도환이었다. 그렇기에 아들의 전생이 남의 일 같지 않았다. 그렇다고 자신처럼 손가락을 자르는 극약 처방을 쓸 수도 없었다. 요즘처럼 외모를 중시하는 시대에 손가락이 없다는 건 큰 핸디캡에 속했다.

'공부도 바닥이라 쓸 만한 대학도 못 갈 놈이 손가락마저 없다면?'

기도환은 고개를 저었다. 자신의 전철을 밟게 할 일이 아니었다.

"어떻습니까?"

미류가 기도환의 생각을 물었다.

"젠장!"

그의 대답은 거칠었다.

"방금 본 것은 전생입니다. 전생이 이 생에서 똑같이 반복되지는 않을 수도 있습니다. 하지만 그 인과가 어느 정도 묻어온 것은 분명합니다. 그건 사장님이 잘 아시겠지요?"

"끄응!"

"왜 묻어왔을까요? 그것도 세 번째나……."

"나보고 그걸 설명하라는 거요?"

기도환이 볼멘소리를 냈다.

"전생신을 모시는 제 소견에는 아드님이 도박으로 대성해야 하는 인과가 있어 그렇다고 생각합니다. 세상은 삼세판이니 이번 삶이 바로 그렇습니다."

"도박으로 대성? 그래 봤자 종착역은 교도소 아니오?"

"사설 도박이라면 그렇겠죠. 하지만 카지노라면 다릅니다. 어쩌면 아드님이 굴지의 카지노를 차릴 수도 있겠지요. 마카오의 재벌 카지노왕처럼 말입니다."

"……?"

"카지노는 이제 관광산업으로 주목받는 직업 아닙니까? 아드님의 인과가 그쪽이라면 이제야 실력을 발휘할 시대에 태어난 거지요. 지난 두 전생에는 그런 산업이 없었으니까."

"당신……."

"아드님은 카지노업으로 성공할 겁니다. 기왕 사장님의 피를 준 거라면 흔쾌하게 밀어주세요. 그게 아니면… 사장님이 본 두 전생처럼……."

뒷말은 하지 않았다. 함께 감응한 기도환이 모를 리 없었다.

미류가 확신하는 건 '미래안' 때문이었다. 기동길은 그 미래에 내로라하는 카지노 사장이 되어 있었던 것이다. 네 번에 걸친 처참과 실패의 연속. 그 인과가 현생에 꽃필 거름이었다.

"카지노……."

기도환의 시선이 아들에게 향했다.

"너!"

"예, 아버지!"

"진짜 도박 버릇 못 버리겠다는 거냐?"

"아버지……."

"이 애비가 그토록 싫어하는 데도?"

"법사님 말대로 카지노는 합법입니다. 제가 아는 형도 카지노학과에 들어갔는데 연봉도 5천만 원 가까이 되고 근무 조건도 좋다고 들었어요. 외국 출장도 자주 가고요."

"5천만 원?"

"돈보다도 저는 그런 분위기가 좋습니다. 긴장과 스릴, 그 짜릿함……."

"허어!"

"아버지, 허락해 주십시오. 솔직히 지금 성적으로는 거기 못 가겠지만 허락만 해주시면 남은 동안 열공해서 꼭 가도록 하겠습니다."

"네가 공부를 해? 내신 7등급이신 분이?"

"예."

"거기 가려면 내신이 얼마나 되어야 하는데?"

"적어도 3, 4, 5등급……."

"떨어지면?"

"그때는 아버지가 원하는 대로 할게요."

"이번 시험에 절반 이상 과목에서 3등급 찍으면 허락한다."

"정말이죠?"

기도환의 말에 기동길이 반색을 했다.

"당신……."

기도환의 시선이 미류에게 건너왔다.

"이번 시험에 우리 아들이 3등급 반 찍으면 최저가로 요양원 짓는 거 맡아주지. 당신 점이 맞다는 증거가 될 테니까."

기도환은 여전히 굳은 표정이었다. 하지만 미류는 알았다. 그 굳은 얼굴 속에 감춰진 아버지의 마음. 아들이 공부를 하겠다는 데야 누가 마다할 것인가? 그것이 비록 '경제경영의대'가 아닐지언정 기도환은 뿌듯한 표정이었다.

남창수에게 돌아오니 그가 엄지를 세워 보였다.

"이제 저 양반 아들 성적표만 기다리면 되는 겁니까?"

"그래야겠군요."

"그건 점으로 안 됩니까? 신들리게 찍어서 올 백 점 맞게 하면……."

"사장님!"

"어이쿠, 실수… 법사님 점에 몰입하다 보니……."

남창수가 웃었다. 웃음 속에 미류의 짐 하나가 덜어지고 있었다. 미류는 믿었다. 이번에는 전생신이 아니라 기동길이었다.

그의 결연함, 그의 간절함…….

미류는 그걸 본 것이다. 누구든 간절하면 노력하게 되어 있다. 애당초 머리가 나쁜 기동길은 아니었으니 아버지와의 미션은 문제가 없을 것 같았다.

"고맙습니다, 법사님. 성적 나오면 바로 연락드릴게요. 나중에 대학 선택할 때도 도와주세요!"

기동길이 달려와 소리쳤다. 미류의 차는 기동길을 뒤로하며 멀어졌다.

거침없는 도전

이른 아침, 미류는 하천변에 차를 세웠다. 둑길을 따라 천천히 걸었다. 하천 공원로에는 사람이 많았다. 달리고 있다. 어디로 가는 걸까? 사람은 돌아오기 위해 달린다. 아무리 먼 길을 달려도 다시 집으로 가는 것이다.

인생도 그렇다. 숱하게 알록진 사연을 만들며 살지만 모든 것은 자아로 통한다. 옳은 일을 하면, 공덕을 쌓으면 세이브가 된다. 세이브된 그것들은 자아로 결집된다. 자아는 그렇게 완성되어 간다.

달리는 것과 다른 것은 자아의 완성은 보이지 않는다. 정말이지 오랫동안 보이지 않는다. 그러다 어느 순간 형언할 수 없는 만족감이나 숭고함이라는 깨달음으로 온다. 아흔아홉까지는 모르지만 백이 되면 퍼펙트하게 깨닫는 것, 그것이라 할 수 있다.

먼 옛날 원효대사는 도를 몰랐다. 도를 구하기 위해 장도에 올랐다. 그가 도를 깨달은 건 해골에 담긴 빗물이었다. 딱 거기였다. 그 물을 마시기 전에는 도를 몰랐던 것이다.

지나간 일들을 생각했다. 전생신을 모시면서 완전하게 탈바꿈한 미류였다. 무속이 이토록 보람되고 기쁜 일인지 알게 된 미류였다.

왜?

이유는 하나였다. 고민하고 고통받는 사람들에게 도움이 되기 때문이었다. 아파하던 사람들이 낫고, 괴로워하던 사람들이 웃는 것을 볼 때 미류는 신제자의 사명이라는 추상에 한 발 다가서게 되었다. 동시에 신제자는 칼날의 양면처럼 보일 수 있다는 것도 알게 되었다.

정 시장의 일 때문이었다. 허 본부장을 좌지우지하던 사이비 무속인 때문이었다.

아침 신문에서도 그 일은 회자되고 있었다. 단호한 결단력 덕분에 정 시장은 부각되었지만 사이비 무속인은 계속 미류 마음에 밟혔다.

역사적으로도 그녀와 유사한 경우는 셀 수 없이 많았다. 저 유명한 중국의 측천무후도 요승 회의와 문제를 일으켰고 러시아 역시 황후가 요승 라스푸틴에게 놀아나면서 지탄을 받았다. 우리나라에도 사례는 있었다. 고려의 신돈이 그런 부류에 든다고 하고 조선 시대에 들어와서도 무속인들이 왕족과 결탁해 이런저런 비리를 자행함으로써 비난의 대상이 되었다. 모든 것은 도를 넘었기 때문이었다. 미류는 허 본부장의 일을 마음에 경계로 새겼다.

멀리 버드나무가 보였다. 신목을 보니 반가웠다.

"법사님!"

마당을 쓸던 황명구가 미류를 보고 인사를 해왔다.

"안녕하셨지요?"

"그럼요. 아침부터 웬일이십니까?"

"황 대주님 잘 계신가 해서요."

"어이쿠, 아침부터 까치가 울더니 법사님 오실 일이었군요. 잠깐만 기다리십시오."

빗자루를 내던진 황명구가 안으로 뛰어 들어갔다. 미류가 그 빗자루를 대신 잡았다. 명아주를 말려서 만든 빗자루였다. 싸리나무와 명아주 빗자루. 이제는 시골에서도 보기 힘든 것이라 정감이 느껴졌다.

쓱쓱!

비질을 했다. 미류의 작은 마당과는 느낌이 달랐다. 어깨가 제대로 노는 것이다.

"아이고, 왜 그러십니까? 당장 그만두십시오."

커피를 내온 황명구가 말리고 나섰다.

"빗자루가 반가워서요. 직접 만드셨나요?"

커피를 받아든 미류가 물었다.

"여기 명아주가 많거든요. 뭐, 이제는 시에서 으악새다 칸나다 하는 걸 갖다 심어서 찾기 어렵지만……."

황명구가 말을 흐렸다.

시가 하천 공원을 조성하는 통에 보기에는 좋아졌다. 하지만 전에 있던 것들이 사라졌다. 누군가에게 좋은 것은 또 누군가에게는 나쁜 것이 되기도 한다.

"커피 좋은데요?"

미류가 웃었다.

"에이, 믹스 커피가 좋아봤자죠. 그런데 진짜 웬일로?"

"그냥 땅이 부르길래 왔습니다. 그런 날이 있어요."

"하긴 우리 어머니도 가끔 그런 말을 했어요. 오늘은 동쪽을 가야겠다. 푸른색은 피해라……."

"……."

"시유지 쪽도 해결이 되었다면서요?"

황명구가 물었다. 그들도 소문을 들은 모양이었다. 그러고 보니 상당수 건물들이 치워지고 없었다.

"덕분에요."

"제가 뭘… 괜히 뭣도 모르는 게 법사님에게 깝죽거리기만 했지요."

"이사 갈 곳은 정하셨나요?"

"예… 특별히 이전비를 많이 챙겨주셔서……."

"그건 어머니께 감사하세요."

"그런데… 뭐 한 가지 여쭤 봐도 될는지요?"

"말씀하세요."

"이삿짐을 꾸리다 보니 벽장 구석에서 어머니 무복이 나왔습니다. 전에 입으시던 건가 본데 제가 간직해도 될는지……."

"태우세요."

"예?"

"무복은 신의 물건입니다. 어머니께서 이제 무속인이 아니니 신에게 돌려 드리는 게 마땅합니다."

"예……."

"가져오세요. 저도 인사 좀 드리게……."

황명구가 무복을 내왔다. 오랜 세월이 깃든 무복이었다.

하르르!

작은 공간에서 무복에 불이 붙었다. 연기를 보는 황명구의 눈에 이슬이 맺혔다. 미류는 보았다. 그 연기 속에서 춤추는 황명구의 어머니… 아들에 대한 비원을 이룬 까닭이었다.

덩덩덩더쿵, 덕쿵덕쿵 덩더쿵…….

재비들의 가락 소리가 높아진다. 무녀의 춤도 덩달아 빨라진다. 한바탕 신명을 부린 무녀는 미류 앞을 맴돌다 하늘로 올라갔다. 시원하게 터져오는 아침 하늘이 밝았다.

미류는 가뜬하게 첫 손님을 받았다.

그런데…….

"……?"

고개를 들던 미류는 그만 숨이 막히고 말았다.

"법사님!"

그 목소리… 그 얼굴… 반갑고 또 애달픈 사람들이 첫 손님으로 등장한 것이다.

"아줌마!"

미류는 벌떡 일어나며 반색을 했다. 이게 누구인가? 논산 아줌마 였다. 뿐만 아니라 그녀의 아들도 함께였다. 그 말인즉 논산 아줌마 의 아들이 풀려났다는 뜻이었다.

"뭐 하냐? 네 인생을 구제해 주신 법사님이시다. 인사드려야지?"

아줌마가 아들에게 말했다. 아들은 공손히 큰절을 올려왔다. 황감 한 미류도 함께 큰절을 했다. 이 모자에게는 그랬다. 천국과 지옥이 교차하는 마음이 드는 것이다.

"잘됐군요. 정말 잘되었습니다."

미류는 벌어진 입을 다물지 못했다. 이미 무죄를 선고받았다는 말 을 들었던 미류였다. 하지만 자유인이 된 아들을 보니 더욱 실감이 났다.

"출감되는 날 뵈려고 했는데 따로 정리할 일들이 많아서……."

아줌마가 얼굴을 붉혔다.

"아닙니다. 제가 뭐 중요합니까? 당연히 아드님을 챙겨야죠."

"제 아들… 내일부터 대형 로펌에 출근하게 되었어요."

"그래요?"

"지난번에 법사님이 도와주신 장 변호사님 있잖아요? 변호하는 동안 우리 아들 성품에 반했다며 적극 추천해 주시는 통에……"

"잘됐군요. 정말 잘됐어요."

"다 법사님 덕분입니다."

아줌마는 거듭 고개를 조아렸다.

"그간 고생 많았지요?"

미류가 아들을 바라보았다.

"아닙니다. 이제 와서 생각하면 그만한 공부가 없었던 것 같습니다. 감옥에 가기 전에는 그저 제가 법관이 되었다는 것에만 고무되었었는데 교도소 경험을 하고 나니 왜 변호사가 되고 법관이 되어야 하는지 확실하게 깨달았습니다. 알고 보니 사법고시 공부는 껍데기일 뿐이었고 그 안에서 깨달은 게 진짜 법관의 길이었던 것 같습니다."

아들은 겸허했다. 미류는 그 말에 감동했다. 보통 사람이라면 원망의 시간이 되었을 일. 그러나 아줌마의 아들은 인고를 열매로 승화시켰다. 미류는 미래안을 열었다.

'아아!'

천기를 엿본 미류는 자신도 모르게 합장을 했다. 그는 미래의 대법관이 되어 있었다. 고난과 좌절을 자기 발전으로 승화한 저력이니 당연한 결과로 보였다.

"최고의 법관이 되실 겁니다."

미류가 말했다. 말을 하면서도 가뜬하고 행복했다.

"이모, 장국수 좀 부탁해요!"

서둘러 식사를 준비시켰다. 논산 아줌마와 아들에게 개운한 장국수 한 그릇을 대접했다. 생각 같아서는 산해진미라도 내주고 싶었지만 예약이 밀려 있었다.

"너무 맛났습니다. 흰 국숫발이 들어오니 세상의 밝은 마음이 다 들어온 것 같군요."

아들이 말했다. 말 한마디도 제 어머니를 닮아 반듯한 청년이었다.

"이놈이 첫 월급 타면 저녁 사러 찾아뵐게요. 시간 꼭 내주세요."

논산 아줌마는 몇 번이고 다짐을 받은 후에 신당을 나갔다. 미류는 대문까지 나가서 청년을 배웅했다. 그들이 완전히 멀어질 때까지 움직이지도 않았다.

"미류 법사!"

미류의 정신은 타로 덕분에 돌아왔다. 그가 등짝을 건드린 것이다.

"여자도 없는데 뭘 그렇게 넋 놓고 보고 있어?"

"여자보다 아름다운 청년이거든요."

"응? 이제 보니 동성 취향?"

"형님!"

"하핫, 농담… 조크라고."

타로를 뒤로하고 신당으로 들어왔다. 두 번째 손님을 받았다. 그리고… 미류는 또 한 번 뒤집어지고 말았다. 두 번째 들어선 사람은 박혜선이었다. 박 회장 딸 박혜선……

놀란 미류가 고개를 들었다.

"어? 저 정식 예약했는데 뺀찌인가요?"

그녀가 웃었다.

"그게 아니라……"

예약 명부를 보았다. 논산 아줌마는 아들 이름 예약이라 잘 몰랐다. 하지만 이번 예약 명부의 이름은 분명 박혜선이 아니었다.

"제가 여직원 시켜서 예약했어요."

"예?"

"흐음, 신당에서는 이러면 안 되죠? 죄송합니다."

"아니, 그건 아니지만……."

두 번째 뒤통수를 맞는 미류. 황당한 마음 감출 길이 없었다.

"법사님도 한때는 미술 학도였잖아요? 예술 하는 사람들 괴팍한 거 이해하시죠? 한 번쯤 이렇게 쳐들어오고 싶었어요."

"예……."

"쫓아내지 않을 거죠?"

"그야 물론입니다만……."

"용건이 뭐냐고요?"

"예……."

"우선 복채요."

박혜선이 봉투를 내놓았다.

"……."

"그리고 이건 새 저작권 비용."

그 위에 입금표 하나를 더 올려놓는 혜선이었다.

"저작권비는 저번에 받았는데요?"

"알아요. 이번에는 다른 작품이 다른 회사랑 라이센스를 맺었거든요."

"……."

"사업 얘기는 여기까지고요 두 가지 부탁이 있어서 왔어요."

"말씀하시죠."

"하나는 아시죠? 프랑스 패션계 거물들에게 한국 무속의 신비함을 보여주십사 하는 것."

"예……."

"그분들 주말 오전에 입국하세요. 그래서 복채하고 스케줄 상의하려고요."

"그렇군요."

"시간 괜찮으세요? 저는 무조건 법사님 스케줄에 맞출 겁니다."

"주말 하루면 되나요?"

"그래야죠. 고명하신 법사님 시간을 많이 뺏을 수 없잖아요?"

"그럼 비워두겠습니다."

"고마워요. 그분들도 기뻐하실 것 같네요. 그런데… 법사님이 특별히 생각하는 진행 방향이 있으면 제게도 미리 알려주시면 고맙겠어요. 저도 준비할 게 있을지 모르거든요."

"그러죠. 또 하나는 뭐죠?"

"부적요."

"부적이 더 필요하시나요?"

"법사님 부적은 많을수록 좋지요. 새로운 부적 쓰신 게 있나요?"

"잠깐만요."

미류는 자리에서 일어나 부적을 내왔다. 자료집에서 찾아 연습한 부적들이었다.

"와아!"

새 부적을 본 박혜선은 감탄부터 쏟아냈다. 그녀는 마치 명화를 대하듯 부적을 보고 또 보았다.

"이거 저 주실 수 있어요?"

"필요하시다면……."

"고마워요. 제가 이걸로 또 명품 하나 만들어 볼게요."

"그럼 두 가지 다 해결된 거로군요."

"아뇨, 제가 원하는 부적은 다른 거예요."

"……?"

"법사님 타투 아시죠?"

"알죠."

"실은 제가 어깨 위에 타투를 좀 새기려고요. 유럽 패션쇼나 발표회에 참석할 일이 많은데 거기서는 그게 하나의 감각이거든요."

"예……."

"처음에는 뭘 새길까 고민 많이 했어요. 태극 문양을 새길까 한국 지도를 새길까……."

"……."

"그러다 보니 제가 프랑스 패션계에서 뜬 게 부적 문양이잖아요? 상징성도 있고 하니 그게 좋을 거 같아서요. 어떻게 생각하세요?"

"상징성으로 보면 나쁘지 않겠군요."

미류는 공감했다. 타투는 이미 수천 년 전부터 종교적, 주술적 의미로 사용되어 왔다. 때로는 통과의례의 상징이기도 했고 지위의 표식이기도 했다. 이 단어의 기원은 폴리네시안어 '타타우'가 유래. 부적 공부를 하면서 미류도 알고 있던 차였다.

"방금 그 말씀… 공감이죠?"

"예."

"그럼 됐어요. 제 어깨에 부적 하나 그려주세요."

"예?"

"타투 전문가는 수배해 두었어요. 법사님이 그려주시면 달려가서 그대로 새겨달라고 할 겁니다."

"……."

"시작할까요?"

박혜선이 상의를 당겼다. 그러자 하얀 어깨가 시원하게 드러났다. 애당초 작심하고 온 그녀였다. 그렇기에 상의도 어깨가 자연스레 드러나는 옷이었던 것이다. 미류의 시선이 그녀의 흰 어깨에 멈췄다.

"……."

"……."

둘은 잠시 침묵 속에 있었다. 미류는 어떤 부적을 그릴까 고심하는 것이고 혜선은 미류의 눈치를 살피는 중이었다. 그러다 미류가 붓을 집어 들었다.

"제가 말하는 것에서 골라보세요."

미류가 몇 가지 예를 들었다.

〈행운부〉, 〈성취부〉, 〈합격부〉, 〈성공부〉, 〈건강부〉…….

"노력부를 부탁드려요."

"노력부요?"

뜻밖이었다. 대개의 사람들은 행운이나 성공을 바란다. 그런데 노력부라니…….

"횡재 같은 건 싫거든요. 쉽게 온 건 쉽게 나간다는 말도 있잖아요? 저는 열심히 노력하면서 살고 싶어요. 제 열정이 완전히 바닥날 때까지요."

혜선이 말했다. 대견스러웠다. 그런 마음가짐이라면 백 번이라도 써주고 싶은 미류였다. 붓의 첫 획이 닿은 곳은 쇄골이 끝나는 어깨 위였다. 멋쟁이 여자들은 어깨를 잘 드러낸다. 그렇다면 그곳이 포인트가 되어야 했다. 부적은 그림 도형과 문자 도형을 섞어서 썼다. 심미적인 것을 고려한 것이다. 넓이는 작은 우표 한 장 정도. 너무 크면 천박해 보이기 때문이었다.

"끝났습니다."

미류가 붓을 거두었다. 혜선은 손거울을 꺼내 부적을 비춰보았다. 좋아하는 기색이 역력했다.

"법사님, 이 색이 경면주사로 나온 거죠?"

"예."

"저 이거 조금만 얻을 수 있어요? 가능하면 타투하는 친구에게 그걸 좀 섞어달라고 하게요."

혜선이 청하자 미류가 받았다. 경면주사가 싼 것은 아니지만 마다할 손님이 아니었다.

"그리고 무속에 관한 책도 좀 추천해 주세요. 프랑스 귀빈들에게 통역을 하려면 전문용어 같은 것도 봐야 할 것 같아서요."

"그건 미리 준비해 두었으니 가실 때 드리겠습니다."

"고맙습니다. 그럼 저는 이만 갈게요. 밖에 보니 예약 손님이 많더라고요."

"예……"

"프랑스 친구들은 셋이에요. 한 사람 한 사람이 프랑스 패션 대표라고 할 수 있죠. 파리 컬렉션, 뉴욕 컬렉션, 밀라노 컬렉션이 다 그 사람들 손안에 있거든요. 뿐만 아니라 패션, 문화, 그림과 요리까지 프랑스 문화를 좌지우지하는 분들이죠. 쟈클린은 미슐랭의 심사 위원이고 아르노는 유럽 패션계의 황제이기도 하거든요. 그렇다고 부담 갖지는 마세요. 독특한 한국 문화의 한 면을 보여준다고 생각하시면 돼요. 우리가 꿀릴 거 없잖아요?"

"당연하죠. 내 신당에 오는 한 누구든 한 사람의 손님일 뿐입니다."

예비 대통령도 그러할진대…….

미류가 속으로 웃었다.

"쟈클린과 아르노, 그리고 리앙… 아르노는 일본 문화에 심취한 사람이긴 한데……"

"……"

자리에서 일어선 혜선이 환한 얼굴로 마무리를 했다.

"어쨌든 그 세 사람 꽉 녹여서 뻑 가게 주세요. 법사님의 전생점 무속으로!"

"그래야 박 선생님 사업도 탄력을 받겠지요?"

"사업적으로는 그래요. 그 사람들을 잡으면 제 디자인이 세계적인 브랜드가 될 수도 있어요. 하지만 그보다는 동양을 등한시하는 그들에게 한국 문화의 신비감을 전해주고 싶어요."

"그 마음은 제가 잡아드릴 테니 세계 패션 시장은 박 선생님이 잡으세요."

"법사님이 밀어주신다면 기꺼이!"

혜선이 웃었다. 미류도 웃었다. 서양 명사들의 전생점, 미류도 몹시 기대되는 일이었다.

저녁 무렵, 오후 점사를 끝낸 미류가 꽃신선녀를 찾아갔다. 부탁할 일이 있는 까닭이었다.

"스승님!"

무속 책을 보며 공부를 하고 있던 연주가 미류를 반겼다.

"꽃신선녀님은?"

"점사 보시고 계세요."

대답과 함께 연주가 책을 덮었다.

"부적?"

"예……."

"쓴 거 있으면 줘봐."

"그냥 연습용인데……."

"괜찮아."

미류가 청하자 부적 몇 장이 건너왔다. 부적들은 성공부와 합격부였다.

"재물부가 아니네?"

"재물부만 쓰니까 단순해지는 거 같아서요. 다른 부적 좀 연습하다 쓰면 오히려 집중이 잘되더라고요."

"맞아. 기도빨이 안 받으면 산제를 지내러 가는 것도 그런 의미지."

"스승님은 언제 산제 안 가세요?"

"산제?"

그러고 보니 오랜 시간이 지났다. 그만큼 영빨이 잘 먹히고 있다는 증거였다. 하지만 뭐든 잘나갈 때가 위기인 법. 미류는 머리에 산제를 그리기 시작했다. 특히 그 동굴… 미류를 죽이고 살렸던 그 동굴에 다시 가고 싶었다. 거기라면 더욱 깨어나고 새로워질 것도 같았다.

"꽃신선녀님 손님은 좀 어때?"

"꾸준해요. 그때 건물 때문에 난리 난 이후로 대오각성하셨잖아요? 게다가 스승님 추천으로 방송에서 취재 다녀간 후로 새 손님도 늘었고……."

"연주도 이제 독립해야지?"

"예? 제가 무슨……."

"연주 부적이면 충분해. 그동안 꽃신선녀님 밑에서 배운 내공도 있을 테고……."

"하지만……."

"뭐가 하지만이야?"

둘의 대화를 깬 건 꽃신선녀였다. 점사를 마친 그녀가 손님과 함께 나왔다. 70대의 할머니는 연신 고마움을 전하며 신당을 나갔다.

"죽은 영감이 자꾸 꿈에 나타난다나? 그래서 물었더니 얼마 전에 아들이 묘 옆에 있는 나무를 베었다는 거야. 이미 벤 나무 어쩔 수 없으니 가서 막걸리나 몇 통 부어주고 치성 드리라고 했지. 그나저나 유명인께서 파리 날리는 무당집에 웬일이야?"

꽃신이 웃으며 물었다.

"말씀을 하셔도… 부탁드릴 일이 좀 있어서요."

"미류 법사가 나한테?"

"만신님이 왜 이러십니까? 아직 애동인 저에게……."

"미류 법사가 애동이면 나는 피라미일까?"

"만신님!"

"알았으니까 들어가자고. 연주 너도 들어오거라."

"저도요?"

"규희 시켜서 손님 오시면 잠시 기다리도록 하고……."

연주의 말을 자른 꽃신이 신당으로 들어갔다. 미류도 그 뒤를 따랐다. 신단은 전보다 정갈해 보였다. 지화며 음식이며 모두가 깔끔하게 변해 있었다.

"좀 변했지?"

꽃신이 신단 앞에 앉으며 물었다.

"예……."

"법사 덕분에 방송에 나갔잖아? 나중에 필요하면 한 번 더 온다니 어쩌겠어? 연주랑 규희가 수고 좀 했지. 꽃신도 몇 벌 더 구했고……."

"제가 무슨……."

뒷줄의 연주가 겸손하게 말했다.

"그래. 부탁이 뭐야? 격 높은 법사 부탁이라니 마구 궁금해지네?"

"굿을 한 번 해주셨으면 해서요."

"굿?"

꽃신의 눈이 휘둥그레졌다.

"예, 굿 말입니다."

"굿을 왜? 미류 법사 몸주는 굿을 좋아하지 않으시잖아? 게다가 나는 청배 만신도 아니고……."

청배 만신은 굿을 전문으로 하는 무속인이다. 물론 무당이라면 대개 굿을 하지만 그것만 전문으로 하니 다른 무당보다 나았다.

"살풀이나 액운을 막으려는 건 아니고, 하나의 무속 문화로서……."

"무형문화재처럼?"

"실은 이번 주말에 제 신당에 외국인들이 올 것 같습니다. 그분들에게 무속에 대해 경험을 시켜주려고 하는데 아무래도 굿이 빠질 수 없지 않습니까?"

"그런 거라면 궁천도인과 신몽대감이 있지 않은가? 두 사람은 미류 법사하고도 친하고……."

"제가 보기에 굿은 만신님이 한 수 위십니다."

"어허, 이 사람… 언제는 사이비 친척이라고 타박이나 하더니……."

지난 일을 생각한 꽃신이 짐짓 혀를 찼다.

"이분들이 프랑스 문화계에 굉장한 영향력을 미치는 거물들입니다. 그러니 굿은 아무래도 만신님이 맡아주시는 것이……."

"그럼 아예 연주에게 시키지?"

꽃신이 느닷없는 제안을 꺼내놓았다.

"연주요?"

"어머니!"

미류가 놀라자 연주도 팔딱 고개를 들었다.

"내, 미류 법사가 왔으니 말이지만 연주 부적 솜씨가 많이 늘었더구나. 다른 건 몰라도 이제 부적은 네가 나를 가르칠 판이다. 그러니 잘난 신딸을 언제까지 밑에 데리고 있으란 말이냐?"

"하지만……."

"한 번 떠났던 년이 두 번은 못 갈까? 근자에 큰손님이 몇 오는 통에 복채통에 돈이 좀 모였다. 미류 법사는 복채로 대한민국 중생들을 위해 쓴다는데 나는 신딸년 좀 챙기면 안 된단 말이냐?"

"어머니……."

"대신 공짜는 없다. 네가 부적은 좀 된다마는 굿판은 혼자 놀아본 적이 많지 않으니 데뷔전이라고 생각하고 놀아보거라. 미류 법사 마음에 들면 셋방비 정도는 대주마. 솔직히 나 같은 늙은 딱따구리보다야 네가 노는 게 보기에도 좋겠지. 외국인 눈알은 뭐 동태 눈알이라더냐?"

"어머니……."

연주의 눈에 눈물이 고였다. 한때는 모질고 독한 신어머니였던 꽃신선녀. 신딸들을 돈벌이의 수단으로만 여기던 그녀였기에 더욱 감동할 수밖에 없었다.

"아, 그년… 좋은 일 좀 하려 해도 찜찜하게 구는구나. 할 테냐 말 테냐? 네년이 먼저 독립을 해야 규희도 차례가 올 거 아니냐. 똥차 주제에 언제까지 후배들 길을 막고 있을래?"

"스승님……."

황망한 연주가 미류를 바라보았다.

"아이고, 저년 좀 보세. 양다리 신내림을 받더니 내 말에는 콧방귀도 안 뀌는구나?"

"그게 아니고… 전생 신당에서 하는 굿이라니 스승님 생각이……."
연주는 고개를 숙인 채 말했다.

"사실 만신님께 부탁하려던 건데 일이 이렇게 되네. 하지만 만신님 말도 일리가 있으니 한번 도전해 봐."

"그러다 스승님 망신을 시키면……."

"그럼 내 부적 제자에서도 말소야."

"……?"

"진심이야. 더구나 만신님이 각별히 주신 기회잖아? 그 정도 해낼 깜냥도 없이 무속밥을 먹을 생각이었다면 일찌감치 무복 태우고 일반인으로 사는 수밖에."

"스승님……."

"주말이야. 시간도 많지 않고 모든 것을 다 보여줄 수는 없으니 열두 거리를 다 할 생각 말고 축약해서 했으면 좋겠어."

"……."

"자신 없어?"

"해볼래요!"

주저하던 연주의 입이 열렸다. 미류에게 부적을 배우겠다고 나서던 때처럼 야무진 표정이었다.

"좋아, 그럼 부탁해. 장소는 내 신당의 마당. 필요한 물건은 우리이모에게 말해서 준비하도록 해. 제단 음식 같은 건 이모가 알아서잘 채비할 거야."

"스승님……."

"왜 또?"

"고맙습니다. 그리고, 어머니도……."

연주가 고개를 조아렸다. 미류는 그대로 일어나 버렸다. 그녀의 눈물 같은 건 보지 않았다. 한바탕 모진 시련을 겪었던 연주. 잘할 것같았다. 애당초 꽃신에게 부탁하려던 굿. 뜻하지 않은 반전이 일어났다. 계획보다 멋진 반전이었다.

외국인 앞에서 혼자 하는 굿.

쉽지 않다.

그러나 미류는 믿었다. 연주는 노력하는 무속인이었다. 그 잠재력이 폭발할 때도 되었다. 미류는 전화를 꺼냈다. 수신자는 황 선생이었다. 재비로 감히 황 선생을 청하려는 것이다. 웬만한 만신이 아니면 거들떠보지도 않는 재비의 대가 황 선생. 그러면 초짜 연주라도 노련하게 이끌 사람이었다. 그것은 또한 미류가 연주에게 해줄 수 있는 최고의 응원이기도 했다.

첫판!

그게 중요했다.

연주의 지난 첫판은 실패였다. 이번까지 실패한다면 연주의 무속은 봉오리 맺은 채로 시들어 버릴 수도 있었다. 그건 안 될 말이었다.

"황 선생님, 저 미류입니다."

번호를 누른 미류는 활기찬 목소리를 이어갔다.

다음 목적지는 좀 멀었다. 안양으로 가는 것이다. 부적 스승 석명 만신을 만나기 위해서였다. 한때는 원망만 했던 스승이었다. 시간이 흘러도 획 하나 그리는 것만 반복시켰기 때문이었다. 당시 미류는 도형부적에 관심이 깊었다. 아무래도 그림에 자신이 있는 까닭이었다.

석명의 생각은 달랐다. 어쩌다 괴황지에 도형부적 흉내라도 낼라치면 바로 찢어버렸다. 그리고 독설을 뱉었다.

"내 신당에서 내 말을 듣지 않으려면 꺼지거라!"

대화가 피카소도 처음에는 비둘기 발만 그렸단다.

그 말을 몇 번이나 들었는지 모른다. 그 모진 말 속에서도 참았던 건 신빨 부족 때문이었다. 허접한 허주를 몸주로 알고 받아들였던 미류. 하다못해 부적빨이라도 있어야 했다. 그랬기에 간과 쓸개를 내놓고 석명의 말을 따랐다.

"첫 획은 기둥이다, 이놈아. 기둥 잘못 세운 집이 오래가는 거 봤느냐? 게다가 부적에서 기둥이 쓰러지면 액살 막으려다 깔려 죽고 말아!"

"마무리는 잠금장치다. 너처럼 허술하게 잠금장치를 하면 귀신이 콧바람으로도 들어올 것이다."

석명은 매사 구박이었다. 어떤 때는 괜찮게 쓴 것 같아도 박박 찢어버렸다. 그랬기에 미류, 석명이 출타하고 없을 때 붓을 내던진 적도 많았다. 경면주사도 오물통에 처박았었다.

"이놈의 부적… 자기는 뭐 그리 잘났길래……."

한번은 그런 불평을 쏟아놓다가 석명에게 걸렸다. 그는 말없이 다가와 경면주사를 건졌다. 몇 번이고 씻어 마루에 둔 후에 신당으로 들어갔다. 한마디 야단도 없었다.

그게 더 곤욕이었다. 차라리 한 대 때리면 속이 시원해질 것 같았다. 그런데 상대조차 않는 것이다. 별수 없이 마루에 무릎을 꿇었다. 몇 시간 후에 나온 석명이 미류를 바라보았다.

"잘못했습니다."

미류가 말했다.

"뭘 잘못했느냐?"

"제 못된 성정… 노력할 생각은 않고 스승님을 험담한 죄……."

"내 험담은 괜찮다."

석명이 담담하게 말했다.

"예?"

"네 말대로 나는 잘난 것이 없다. 그래서 돈도 못 벌고 신빨도 개뿔이다. 왜 그런 줄 아느냐?"

"……."

"내 스승의 말을 듣지 않았기 때문이었다. 그래서 나는 못났다만 너만은 내 스승의 방식으로 가르치고 싶었다. 부적은 낙서가 아니다. 서두른다고 되는 게 아닌데 나는 서둘렀다. 빨리 배워서 세상에 내 이름을 떨치고 싶었다. 부적 하나로 세상의 잡귀를 다 다스리고 싶었다."

"……."

"그런데 지금 네가 바로 내 짝이었다."

"……."

"너도 반쪽짜리 부적을 쓰려면 표승에게 돌아가거라. 지금까지 배운 것만 해도 불교용품점에서 파는 것보다는 백 배 나을 테니."

"……."

"하지만 명심하거라. 네가 쓰는 부적, 내가 쓰는 부적… 거기에는 하늘의 힘이 없다. 너와 나의 욕심만 잔뜩 묻어 있을 뿐."

석명의 목소리는 미류의 귓가에 뱅뱅 돌았다. 그날 후로 백 일간 더 부적을 배웠다. 그저 획과 원리의 연습이었다. 그러다 석명이 긴 산행을 결정하면서 표승에게 돌아간 미류였다.

돌아보면 석명이 진리였다. 그건 전생신도 인정을 했었다. 신빨은 부족했지만 무속을 위한 신실한 정성과 노력이 뿌리가 되었다. 거기에 전생신의 신력이 얹어지면서 부적이 꽃을 피우게 된 미류였다.

"계세요!"

허름한 주택에 도착한 미류가 지하 셋방의 문을 두드렸다. 안에서 사람이 나왔다. 문이 열리는 순간, 미류는 기절할 뻔했다. 안에서 밀려 나온 영기 때문이었다. 석명이었다. 그러나 생기가 아니었다. 그가 죽었다는 뜻이었다.

"석명 선생님은?"

묻는 미류의 목소리가 떨렸다.

"누구시죠?"

딸로 보이는 노처녀가 물었다. 입술이 파랬다.

"저 오래전에 선생님께 부적을 배운 사람입니다."

"아버지는……."

딸은 바로 고개를 떨구었다.

"돌아가셨군요?"

"예… 바로 얼마 전에……."

"……."

"혹시 그쪽 이름이 미류 법사님?"

"예, 제 이름이 미류입니다만……."

"그렇군요. 들어오세요. 아버지께서 남긴 말씀이 있습니다."

"……?"

미류는 딸의 뒤를 따라 들어갔다. 딸은 숨이 가빴다. 안색도 좋지 않았다. 심장이 안 좋은 딸이 있다더니 그 사람인 모양이었다. 방 안에 들어서자 석명의 영정이 보였다. 아직 사십구재도 지내지 않은 상황. 초라한 구석의 작은 상 위에서 향과 함께 사진이 일렁거렸다.

'어서 오시게!'

석명의 목소리가 들렸다. 미류는 가방을 놓고 큰절부터 올렸다.

"어쩌시다가?"

영정 앞에서 미류가 딸에게 물었다.

"제가 워낙 몸이 병자다 보니 제게도 알리지도 않으신 채 좌탈입망(坐脫入亡)을……."

"……!"

미류가 휘청거렸다. 좌탈입망… 말 그대로 앉은 자세로 죽음을 맞았다는 뜻. 위대한 선사들이 아니면 불가능한 일이었다.

'맙소사……'

미류가 고개를 저었다. 어쩌면 당대 최고의 부적 만신이었을 석명이었다. 그러나 그의 최후는 이토록 외로웠다. 돈 한 푼 없이 지하에 살다가 아픈 딸에게 짐이 될까 소리 없이 생명의 방을 빼버린 것이다.

"경찰 연락을 받고 와보니 이렇게……."

딸의 눈동자에 샘물이 고였다. 몸이 아픈 딸. 그러나 돈 한 푼 남기지 못하는 신세였으니 그마저 보지 못하고 가버린 석명…….

"경찰이 유서를 보여주더라고요. 그리고 이거……."

딸이 작은 상자 하나를 내밀었다. 미류가 열자 부적이 나왔다. 부적과 부적을 쓰는 도구들이었다.

〈다른 이에게는 쓰레기가 되겠지만 오직 한 사람에게는 보물이 될 것이다〉

친필 글자 아래 미류의 이름이 보였다.

─못난 스승이 제자 미류에게─

"……!"

이름을 본 미류를 고개를 들지 못했다. 가슴이 저 깊은 심연에서 콱 막히는 것 같았다. 지난번에 전화를 했을 때도 아무런 내색이 없던 석명이었다. 그런데…….

"그리고 보니 아버지 대단하시네요. 제가 사실 심장병 때문에 내일 저녁에는 다시 병원으로 가야 하거든요. 그런데 오늘 이렇게 오시다니… 아버지는 다 알고 남긴 글이겠지요?"

딸이 물었다. 미류는 대꾸하지 못했다.

"아버지… 이제 편히 가시겠네요. 기다리던 분이 오셨으니……."

"유해는?"

"아버지가 평소 자주 다니시던 산에다 뿌렸어요. 제가 몸이 안 좋아 친척분들에게 부탁을 해서……."

"그럼 지금쯤 산에서 휘이휘이 벼락 맞은 나무들 찾아다니고 계시겠군요?"

"네. 돌아가셨으니 숨도 차지 않으시겠지요."

딸이 고개를 떨구었다. 죽은 사람의 일은 매번 눈시울을 뜨겁게 만들었다.

"잠시만요."

미류는 숨을 고르는 척 밖으로 나왔다. 가까운 곳에 은행이 보였다.

"이거……."

다시 지하 방으로 돌아온 미류가 조심스레 봉투를 내놓았다.

"뭐죠?"

"스승님께 진 부적 빚입니다. 제가 나중에 드린다고 부적을 많이 가져갔거든요."

"그럼 돈은 안 내셔도 돼요. 원래 아버지는 부적을 돈 받고 파는 경우가 드물거든요."

"하지만 약속을 했었습니다. 제가 잘되면 부적값을 많이 받으시겠다고. 저 이제 나름 성공했거든요."

"그러셨어요?"

"받아두셨다가 나중에 기일이 되면 술이라도 한잔 부어드리세요."

"이러시면……."

"그럼……."

미류는 부적함을 안고 나왔다. 마치 석명을 안고 나오는 느낌이었다. 정말 그랬다. 그건 부적이 아니라 석명의 혼이었다.

부릉!

차가 멀어지자 딸이 뛰어나왔다.

"이봐요, 법사님, 미류 법사님!"

딸이 소리쳤지만 미류 차는 멈추지 않았다.

'제 마음입니다. 그 돈으로 꼭 완치되세요.'

소리 없이 말했다.

미류가 봉투에 넣은 돈은 4천만 원이었다.

'우리 딸 심장 수술비가 4천만 원이야. 늘그막에 본 딸 하나인데 돈이 없어 이때까지 수술을 못 시켰지.'

스승이 한숨처럼 하던 말이었다. 딸의 입술과 행동을 보니 아직도 수술을 못한 모양. 돈이야 한 아름 받은 부적값으로 생각하면 되었다. 다시는 나오지 못할 석명의 부적. 4천만 원이면 싼 편이었다.

암!

『특허받은 무당왕』 5권에 계속…

특허받은
무당왕 4
가프 장편소설

초판 1쇄 찍은 날 § 2016년 12월 14일
초판 1쇄 펴낸 날 § 2016년 12월 20일

지은이 § 가프
펴낸이 § 서경석

편집책임 § 조현우
편집 § 김현미, 이지연, 배경근
디자인 § 신현아
마케팅 § 서기원

펴낸곳 § 도서출판 청어람
등록번호 § 제387-1999-000006호
등록일자 § 1999. 5. 31
어람번호 § 제8-0081호

주소 § 경기도 부천시 부일로 483번길 40 서경B/D 3F (우) 14640
전화 § 032-656-4452 팩스 § 032-656-4453
http://www.chungeoram.com
E-mail § chungeorambook@daum.net

© 가프, 2016

ISBN 979-11-04-91072-2 04810
ISBN 979-11-04-91050-0 (세트)